ULLSTEIN

Das Buch

Kapitänleutnant Thomsen war glatt die Sprache weggeblieben, als ihn Flottillenchef Jost von Wittmand in Wilhelmshaven überraschend gefragt hatte: »Na, wie gefällt Ihnen Ihr Boot, Thomsen?« U 115, ein nagelneues Atlantikboot, das Einfahrzeit und AGRU-Front schon hinter sich hatte, einsatzbereit war und in vier Tagen in See gehen sollte? Der GKdos-Umschlag durfte erst auf See geöffnet werden. Er enthielt einen roten Umschlag und die Information über das Einsatzgebiet.

Und dann bleibt U 115 nichts mehr erspart: Den Feind im Fadenkreuz – zwei Torpedos – und kein Treffer! Frühdetonierer! Ein Mörder und eine feindliche Agentin an Bord? Eine U-Boot-Falle voraus? Ein Luftangriff durch die Briten, die auf der Suche nach Opfern die See abkämmen ... das See- und Landungsunternehmen der Deutschen gegen Norwegen beginnt.

Der Autor

Erik Maasch wurde zur Marine eingezogen, absolvierte mit Erfolg die Marineschule Flensburg-Mürwik, nahm als Seeoffizier auf verschiedenen Kriegsschauplätzen am Zweiten Weltkrieg teil und ist als Kapitän auf Großer Fahrt auf deutschen Kauffahrteischiffen zugelassen. Er wurde bekannt als Autor zahlreicher heiterer Romane, eines nicht minder erfolgreichen Kriminalromans und vieler spannender U-Boot-Romane.

In unserem Haus sind von Erik Maasch bereits erschienen:

Auf Sehrohrtiefe vor Rockall Island
Duell mit dem nassen Tod
Im Fadenkreuz von U 112: English Harbour
Tauchklar im Atlantik
Die U-Boot-Falle
U 112 auf Feindfahrt mit geheimer Order
U-Boote vor Tobruk

Erik Maasch

U 115: Jagd unter der Polarsonne

Roman

Ullstein

Besuchen Sie uns im Internet:
www.ullstein-taschenbuch.de

Umwelthinweis:
Dieses Buch wurde auf chlor- und säurefreiem Papier gedruckt.

Ullstein Taschenbuchverlag
Der Ullstein Taschenbuchverlag ist ein Unternehmen der
Econ Ullstein List Verlag GmbH & Co. KG, München
Originalausgabe
1. Auflage November 2002

Umschlaggestaltung: Hansbernd Lindemann, Grafikdesign, Berlin
Titelabbildung: Viktor Gernhard
Gesetzt aus der Sabon
Satz: hanseatenSatz-bremen, Bremen
Druck und Bindearbeiten: Ebner & Spiegel, Ulm
Printed in Germany
ISBN 3-548-25446-2

Ich trat an das Fenster des Vorzimmers des Flottillenchefs und blickte hinunter auf die sonnenüberfluteten Kais und Hafenbecken Schlicktowns, wie wir Wilhelmshaven nannten. Der Kriegshafen im strahlenden Sonnenschein, das war in dieser Jahreszeit fast genauso ungewöhnlich wie wochenlange Regenfälle in der Sahara. Ich hatte ihn jedenfalls bisher nur in dem für diese Gegend Deutschlands mitunter typischen Schmuddelwetter kennengelernt, das mit Nieselregen oder Nebel Stadt und Hafen noch trüber als trübe und den Abschied von Land nicht allzu schwer gemacht hatte.

Meine Augen glitten über die zahlreichen Kriegsschiffe, über die unzähligen Frachter und wenigen Passagierschiffe, die dichtgedrängt an den Piers lagen. Irgend etwas Großes war im Gange, denn auf allen herrschte an diesem Sonntagmorgen ein ungewöhnlich hektischer Betrieb. Kräne und Ladebäume entluden die Loren, die eine Dampflok unablässig auf die Kais schob, und hievten Stückgut an Bord in die offenen Ladeluken hinein.

Mein Blick blieb an einem der U-Boote unter den vielen an der Pier des U-Boothafens liegenden hängen. Es war so ungewohnt groß und schnittig in seinen Formen und so nagelneu, daß ich trotz der geschlossenen Fenster bis zu mir herauf den Geruch nach frischer grauer Farbe zu riechen glaubte.

Ein Anblick, der mein Herz höher schlagen ließ. Mensch, dachte ich, das wär's! Ein richtiges Hochseeboot und nicht so ein mickeriger »Einbaum«, wie wir die winzigen Küsten-U-Boote nannten, die uns der Versailler Vertrag zugestanden hatte. So ein Boot unter dem Hintern und dann raus in den Atlantik!

»Na, wie gefällt Ihnen Ihr Boot, Thomsen?« riß mich eine Stimme aus meiner Begeisterung.

Ich fuhr herum und blickte in das lächelnde Gesicht eines Korvettenkapitäns. Genauer gesagt, in das Gesicht des Flottillenchefs Jost von Wittmand, der lautlos eingetreten war. Jedenfalls hatte ich ihn nicht gehört und vermutlich auch das warnende Räuspern des Schreibermaates nicht vernommen, mit dem der mich möglicherweise hatte aufmerksam machen wollen. Sosehr hatte mich der Anblick dieses prächtigen Bootes gefesselt.

Ich nahm militärische Haltung an. »Mein Boot, Herr Kapitän?«

Das war offenbar eine so dämliche Frage, daß er laut auflachte. »Was denn sonst? Oder glauben Sie etwa, wir hätten Sie aus Pillau hierher beordert, um Ihnen nach dem erfolgreichen Abschluß des Lehrgangs doch bloß wieder 'n Kommando als I WO auf einem dieser alten Einbäume zu verpassen?« Er sah mich von der Seite an. »Nun sagen Sie bloß nicht, das wäre Ihnen lieber als dieses neue Atlantikboot. Das heißt, so neu kann es für Sie ja nun auch wieder nicht sein. Sie sind ja zu Beginn des Krieges auf seinem Prototyp gefahren.«

Mein Boot! Ich sein Kommandant! Ich war so überwältigt, daß mir glatt die Sprache wegblieb, obwohl man uns in

Pillau bereits auf die Übernahme eines der nagelneuen U-Boote vorbereitet hatte. Es war eben doch ein Unterschied, ob man davon träumte oder der Traum urplötzlich reale Formen annahm. Trotzdem entging mir nicht, daß auf dem Oberdeck die Besatzung in Ausgangsuniform Paradeaufstellung nahm, als stehe eine Admiralsmusterung unmittelbar bevor.

Das überraschte mich und versetzte mich in Erstaunen, denn es sah nach einer eingefahrenen Besatzung aus, und das war eigentlich unüblich. Normalerweise übernahmen Kommandant und frisch zusammengestellte Besatzung das neue Boot zusammen und wuchsen erst in einer langen Ausbildungsphase unter kriegsmäßigen Bedingungen gemeinsam in ihre Aufgaben hinein.

Der Flottillenchef ahnte von meinem Erstaunen nichts. Er nahm meinen Arm. »Kommen Sie, Kapitänleutnant Thomsen. Ich glaube, ich sollte Ihnen wohl jetzt 'nen Cognac verpassen, damit Sie Ihre Sprache wiederfinden, was?«

Der Cognac verhalf mir tatsächlich wieder zur Sprache. Zunächst war es allerdings an mir, nur zuzuhören.

»U 115, das ist die taktische Nummer Ihres Bootes, Herr Thomsen. Ein Boot, das in vier Tagen in See gehen soll. Sie haben also nicht viel Zeit, um es in den Griff zu kriegen.«

»Ein einsatzbereites Boot? Wie denn, U 115 hat die Einfahrzeit und AGRU-Front schon hinter sich?«

Er nickte und wartete schmunzelnd auf meine nächste Frage, die kommen mußte. Ich sollte auf einem frontklaren Boot einsteigen, das die wichtigen Vorbereitungsphasen auf den Fronteinsatz bereits ohne mich durchlaufen hatte? Dafür gab es nur eine Erklärung: Ich hatte einen Vorganger, der nach diesen Vorbereitungen – aus welchen Gründen auch immer – von diesem Kommando entbunden worden war.

»Sie sehen mich überrascht, Herr Kapitän. Gibt es dafür einen besonderen Grund?«

»Den gibt es, mein lieber Thomsen.« Er machte eine Pause, um uns nachzuschenken. »Die wachsende Zahl der einsatzbereiten U-Boote macht die Vergrößerung der Stäbe notwendig, deshalb mußten wir einen unserer Offiziere abgeben. Unsere Wahl fiel auf Kapitänleutnant Puttfarken. Wir, der FdU und ich, haben Sie aus der Schar der in Pillau auf ihre neuen Kommandos wartenden künftigen Kommandanten herausgepickt, weil wir der Überzeugung sind, daß genau Sie der richtige Mann sind, um U 115 zu übernehmen und kurzfristig in den Griff zu kriegen. Ausschlaggebend für diese Entscheidung war Ihre grandiose Kaperung der britischen U-Boot-Falle *Flying Lady*[1].«

Ich brauchte einen Augenblick, um zwei und zwei zusammenzuzählen. Wenn ich mich nicht gänzlich auf dem Holzweg befand, dann war es ein versteckter Hinweis darauf, daß Puttfarken weggelobt worden war. Zugleich fiel in meiner Erinnerung eine Klappe.

»Kaleu Puttfarken? Jens Puttfarken, Herr Kapitän?«

»In der Tat. Sie kennen ihn?«

»Wir waren in der Rekrutenkompanie in einer Gruppe, später dann in getrennten Gruppen auf dem Schulschiff und der Marineschule. Danach verloren wir uns aus den Augen. Wir hatten ohnehin nicht viel gemeinsam.«

Das war noch milde ausgedrückt. Puttfarken, der wie ich aus Hamburg kam, war ein kontaktarmer Streber. Ein strammer, engstirniger Kommißknüppel, der voll und ganz auf das Militär und den seelenlosen militärischen Kadavergehorsam abfuhr, dem wir anderen immer wieder auf jede nur erdenkliche Weise ein Schnippchen zu schlagen versucht hatten.

[1] Maasch, Erik: Die U-Boot-Falle. Ullstein Taschenbuch 24770.

Das hatte ihm weder Freunde eingebracht, noch hatte es ihm etwas in seiner militärischen Laufbahn genutzt. Ich erinnerte mich nur zu gut an die Marineschule Flensburg-Mürwik, in deren inoffizieller Rangliste unserer Offizierscrew er nach der Seeoffiziershauptprüfung zu seinem Leidwesen doch nur am unteren Ende gestanden hatte.

Der Kapitän machte dem Schreibermaat ein unmißverständliches Zeichen, uns allein zu lassen. Der hatte ja eigentlich auch schon viel zuviel gehört.

»So so, Sie hatten wenig gemeinsam. Das kann ich mir vorstellen, sehr gut sogar. Puttfarken war eine überdimensionale Flasche, allerdings mit ausgezeichneten Verbindungen. Das machte seine Abkommandierung anfangs schwierig«, rückte er mit der Wahrheit heraus, sobald sich die Tür hinter dem Maat geschlossen hatte, und hob sein Glas. »Aber nun ist der Puttfarken weg, Herr Thomsen. Auf Ihr neues Kommando!«

Ich war Berufsoffizier, freiwillig zu einer Zeit in die Marine eingetreten, als an Krieg noch nicht zu denken gewesen war. Ich war ganz einfach den Verlockungen erlegen, die ältere Freunde mit den begeisterten Schilderungen ihrer Auslandsreisen unter schneeweißen Segeln rund um den Globus, der bedingungslosen Kameradschaft an Bord, des herrlichen Gefühls von grenzenloser Freiheit auf der weiten See und der Abenteuer in fremden Häfen in mir ausgelöst hatten.

Vieles davon war eingetroffen, wenngleich ich schon bald dahinterkam, daß den eindrucksvollen Schilderungen jener maritimen Freunde auch ein gerüttelt Maß an Seemannsgarn, an persönlicher Schönfärberei und Übertreibung beigemengt gewesen war. Das hatte mich dennoch meinen Schritt nicht bereuen lassen. Daran hatte auch der Kriegsausbruch nichts geändert. Jetzt jedoch verfluchte ich insgeheim meinen Beruf, der mich in eine Situation zwang, mit der ich nicht gerechnet hatte. Es war aber nicht diese ungewöhnlich geringe Zeitvorgabe allein, die diesen Groll in mir auslöste.

Anke, meine Frau, war mit mir nach Wilhelmshaven gekommen, weil wir beide gehofft hatten, uns bliebe trotz meines neuen Kommandos noch Zeit für gemeinsame Stunden. Wir waren jung verheiratet und hatten, wie es in Mariner-Ehen nun einmal war, bisher nicht viel voneinander gehabt. Ich hatte darum Mühe, neben meinem Groll auch meine Enttäuschung über die unerwartet eingetretenen widrigen Umstände herunterzuschlucken, hütete mich aber, auch nur ein Wort darüber verlauten zu lassen; das wäre mir nach solchen Vorschußlorbeeren übel angekreidet worden.

Korvettenkapitän von Wittmand hatte aber offenbar ein feines Gespür für meine inneren Vorbehalte gegen diese Rutzplutz-Kommandoübergabe. Mit einem scharfen Ruck setzte er sein Glas auf dem Tisch ab und musterte meine verschlossene Miene.

»Na, besonders beglückt scheinen Sie über Ihr neues Kommando ja nun gerade nicht zu sein. Was schmeckt Ihnen daran nicht? Los, raus mit der Sprache!«

»Eine ehrliche Antwort, Herr Kapitän?«

»Ich bitte darum, Thomsen! Was stört Sie?«

»Die Zeitvorgabe von vier Tagen. Unter frontklar stelle ich mir etwas anderes vor. Ich muß doch wohl davon ausgehen, daß der größte Teil der Besatzung aus absoluten Neulingen ohne jede Fronterfahrung besteht. Dem läßt sich zwar durch Übungen unter kriegsmäßigen Bedingungen begegnen, aber frontklar ist das Boot erst, wenn es der Kommandant fest in der Hand hat, wenn er die Schwächen und Stärken seiner Männer kennt, von denen Einsatz und Überleben des Bootes abhängen. Dazu reichen diese vier Tage nicht aus.«

Ich brauchte nur in sein Gesicht zu sehen, um zu erkennen, daß ich auf verlorenem Posten stand. Er zuckte auch prompt bedauernd die Schultern. »Alles richtig, Herr Thomsen, so sollte es in der Regel auch laufen. Sie haben gesehen, was dort draußen los ist? Dahinter steckt ein Zeitplan, in den alle unsere einsatzfähigen Boote eingebunden sind. Das heißt, die Zeitvorgabe von vier Tagen kommt von ganz oben.«

Er stand auf und trat an seinen Schreibtisch. Mit einem Aktenhefter in der Hand kehrte er zu mir zurück. »Was Sie über die Besatzung gesagt haben, trifft zum Teil zu. Ihre Offiziere haben Fronterfahrung, ebenso ein Teil der Deckoffiziere und Maate. Und die Neulinge?« Er machte eine Pause und grinste. »Sollten Sie wirklich nicht mitgekriegt haben, was für ein sturer Kommißkopp, für ein militärischer Perfektionist und seelenloser Schinder dieser Puttfarken ist? Der hat der gesamten Besatzung das Leben mit dem blöden Spruch zur Hölle gemacht, was dem Prien mit U 47 gelungen sei, werde auch er mit U 115 schaffen. Sie bekommen also ein Boot mit einem hervorragenden Ausbildungsstand in die Hand, das ist unbestritten. Aber um was für einen Preis ist das dem Puttfarken gelungen? Er hat die Offiziere gegen sich aufgebracht, und die Mannschaft hat ihn aus tiefster Seele gehaßt. Damit kann man kein Boot auf Feindfahrt schicken, lieber Thomsen, das hat zu unserer Entscheidung geführt.«

Ich saß in der Falle, denn dagegen gab es keine Argumente. Na schön, dachte ich, was soll's? Es wird nicht das letzte Mal sein, daß ich irgendwie einspringen mußt. Mach das Beste draus!

»Er hat also auch die Offiziere gegen sich aufgebracht, Herr Kapitan? Eine Palastrevolte oder mehr?«

»Nein, nichts dergleichen. I WO, II WO und LI sind ganz offiziell um ihre Versetzung wegen unüberwindbarer Gegensätze in der Menschenführung eingekommen.« Er machte eine Pause, um seine Worte wirken zu lassen. »Ein Novum in der Kriegsmarine. Entsprechend war die Wirkung. Hat viel Staub aufgewirbelt und hätte glatt ins Auge gehen können, aber so hat es diese elegantere Lösung gegeben.« Er sah auf die Uhr und stand auf. »Ich glaube, wir sollten die offizielle Kommandoübergabe jetzt hinter uns bringen, damit Sie sich so schnell wie möglich selbst ein Bild von Ihrer Besatzung und dem Boot machen können.«

Ich stand ebenfalls auf und griff nach meiner Mütze. »Es existiert doch sicher eine Besatzungsliste, anhand der ich mich vorinformieren kann, Herr Kapitän.«

»Ach ja, richtig! Der Schnellhefter hier enthält die Besatzungsliste und«, er kippte ihn an, als gieße er eine Flüssigkeit daraus ab, und feixte, »die mit Gift und Galle von Ihrem Vorgänger geschriebenen dienstlichen Beurteilungen der ihm anvertrauten Männer. Die aber sollten Sie lieber erst lesen, wenn Sie sich selbst ein Urteil gebildet haben.«

Der Flottillenchef hatte nicht übertrieben, wie ich mich schon bei dem ersten Rundgang durch das Boot nach dem militärischen Übergabezeremoniell überzeugen konnte. Das Boot befand sich in einem mustergültigen Zustand, das sprach für die Offiziere und die Mannschaft.

Wie es um den Leistungs- und Ausbildungsstand bestellt war, würde sich erst in den mir verbleibenden Tagen an Land und später auf See zeigen. Ich war jedoch sicher, daß es auch darum nicht schlechter stand. Auf meiner Runde mit dem I WO, Oberleutnant zur See Justus Bernau, vermißte ich allerdings schon jetzt den gewohnten legeren Umgang miteinander, wie er auf allen kleinen Einheiten und besonders auf U-Booten üblich war, bedingt durch die räumliche Enge und die menschliche Nähe.

Offiziere, Deckoffiziere und Maate verkehrten mit der Mannschaft in jenem militärisch korrekten, aber entsetzlich sterilen Umgangston, wie er für die Anonymität auf Dickschiffen und Kasernenhöfen typisch war. Entsprechend war das Verhalten der gesamten Besatzung mir gegenüber: reserviert und abwartend, als schöbe ich eine unsichtbare Wand vor mir her.

Es gab allerdings auch vier Ausnahmen, die zwar vor mir ebenfalls die Hacken zusammenknallten, jedoch dabei gänzlich unmilitärisch über alle vier Backen grinsten: Obermaschinist (Chief) Fabian, Bootsmann (Smadding) Hochheim, Funkmaat Grauert und Tiefenrudergänger Möller. Männer, die mit mir vor einem halben Jahr als Kriegsgefangene die britische U-Boot-Falle *Flying Lady* im Handstreich gekapert hatten.

Mir fiel ein Stein vom Herzen. Ich war hier an Bord nicht mehr gänzlich fremd. Grund genug, erfreut die Hände zu schütteln und dreien der Männer gratulierend auf die Schultern zu klopfen, da sie inzwischen die Erfolgsleiter emporgestiegen waren.

Ein Hauch der Erleichterung schien dadurch auch die übrige Besatzung zu streifen, zumal der Smadding die Gelegenheit nutzte, das Eisen zu schmieden, solange es noch heiß war.

»Landgang wie üblich, Herr Kaleu?«

Ich sah den I WO fragend an, der mich ja bisher als Kommandant ersetzt hatte. »Irgendwelche Einwände, Herr Bernau?«

Der schüttelte den Kopf. »Keine, Herr Kaleu! Es ist Sonntag, und wir haben 24-Stunden-Bereitschaft.«

Ich nickte. »Sie hören es, Nummer Eins. Verfahren Sie wie üblich.«

Hochheim knallte die Hacken zusammen und legte, wie

ein englischer Seemann grüßend, die rechte Faust mit den Knöcheln an die Stirn. Eine Geste, die wir auf der *Flying Lady* aus Jux nachgeahmt hatten. »*Aye, aye, Sir! The same procedure as usual!*«

Ich drehte mich lächelnd zum I WO herum. »Typisch Smadding! Der hat schon auf der *Flying Lady* gern seine Englischkenntnisse angebracht. Die Herren Offiziere bitte ich allerdings, noch zu einer Besprechung an Bord zu bleiben. In zwanzig Minuten in meinem Kabuff. Bitte veranlassen Sie das, Herr Bernau, ja?«

In meinem Kabuff, wie ich meine winzige Kammer nannte, war ich zunächst versucht, den Schnellhefter des Flottillenchefs aufzuschlagen, um mich schon vorab über meine Offiziere zu informieren. Ich unterließ es, weil die Beurteilungen durch meinen Vorgänger nach Lage der Dinge vermutlich so negativ ausgefallen waren, daß ich mich davon nicht beeinflussen lassen wollte. Statt dessen blätterte ich den Papierwust durch, den der I WO zu meiner Information nach der Kommandoübergabe auf meiner Back aufgestapelt hatte. Eine Kladde fiel aus dem Rahmen und erregte meine Aufmerksamkeit. Ich schlug sie neugierig auf.

»Das darf doch nicht wahr sein!« entfuhr es mir ungewollt, denn mir fielen beinahe die Augen aus dem Kopf.

In dieser Kladde waren fein säuberlich und akribisch alle Disziplinarstrafen aufgeführt, die durch den Kommandanten seit der Indienststellung des Bootes verhängt worden waren. Das war an sich normal. Es gab darin jedoch nicht einen Tag, an dem nicht irgendwer für irgend etwas zur Bestrafung angestanden hätte, und zwar überwiegend wegen lächerlicher Nichtigkeiten, die man mit einem deftigen Anranzer, einem Strafdienst oder einer zusätzlichen Hafenwache hätte abtun können.

Puttfarken, der sinnigerweise an dem Tag das Kommando übernommen hatte, an dem ich nach meiner Verwundung auf der *Flying Lady* aus dem Schlunz entlassen worden war, hatte genau das Gegenteil getan und bis zum letzten Tag drakonische Strafen verhängt.

»Dieser hirnverbrannte Idiot! Kein Wunder, daß die ihn ...« fluchte ich vor mich hin, verschluckte aber den Rest des Satzes und klappte die Kladde zu, denn vor meinem Kabuff stoppten Schritte.

Der I WO schob den Vorhang am Schott zur Seite. »Dürfen wir, Herr Kaleu?«

»Nur herein, meine Herren! Bitte, nehmen Sie Platz.« Ich deutete einladend auf die Backskiste. »Ist zwar ein bißchen eng, aber wir werden schon klarkommen.«

Oberleutnant Bernau, ein ranker, schlanker, blonder Seeoffizier mit einem sympathischen Gesicht, ließ den II WO, Leutnant z. See Störmer, den LI, Oberleutnant Ing. Becker, und den Wachoffizierschüler, Fähnrich z. See Lehmann, passieren, ehe er sich selbst auf die Backskiste quetschte. Beim Anblick der vor mir liegenden Kladde huschte ein wissendes Schmunzeln über sein schmales Gesicht.

»Ich hoffe, ich habe nicht voreilig gehandelt, wenn ich den Fähnrich zu der Besprechung ebenfalls mitgebracht habe, Herr Kaleu? Sein Ressort ist unter anderem die Menage, und da dachte ich ...«

Ich hob die Hand. »Schon gut, Herr Bernau, durchaus richtig! Ich will mir ja durch Ihre Berichte zunächst nur einen Überblick über mein neues Kommando verschaffen, da gehört er als WO-Schüler selbstverständlich dazu. Ansonsten ist auch mir die Sonntagsruhe an Bord heilig, darum will ich Sie hier nicht über Gebühr festnageln. Sie können sich kurz fassen, meine Herren.« Ich tippte auf den Papierwust auf meinem Schreibtisch und lächelte. »Im übrigen kann ich lesen. Fangen wir also an! Bitte, I WO, Sie haben das Wort.«

Sie hatten sich angesichts der bevorstehenden Kommandoübernahme gut vorbereitet. Während jeder von ihnen einen komprimierten Bericht über sein Ressort abgab, hatte ich hinreichend Gelegenheit, mir einen ersten Eindruck zu verschaffen. Ich atmete auf. Sie verstanden ihr Geschäft und wirkten durchweg sympathisch. Rein äußerlich waren sie allerdings so unterschiedlich, wie sie unterschiedlicher nicht sein konnten.

Der I WO war in Auftreten und Sprache der typische ruhige Norddeutsche mit dem unverwechselbaren Zungenschlag des Kielers, für den ich als Hamburger ein untrügliches Gehör hatte. Der dunkelhaarige, feingliedrigere und etwas kleinere II WO wirkte dagegen nahezu quirlig und verriet durch seinen leichten süddeutschen Akzent, daß er aus dem Badischen kam. Ganz anders der untersetzte, gemütliche LI, ein Leipziger, der schon die Haare zu verlieren begann und sich nicht scheute, gelegentlich in sein sächsisches Idiom zu verfallen. Der schlanke, drahtige Fähnrich mit einem richtigen Lausbubengesicht unter dem dichten blonden Haarschopf verleugnete seine Herkunft ebensowenig: ein aufgeweckter, kecker Berliner in Wort und Ton, wie er im Buche stand, selbstsicher und von dem Kommandantenwechsel anscheinend unbeeindruckt.

Das gefiel mir. Am Ende ihrer Berichte stand für mich fest: Wenn der erste Eindruck nicht trog, brauchte ich mir wegen meiner Offiziere wohl keine heißen Ohren zu machen. Hinzu kamen die Kriegsauszeichnungen auf ihren Uniformen. Die bezeugten, daß sie – mit Ausnahme des Fähnrichs – bereits in den ersten sieben Monaten dieses Krieges Fronterfahrung als U-Bootoffiziere gewonnen hatten. Das war ungemein beruhigend.

»Ich danke Ihnen, meine Herren! Und nun erwarten Sie von mir hierzu eine Stellungnahme, was?« Ich deutete mit einem Lächeln auf die Kladde. »Das können Sie haben. Ich lege keinen Wert auf übertriebene militärische Formen. Wir sind hier nicht mehr auf dem Kasernenhof. Für solche harten Strafen für alberne Bagatellvergehen, wie sie diese Kladde hier widerspiegelt, habe ich nicht das geringste Verständnis. Das fördert nicht den Zusammenhalt der Besatzung als verschworene Gemeinschaft, wie wir sie auf See brauchen. Deshalb ist dafür fortan kein Platz mehr auf diesem Boot.«

»Na, Gott sei Dank!« rutschte es dem I WO heraus. »Sie sprechen uns aus der Seele, Herr Kaleu, denn dieser Unfug ist nicht auf unserem Mist gewachsen.«

»Ich habe davon gehört, Herr Bernau, und auch von Ihren Reaktionen, meine Herren. Da liegen wir offensichtlich auf der gleichen Linie, denn ich hätte vermutlich ähnlich gehandelt. Aber das bedeutet nicht, daß mit mir hier jetzt *laisser-faire* und Disziplinlosigkeit einziehen und alle militärischen Formen den Bach runtergehen. Wie sagen die Briten so treffend? *Dead is so permanent.* Das gilt auch für uns, die wir dem Tod bald jeden Tag ins Auge sehen müssen. Wir wollen heil zurückkommen. Da muß man das ohnehin schwierige Zusammenleben nicht noch mehr komplizieren.«

»Das heißt ...«, wollte es der LI genauer wissen.

»Das heißt, daß niemand mehr wegen nicht vorschriftsmäßigen Grüßens oder ähnlicher Mätzchen bei mir zum Rapport gestellt wird. Man muß nicht mit Kanonen auf Spatzen schießen, das läßt sich anders regeln. Wo aber Härte angebracht ist, da werden wir sie auch anwenden. Habe ich mich klar genug ausgedrückt?«

»Das haben Sie, Herr Kaleu, und wir sind Ihnen dankbar dafür«, sagte der I WO erleichtert. »Wir sind sicher, daß diese Kladde künftig anders aussehen wird.«

»Davon bin ich überzeugt, Herr Bernau. Doch nun möchte ich Ihnen den Sonntag nicht noch länger stehlen. Bis morgen, meine Herren!«

Hatten meine Frau und ich gehofft, ebenfalls den größten Teil des Sonntags bei diesem schönen Wetter gemeinsam verbringen zu können, so sahen wir uns beide enttäuscht. Ich kam erst am Nachmittag von Bord, als die Sonne längst ihren höchsten Punkt überschritten hatte und die ersten regenschweren dunklen Wolken aufzogen. Bis dahin hatte ich zu tun, um den Papierwust auf meinem Schreibtisch durchzuackern und den Dienstplan für den nächsten Tag für den Smadding zu skizzieren.

Eines mußte ich danach dem Puttfarken lassen: Bei einer unbeeinflußten Admiralsbesichtigung hätte U 115 auf der gesamten Linie mit Bestnoten abgeschnitten und höchste militärische Anerkennung geerntet. Er hatte mit seiner Kasernenhof-Methode nicht nur seine Besatzung zum militärischen Kadavergehorsam zusammengeknüppelt, auch bei seinem Papierkrieg hatte der militärische Amtsschimmel wiehernde Triumphe gefeiert. Leider waren dabei die menschlichen Beziehungen auf der Strecke geblieben.

Na ja, militärisch ist dein neuer Eimer jedenfalls tipptopp, dachte ich, während ich unter dem Zwitschern der Bootsmannsmaatenpfeife die Stelling zum Kai hinunterschritt und die Ehrenbezeigung des Postens erwiderte, mal sehen, wie's morgen um die Besatzung steht, wenn die Stunde der Wahrheit schlägt.

Als ich am Morgen von Land zurückkehrte, mußte ich trotz des strömenden Regens lächeln. Auf allen Schiffen tönte aus den Lautsprechern das morgendliche Schrillen der Bootsmannsmaatenpfeifen und der traditionelle Weckruf über den Hafen: »*Rise, rise* – aufsteh'n! Überall zurrt Hängematten! Einer stößt den anderen an, der letzte weckt sich selber dann! Aaauuf streckt die müden Leiber, die Pier steht voller nackter Weiber! Das Gattchen hoch, Amerika, der Bäcker aus Laboe ist da! Auf jedem Schiff, das dampft und segelt, gibt's immer einen, der die Waschfrau ...«

»Guten Morgen, Herr Kaleu!« übertönte der Smadding mit seinem lauten Gruß das frivole Ende des Weckrufs.

»Guten Morgen, Nummer Eins! So früh schon auf den Beinen? Gibt es dafür 'nen besonderen Grund? Ist inzwischen etwa seeklar befohlen worden?« Eine berechtigte Frage, denn die Zahl der U-Boote und vor allen Dingen der Transporter im Hafen hatte über Nacht deutlich sichtbar abgenommen.

Er schüttelte den Kopf und griente. »Nichts dergleichen, Herr Kaleu, reine Routine. Landgang bis zum Wecken, da habe ich gern ein Auge auf die Rückkehrer. Ich brauche noch ein paar für Dreckarbeiten.«

Obwohl ich wußte, daß auf U-Booten die Wände Ohren hatten, war ich doch wieder überrascht, wie schnell auch ihm der Bordfunk zugetragen hatte, daß nun ein anderer Wind wehte.

»Na und? Mit welchem Erfolg?«

Er zuckte bedauernd die Schultern. »Nichts, die waren alle überpünktlich wie die Chorknaben.«

»Na, das ist doch sehr erfreulich, Bootsmann!« Ich wandte mich zur Messe, um zu frühstücken. »Der Dienstplan für den heutigen Tag liegt übrigens in meinem Kabuff für Sie bereit. Also dann!«

Mitten in die Morgenmusterung platzte ein Läufer mit einem Schreiben des Flottillenchefs herein. Er hatte einen ganzen Stapel in seiner Depeschenmappe. Ich nahm ihm das Kuvert ab und quittierte den Empfang. Salutierend stob er davon.

»Wetten, daß das etwas Unerfreuliches ist, Herr Kaleu?« unkte der I WO. »So eilig, wie der 's hat!«

»Malen Sie den Teufel nicht an die Wand, Herr Bernau«, warnte ich, obwohl mir selbst nicht wohl war, als ich den Umschlag aufriß und den Inhalt überflog. »Sie hätten Ihre Wette gewonnen! 6-Stunden-Bereitschaft, Landgang, wenn überhaupt, entsprechend eingeschränkt. Proviantübernahme für sechs Wochen ist abzuschließen und das Bunkern von Treiböl und Frischwasser zu beschleunigen, meine Herren. Weitere Befehle bekomme ich heute nachmittag bei der Kommandantenbesprechung.«

»Das hört sich verdammt nach seeklar an«, meinte der II WO. »Fehlt bloß noch der Termin für die Munitions- und Torpedoübernahme.«

Ich nickte. »Der Termin für das Arsenal wird nicht lange auf sich warten lassen. Wir sollten auf alles vorbereitet sein.«

»Wasser und Treiböl sind schon bis zur Halskrause gebunkert«, sagte der LI gelassen, »und die gesamte Technik ist absolut seeklar.«

»Gut, Herr Becker, das werden Sie mit Ihren Männern im Laufe des Tages trotzdem noch einmal gründlich überprüfen. Und Sie, Fähnrich?«

»Die Proviantübernahme dürfte bis zum Abend abgeschlossen sein, Herr Kaleu«, meldete er salutierend.

»Dann nehmen Sie sich jetzt ein Arbeitskommando und machen sich mit dem Smut' zusammen an die Arbeit, Lehmann. Ich hoffe, daß der 'nen vernünftigen Stauplan hat, damit es später auf See keine Pannen gibt.«

»Der Smut' ist auf Draht, Herr Kaleu, der kommt von meinem alten Boot«, sagte der II WO. »Der kennt sich aus und ist ein hervorragender Koch.«

»Na bestens, Herr Störmer!« Ich lächelte. »Liebe geht bekanntlich durch den Magen. U 115 wird mir immer sympathischer, meine Herren. Die übrige Besatzung macht Dienst nach Plan.«

Das hieß, wir simulierten im Laufe des Tages praktisch alles, was es an Pannen und Schäden auf See geben konnte, von der Lecksicherung ... und ... und ... und ... bis zur Verwundetenversorgung. Es klappte wie am Schnürchen. Deshalb sparte ich bei der abschließenden Besprechung mit den Offizieren, Deckoffizieren und Maaten nicht mit meinem Lob; mochte Puttfarken auch dahinter gestanden haben, für diesen Ausbildungsstand zeichneten allein diese Männer verantwortlich.

Ich war überpünktlich. Unter den drei Kommandanten, die nach und nach zur Besprechung beim Flottillenchef eintrudelten, gab es nur einen, der mich wie einen lange vermißten guten Freund begrüßte. Es war mein Crew-Kamerad, Kapitänleutnant Frank Wildenow, genannt Kuddel.

»Mensch, Thomsen, altes Haus, du hier? Das freut mich aber!« Er schüttelte mir die Hand, daß sie beinahe aus ihrem Gelenk sprang. »Ich habe von der Vernichtung eures Bootes und deiner Verwundung gehört und dann nichts mehr. Ehrlich gesagt, ich habe befürchtet, du hättest den Löffel vorzeitig abgegeben!«

Ich lachte laut auf und rettete meine Hand aus seinem Klammergriff. »Wie du siehst, lebe ich noch. Totgesagte haben bekanntlich 'n zähes Leben, Kuddel!«

»Und was machst du hier? Bist du im Stab, Arne?«

»Nee, obwohl meine Frau darüber von Herzen froh wäre. Ich bin Kommandant auf U 115.«

»Was bist du?« Kuddel starrte mich ungläubig an. »Sag bloß, sie haben dir diesen üblen Eimer angedreht?«

»Üblen Eimer angedreht?« fragte ich konsterniert. »Was soll denn das heißen?«

»Das weißt du nicht? Der Puttfarken hat doch im Kasino jedem, der es hören wollte, sein Klagelied über seinen Kahn mit inkompetenten Offizieren und einer undisziplinierten, verluschten Besatzung gesungen, die er vergeblich auf Vordermann zu bringen versucht habe. Deshalb hat er sich doch weggemeldet!«

»Weggemeldet?« Ich zog ihn zur Seite, damit mich die anderen, die die Ohren spitzten, nicht hören konnten. »Umgekehrt wird ein Schuh daraus, Kuddel! Der Eimer ist ganz in Ordnung. Er war der Arsch. Du kennst ihn doch! Deshalb ist er weggelobt worden.«

»Weggelobt worden? Ehrlich?« Er pfiff durch die Zähne. »Aha, daher also!«

»Und du? Auf welchem Boot bist du Kommandant?«

Er kam nicht mehr dazu, mir meine Frage zu beantworten. Der Flottillenchef betrat den Raum, gefolgt von seinem Adjutanten, Oberleutnant zur See Bertram, und dem Schreibermaat.

»Nehmen Sie bitte Platz!« Er schien es eilig zu haben, denn er wartete nicht, bis wir alle saßen, sondern wandte sich sofort an Wildenow und die beiden anderen Kommandanten. »Es ist eine Entwicklung eingetreten, die mich zwingt, mich kurz zu fassen, meine Herren. Sie haben Ihre Boote einsatzbereit gemeldet. Ihre drei Boote werden darum umgehend seeklar machen und mit der Abendflut auslaufen. Herr Bertram, die Einsatzbefehle!«

Oberleutnant zur See Bertram sprang auf und händigte den drei Kommandanten die versiegelten Umschläge aus, die ihm der Schreibermaat zureichte.

»Der GKdos-Umschlag darf erst geöffnet werden, wenn Sie Helgoland querab haben. Er enthält einen roten Umschlag und das Ihnen zugewiesene Einsatzgebiet. Es ist umgehend anzulaufen. Der rote Umschlag mit weiteren Befehlen für Sie ist auf das Funksignal *›Hartmut‹* hin zu öffnen.«

Er schaute in die Runde. »Ich weise darauf hin, daß das Unternehmen *›Hartmut‹* der absoluten Geheimhaltung unterliegt. Deshalb wird bei Ihrem Auslaufen auch keine offizielle Verabschiedung erfolgen«, fügte der Chef hinzu. »Je weniger Aufsehen, desto besser.«

»Ich wüßte nicht, worüber ich mich mehr freuen sollte«, konnte sich Wildenow nicht verkneifen. »War's das, Herr Kapitän?«

Kuddel hatte bei dem Kapitän offensichtlich einen Stein im Brett, denn der grinste über die flapsige Frage. »Genau das war's, Herr Wildenow! Alles andere haben wir ja schon vorher geklärt. Ich wünsche Ihnen allen Mast- und Schotbruch! Gute Jagd und fette Beute! Kommen Sie heil wieder rein, meine Herren!«

»So, nun zu Ihnen, Herr Thomsen«, sagte der Flottillenchef, nachdem sich die Tür hinter den dreien geschlossen hatte. »Ich gehe davon aus, daß Sie sich inzwischen mit Ihrem Boot vertraut gemacht und der Besatzung auf den Zahn gefühlt haben. Wie ist Ihr Urteil?«

»Der erste Eindruck ist absolut positiv, Herr Kapitän. Oder sagen wir lieber, er ist besser, als ich es nach den Unterlagen, die ich vorgefunden habe, erwartet habe. Ob der allerdings der Praxis auf See standhält, muß sich erst noch erweisen.«

»Unterlagen?« Er schmunzelte. »Die Kladde, was? Wenn Sie dann auch noch irgendwann mal die Beurteilungen lesen, dann wundert Sie gar nichts mehr. Aber nun zu Ihnen. Die Situation hat sich grundlegend geändert. Tut mir leid für Sie, denn ihr fallen auch die Ihnen von mir zugestandenen vier Tage zum Opfer. Ihr Boot geht noch heute nach der Proviant-, Wasser- und Ölübernahme an den Arsenalkai.«

»Torpedo- und Munitionsübernahme morgen früh ab sechs Uhr«, fügte der Adjutant hinzu. »Die Einsatzbefehle überbringe ich Ihnen dann im Laufe des Vormittags, Herr Kaleu.«

»Die Torpedo- und Munitionsübernahme dürfte mittags beendet sein, Herr Thomsen«, fuhr der Flottillenchef fort. »Anschließend seeklar. Auslaufen vierzehn Uhr. Für den Fall, daß wir heute nacht wieder Besuch bekommen, der uns das Fahrwasser vermint, wird Sie ein Minensucher aus der Jade geleiten. Alles klar?«

Ich nickte. »Es trifft mich zwar nicht mehr unvorbereitet, aber ich hatte gehofft, mir bliebe noch etwas mehr Zeit, Herr Kapitän. Zwei Tage sind verdammt knapp, um Boot und Besatzung vollends in den Griff zu bekommen und daneben auch noch meine persönlichen Angelegenheiten zu regeln.«

Kaum waren die »persönlichen Angelegenheiten« heraus, da bedauerte ich auch schon, sie mir nicht verkniffen zu haben, denn Korvettenkapitän von Wittmand horchte verwundert auf.

»Persönliche Angelegenheiten? Wie darf ich das verstehen?«

»Nun, um es auf einen kurzen Nenner zu bringen, Herr Kapitän, ich habe nicht damit gerechnet, daß mir das Kommando über ein bereits frontklares Boot so kurzfristig übertragen werden könnte. Das war mein Fehler, sonst hätte ich meiner schwangeren Frau den Wunsch abgeschlagen, mich nach Schlicktown zu begleiten.«

Er bekam das prompt in den falschen Hals. Sein Gesicht verzog sich, als habe er auf eine saure Zitrone gebissen. »Das ist zwar bedauerlich, Herr Thomsen, aber nicht zu ändern. Wir alle müssen jetzt persönliche Opfer bringen.«

Das war ein Satz, der mir nun gar nicht schmeckte.

»Dem habe ich mich bisher nicht entzogen und dem werde ich mich auch in Zukunft nicht entziehen, Herr Kapitän. Ich bedaure, daß ich mein Problem überhaupt erwähnt habe.«

»Nicht doch, Herr Thomsen, so war das doch gar nicht gemeint!« versuchte er, die Wogen zu glätten. »Ich habe volles Verständnis für Sie und Ihre Gattin; aber mir sind durch das Unternehmen ›*Hartmut*‹ die Hände gebunden. Deshalb läßt sich leider nichts ändern.«

Das war keine leere Floskel, das sah ich seinem Gesicht an. Da erübrigte sich jeder Versuch, auch nur noch einen Tag mehr herausschinden zu wollen. Ich schluckte meine Enttäuschung herunter und schickte mich wortlos darein.

Anke, meine Frau, dachte am Abend jedoch gar nicht daran, sich wortlos dareinzufinden. Lautstark redete sie sich ihre ganze Enttäuschung über diese unerwartete Wendung von der Seele, bis ich die Gelegenheit nutzte, als sie für einen neuen Wortschwall Luft holen mußte. Ich faßte sie liebevoll um und legte ihr meine Hand auf den Mund.

»Genug gebrüllt, Liebling! Es bringt gar nichts, wenn du dich so aufregst. Denk lieber an unseren Sohn! Was soll der von seinem Vater halten, wenn du mir mit derartigen Ausdrücken den Kopf wäschst?«

Sie wischte meine Hand zur Seite und funkelte mich an, denn sie hatte ihr Pulver noch nicht verschossen. »Sohn? Da sei Gott vor! Es wird eine Tochter, damit du es weißt! Die muß später nicht Soldat spielen und muß sich auch nicht, so wie du, von solchen Kommißköpfen herumstoßen lassen! Und was heißt denn der Quatsch, was er ›von seinem Vater halten‹ soll? Du willst mir nur ...«

»Moment!« Ich hielt ihr erneut den Mund zu. »Du bist im siebten Monat. Hast du mir nicht selbst erklärt, daß mein

Sohn oder deine Tochter alles hört und schon jetzt ganz genau mitbekommt, was wir miteinander treiben?«

Sie bekam in der Erinnerung an diese Szene einen knallroten Kopf. »Das ... das war doch in einer ganz anderen Situation! Ach, Arne, warum macht man uns das Leben nur so schwer? Dieser Scheißkrieg! Wenn unsere Tochter zur Welt kommt, bist du auf See, und ich ...«

»Eben! Darum laß uns den Scheißkrieg ganz schnell vergessen.« Ich küßte sie, bis wir alles um uns herum vergaßen und nur noch uns selbst fühlten.

Als U 115 am nächsten Tag pünktlich die Leinen loswarf und Kurs auf die Hafenausfahrt nahm, war es ein einsamer Abschied von Wilhelmshaven. Kais und Hafenmolen waren wie leergefegt. Dafür hatte der kräftige Wind gesorgt, der seit dem Morgen ständig zugenommen hatte, die Jade mit Windstärke 7 bis 8 hoch aufgischtend gegen die Deiche und Molen branden ließ und die Regenflagen in Böen fast waagerecht über Stadt und Hafen peitschte.

Während die Brückenwache darüber lauthals fluchte, weil der Regen unter das Ölzeug drang und sich in den Seestiefeln sammelte, war ich keineswegs böse, denn Anke befand sich auf der Heimfahrt nach Blankenese. Mehr als meine Worte hatte sie der Blick aus ihrem Hotelfenster davon überzeugt, daß eine ungeschützte Hafenbrücke bei diesem Sauwetter keineswegs der richtige Ort für eine Frau in anderen Umständen war, um unser Auslaufen zu beobachten, wie sie es vorgehabt hatte.

Durch den Regendunst blitzte von der Signalstation ein Anruf zu uns herüber.

»Dösen Sie nicht, Vogel! Signalisieren Sie Empfangsbereitschaft!« spitzte der I WO den Signalgast an. »Was wollen die von uns?«

»Eine Nachricht von der Flottille, Herr Oberleutnant! Die Jade ist minenfrei. Man wünscht uns gute Jagd und fette Beute!«

»Quittieren und danken Sie, Vogel!« Der I WO wischte sich die Tropfen aus dem Gesicht. »Minenfrei! Was anderes hätte mich bei diesem Sauwetter auch gewundert, Herr Kaleu. Glaube auch nicht, daß uns draußen bei dieser schlechten Sicht eine der britischen Mistbienen in die Quere kommen wird. Außerdem sind wir noch im Schutz der Flakbatterien, da werden die sich hüten.«

»Bin ganz Ihrer Meinung, Herr Bernau. Kein gutes Flugwetter, aber kann man's wissen?«

Meinen Rat, trotzdem die Flak-Bedienung aufziehen zu lassen, schluckte ich herunter. Ich hatte mir vorgenommen, das Kommando auf der Brücke dem jeweils wachhabenden Offizier zu überlassen und nur einzugreifen, wenn es unumgänglich war. Zum einen konnte ich mir nur so ein Bild von den Qualitäten meiner Offiziere machen, zum anderen hatte es letztlich kein Wachoffizier gern, wenn ihm der Kommandant alle naselang in seine Wache hineinquakte. Darum lehnte ich, vom Wind abgewandt, an der Turmbrüstung und spielte den stillen Beobachter.

Bernau trat an den Kompaß und nahm die Ansteuerungstonne in den Peildiopter. »Rudergänger, Kurs drei-drei-null! Maschine, auf Umdrehungen für zwozehn Knoten gehen.«

Ich nickte anerkennend. Der I WO macht sich, ist ruhig und selbstsicher, von Inkompetenz keine Spur, gestand ich mir ein, während der Bug herumschwenkte und der Bojenreihe auf der Jade zu folgen begann. Auch die Brückenwache machte sich. Ich hätte lügen müssen, hätte ich einem von ihr am Zeuge flicken wollen. Ich hätte allerdings auch gern gewußt, wie es um die Bedienungen der 2cm-Feuerspritzen, von denen wir ungewöhnlicherweise zwei auf dem Wintergarten hatten, und der 8,8cm-Kanone wirklich bestellt war.

Zwar hatte ich die Schußunterlagen aus der Frontvorbereitung eingesehen, laut denen ich wahre Meisterschützen an Bord hatte, die sich von der Marineartillerie zur U-Bootwaffe gemeldet hatten. Trotzdem gelang es mir nicht, die unterschwellige Sorge aus meinem Hinterkopf zu vertreiben, draußen auf See könnte das im Ernstfall alles ganz anders aussehen.

Unter meinen Füßen vibrierte die Gräting im Takt der Diesel, als der LI die Geschwindigkeit erhöhte. Sekundenbruchteile lang stand eine dunkle Abgaswolke über dem Achterschiff, ehe sie eine Böe packte und achteraus verwehte. Gischt sprühte über den Turm, schmeckte salzig auf den Lippen. Aber noch war es Brackwasser.

»Das nennt sich nun Frühling, Herr Kaleu. Da träumt man von Sonne, weißblauem Himmel und lauer Luft, die den herrlichen Geruch von Krokussen und anderen Frühblühern von Land herüberträgt. Frühling, wie er an der See nicht schöner sein kann, und jetzt so'n tristes Schietwetter.« Bernau schüttelte sich, daß die Tropfen von seinem Ölzeug nach allen Seiten stiebten. »Da sieht ja alles noch trübseliger als trübe aus.«

Ich grinste, denn er drückte genau das aus, was ich in diesem Augenblick ebenfalls empfand. Butjadingen, den Landstrich an Steuerbord, konnte man im Regendunst nur erahnen. Und auch das trockengefallene Watt zu beiden Seiten der Fahrrinne, die im prasselnden Regen achteraus verschwimmenden Konturen der Stadt und der Kirchtürme der an Backbord sich hinter dem vorbeigleitenden Deich duckenden Dörfer waren tatsächlich wenig geeignet, auch nur einen winzigen Hauch von Frühling aufkommen zu lassen.

»Haben Sie denn Schlicktown schon einmal anders erlebt, Herr Bernau?« Ich stopfte das Handtuch um meinen Hals noch fester in den aufgestellten Kragen, um den eindringenden Regen aufzufangen. »Ich nicht! Die Sonne gab, wenn überhaupt, immer nur ein kurzes Gastspiel. Und trotzdem soll es hier hinter dem Deich Orte geben, wo man Sommerurlaub machen kann.«

Er lachte auf. »Ich kann Ihnen auch sagen, warum, Herr Kaleu. Durch Jever Bier und Köm wird selbst ein verregneter Sommerurlaub an dieser Küste erträglich. Beides fließt dann reichlich.«

Ich nickte, denn ich erinnerte mich nur zu gut an die Sommerferien mit meinen Eltern an der Küste bei Husum. Damals hatte ich mich in meiner jugendlichen Unbedarftheit noch gewundert, mit welcher atemberaubenden Geschwindigkeit die Getränkevorräte meiner Eltern verschwanden.

»Stimmt, I WO. Und – um ehrlich zu sein – gegen diese Getränke hätte ich jetzt auch nichts einzuwenden.«

Wir brauchten viereinhalb Stunden, ehe sich im Dämmerlicht die Konturen Helgolands in unseren Gläsern abzuheben begannen. Es gab einen ganz plausiblen Grund dafür, daß es so spät geworden war.

Ich hatte wissen wollen, mit was für einem Eimer man mich hinaus auf See geschickt hatte. Das hatte Zeit gekostet. Sobald wir genügend Wasser unter dem Kiel hatten, hatte ich das übliche Trimmen des Bootes dazu benutzt, Boot und Besatzung auf Herz und Nieren zu prüfen.

Ich konnte zufrieden sein. Der LI hatte die Technik und seine Stoker voll im Griff, und auch die übrige Besatzung war auf Zack. Unter den Neulingen an Bord hatte es allerdings einige Unruhe gegeben, als in zweihundert Metern Tiefe Stopfbuchsen lecksprangen und die Quer- und Längsspanten unter dem gewaltigen Wasserdruck zu stöhnen und zu knirschen begannen. Aber das war normal, denn für diese Tiefe war das Boot gar nicht konstruiert. Und so war es eine wichtige Erfahrung für die Männer, daß alles dem enormen Außendruck trotz dieser beängstigenden Vorgänge standhielt, wenn wir vor Verfolgern bis in diese Tiefe flüchten mußten.

»Klar zum Auftauchen!« befahl ich am Ende dieser Stunde der Wahrheit aufatmend und schlüpfte in mein Ölzeug. »Brückenwache und Flakbedienung in den Turm! ... Anblasen!«

Preßluft strömte in die Tauchtanks. Sanft schwebte das Boot nach oben. Ein weiterer Beweis, daß ich mich auf meine Männer verlassen konnte. Sie katapultierten uns nicht an die Oberfläche, so daß das Boot wie ein Korken aus dem Wasser schoß. Je höher wir jedoch kamen, desto stärker nahm das Boot die Bewegungen der stürmischen See über uns auf.

»Achtung! Turm kommt frei! Boot ist aufgetaucht!«

»Scheiße!« hörte ich den II WO auf der Turmleiter lauthals fluchen, als das Boot hart überholte. Das Turmluk sprang auf. »Wahrschau!«

Ein Brecher schwappte in den Turm hinein und ergoß sich über die aufenternden Männer bis hinunter in die Zentrale. Auch ich bekam eine deftige Dusche ab, obwohl ich zuunterst auf der Leiter stand. Torkelnd holte das Boot erneut über, während ich nach oben stieg. Blitzschnell krabbelte ich aus dem Turmluk und knallte es hinter mir zu. Gerade noch rechtzeitig ging ich hinter der Turmbrüstung in Deckung und zog den Kopf vor der Gischtfahne des Brechers ein, der von Backbord auf das Vorschiff niederbrach und schäumend den Turm umbrandete.

»Ruder Backbord zehn!« überschrie der II WO das Heulen des Windes in den Verspannungen und brachte damit das Boot in den Wind. »Recht so! Neuer Kurs drei-fünf-null!«

Der Bug lief gegen die anrollende Dünung an. Als dann die Schrauben griffen, schnitt er tief in die rauhe See. Damit kam wenigstens halbwegs Ruhe in das Boot. Das Rollen ging in ein erträgliches Stampfen über.

»Der Wind hat auf Nordnordwest gedreht, Herr Kaleu!« Der II WO tauchte wie ich hinter dem Brückenkleid ab, um der vom Bug aufgeworfenen Gischtfahne zu entgehen, die über uns hinwegfegte. »Hoffentlich läßt damit auch der Regen nach und wird die Sicht besser.«

»Hoffentlich!« antwortete ich und ging erneut in die Knie.

Das Wetter tat uns jedoch nicht den Gefallen. Als Helgoland sich aus dem Regendunst schälte, hatte ich nicht nur die Nase von dem Sauwetter voll und war unter dem Ölzeug naß bis auf die Haut. Ich erinnerte mich an die Warnung vor britischen U-Booten, die möglicherweise vor der Marinebasis der Insel auf der Lauer lagen und auf leichte Beute hofften. Denen wollte ich nicht vor die Rohre laufen. Außerdem wollte ich endlich das Kuvert mit unseren Einsatzbefehlen öffnen.

»Auf Tauchstation, Herr Störmer! Klar zum Tauchen!«

Ein Befehl, der nur zu gern befolgt wurde.

Ich riß den Umschlag auf und überflog den Inhalt des Schreibens. Enttäuscht ließ ich es sinken.

»Tut mir leid, meine Herren«, sagte ich zu meinen Offizieren, die mich erwartungsvoll ansahen. »Außer einer Positionsangabe und dem zweiten Kuvert keine näheren Angaben, warum man es so eilig hatte, uns auf See hinauszuschicken. Wir sollen umgehend 63°24'Nord und 7°50'Ost anlaufen und dort ab 6. April weitere Befehle abwarten. Das klingt nach Nordmeer. Fähnrich, flitzen Sie mal in die Zentrale. Wir brauchen den Übersegler, ein Kursdreieck, ein Lineal und den Stechzirkel.«

»Jawohl, Herr Kaleu!« Er sprang von der Backskiste im Offizierslogis auf und sauste hinaus.

»Nordmeer?« fragte der I WO verwundert. »Kein Landeunternehmen auf den britischen Inseln, das wir von See abschirmen sollen, Herr Kaleu?«

»Eine Landung in England? Du lieber Himmel, wie kommen Sie denn darauf, Herr Bernau?«

»Im Kasino brodelte die Gerüchteküche. Von einem unmittelbar bevorstehenden Überraschungsschlag gegen England wurde gemunkelt. Und was da im Hafen geschah, schien das zu bestätigen. Die Frachter nahmen überwiegend Kisten mit Infanterie- und Artilleriemunition, ein paar Feldküchen und jede Menge Konserven an Bord, eindeutig Nachschub für ein geheimes Landungsunternehmen.«

»Mit den Passagierschiffen war das nicht anders. Das waren bestens ausgestattete Lazarettschiffe, vollgestopft mit bildhübschen Karbolmäuschen, die aber nicht an Land durften.« Man sah dem II WO das Bedauern an. »Schade, das hätte ein bißchen Leben in die Bude gebracht.«

»Und woher haben Sie das nun wieder, Herr Störmer? Auch aus der Gerüchteküche im Kasino?«

»Aus dem Kasino schon, aber nicht aus der Gerüchteküche, Herr Kaleu, sondern von den Ärzten. Die sprachen ganz offen darüber. Ihr Ziel kannten sie allerdings auch nicht. Sprach man die Offiziere aus dem Flottillenstab darauf an, dann zuckten die nur grinsend die Schultern und schwiegen sich aus.«

Mein lieber Mann, da hatte ich wohl einiges versäumt,

dachte ich, denn für das Kasino hatte es mir an Zeit gefehlt. Was die beiden sagten, klang tatsächlich nach einem Landungsunternehmen. Dennoch hatte ich meine Zweifel.

»Aber England, meine Herren? Nee, das wäre ein Selbstmordunterfangen. Dafür fehlt uns doch jede Basis.«

»Habe ich auch gesagt, Herr Kaleu«, pflichtete mir der LI bei. »Da hätten wir doch ganz schnell die gesamte britisch-französische Flotte auf dem Hals.«

»Aber gegen wen dann?« rätselte der I WO.

Die Rückkehr des Fähnrichs enthob mich einer Antwort. Ich reichte ihm das Schreiben mit den Koordinaten. »Dann man los, Fähnrich! Setzen Sie den Schiffsort auf der Karte ab. Bin gespannt, was dabei herauskommt.«

Er breitete die Großraumkarte auf der Back aus und setzte gekonnt den befohlenen Schiffsort darauf ab. Es war ja auch eine Aufgabe, die jeder Seekadett spielend beherrschte. Trotzdem starrte er ungläubig auf das Ergebnis. Kopfschüttelnd überprüfte er erneut seine Eintragung.

»Was ist los, Lehmann? Kommen Sie damit nicht klar?«

»Doch, Herr Kaleu, ich bin nur überrascht! Es ist tatsächlich das Nordmeer, und zwar auf der Höhe von Trondheim.«

»Sind Sie sicher, Fähnrich?« fragte der I WO zweifelnd. Er nahm ihm Dreieck und Lineal aus den Händen, um die Koordinaten zu kontrollieren. »Tatsächlich das Nordmeer auf der Höhe von Trondheim! Was sollen wir denn da? Das ist doch weitab vom Schuß!«

»Frei von der Küste bleiben und auf die weiteren Anweisungen per Funk warten, Herr Bernau. Stichwort *›Hartmut‹*«, versetzte ich trocken. Ich nahm die Entfernung in den Zirkel und setzte sie auf dem Kartenrand ab. »Rund siebenhundertzwölf Seemeilen, bei einer Marschgeschwindigkeit von zwozehn Knoten also knapp drei Tage.«

Bernau grinste. »Immer vorausgesetzt, es kommt uns keiner in die Quere und zwingt uns zum Tauchen.«

Ich nickte. »Was vermutlich ein frommer Wunsch bleiben wird.«

Es blieb ein frommer Wunsch, obwohl wir die ganze Nacht über ungehindert aufgetaucht nach Norden laufen konnten. Der Dauerregen hatte gegen Mitternacht aufgehört, der steife Wind war jedoch geblieben. Er riß die Wolkendecke auf, so daß die Sterne durch die Lücken auf uns herabfunkelten.

Mit dem Wind lief von Norden eine starke Dünung auf, in die der vorwärtsstürmende Bug tief hineinschnitt, wenn das Boot von einem Wellenberg in das Tal hinabglitt und den nächsten Berg auf die Hörner nahm. Die Back verschwand jedes Mal unter tonnenschweren Wassermassen. Tosend brandeten sie über das Vorschiff, begruben schäumend die 8,8cm-Kanone unter sich und brachen sich letztlich am Turm mit einer mächtigen Gischtfahne, die über die Brücke hinwegfegte.

Vier Stunden Kriegswache auf dem Turm unter diesen Bedingungen waren nicht weniger schlimm, als sie es bereits im prasselnden Dauerregen gewesen waren. Diesen gewaltigen Duschen war das Ölzeug auf die Dauer noch weniger gewachsen. Außerdem war es spürbar kälter geworden.

Trotz dieser widrigen Umstände blieben wir oben, als der Morgen heraufdämmerte und der übliche Alarm auch die Flak- und Geschützbedienung auf den Turm rief. Das war notwendig, um die Batteriekapazität zu schonen, falls wir für längere Zeit in die Tiefe verschwinden mußten, weil uns jemand ans Leder wollte.

Für die Neulinge an Bord war es ebenfalls bitter notwendig. Die U-Bootwaffe galt nämlich gemeinhin als *die* Eliteeinheit der Kriegsmarine, deren Besatzungen sich durchweg aus Freiwilligen rekrutierten. Unter ihnen gab es bekanntermaßen viele, die sich zu dieser Freiwilligmeldung durch recht unrealistische Vorstellungen vom Dienst hatten verleiten lassen.

Da galt es, sie die harte Realität des U-Bootalltags im Fronteinsatz am eigenen Leib möglichst frühzeitig auskosten zu lassen, und dafür waren diese widrigen Umstände bestens geeignet.

»Schauerbewölkung, Herr Kaleu! Typisches Rückfrontwetter«, behauptete Obersteuermann Wegner nach einem Blick auf die tiefschwarzen Wolkenfelder, die der Wind über den immer heller werdenden Morgenhimmel trieb. »Da wird es an Land tüchtig gießen.«

»Ich kann mir 'was Schöneres vorstellen«, brummte ich. »Beispielsweise abflauenden Wind, gute Sicht und blau...«

Das Wort blieb mir im Halse stecken, denn aus einer der Wolkenlücken stieß ein Flugzeug herunter und kurvte auf uns ein.

»Fliegeralarm! Unbekanntes Flugzeug im Anflug aus drei-fünf-fünf!« schrie der Signalmaat.

In meinem Kopf überschlugen sich die Gedanken, rechneten unsere Chancen aus. Wegtauchen, das war meine erste Regung, denn die zweimotorige Maschine, eine britische Wellington, war noch weit ab. Aber sie kam rasend schnell näher, so daß sie möglicherweise unseren Tauchwirbel entdeckte. Dann waren wir verloren. Darum war es zum Tauchen zu spät.

Ich dachte an die Schußunterlagen, an die Vorschußlorbeeren für die »Meisterschützen« an unseren Geschützen. Das gab den Ausschlag, wir mußten es riskieren.

»Drehen Sie bei, Herr Störmer, und bringen Sie das Boot

quer zur Dünung, damit unsere Geschütze zum Tragen kommen und uns die Maschine nicht der Länge nach überfliegen und bombardieren kann. Und dann runter auf Halbe Kraft, sonst wäscht die See die Acht-acht-Bedienung vom Vorschiff!!«

Der II WO begriff sofort. Wir hatten außerdem Glück. Noch während das Boot drehte, packte die Dünung den Bug und drückte ihn noch schneller herum. Das Boot holte zwar schwer nach Steuerbord über, aber es pendelte im Wellental gleich wieder auf ebenem Kiel ein.

»Recht so! Ruder komm auf! Beide Maschinen Halbe Kraft voraus! Feuer frei für alle Waffen.«

Im gleichen Augenblick blitzten die Bordkanonen der Wellington auf, viel zu früh, um uns zu treffen, denn die Dünung fing ihre Geschosse ab. Aber nicht schlecht gedacht, abgefeuert, um uns einzuschüchtern. Kaum hob jedoch die Dünung das Boot aus dem Wellental empor, blieben wir den Briten die Antwort nicht schuldig.

Unsere beiden Feuerspritzen belferten los und deckten die Maschine mit einem Geschoßhagel ein. Alle Achtung, sie lagen sofort deckend, und das war auf dem schwankenden Boot nahezu ein Wunder. Noch bevor die Acht-acht zum Schuß kam, türmte sich ein Roller vor uns auf und beförderte uns wieder in das Wellental.

»Sprenggranaten, Einstellung ...«, hörte ich den Geschützführer der Acht-acht schreien, dann übertönte der Gefechtslärm seine Stimme, als uns der nächste Roller wie in einem Fahrstuhl emporhob.

Der Anblick war erschreckend. Völlig unbeeindruckt von unserem Abwehrfeuer kam die Wellington unaufhaltsam näher und näher, pflügten sich ihre Geschoßgarben durch die See heran und pfiffen über den Turm hinweg. Ich mußte mich zwingen, nicht den Kopf vor ihnen einzuziehen. Schon glaubte ich, die Gesichter der Briten in ihrer Kanzel erkennen zu können, zu sehen, wie sich an der Unterseite der Maschine die Bombenschächte öffneten.

Verdammt, hatte ich mich verkalkuliert? Der Gedanke war noch nicht zu Ende gedacht, da krepierte direkt unter der angreifenden Maschine eine 8,8cm-Granate. Mehr konnte ich zunächst nicht ausmachen, weil ich den Kopf noch vor den Geschossen der Wellington einziehen mußte. Doch dann brach der Beschuß durch ihre Bordkanonen jäh ab. Dafür brüllten ihre Motore auf.

Als ich wieder über den Turmrand lugte, hatte die Maschine allen Schrecken für uns verloren. Völlig außer Kontrolle geraten, kurvte sie aus ihrem Angriffskurs. Der Explosionsdruck und der Splitterregen unserer Granate hatten ihr Heck zertrümmert und das Leitwerk mit dem Höhen- und Seitenruder weggefetzt. Noch immer von den donnernden Motoren getrieben, torkelte der steuerlose Rumpf der Wasseroberfläche entgegen.

Unter lautem Jubelgeschrei glitt U 115 in das Wellental. Noch während uns die Dünung wieder emporhob, brach der Motorenlärm mit einem ohrenbetäubenden Donnerschlag ab. Keine achthundert Meter von uns entfernt stieg, begleitet von einer gewaltigen Druckwelle, ein riesiger Rauchpilz an der Stelle himmelwärts, wo die Maschine mit ihrer Bombenlast auf der Wasseroberfläche aufgeschlagen und explodiert war.

»Teufel, das war knapp!«

Es war zwar bestimmt ein Zufallstreffer der Acht-acht gewesen, trotzdem bat ich im stillen die Geschützbedienungen wegen meiner Zweifel an ihrer Treffsicherheit um Entschuldigung.

»Das hätte aber verdammt ins Auge gehen können! Nehmen Sie Kurs auf die Absturzstelle, II WO. Rechtzeitig rausgekommen ist bestimmt keiner, darum wird das auch kein Tommy überlebt haben. Aber kann man es wissen? Manchmal geschehen auch Wunder.«

Es geschah kein Wunder. Die Absturzstelle war ein einziges Trümmerfeld, in dem Leichenteile der von der Bombenexplosion zerrissenen Besatzung in der Dünung dümpelten, nur noch von der Luft in den Resten ihrer zerfetzten Fliegermonturen an der Wasseroberfläche gehalten. Ein grauenhafter Anblick, der an die Nieren ging und jedes Triumphgefühl über diesen Abschuß im Keim erstickte. Es verwandelte sich in blankes Entsetzen.

»Hören Sie gefälligst auf, uns hier den Wintergarten vollzukotzen, verdammt noch mal!« fuhr der II WO zwei totenbleiche Männer des achteren Ausgucks an, denen der grauenvolle Anblick auf den Magen geschlagen war. »Schauen Sie genau hin! So sieht der Tod auf See tatsächlich aus! Das paßt wohl nicht zu Ihren Vorstellungen vom Heldentod für Führer, Volk und Vaterland auf dem Feld der Ehre, wie man sie Ihnen in der Hitlerjugend eingetrichtert hat, was?«

Das war ein Ton, den ich gar nicht schätzte. Schon gar nicht in einer solchen Situation, wo verständlicherweise jedem von uns übel wurde, und noch weniger, wenn dabei eine politische Organisation wie die HJ in dieser Form vor den Männern auf der Brücke kritisiert wurde. War das etwa auch wieder ein Erbe Puttfarkens?

Schon wollte ich dazwischenfahren, da machten mich die Männer an der Flak stutzig. Warum grinsten die so schadenfroh? Und was hatte es mit der kritischen Bemerkung über die Hitlerjugend für eine Bewandtnis? Hatte Störmer einen besonderen Grund dafür?

Ich schob die Klärung dieser Frage auf. Es gab jetzt Wichtigeres zu tun. Ich bezweifelte nämlich, daß die Wellington allein Aufklärung geflogen war. Hatte sie gefunkt, mußten wir schon bald mit weiteren Maschinen rechnen.

»Sperrt mir ja die Augen auf, sonst ergeht's uns so wie den abgeschossenen Tommies, und danach steht mir gar nicht der Sinn!« ermahnte ich die Männer des Ausgucks. »Geschützstände aufklaren! Bereitschaftsmunition ergänzen! Gehen Sie auf unseren alten Kurs zurück, II WO, und nehmen Sie die alte Marschgeschwindigkeit wieder auf, sobald die Acht-acht gesichert und die Bedienung wieder in Bereitschaft auf dem Turm ist.«

Sie ließen uns keine zwanzig Minuten Zeit. Sie – das waren vier Maschinen, die in einer auseinandergezogenen Suchformation über die westliche Kimm kamen. Diesmal blieb uns gar keine Wahl. Angesichts dieser Übermacht mußten wir schleunigst von der Bildfläche verschwinden.

»Auf Tauchstation!« Blitzschnell leerte sich der Turm. »Alarmtauchen!«

Als ich das Turmluk über mir zuknallte und die Vorreiber dicht trieb, schnitt das Vorschiff bereits unter. Bullernd schoß das Wasser in die aufgerissenen Tauchzellen. Ich war sicher, daß wir rechtzeitig von unserem Tauchpunkt wegkamen. Wenn die Tommies den Punkt erreichten, mußte der Tauchwirbel längst von Wind und Dünung verwischt worden sein.

»Auf vierzig Meter einpendeln!« befahl ich. »Marschgeschwindigkeit vier Knoten.«

Während wir unter Wasser nach Norden abliefen, nahm ich mir in meinem Kabuff den II WO zur Brust, der inzwischen vom I WO abgelöst worden war.

»Ihre Reaktion vorhin auf der Brücke hat mich in Erstaunen versetzt, Herr Störmer. Schön, die Männer haben den Wintergarten besudelt, aber haben Sie da nicht überreagiert?

Vor allen Dingen – was hat das mit der Hitlerjugend zu tun?«

»Mit dieser Frage habe ich gerechnet, Herr Kaleu.« Meine Fragen schienen ihn nicht zu beunruhigen. »Der Anranzer war notwendig, nicht allein wegen des Würfelhustens. Die Sauerei mußte nicht sein, andere haben es schließlich auch bis zur Reling in Lee geschafft. Es gab noch einen anderen Grund.« Er machte eine Pause.

Ich sah seinem Gesicht an, wie er nach Formulierungen suchte, mit denen er bei mir nicht anecken konnte, weil er nicht einzuschätzen wußte, warum ich ihn mit der Hitlerjugend festgenagelt hatte. Dabei gab es dafür eine ganz einfache Erklärung.

Ich gehörte einer Offiziersgeneration an, für die eine Mitgliedschaft in der HJ überhaupt nicht aktuell gewesen war und für die außerdem eine Zugehörigkeit zu einer politischen Organisation mit dem Offiziersstand nicht vereinbar war. Mithin waren politische Diskussionen an Bord absolut tabu, und das sollte bei mir an Bord auch so bleiben. Allein deshalb war ich hellhörig geworden.

»Und der Grund ist ihre Zugehörigkeit zur HJ, nehme ich an«, kam ich ihm zu Hilfe. »HJ-Führer vermutlich, was?«

Er atmete erleichtert auf. »Jawohl, Herr Kaleu, HJ-Führer auf einer sogenannten Seesportschule. Das ist aber kein Nachteil. Es ist mir nämlich herzlich schnuppe, was die in ihrem Zivilleben gewesen sind. Wichtig ist für mich, wie sie seemännisch drauf sind, und das sind die beiden, wie mir der Smadding gesagt hat.«

»Und was stört Sie dann an den beiden? Mein Gott, Herr Störmer, nun legen Sie bloß nicht jedes Wort auf die Goldwaage, bevor Sie es herauslassen! Ich will Ihnen keinen Strick drehen! Ich will nur wissen, was mit diesen beiden Männern los ist.«

»Fischer und Göhle sind neu an Bord, haben keine Fronterfahrung. Dafür können sie nichts, aber anstatt das Maul zu halten, reden sie ständig das Blech daher, was man ihnen bei der Hitlerjugend eingeblasen hat. Ihr Gefasel, wie süß und ehrenvoll es sei, den Heldentod fürs Vaterland zu sterben, kotzt die befahrenen Männer an, die dem Tod schon mehrfach ins Auge gesehen haben. Und nicht nur die. Es hat deshalb schon eine Schlägerei in der Mannschaft gegeben, Herr Kaleu. Darum habe ich den beiden unter die Nase gerieben, wie der Heldentod tatsächlich aussieht.«

»Eine Schlägerei? Und warum habe ich in der Kladde dann darüber keinen entsprechenden Eintrag gefunden?«

Er antwortete mit einer Gegenfrage, gab sich die Antwort aber dann selber: »Können Sie sich vorstellen, was dabei herauskommt, wenn so etwas an die große Glocke gehängt wird? Ein ganz heißes Eisen: Defätismus an Bord eines U-Bootes! Unterminierung des Kampfwillens und Wehrkraftzersetzung vor dem Feind! Das ...«

»Moooment!« unterbrach ich ihn. »Wollen Sie damit sagen, die Schlägerei sei im Hinblick auf diese Brisanz unter den Tisch gekehrt worden?«

»Eben nicht, Herr Kaleu!« widersprach mir Störmer mit Vehemenz. »Jedenfalls nicht von uns Offizieren. Die Beteiligten sind selbstverständlich beim Kommandanten zum Rapport gestellt worden. Das war wegen des Verstoßes gegen die Disziplin unerläßlich. Außerdem hätte es sonst den Gleichheitsgrundsatz verletzt. Es sind ja andere Besatzungsmitglieder wegen weit weniger schwerer Delikte, wenn man diese Lappalien überhaupt so nennen kann, befehlsgemäß zum Rapport gestellt und bestraft worden. Es hätten also alle Beteiligten bestraft werden müssen, wenn auch aus unterschiedlichen Gründen. Der Kommandant sah das anders.«

»Der Kommandant sah das anders?« fragte ich verblüfft,

denn jetzt verstand ich gar nichts mehr. »Heißt das: eine Ermahnung, damit war der Fall dann erledigt?«

»Genau das, Herr Kaleu.« Der II WO zögerte einen Augenblick, als sei es ihm unangenehm, darüber zu reden. »Erledigt für den Kommandanten, aber nicht für den I WO, den LI und mich. Wir sind gemeinsam um eine Versetzung auf ein anderes Boot eingekommen.«

»Hmmm«, brummte ich überrascht. Warum hatte mir der Flottillenchef die Sache mit der Schlägerei verschwiegen? Wußte er etwa gar nichts davon, obwohl die doch wahrscheinlich den letzten Anstoß für diesen ungewöhnlichen Schritt der drei Offiziere gegeben hatte? Das konnte ich mir wiederum nicht vorstellen. »Eine merkwürdige Angelegenheit, Herr Störmer. Ich habe deshalb noch eine Fra...«

»Kommandant bitte in die Zentrale!« unterbrach mich die Stimme aus dem Lautsprecher in meinem Kabuff. »Ich wiederhole: Kommandant bitte in die Zentrale!«

Ich stand auf und schüttelte den Kopf. »Für so einen eklatanten Verstoß gegen die Disziplin, wie es eine Schlägerei an Bord ist, nur eine Ermahnung? Unbegreiflich trotz der Gründe, die Sie angeführt haben. Das ist doch mehr als ungewöhnlich.«

»In diesem Fall nicht, Herr Kaleu. Für den Kommandanten war der Verstoß gegen die Disziplin auf einmal Nebensache. Er stauchte nur Helmig zusammen, obwohl die Schlägerei von Göhle, dem strammeren HJ-Führer, ausgegangen war. Der hatte dem Helmig brutal ins Gesicht geschlagen, weil der es gewagt hatte, ihm zu widersprechen und das unqualifizierte Gerede vom erstrebenswerten Heldentod als hirnrissiges Blabla zu bezeichnen. Wenn Freund Hein erst einmal mit Wasserbomben an die Bordwand klopfe, kämen auch die beiden ganz schnell dahinter, daß es nicht minder ehrenvoll sei, fürs Vaterland zu überleben.«

Oha, das war wahrlich ein heißes Eisen, obwohl es den Nagel auf den Kopf traf. Wichtiger war im Krieg nicht der Heldentod, sondern den Kampf auch ehrenvoll zu überleben. Dennoch paßten Helmigs Reden ganz und gar nicht in die offizielle Propaganda. Sie hätten ihm daher glatt als Feigheit, wenn nicht gar als Wehrkraftzersetzung ausgelegt werden können.

»Sie haben recht, Herr Störmer, ich sehe das genauso. Daß nur der Helmig zusammengestaucht worden ist, war ein grober Fehler. Ganz gleich, was wer gesagt hat, die Schlägerei hätte man den beiden ehemaligen HJ-Führern nicht durchgehen lassen dürfen. Das hat sie in den Augen der übrigen Besatzung noch mehr zu Außenseitern gemacht, denn die Männer auf der Brücke haben bei dem Anpfiff vorhin schadenfroh gegrinst, weil man diesen beiden den Anschiß gönnt. Im Hinblick auf unseren Einsatz, der uns alles abfordern wird, ist das eine höchst unerfreuliche Situation. Den beiden Quatschköpfen werde ich bei der erstbesten Gelegenheit das Maul stopfen, bevor die Spannungen in der Mannschaft eskalieren und uns alle in Schwierigkeiten bringen.«

»Wir haben ganz leise Schraubengeräusche im GHG, Herr Kaleu«, meldete mir der I WO. »Schraubengeräusche von Elektromotoren, meint Horchmaat Grauert.«

Elektromotoren? Ich war alarmiert. Horchmaat Grauert war ein zuverlässiger Mann, das wußte ich von meinem alten Boot her. Der verstand sein Handwerk und hatte Ohren wie ein Luchs. Wenn der das behauptete, dann war das ein U-Boot. Es konnte eins der unsrigen sein oder ein Tommy. Wenn wir den anderen hörten, hörte der uns vermutlich auch, und das war gefährlich.

»Das muß ich mir selber anhören. Auf Schleichfahrt umkuppeln, LI! Absolute Ruhe im Boot!«

Ich schlüpfte aus meinen Seestiefeln und tappte auf Socken zum Horchraum. Grauert drehte an den Knöpfen des GHG und belauschte so konzentriert die Fische, daß er mich erst bemerkte, als ich ihm die Hand auf die Schulter legte.

Er deutete auf die Peilscheibe und flüsterte: »Ein U-Boot in drei-eins-fünf, Herr Kaleu. Hat uns möglicherweise gehört, denn bis eben glaubte ich auch noch Bordgeräusche zu hören. Jetzt klingt das nach Schleichfahrt.«

»Lassen Sie mich mal, Grauert!« Ich stülpte mir die Hörer über die Ohren.

Ich brauchte vermutlich viel länger als Grauert, um aus den Unterwassergeräuschen die Schraubengeräusche herauszufiltern. Es herrschte nämlich keineswegs eine absolute Stille. Und tatsächlich, als Grauert den Peilknopf ein bißchen hin und her bewegte, vernahm ich das ganz leise, aber unverkennbare Witsch-witsch-witsch der sich in Schleichfahrt drehenden Schrauben eines U-Bootes. Das versetzte mir einen Schock.

»Teufel, ist der schon so dicht dran, daß wir ihn nur deshalb hören, Grauert?«

Der schüttelte den Kopf und klopfte mit dem Zeigefinger gegen das GHG. »Das hier ist viel empfindlicher als unser altes Gerät auf *U-E2*, Herr Kaleu, nur deshalb hören wir ihn. Wie weit er allerdings tatsächlich ab ist, kann ich nicht sagen. Aber das kommt noch, wenn ich mehr Übung mit dem neuen Ding habe.«

Das war ein schwacher Trost, den ich aber nur noch mit halbem Ohr hörte, denn ich zerbrach mir inzwischen den Kopf darüber, wer dort draußen umherschleichen könnte. Eines von den Booten, die einen Tag früher als wir ausgelaufen waren? Unwillkürlich schüttelte ich den Kopf. Mehr als unwahrscheinlich, die waren doch längst auf ihre befohlenen Positionen gelaufen.

Verdammt, dann konnte es tatsächlich nur ein Tommy sein! Ein Gedanke, der mir Beine machte. Ich riß mir den Hörer vom Kopf.

»Bleiben Sie dran, Grauert! Alles, was Sie heraushören können, ist jetzt für uns lebenswichtig!«

Ich flog die paar Schritte zur Zentrale zurück. Meine Offiziere sahen mir erwartungsvoll entgegen. Ich hatte jetzt jedoch keine Zeit für lange Erklärungen. Wir mußten raus aus unserem Kurs und tiefer runter, um zu sehen, wie das andere Boot reagierte, und einem eventuellen Angriff begegnen zu können.

»Kontinuierlich runter auf achtzig Meter, LI! Ruder, neuer Kurs null-vier-zwo!«

Mein Blick flog zwischen Kompaß und Tiefenanzeige hin und her, verfolgte, wie das Boot bei der geringen Geschwindigkeit nur ganz langsam aus dem Kurs schor und dabei ebenso langsam Tiefe gewann. Das war gut so. Das würde dem anderen nicht sofort signalisieren, daß wir uns aus dem Staub zu machen versuchten.

»Tatsächlich ein U-Boot in drei-eins-fünf, meine Herren.« Ich trat an den Kartentisch und setzte die Peilung auf unserem ursprünglichen Kurs ab. »Keine Ahnung, ob das eins von uns ist oder ein Tommy. Deshalb ist Vorsicht die Mutter der Porzellankiste.«

Der I WO trat zu mir an den Kartentisch und nahm unseren letzten Standort in den Zirkel. »Hmmm, rund einundachtzig Seemeilen von der dänischen Küste entfernt auf der Höhe des Ringkøbing Fjords, Herr Kaleu. Da ist es doch mehr als unwahrscheinlich, daß es eines von uns ist. Das macht doch wenig Sinn. Vor England – ja, aber hier? Was soll es hier in diesem Seegebiet?«

»Eben, Herr Bernau, das ist auch meine Meinung. Es kann eigentlich nur ein Tommy sein, der in einem Aufklärungsstreifen patrouilliert und auf Beute lauert. Diese verdammte Geheimniskrämerei! Wir brauchten uns jetzt nicht den Kopf zu zerbrechen, wenn man uns beim Auslaufen gesagt hätte, wo wir in etwa mit eigenen Booten rechnen müssen.«

»Darüber haben wir uns schon auf meinem alten Boot geärgert, Herr Kaleu. Bei einem Mineneinsatz vor der Humber-Mündung hätten wir am Anfang des Krieges beinahe eines unserer VII B-Boote aus Unkenntnis torpediert. Die hatten bloß Glück, daß der Aal einer dieser verdammten Irrläufer war.«

Ich horchte auf. Irrläufer, das waren Torpedos, die trotz günstigster Schußvoraussetzungen aus unerfindlichen Gründen nicht trafen. Sie verschwanden entweder sang- und klanglos irgendwohin oder aber gingen als Früh- oder als Endlaufdetonierer hoch. Die niederschmetternden Mißerfolge mit diesen unzuverlässigen Aalen hatte ich noch immer so lebhaft in Erinnerung, als seien sie erst kürzlich geschehen, dabei lagen sie ebenfalls ein halbes Jahr zurück.

»Sie hatten also diese verfluchten Magnetkopftorpedos auch an Bord?« vergewisserte ich mich. »Gebe Gott, daß man uns nicht auch jetzt wieder solche Scheißdinger aufgehalst hat!«

»Ich glaube nicht. Der Obermacker im Arsenal hat jedenfalls bei der Torpedoübernahme Stein und Bein geschworen, daß sie aus einer neuen, absolut zuverlässigen Fertigungsserie stammen, Herr Kaleu.«

»Hoffentlich!« Ich verdrängte die Erinnerung an die Torpedomisere aus meinem Kopf. »Wo bleiben die Meldungen?«

»Kurs null-vier-zwo liegt an!« meldete der Rudergänger.

Der LI schloß sich an: »Sechzig Meter gehen durch, Boot fällt weiter.«

Ich nickte zufrieden. »Und was liegt beim GHG an? Was erzählen die Fische?«

Grauert ließ sich Zeit. Vermutlich waren die Schraubengeräusche inzwischen zu schwach geworden, um daraus Schlüsse ziehen zu können. Da macht es wenig Sinn, ihn zu drängen, sagte ich mir. Dennoch wurde ich langsam kribbelig.

»Der Grauert läßt sich zuviel Zeit. Hat der Probleme mit dem GHG? Übernehmen Sie bitte, Herr Bernau. Ich muß sehen, was da los ist.« Ich jumpte durch das Mannloch und war mit wenigen Schritten am Horcherschapp. »Was ist los mit Ihnen? Warum melden Sie sich nicht, Grauert?«

»Weil ich keine Falschmeldung machen will, Herr Kaleu. Die Schraubengeräusche sind so schwach geworden, als liefe ...«

»Was heißt Falschmeldung?« fiel ich ihm ins Wort. »Wir sind ja inzwischen ein Stück abgelaufen!«

»Eben drum, Herr Kaleu! Der eine ist kaum noch zu hören, dafür läuft in zwo-null-drei ein anderes Boot auf. Noch weitab, aber gut zu hören, weil es nicht in Schleichfahrt aufkommt.«

Einen Augenblick verschlug es mir die Sprache. Ein weiteres Boot, das nicht in Schleichfahrt lief, sich also sicher fühlte? Wer war das? Noch ein Tommy?

Ein Gedanke, der mich alarmierte. Ich rechnete blitzschnell die Horchpeilung in einen Kompaßkurs um. Das zweite Boot kam also von Südwesten auf und hielt auf das Skagerrak zu. Vermutlich mit der unter Wasser üblichen Geschwindigkeit von vier Knoten, um die Batterien zu schonen.

Es konnte also durchaus ein Tommy sein, der das Skagerrak als Ziel hatte, um aus der Ostsee auslaufende oder dorthin zurückkehrende deutsche Schiffe abzufangen. Genausogut konnte es aber auch ein deutsches Boot sein, das von Feindfahrt durch das Skagerrak nach Kiel zurückkehren wollte und – wie wir – vor den Flugzeugen weggetaucht war.

Es hatte keinen Zweck, lange herumzurätseln. Wer immer das war, wir durften uns nicht aufhalten lassen.

»Bleiben Sie wachsam, Grauert, damit wir keine bösen Überraschungen mit den beiden Booten erleben«, sagte ich und kehrte in die Zentrale zurück. »Scheint ein U-Boottreffen angesagt zu sein, meine Herren«, versuchte ich zu scherzen. »Das eine verliert sich langsam aus unserem GHG, dafür stellt sich aus zwo-null-drei ein anderes ein. Wie es aussieht, hält es Kurs auf das Skagerrak. Kann ein deutsches Boot sein, das heimkehrt, oder aber auch ein Tommy. Eine komische Situation, was? Was würden Sie denn jetzt machen, Fähnrich?«

Schließlich war der Knabe Wachoffizierschüler und hatte Taktikunterricht gehabt. Da sollte er sich beizeiten ruhig schon mal Gedanken machen.

»Wenn's ein Tommy ist, könnten wir einen Bogen schlagen und versuchen, ihn vor die Flinte zu bekommen, Herr Kaleu.«

»Und dann? Ein Unterwasserduell?« fragte ich verblüfft. »Womit denn? Mit Torpedos? Oder wollen Sie ihn rammen?«

Beides waren so absurde Ideen, daß die WOs grinsten. Mit unserem GHG konnten wir zwar die Angriffsrichtung ermitteln, aber nicht die Tiefe und auch nicht die genaue Entfernung, in der sich das andere Boot befand.

»Und wenn es kein Tommy, sondern eins von unseren Booten ist, Fähnrich?« setzte der I WO noch eins drauf. »Was dann?«

»Bitte um Entschuldigung, war ein blöder Vorschlag von

mir, nicht genügend durchdacht. Ich würde in beiden Fällen auf unseren alten Kurs zurückschwenken und ...«, der Fähnrich sah auf meine in den Socken steckenden Füße und bekam wieder sein Lausbubengesicht, »auf leisen Sohlen verduften.«

»Und der wäre?« versuchte ich ihn in Verlegenheit zu bringen.

»Kurs drei-drei-fünf, Herr Kaleu!« kam es wie aus der Pistole geschossen.

»Na, na, Fähnrich, sind Sie sich sicher?« zweifelte der I WO und trat an den Kartentisch. »Alle Wetter, das stimmt tatsächlich! Der Fähnrich ist Hellseher!«

»Leider nicht, Herr Oberleutnant. Sonst wüßte ich ja, ob das neue Boot eines von uns oder eines der Tommies ist.«

Donnerwetter, der war nicht auf den Mund gefallen! Ich schmunzelte und klopfte ihm anerkennend auf die Schulter. »Nicht schlecht, junger Mann, eins zu null für Sie! Aber warten wir mal ab, ob es uns tatsächlich gelingt, unbemerkt auf leisen Sohlen zu verduften.«

Es schien tatsächlich zu gelingen. Während wir nach Norden abliefen, ergaben die laufenden Horchpeilungen, daß das unbekannte Boot stur seinen Kurs beibehielt.

»Der will offenbar wirklich ins Skagerrak, Herr Kaleu«, meinte der I WO, als das fremde Boot achteraus unser Kielwasser kreuzte. »Er hört uns nicht, sonst wäre er schon längst auf Schleichfahrt gegangen.«

»Vielleicht ist unser neues GHG besser als seins, Herr Bernau?« gab sich der LI optimistisch. »Da kann es doch eigentlich nur ein Tommy sein. Oder?«

»Oder eines von unseren Booten, bei dem das GHG noch nicht umgerüstet worden ist«, konterte der I WO. »Vielleicht so ein Einbaum, der der Entwicklung hinterherhinkt.«

»Ehrlich gesagt, mir ist das jetzt völlig egal, meine Herren. Es wäre mir nicht egal, wenn er aufgetaucht führe. Dann würde ich trotz der ruppigen See versuchen, ihm mit zwei Aalen ein Paar hübsche Flügel zu verpassen, immer vorausgesetzt, daß es ein Tommy ist.« Ich inspizierte nachdenklich die Karte. Obersteuermann Wegner hatte unsere Horchpeilungen gewissenhaft auf unserem Kurs abgesetzt. Das machte die Situation überschaubar. »Er scheint uns auf diese Entfernung tatsächlich nicht zu hören. Also riskieren wir es einfach mal. Auf Sehrohrtiefe anblasen, LI, und auf vier Knoten gehen. Sobald die Luft oben rein ist und er uns nicht mehr sehen kann, tauchen wir auf. Ich möchte nicht unnötig Zeit verlieren.«

Sanft schwebte das Boot Meter für Meter nach oben. Die Sehrohrtiefe war noch nicht erreicht, da nahm das Boot schon den Rhythmus der rauhen See auf und begann zu arbeiten.

»Wird nicht leicht sein, den Eimer auf Sehrohrtiefe zu halten, Herr Kaleu«, meinte der LI skeptisch. »Da wird die See garantiert über die Optik waschen oder der Spargel hoch rauskommen.«

»Ist mir wurscht, Herr Becker. Hauptsache, der Turm bricht nicht durch. Muß schon ein blöder Zufall sein, wenn man bei dieser ruppigen See den Spargel ausmachen ...«

»Sehrohrtiefe ist erreicht!« unterbrach mich der Tiefenrudergänger Möller. »Boot pendelt auf Sehrohrtiefe ein! Boot ist schwer zu halten!«

»Gebt euch Mühe, Männer!« Ich fuhr das Luftzielsehrohr aus und klemmte mich hinter das Okular, um den Himmel abzusuchen.

Zunächst sah ich nur grünes Wasser, doch dann gab die See den Sehrohrkopf für einige Augenblicke frei. Sie reichten gerade für einen knappen Schwenk über den Himmel an

Backbord, bis die See die Optik wieder überspülte. Noch bevor sie wieder freikam, meldete sich Grauert vom GHG.

»Achtung! Die Schraubengeräusche aus eins-zwo-null sind erheblich stärker geworden! Klingen, als sei das U-Boot aufgetaucht und auf die Diesel umgestiegen! Geschätzte Entfernung etwa zwei bis drei Seemeilen.«

»Ich werd' verrückt! Aufgetaucht in eins-zwo-null?« Das Luftzielsehrohr glitt in den Schacht. Ich fuhr den Angriffsspargel aus und drehte ihn in die Horchpeilung. »Etwas höher rauf, LI! Und dann zeigt mal, was ihr könnt! Auf diese Entfernung deckt die Dünung unser Sehrohr.« Ich sah zunächst aber auch nichts von dem anderen Boot, die Dünung machte es mir unmöglich. »Verdammt, ich kriege ihn nicht in die Optik! Wenn der Grauert sich nicht geirrt hat, steckt er vermutlich immer gerade dann in einem Wellental, wenn auch wir unten sind!«

Grauert hatte sich nicht geirrt. Für Sekundenbruchteile erwischte meine Optik irgendwann plötzlich die obere Kante eines Turmes, bevor die wieder von der Dünung geschluckt wurde. Zu wenig, um daraus die Identität des Bootes ableiten zu können. Die nächsten Roller hoben uns jedoch gleichzeitig an. Für einen Augenblick hatte ich das ganze Boot vor meinem Fadenkreuz, und der genügte. Es war kein deutsches Boot.

»Alarm! Das ist keiner von uns, aber auch kein Tommy!« Ich hing am Okular, zerbrach mir den Kopf, wer es dann sein könnte, und wartete darauf, daß ihn die Dünung wieder anhob. Sekunden später war es soweit. »Unverkennbar ein Franzose! Er peilt eins-eins-acht, Herr Bernau! Bringen Sie das Boot auf Abfangkurs! Rohr eins bis vier klar zum Unterwasserangriff!«

Während das Boot herumschor, formte sich in meiner Vorstellung der Angriffsplan. Der in der Dünung auf und ab tanzende Franzose ahnte nichts von unserer Anwesenheit. Er fuhr überraschend langsam, höchstens sieben Knoten, als habe er Probleme mit der Maschine, und behielt ohne Zick und Zack seinen Kurs bei. Für den I WO war es daher gar kein Problem, aus den Horchpeilungen den Gegnerkurs zu berechnen, um uns mit einem Abfangkurs in Schußposition zu bringen.

Das war der leichtere Teil eines Angriffs, das dicke Ende kam noch. Es war der Seegang, der unseren Gegner und uns wie auf einer Wippe in Wellentäler sinken ließ oder mit der Dünung emporhob. Das machte es schwierig, ihn zu erwischen, aber nicht unmöglich. Schließlich war es nicht das erste Mal für mich. Ich mußte nur den richtigen Augenblick abpassen, dann war er geliefert.

Mit Erleichterung vernahm ich die Meldung des BÜ: »Rohr eins bis vier sind klar! Mündungsklappen sind geöffnet, Rohre bewässert!«

Das Bild in meinem Fadenkreuz verschob sich plötzlich, der Franzose fiel zurück. Ich stutzte. Hatte der Probleme mit seiner Maschine? Ich war nahe dran zu triumphieren, denn das paßte wunderbar in meinen Plan. Doch dann ging mir blitzartig ein Licht auf. Es mußte ja gar kein Maschinenschaden sein, der stoppte möglicherweise seine Diesel nur, um zu horchen!

»Beide Maschinen stopp!« reagierte ich sofort. »Auf Schleichfahrt umkuppeln! Absolute Ruhe im Boot! Der Franzmann macht 'ne Horchpause!«

Ich war mir aber nicht sicher. Die lauten Diesel beeinträchtigten nun einmal die Funktion der Horchgeräte. Auf unseren Frontbooten stoppten wir deshalb immer in gewissen Abständen die Diesel, um die Fische zu belauschen. Vielleicht waren solche Horchstopps auch bei den Franzosen eine reine Routineangelegenheit?

Unfug, verwarf ich den Gedanken wieder. So lange liefen deren Diesel doch noch gar nicht. Nee, die stoppten, weil vermutlich irgend etwas den Verdacht ihrer Horcher erregt hatte, und das konnten durchaus unsere höher tourenden Schrauben gewesen sein.

Seltsamerweise beunruhigte mich der Gedanke nicht. Unsere Schrauben hatten sie bei Schleichfahrt nicht gehört, also hörten sie die auch jetzt nicht. Außerdem registrierte ich mit Befriedigung, daß sie sich durch ihr Stoppen in eine ungünstigere Lage brachten, denn wir bekamen dadurch mehr Zeit, auf Angriffsposition zu laufen. Trotzdem irritierte mich die dicke schwarze Qualmwolke über dem Achterdeck des Franzosen, während wir auf Schußentfernung näherkrochen. Selbst der steife Wind vermochte sie nicht zu verwehen. Das sah nicht nach einer Horchrunde aus, eher nach ernsten Problemen mit der Maschine. Oder hatten die gar Feuer in der Bilge? Dann waren die jetzt vollauf mit sich selbst beschäftigt und schenkten der Außenwelt nur geringe Beachtung. Ein Gedanke, der mich elektrisierte.

Mit ein paar Ruderkommandos brachte ich das Boot herum, bis der Franzose wie auf dem Präsentierteller breitseits vor unseren Rohren lag. Meine Zielansprache, die ich dem I WO für die Torpedos diktierte, war mithin denkbar einfach. Es mußte jetzt nur schnell gehen, bevor die ihre Probleme in den Griff bekamen und uns am Ende noch durch die Lappen gingen.

»Rohr eins und zwo ... Achtung!«

Der Turm des Franzosen stieg aus dem Wellental nach oben.

»Rohr eins und zwo ... los!«

Ein Ruck lief durch das Boot, geschickt von den Tiefenrudergängern abgefangen.

»Rohr eins und zwo sind los!«

Überlaut durchdrang das Ticken der Stoppuhr in der Hand des I WO die atemlose Stille, zählte die Sekunden, die den todgeweihten Franzosen noch blieben. Gespannt preßte ich das Auge an das Okular des Spargels und fieberte den Detonationen der Aale entgegen. Meine um die Sehrohrgriffe verkrampften Hände wurden feucht. Gleich mußte ...

Da! Mit einem gewaltigen Donnerschlag verschwand der Turm unseres Opfers hinter einer mächtigen Wassersäule. Lauter Jubel brandete durch das Boot. Schon wollte ich darin einstimmen, als die Rechenmaschine in meinem Kopf losratterte und zwei und zwei zusammenzählte. Was denn, so früh schon? Hatte ich mich mit der Entfernung so verschätzt? Noch immer starrte ich ungläubig auf die Wassersäule, deren dunkle Krone der Wind zu verwehen begann. Und der zweite Aal? Warum detonierte der nicht?

Die Antwort gab mir das Boot, das sich hinter der zusammenfallenden Wassersäule abzeichnete. Kein Treffer mittschiffs, der Franzose schwamm völlig unbeschädigt! Grenzenlose Enttäuschung breitete sich in mir aus. Zwei Torpedos und kein Treffer – was für eine Blamage vor der Besatzung! Und das beim ersten Mal als neuer Kommandant!

Ich blickte zum I WO hinüber.

Der sah verständnislos auf seine Stoppuhr und schüttelte den Kopf. »So schnell schon? Da stimmt doch was nicht! Ist das Ding etwa kaputt?«

»Die ist schon in Ordnung, Herr Bernau!« knurrte ich. »Das war ein Frühdetonierer. Der andere Aal ist gar nicht erst hochgegangen, der ist auch wieder so ein verfluchter Versager!«

Die Besatzung würde mir den Frühdetonierer abnehmen, nicht aber den zweiten Aal. Der Alte kann nicht zielen, würde sie hinter vorgehaltener Hand flüstern, bis ich ihr das

Gegenteil bewies. Ein Vorwurf, der nicht nur meinen Ruf, sondern auch das Vertrauen in mich als Kommandant rui nierte.

Aber warum resignierte ich? Die Scharte konnte ich auswetzen, und zwar sofort. In Rohr drei und vier steckten ja noch zwei ausstoßbereite Torpedos! Unwahrscheinlich, daß auch die nicht richtig funktionierten. Wir konnten ja nicht nur solche Versager an Bord haben.

»Rohr drei und vier ... Achtung!« Ich klemmte mich wieder hinter das Sehrohr, um Maß zu nehmen.

Zu spät, ich hätte früher reagieren müssen. Der Frühdetonierer hatte die Franzosen alarmiert. Noch ehe ich die zweite Dublette auf den Weg schicken konnte, schnitt das Boot in meinem Fadenkreuz unter. Ich sah nur noch den Turm in einem gewaltig aufbrodelnden Tauchwirbel verschwinden. Unerreichbar für jeden weiteren Torpedo.

»Mist, verfluchter! Wieder die gleiche Schweinerei wie vor einem halben Jahr! Hat dieser Arsenal-Mufti in Schlicktown Ihnen nicht versichert, es sei eine ganz neue, einwandfreie Generation Aale, Herr Bernau? Von wegen! Der hat uns wieder diese unzuverlässigen Mistdinger angedreht, weil die die Fehler nicht in den Griff kriegen!« Ich kochte vor Wut und Enttäuschung. »Am liebsten würde ich jetzt umkehren und diesem Himmelhund jeden einzelnen dieser unbrauchbaren Aale an die Birne knallen! Demnächst schicken diese Sesselfurzer uns noch mit einem Flitzbogen und Pfeilen raus auf See! Da hätten wir allerdings wenigstens die Gewißheit, daß die auch funktionierten!«

»Achtung! Schraubengeräusche flüchten mit AK von drei-sechs-null nach drei-fünf-fünf, gewinnen offenbar schnell Tiefe!«

Die Meldung vom GHG brachte mich jäh zur Vernunft. »Nehmen Sie Kurs auf die Horchpeilung, Herr Bernau!

Schluß mit der Schleichfahrt! Beide E-Maschinen dreimal AK voraus! Wenn ich ihn schon nicht erwischt habe, dann soll er uns wenigstens in seinem Nacken hören und das Fürchten lernen!«

Die Wirkung überraschte selbst mich. Obwohl wir ihm nicht in die Tiefe folgten, zickzackte er aus Angst vor unseren Torpedos aus unserem vermeintlichen Angriffskurs immer tiefer hinunter. Wir verloren ihn aus unserem GHG, als er in der schützenden Tiefe auf Schleichfahrt umkuppelte.

»Der wird so schnell nicht wieder nach oben kommen, zumal er ja auch – wie es aussah – Probleme mit seinen Dieseln oder gar Feuer an Bord hatte. Gehen wir auf unseren alten Kurs und auf vier Knoten zurück, Herr Bernau. Und dann analysieren wir beide die Schußunterlagen für diese beiden Versager. Ich möchte der Flottille ein FT schicken, damit die der Sache nachgeht.«

»Das FT wird nichts bringen, Herr Kaleu. Wir sind mit Sicherheit nicht das einzige Boot, das mit solchen faulen Eiern in See gegangen ist. Zurückrufen wird man deshalb weder uns noch die anderen Boote, immer in der Hoffnung, daß vielleicht doch nicht alle Aale solche Versager sind.«

Wir gingen die Schußunterlagen zum vierten oder fünften Mal durch und kamen doch immer wieder zum gleichen Ergebnis. Alles hatte gestimmt.

Der Franzose hatte vor unseren Rohren breitseits gestoppt gelegen, die ideale Voraussetzung, die man sich für einen Torpedoangriff auf nächste Entfernung überhaupt wünschen kann. Da konnten wir gar nicht vorbeischießen. Selbst bei ruppiger See nicht und schon gar nicht auf diese Entfernung. In einem solchen Idealfall hätte ein Schätzfehler um fünfzig Meter mehr oder weniger überhaupt keine Rolle gespielt.

»Ich bin lange genug Torpedooffizier, um das beurteilen zu können, Herr Kaleu.« Der I WO klopfte auf die Tabelle, in der er die von mir gemachte Zielansprache festgehalten hatte. »Es ist eindeutig, die Aale haben versagt. Sie waren genau eingestellt, selbst die Entfernungsangabe war richtig, wie mir die Stoppuhr bewiesen hat. Ein einwandfreier Frühdetonierer. Und der zweite Aal war so eingestellt, daß er trotz der rauhen See auch einen Blattschuß ergeben hätte.«

»Richtig, Herr Bernau!« Ich nickte, dennoch waren meine Bedenken noch nicht völlig ausgeräumt. »Alles sieht so aus, als habe man uns tatsächlich fehlerhafte Aale mitgegeben. Wie sicher können wir aber sein, daß sich die Fehler nicht erst hier bei uns an Bord eingeschlichen haben?«

»Da bin ich mir eigentlich ziemlich sicher. Die beiden Obermaate, Hirsch und Schäufele, und ihre Männer sind alte Hasen, ganz erfahrene Torpedomechaniker, auf die wir uns verlassen können. Die kennen diese Pannen schon von den ersten Kriegsmonaten her. Daher haben sie nach der Übernahme alle Torpedos auf Transportschäden und andere Mängel sorgfältig durchgeprüft und noch einmal, bevor die Rohre armiert worden sind. Sie haben nichts dergleichen gefunden, was nur heißen kann, daß die Mechanik der Aale verborgene Mängel aufweist, die eine einwandfreie Funktion erst nach dem Ausstoßen verhindern.«

»Das leuchtet ein. Ich möchte es bei dieser Erkenntnis jedoch nicht belassen. Wir müssen versuchen, die Fehler zu finden, sonst sind die Dinger für uns völlig wertlos. Das heißt, unsere Torpedomixer werden zuerst die bereits armierten Aale wieder ziehen und nochmals durchprüfen, auch wenn wir dadurch einige Zeit als zahnloser Wolf durch die Gegend schleichen müssen. Danach nehmen Sie sich die Reservetorpedos vor. Oder sehen Sie eine andere Möglichkeit, I WO?«

»Unsere Mixer sind schon dabei, gehen aber umgekehrt vor, Herr Kaleu. Bevor Rohr eins und zwo neu armiert werden, prüfen sie die beiden Aale nochmals auf Herz und Nieren. Danach ziehen sie dann die aus Rohr drei und vier. Das habe ich veranlaßt.« Er griente. »Ganz zahnlos sind wir also trotzdem nicht.«

»Einverstanden!«

Ich begnügte mich damit, obwohl es eigentlich ein Lob hätte werden sollen. Doch ich wollte nicht gleich bei der ersten Gelegenheit die Preise verderben. Schließlich war er der verantwortliche Torpedo-Offizier, in dessen Aufgabenbereich solche Entscheidungen letztlich fielen. Dennoch war ich erleichtert.

Der Mann war nach meinem Geschmack. Er handelte selbständig, wie ich es von einem I WO erwartete, und wartete nicht erst auf meinen Befehl. Das war etwas, was Puttfarken ganz offensichtlich gar nicht an ihm geschätzt hatte, sonst hätte er ihm nicht so eine negative dienstliche Beurteilung verpaßt, wie ich inzwischen aus meinen Unterlagen wußte.

Wir blieben vier Stunden unter Wasser. Das gab den Torpedomixern genügend Zeit, die Aale und auch die Mechanik der Rohre zu überprüfen, und das taten sie gründlichst, wie ich mich zusammen mit dem I WO überzeugen konnte.

»Na, hoffentlich bleiben da nicht noch ein paar Teile übrig, wenn sie die Dinger wieder zusammenbasteln, Herr Bernau«, unkte ich, als wir den Bugraum verließen. »Am Ende gehen uns dann die Aale als Rohrkrepierer hoch.«

Bernau lachte auf. »Da können Sie unbesorgt sein, Herr Kaleu! Entweder funktionieren sie danach hundertprozentig oder aber gar nicht.«

»Sie verstehen es ja vortrefflich, Trost zu spenden und Zuversicht zu erwecken, I WO«, spottete ich. »Lassen wir uns also überraschen.«

Ich verdrückte mich in mein Kabuff und nutzte die verbleibende Zeit, um mir indessen Notizen für das Kriegstagebuch zu machen und den Text für das FT abzufassen. Es ging bei dem Funkspruch ja nicht allein um das Versagen der Torpedos. Das überraschende Erscheinen eines französischen 630-Tonnen-U-Bootes vom Typ Amazone oder Sybille in der Nordsee war für mich ein Novum, das mich nachdenklich stimmte.

In den vergangenen sieben Monaten seit Kriegsbeginn hatte ich nämlich noch nie etwas von der Anwesenheit französischer U-Boote in dieser Domäne britischer und deutscher Kriegsschiffe gehört. Der Grund dafür lag auf der Hand. Von den ersten Kriegstagen an hatten deutsche Einheiten die östliche Ausfahrt des Kanals immer wieder mit Minen verseucht, um unter anderem auch den Franzosen den direkten Weg aus ihren Kanalhäfen in die Nordsee zu versperren. Folglich mußten sie diese Minen räumen oder die britischen Inseln umrunden, um in dieses Seegebiet zu gelangen.

Die von Briten und Deutschen gleichermaßen beherrschte Nordsee war jedoch für die französischen U-Boote ein überaus gefährliches Pflaster, auf dem sie leicht unter die Räder der einen oder anderen Seite kommen konnten, wie die Begegnung mit uns zeigte. Das hatte sie vermutlich bisher davon abgehalten, hier in Erscheinung zu treten.

Daß sie es ausgerechnet jetzt taten, wo sich deutscherseits ein Überraschungsschlag zusammenbraute, konnte ein Zufall sein. Je länger ich jedoch darüber nachdachte, desto größer wurden meine Zweifel. Hatten die Briten am Ende irgendwie Wind davon bekommen und deshalb die Franzosen als Verstärkung herbeigerufen, um einen dichteren Sperrgürtel vor die deutschen Kriegshäfen zu legen? Oder führten sie gar selber etwas gegen uns im Schilde, wobei sie die Mitwirkung der Franzosen brauchten?

Grund genug für mich, die Begegnung mit dem französischen Boot zu melden.

Der I WO erschien am Schott zu meinem Kabuff.

»Kommen Sie rein, Herr Bernau, und nehmen Sie Platz! Was gibt es?«

Bernau klemmte sich auf die Backskiste. »Alle Torpedofunktionen sind – soweit es uns möglich war – überprüft worden, Herr Kaleu! Wie nicht anders zu erwarten, konnten keine Fehler entdeckt werden. Das gilt auch für die Mechanik der Rohre und die Feuerleitung zu den Torpedos, die funktionierten einwandfrei.«

»Was also nur heißen kann, daß wir genauso klug wie vorher sind, Herr Bernau. Oder sehen Sie das anders?«

»Etwas klüger sind wir jetzt schon. An den äußeren Bedingungen hat es jedenfalls nicht gelegen. In beiden Aalen war der Wurm drin. Der Frühdetonierer beweist das am eindeutigsten. Auch der andere Aal hätte wenigstens treffen müssen, wie die Analyse unwiderlegbar ergeben hat. Gegen solche verborgenen Mängel sind unsere Torpedomixer machtlos. Fazit: Diese Torpedos mit dem Magnetgefechtskopf sind offensichtlich störanfälliger als die mit den Aufschlagzündern.«

»Und die haben wir natürlich nicht an Bord – oder?«

Bernau schüttelte den Kopf: »Leider nicht. Das Arsenal hatte Anweisung, keine anderen auszuliefern.«

»Na prost Mahlzeit! Das kann ja heiter werden!« Ich stand auf. »Unbegreiflich! Wozu haben wir eigentlich 'ne Torpedoversuchsanstalt? Die sollte doch längst dahintergekommen sein, warum die mit Magnetzündung so unzuverlässig sind.«

»Obermaat Hirsch meint, es könnte sich auch um Einzelfälle gehandelt haben, Herr Kaleu.«

»Gott erhalte ihm seinen Optimismus! Wir werden sehen, Herr Bernau.«

Ich ließ das Sehrohr in seinen Schacht gleiten. Soweit ich sehen konnte, schien die Luft rein zu sein. Keine Flugzeuge, und das GHG meldete auch keine verdächtigen Schraubengeräusche. Dafür lief die See nach wie vor hoch auf. Den Gischtfahnen nach zu urteilen, die von den Wellenkämmen abgerissen wurden, hatte der Wind wieder auf Südwest gedreht und wehte noch immer kräftig.

Bevor ich in mein Ölzeug schlüpfte, warf ich noch einen Blick in die Karte. Ganze sechzehn Seemeilen waren wir seit der Begegnung mit dem französischen U-Boot nach Norden vorangekommen. Zuwenig, um unseren Zeitplan einzuhalten. Also mußten wir auftauchen und voll auf die Diesel umsteigen, um die Batterien für alle Eventualitäten wieder aufzuladen und die befohlene Position auf der Höhe von Trondheim rechtzeitig zu erreichen.

Für die Brückenwache und die Flak war das alles andere als ein Zuckerschlecken, wenn wir auftauchten, und sogar für die Männer unter Deck, denn schon in Sehrohrtiefe nahm das Boot die Bewegungen der aufgewühlten See auf. Es würde noch schlimmer werden, sobald wir die Nase raussteckten.

»Klar zum Auftauchen! Brückenwache und Flakbedienungen mit Ölzeug und Sicherungsgurt in den Turm. Behaltet mir auch ja die See im Auge, damit uns nicht am Ende noch irgendwer Flügel verpaßt!« Die Männer machten mir an der Leiter grinsend Platz, damit ich ihnen voran aufentern konnte. »Sobald wir aufgetaucht sind, beide Maschinen Umdrehungen für vierzehn Knoten! Boot bleibt klar zum Alarmtauchen! ... Anblasen!«

Die Dusche war nicht von schlechten Eltern, die sich über mich ergoß, als der Turm freikam und ich das Turmluk aufkurbelte. Aber es war nur ein Vorgeschmack auf das, was uns in den kommenden Stunden bevorstand. Es gelang mir gerade noch, den Gurt in die umlaufende Sicherheitsreling einzupicken, als das Achterschiff tief unter einem Brecher wegsackte und eine gewaltige Gischtfahne über die Brücke hinwegwusch.

Triefend torkelten die Männer aus dem Turmluk auf ihre Plätze und klinkten sich obszön fluchend schleunigst ein, bevor die See erneut von achtern auflief. Zwischen dem Obersteuermann und mir zog der II WO den Kopf vor der heranfegenden Gischtfahne ein.

»Verdammte Scheiße! Bin ich auf dem falschen Dampfer? Möchte bloß mal wissen, was an dieser Art von Seefahrt schön sein soll, von der mir mein Vater immer vorgeschwärmt hat! Keine zwei Sekunden auf der Brücke und schon naß bis unter die Vorhaut!«

Obersteuermann Siegmund lachte laut auf. »Ist doch nicht schlecht, Herr Leutnant! Ich hatte mal eine, die fand das ganz amüsant! Sie wissen doch: Die Qualle durch das Weltmeer segelt, es quietscht, wenn man im Wasser vö...«

Der Rest des Verses aus dem berühmt-berüchtigten Marine-ABC ertrank buchstäblich in dem überkommenden Gischt. Doch nicht für lange. Der Matrosengefreite Rosenhahn, Ausguck Backbord voraus, hatte Ohren wie ein Luchs. Kaum hatte sich das Wasser verlaufen, setzte er lauthals zu einem anderen Reim an: »Die Filzlaus aber sitzt und lauscht, wie der Urin vorüberrau...«

Zu spät! Auch das Ende seines anrüchigen Spruchs fiel einem Guß zum Opfer. Trotzdem wirkte er wie das Virus einer hochansteckenden Krankheit, die sich rasend schnell ausbreitete. Jeder fühlte sich plötzlich animiert, in den kurzen

Pausen zwischen den über uns hinwegfegenden Duschen einen Vers des Marine-ABCs zum besten zu geben.

»Du lieber Himmel, Obersteuermann! Mußte das denn sein? Sie wissen doch genau, was dabei herauskommt, wenn einer damit anfängt! Die kriegen sich ja gar nicht mehr ein!«

Er grinste und sah mich unter seinem triefenden Südwester irgendwie lauernd von der Seite an. »Immer noch besser, als wenn die ihren Ärger über diese naßkalte Bäderreise laut fluchend herausschreien! Das hebt wenigstens die Stimmung. Finden Sie nicht auch, Herr Kaleu?«

Worte, die in mir plötzlich den Verdacht aufkeimen ließen, daß hinter seinem freimütigen Geständnis und dem Vers ganz bewußt eine Art Provokation steckte: Mal sehen, was der Alte macht, wenn er mit solchen Sauigeleien konfrontiert wird. Hatte Puttfarken etwa sauer auf solche Verse reagiert?

Das ›Marine-ABC‹, ›Bonifazius Kiesewetter‹ und die ›Frau Wirtin von der Lahn‹ waren nun einmal ein fester Bestandteil des Bordlebens. Normalerweise schwappten solche Rezitationen allerdings immer erst gegen Ende eines langen Seetörns wie eine Flutwelle durch das Boot und lösten jedes Mal unweigerlich erotische Wunschträume und zuletzt das Renommieren mit der sexuellen Leistungsfähigkeit an Land aus. Ein Idiot, wer sich mit diesem Ventil in der frauenlosen, wochenlang auf engstem Raum zusammengepferchten Männergesellschaft nicht abfand. Man mußte ja als Offizier nicht unbedingt mitmachen.

Deshalb grinste ich zurück. »Warum nicht, Obersteuermann? Wenn es hilft? Hauptsache, die Männer behalten dabei die Augen auf! Aber wehe, wenn nicht!«

Unser Zeitplan ging nicht auf. Statt der veranschlagten drei Tage brauchten wir vier, um die befohlene Position außer

Sichtweite der norwegischen Küste zu erreichen. Das lag nicht allein am Wetter, das uns einen Seetörn bescherte, der alles andere als das war, was man gemeinhin im Marinedeutsch unter einer Bäderreise verstand.

Die vom steifen Wind aufgewühlte See und die überkommenden Brecher zwangen uns schon bald, die davon übermäßig belastete Brückenwache im Stundenrhythmus auszuwechseln und die Flakbedienungen im oberen Teil des Turminneren alarmbereit zu stationieren. Das brachte uns jedoch nicht in Zeitverzug.

Es waren vielmehr Flugzeuge, die tagsüber immer wieder über der Kimm aufkreuzten. Wir machten uns gar nicht erst die Mühe, sie zu identifizieren. Waren es Briten, dann wäre es auch glatter Selbstmord gewesen; die kamen nämlich nicht einzeln. Gegen in Suchformation anfliegende Pulks aber hatten wir nicht die geringsten Chancen. Wir verschwanden darum jedes Mal schleunigst von der Wasseroberfläche.

»Das holen wir schon wieder auf!« trösteten wir uns nach solchen zeitraubenden Tauchmanövern gegenseitig. »Irgendwann flaut der Wind ab. Dann können wir mit der Fahrt heraufgehen.«

Doch der Wind tat uns nicht den Gefallen, und auch die Flugzeuge schwirrten meist erst ab, wenn das sinkende Tageslicht sie dazu zwang. So war es auch, als wir den Hardanger Fjord querab hatten und daher der Zeit immer mehr hinterher humpelten.

»Es ist zum Verrücktwerden! Das holen wir nie auf und schon gar nicht, wenn wir noch länger unter Wasser bleiben!« fluchte ich nach einem Blick auf unseren Standort in der Karte. »Oben setzt bereits die Dämmerung ein. Ich muß sehen, ob jetzt endlich die Luft rein ist! Auf Sehrohrtiefe anblasen!«

Das Boot pendelte auf Sehrohrtiefe ein. Ich fuhr den Spargel aus und riskierte einen Rundblick, jeden Augenblick gewärtig, vor irgendwelchen Nachzüglern am Himmel schleunigst wieder abtauchen zu müssen. Doch der war frei.

Erleichtert fuhr ich das Periskop ein und wollte gerade das Kommando zum Auftauchen geben, als sich der Horchraum meldete.

»Schraubengeräusche in drei-fünf-null! Ein Einzelfahrer, der schnell aufkommt.«

»Ein Einzelfahrer in drei-fünf-null?« vergewisserte ich mich und fuhr sofort das Seezielsehrohr aus. Doch ich mochte mich noch so bemühen, ich sah nichts. Enttäuscht ließ ich es wieder einfahren. »Noch zu weit ab und dann das diffuse Licht und der Dunst über der rauhen See. Horchgerät, dranbleiben und die Peilungen laufend melden!«

Ein überflüssiger Befehl, geboren aus der Enttäuschung über die schlechte Sicht. Ich trat zum II WO an den Kartentisch. Der hatte die Peilung inzwischen auf unserem Kurs abgesetzt und nahm die geschätzte Entfernung von der Küste in den Zirkel.

»Was denn, ein Einzelfahrer so weit hier draußen? Der steht ja noch weiter als wir von der Küste ab! Warum?«

Eine berechtigte Frage, denn das war ungewöhnlich. Während wir vor einem halben Jahr so weitab von der Küste noch gelegentlich die Schraubengeräusche norwegischer Fischtrawler aufgefangen und Frachter mit Konterbande aufgebracht hatten, war die See bis jetzt leer wie ein abgeleckter Teller geblieben. Die Trawler fischten offenbar dichter unter der norwegischen Küste, und was die übrigen neutralen Schiffe anbelangte, so blieben die lieber innerhalb der schützenden Drei-Meilen-Zone.

Ich beugte mich nachdenklich über die Seekarte. Der Einzelfahrer in drei-fünf-null konnte natürlich ein Trawler sein, der sich so weit draußen einen besseren Fang erhoffte. Wenn es aber keiner war, warum blieb der dann nicht in der Drei-Meilen-Zone, sondern kutschierte in einem Seegebiet umher, das längst als Kriegsgebiet galt?

»Das frage ich mich schon die ganze Zeit, Herr Störmer. Außerdem – wo will der hin?«

Die Antwort konnten mir nur neue Horchpeilungen geben, aus denen sich Kurs und Geschwindigkeit annähernd errechnen ließen.

»Horchgerät, was erzählen die Fische?«

»Schraubengeräusche peilen jetzt drei-vier-vier! Entfernung nimmt ab!«

Holla, von drei-fünf-null nach drei-vier-vier in so kurzer Zeit? Dann war das kein fischender Trawler, dafür war der viel zu schnell! Aber was war es dann? Ein Kriegsschiff? Nee, das kutschierte hier garantiert nicht alleine umher. Dieser Pott aber fuhr allein.

»Der hat's ja verdammt eilig«, meinte der II WO nachdenklich. »Warum?«

Seine Worte ließen mich unwillkürlich auf die Borduhr schauen. In diesem Augenblick wußte ich, warum der es so eilig hatte. Warum ihm ebenfalls die Zeit auf den Nägeln brannte, wenn auch anders als uns. Die nächsten Horchpeilungen bestätigten meinen Verdacht. Sein Kurs, der sich daraus in etwa errechnen ließ, verriet mir, wohin der wollte.

»Warum, Herr Störmer?« Ich verlängerte die Kurslinie, bis sie auf Land traf, und tippte mit dem Lineal auf die Karte. »Der hat's so eilig, weil er im Schutz der Dunkelheit nach England will. Nach Inverness, wie es aussieht.«

Der II WO pfiff überrascht durch die Zähne. »Da schau einer an, ein Brite oder ein Neutraler mit einer wertvollen Ladung! Hat vermutlich die Sicherheit der Drei-Meilen-Zone bis Bergen benutzt, um möglichst weit nach Südwesten zu kommen, und setzt nun zum Endspurt an.«

Ich nahm die Entfernung zum Moray Firth, an dessen Ende Inverness lag, in den Zirkel und setzte sie auf dem Kartenrand ab. »Es wird ihm nur nichts nutzen. Für die rund zweihundertdreiundvierzig Seemeilen braucht er etwa siebzehn Stunden, wenn er seine jetzige Geschwindigkeit beibehält. Geht er uns durch die Lappen, läuft er einem anderen von uns bei Tageslicht vor die Finte.«

»Wenn sich der Pott nicht in der Morgendämmerung mit einem Geleitschutz trifft«, dämpfte Störmer meinen Optimismus.

Seinen Einwand hörte ich nur mit einem halben Ohr, denn ich stand unter Erfolgsdruck. Mußte der Besatzung beweisen, daß ich ein sicherer Schütze war und es an den Torpedos lag, wenn die nicht trafen. Mir kam der Pott gerade recht.

Es konnte sich um einen Norweger handeln, einen Dänen oder einen Schweden, mit einer wertvollen Ladung nach England oder Irland unterwegs, die damit verbundenen Gefahren nicht scheuend, weil die Fahrt Geld brachte, sogar viel Geld, und das lockte. Kaum gedacht, verwarf ich diesen Gedanken auch schon wieder.

Alles konnte er sein, bloß kein voll beladener Frachter, auch kein britischer. Dagegen sprach seine hohe Geschwindigkeit, die war eher typisch für ein Passagierschiff. Doch was machte ein Passagierschiff ein halbes Jahr nach Kriegsausbruch in diesem gefährlichen Seegebiet, in dem deutsche U-Boote auf Beute lauerten?

War es ein britisches Passagierschiff, das – wie seinerzeit die *Bremen* oder *Monte Cristallo*[1] – vom Kriegsausbruch

[1] Maasch Erik: Die U-Boot-Falle. Ullstein Taschenbuch 24770

überrascht worden war und jetzt noch auf Umwegen über das neutrale Ausland nach Großbritannien zurückzukehren versuchte? Unwillkürlich schüttelte ich den Kopf, denn das war mehr als unwahrscheinlich. Gab es doch schließlich in dem über den ganzen Globus verstreuten britischen Imperium genügend sichere Häfen, die es weitaus ungefährdeter hätte anlaufen können.

Also was dann? Ein neutrales Passagierschiff, eine Skandinavienfähre? Unsinn, die würde sich erst recht hüten. Außerdem hatten alle Fährlinien ihren Verkehr von und nach England wegen der damit verbundenen Gefahren längst eingestellt. Folglich blieben nur noch zwei Möglichkeiten: Entweder war das ein schwerbewaffneter britischer Hilfskreuzer, der auf deutsche Erzfrachter Jagd machte, oder wieder eine nicht minder schwerbewaffnete U-Boot-Falle.

»Das ist kein Frachter mit einer besonders wertvollen Ladung, II WO.« Ich setzte ihm meine Überlegungen auseinander. Zugleich reifte in meinem Kopf ein Plan. »Auf dieser geographischen Breite sind die Nächte in dieser Jahreszeit kürzer als in Deutschland, außerdem bleibt der Westhorizont länger hell. Das ist günstig für einen Überwasserangriff. Bekommen wir den Kerl vor den Westhorizont, nutzt ihm die Dunkelheit nur wenig. Zeitverlust hin, Zeitverlust her! Den lassen wir uns nicht entgehen! Gehen Sie auf Abfangkurs, Herr Störmer, damit er uns nicht am Ende noch durch die Maschen rutscht! Sobald uns die Dunkelheit schützt, tauchen wir auf.«

Er rutschte uns nicht durch die Maschen, im Gegenteil. Sein Kurs und seine Geschwindigkeit blieben konstant, wie das GHG laufend meldete. Er kam so schnell auf, als habe er mit uns eine Verabredung.

»Wenn der so weiterläuft, haben wir ihn in Kürze vor

dem Westhorizont«, meinte der II WO zuversichtlich und ließ das Glas sinken. »Zu sehen ist er allerdings noch nicht, Herr Kaleu.«

»Was er aber sein sollte, wenn er ein Neutraler wäre, II WO. UZO auf die Brücke! Rohr eins bis vier klar zum Überwasserangriff!«

Ich sah meinen Verdacht bestätigt. Neutrale Schiffe mieden nämlich nach Möglichkeit dieses Seegebiet, in dem sie mit kriegerischen Handlungen rechnen mußten. Wenn nicht, dann führten sie nachts Positionslaternen, fuhren zu ihrer eigenen Sicherheit voll aufgeblendet und trugen auf beiden Längsseiten hell angestrahlte Außenbordmalings in den Nationalfarben.

Dieser Einzelfahrer wies jedoch nichts dergleichen auf, sondern vermied alles, was in der Dunkelheit zu seiner Entdeckung führen könnte. Das gab mir das Recht, ihn hier im Kriegsgebiet ohne Warnung anzugreifen.

UZO, das Zielgerät für den Torpedoangriff, wurde aus dem Turm gereicht und in seine Haltung gesetzt. Wenig später folgten die Klarmeldungen aus dem Bugraum. Die Angriffsbedingungen waren nahezu ideal.

Die Westkimm war noch so hell, daß sich der Pott davor klar als Silhouette abheben mußte. Wenn er seinen Kurs nicht noch in letzter Minute änderte, dann lief er uns in etwa einem Kilometer Entfernung breitseits vor die Bugrohre. Eine Entfernung, die den Torpedos ausreichte, sich trotz des Seegangs richtig auf das Ziel einzusteuern.

Sehen würde man uns dennoch nicht. Wir hatten ja nicht nur die nachtdunkle Ostkimm hinter uns. Uns schützten außerdem der dunkelgraue Außenanstrich und die schmale Silhouette, die wir vorgeflutet boten. Zuversichtlich richteten wir darum unsere Gläser in die Peilungen, die uns das GHG lieferte. Zäh verstrich die Zeit, wurden Sekunden zu Minuten. Mit ihnen nahm die Helligkeit der Kimm beunruhigend ab.

»Der macht es aber verdammt spannend!« meinte der II WO nach einem erneuten Blick auf das Leuchtzifferblatt seiner Uhr und trat unruhig von einem Bein auf das andere. »Ahnt der etwa, daß wir hier auf ihn lauern?«

»Unwahrscheinlich, II WO. Wie sollte er denn?« sagte ich, obwohl auch mich Zweifel zu plagen begannen. »Trotzdem – eine Flasche Bier und einen Hümpel Rum für denjenigen, der den Pott zuerst ausmacht!«

Ein Ansporn, der die Augen aller schärfte. Ganz besonders natürlich bei denen auf der Brücke, die ohnehin schon so scharfe Eulenaugen hatten, daß sie damit solche schemenhaften Konturen zu entdecken vermochten, wenn die sich gerade aus der Dunkelheit zu schälen begannen. Keine zwei Minuten später wirkte die ausgelobte Belohnung.

Signalmaat Vogel besaß solche Eulenaugen. »Ein Schiffsschatten in null-eins-zehn, Herr Kaleu!«

Ich brauchte einen Augenblick, bis auch ich die Konturen entdeckte, die sich in mein Zielgerät schoben. »Bravo, Vogel! Da ist er tatsächlich! Klar zum Alarmtauchen! Rohr eins bis vier ... Achtung!«

»Ein ganz schöner Brocken! Dürfte gut und gern seine acht bis zehntausend Tonnen haben, Herr Kaleu!« schätzte der II WO. »Ein Cunert-White-Star-Liner?«

»Möglich. Auf jeden Fall ein Passagierschiff und mit Sicherheit ein Brite. Verlieren wir keine Zeit!«

Die Zielansprache war ein Kinderspiel. Alles lief glatt. Ahnungslos schwamm der Pott mit dem letzten Büchsenlicht genau in meine Zielvorgabe hinein.

Trotzdem beschlich mich plötzlich das alarmierende Gefühl einer drohenden Gefahr, beschwor Erinnerungen herauf, die sich nicht verdrängen ließen und mich auf einmal ganz wibbelig machten. Und ganz plötzlich wußte ich auch, was mich beunruhigte. Es lief zu glatt, viel zu glatt! Fast genauso glatt wie seinerzeit, als wir auf die List der *Flying Lady* hereinfielen und sie uns zusammenschoß. Saßen wir jetzt am Ende wieder so einem Gauner im Frack auf?

Unsinn, wehrte ich mich gegen die aufkeimende Furcht, du siehst wieder einmal Gespenster. Gleich ist er dran. Nur noch ein paar Sekunden, dann macht er sich auf den Weg zu den Fischen.

»Rohr eins und zwo ... Achtung!« Ich verfolgte den Sekundenzeiger meiner Armbanduhr. »Rohr eins und zwo ... los!«

Ein leichter Ruck ging durch das Boot.

»Torpedos sind los!«

Die niederdrückende Erinnerung verschwand schlagartig aus meinem verquasten Schädel. Der da war keine *Flying Lady,* der wir auf den Leim gekrochen waren! Umgekehrt wurde ein Schuh daraus! Diesmal hatten wir den ersten Zug. Dennoch starrte ich gebannt den Aalen hinterher, die unsichtbar durch die dunkle See jagten. Trafen sie, oder waren es am Ende auch wieder Versager? Ich war mir zwar absolut sicher, auch diesmal die richtigen Werte mit dem UZO ermittelt zu haben. Aber wußte ich denn, welcher Teufel in diesen unzuverlässigen Aalen steckte? Jetzt half nur noch Daumendrücken. Ich durfte ihn einfach nicht entkommen lassen, und wenn er mich vier Torpedos kostete!

»Rohr drei und vier ... Achtung! Rohr drei und vier ...«

Auf unserem Opfer blitzte plötzlich ein Abschuß auf, erhellte für Sekundenbruchteile Männer an einem Geschütz auf seiner Back. Eine Granate heulte heran und krepierte hoch über uns. Magnesiumlicht troff vom Himmel, tauchte uns und die See in blendende Helligkeit. Wir schwammen auf einmal wie auf einem Serviertablett.

In diesem Moment bellten seine Geschütze los. Seine ganze Breitseite schien mit schweren Waffen gespickt zu sein. Die Geschosse schlugen gefährlich nahe auf der Wasseroberfläche auf und streuten detonierend einen jaulenden Splitterregen über das Boot. Unwillkürlich zogen wir die Köpfe ein. Verdammt, wodurch hatten wir uns verraten?

»Splitterbomben! Der heimtückische Hund will uns damit fertigmachen!« erboste sich der II WO.

Damit nicht genug. Örlikons fielen in den Beschuß ein und griffen mit ihren Geschoßgarben nach uns, Gott sei Dank ungenau. Schrill pfeifend fegte der Granathagel über den Turm hinweg.

Zwei ohrenbetäubende Detonationen übertönten plötzlich den Geschützdonner. Im grellen Magnesiumlicht stiegen dicht vor und hinter der Brücke des Briten weiß schäumend zwei Wassersäulen hoch in die Luft, laut von unserer Brückenwache bejubelt. Gott sei Dank getroffen!

Der torpedierte Pott verlor Fahrt und bekam Schlagseite. Doch der Beschuß riß nicht ab, auch nicht, als das Magnesiumlicht über uns verlosch. Er wurde nur ungezielter. Hoch jaulten die Geschosse über uns hinweg und krepierten weit hinter uns. Das löste mich aus meiner Erstarrung.

»Alle Mann auf Tauchstation! Klar zum Alarmtauchen!«

Die Brückenwache ließ sich in den Turm fallen.

»Die Schlagseite nimmt zu!« überschrie der II WO den Gefechtslärm. »Das bereitet den Richtschützen Probleme!«

Ich war darüber nicht böse. Für mich bot sich damit die Gelegenheit, diesem schwerbewaffneten Hilfskreuzer oder was es sonst war, ungefährdet den Fangschuß zu verpassen. Und das war trotz des fehlenden Lichtes nicht einmal schwierig. Es bedurfte nur noch einer Ruderkorrektur, und schon hatte ich ihn wieder in meiner Optik. Die notwendigen Zieldaten lieferten mir seine aufblitzenden Abschüsse.

Meine Unruhe war auf einmal wie weggeblasen, machte Zuversicht Platz. Die beiden Aale hatten getroffen. Warum sollten es die in Rohr drei und vier dann nicht ebenfalls tun?

»Rohr drei und vier ... Achtung! Rohr drei und vier los!«

»Rohr drei und vier sind los!« kam die Rückmeldung aus dem Turm.

Als hätten es die drüben gehört, bröckelte das ungezielte Geschützfeuer jäh ab, verstummte endlich ganz. Was spielte sich da ab? Jagten die jetzt alle auf ihre Lecksicherungsstationen? Oder hatten sie das Feuer nur eingestellt, weil sie ahnten, was für ein prächtiges Ziel sie uns damit boten? Was auch immer, es war zu spät! Die Zeit lief gegen sie.

»Er funkt!« meldete der BÜ aus dem Turm. »Er funkt verschlüsselt, Herr Kaleu!«

»Soll er nur. Gleich kriegt er den Rest«, brummte ich.

Ich brauchte nicht auf meine Uhr zu sehen, seine Zeit war abgelaufen, denn ein gewaltiger Donnerschlag röhrte durch die Nacht. Was denn, nur *ein* Treffer? Oder hatten beide Aale gleichzeitig ihr Ziel getroffen, und beide Explosionen waren miteinander zu einer verschmolzen?

Störmer und ich rätselten nicht lange herum. Lauthals schrien wir unsere Freude über diesen Erfolg heraus. Zugleich verfluchte ich jedoch insgeheim die Dunkelheit, die uns den Blick auf unser Opfer verwehrte. Doch nur für wenige Augenblicke.

Flämmchen züngelten über seinen Außenbordanstrich, fanden Nahrung auf dem Wasser und wuchsen zu einer sich schnell ausbreitenden wabernen Lohe an. Sie warf ein gespenstisches Licht auf die nächtliche Szene und ließ uns das ganze Ausmaß der Katastrophe erkennen, die über den krängenden und achtern wegsackenden Briten hereingebrochen war.

»Gratuliere, Herr Kaleu! Sie haben ihm das Heck wegrasiert!« begeisterte sich der II WO an diesem schaurigen Bild. »Das ist sein Ende.«

Ich nickte nur, denn ich war mit meinen Gedanken ganz woanders. Bei Bildern, die dem Szenario hier ähnelten und mir schon damals einen Schauer des Entsetzens über den Rücken gejagt hatten.

Der Pott hatte kein Heck mehr. Er trieb mit schwerer Schlagseite in einem wachsenden Flammenmeer, das ihn – durch achtern ausfließenden Treibstoff genährt – einzuschließen drohte. Schon setzte das Feuer die Farbe des zerschmetterten Achterschiffs großflächig in Brand und sprang auf die Aufbauten mit den Geschützen und der Bereitschaftsmunition über. Er war verloren und mit ihm die Seeleute darauf, wenn sie sich nicht schleunigst in Sicherheit brachten. Es war nicht allein das Feuer, das sie bedrohte. Hinzu kamen die explodierende Munition, sobald die Flammen sie erreichten, und der alles verschlingende Sog, wenn das Schiff kenterte und unterging.

»Und das ist nur noch eine Frage der Zeit«, murmelte ich vor mich hin und schüttelte mich.

Der II WO hörte es trotzdem oder las meine Gedanken. Er ließ sein Glas sinken. »Sie geben endlich auf, Herr Kaleu!«

Sein Arm wies auf zwei Beiboote mit unzähligen in der rauhen See dümpelnden Rettungsflößen in ihrem Schlepp, die eilig von ihrem dem Untergang geweihten Schiff wegzustreben versuchten. Sie hatten es also doch noch geschafft, wenigstens zwei der Barkassen zu fieren, obwohl das Schiff inzwischen so bedrohlich nach Backbord krängte, daß es in Kürze kentern mußte.

»Wurde auch höchste Zeit, Herr Störmer!« Einen Augenblick spielte ich noch mit dem Gedanken, an die Rettungsboote heranzulaufen, um den Namen unseres Opfers zu erfahren und eventuell Hilfe zu leisten. Schließlich waren es Seeleute wie wir. Doch dann verwarf ich den Gedanken. »Genug des grausamen Spiels. Alarm beendet! Brückenwache auf den Turm! Gehen Sie auf unseren alten Kurs zurück und mit beiden Maschinen auf achtzehn Knoten!«

Während das Boot gehorsam herumschwenkte und mehr Fahrt aufnahm, vollzog sich vor unseren beider Augen und denen der wieder aufziehenden Brückenwache das Ende unseres Gegners. Seine Schotten brachen unter dem Druck der nun auch noch von achtern eindringenden Wassermassen. Wie ein waidwunder Wal legte sich der massige Schiffskörper auf die Seite und glitt, einen gewaltigen Schwall Luft blasen und Schaum aufwerfend, mit seinem brennenden Achterschiff voran langsam in die Tiefe.

Von der eingeschlossenen Luft im Bug gehalten, ragte sein Vorschiff noch eine Weile gespenstisch in den Nachthimmel. Doch schon bald siegte die See. Vom Triumphgeschrei der Brückenwache begleitet, versank das Schiff lautlos in der brennenden Ölschicht.

Mitternachtswachwechsel. Mit der neuen Brückenwache kam der I WO auf die Brücke. Neugierig richtete er sein Glas nach achtern, wo in der Ferne das aus dem versenkten Briten aufsteigende Öl als wabernde Lohe weithin sichtbar abfackelte.

»Teufel, das brennt ja immer noch!« entfuhr es ihm. »Da haben die Tommies aber großes Glück gehabt, daß sie diesem Inferno entkommen sind!«

»Das kann man wohl sagen, Herr Bernau. Das hat dem Pott den Rest gegeben. Allerdings frage ich mich angesichts dieses Feuerzaubers, ob es der letzten beiden Torpedos überhaupt noch bedurft hätte, um ihn zu den Fischen zu schikken. Der war ja auch so schon verloren, nachdem ihm die beiden ersten Aale die Bordwände aufgerissen hatten.«

»Na, zumindest wissen wir jetzt, daß wir nicht nur lauter Frühdetonierer oder sonstige Versager an Bord haben, Herr Kaleu«, versetzte er trocken. »Und das ist doch ungemein beruhigend. Finden Sie nicht auch?«

»So kann man es natürlich auch sehen. Das sollte uns dennoch nicht daran hindern, jeden Aal zu kontrollieren, bevor wir ihn in das Rohr schieben.«

»Dafür habe ich schon gesorgt. Wenn es jetzt trotzdem noch irgendwelche Versager geben sollte, dann liegt das jedenfalls nicht an der Unfähigkeit unserer Männer. Und«, er machte eine demonstrative Pause, um seinen Worten Nachdruck zu verleihen, ich war sicher, daß er dabei grinste, »auch nicht am Kommandanten.«

Ich lachte laut auf. »Danke für die Blumen, I WO! Und auf den Gedanken, daß es auch an mir liegen könnte, ist natürlich vorher keiner hier an Bord gekommen, was?«

»Jedenfalls nicht, nachdem Sie diesen Briten talwärts geschickt haben«, umging er eine direkte Antwort auf meine Frage. »Die Tommies haben übrigens verschlüsselt gefunkt, als ihr Pott bereits auf Tiefe gegangen war, und haben auch sofort Antwort bekommen. Mit ihrem Code können wir allerdings nichts anfangen. Aber auffallend ist, daß sowohl in ihrem Notruf als auch in den darauf erfolgten Antworten die Buchstabengruppe DORA-CÄSAR-LUCIE auftaucht. Scheint der Schiffs- oder Rufname zu sein.«

»Kann durchaus sein. Sie haben also Funkgeräte in ihren Rettungsbooten? Haben unsere Funker den Standort der Antwortenden einpeilen können, Herr Bernau?«

»Ja, es sind offenbar mehrere Einheiten. Sie stehen südwestlich von uns. Sind aber noch weit unter der Kimm, denn

Grauert hat sie bisher noch nicht mit seiner Zauberkiste orten können.«

»Hmmm, mehrere Einheiten«, wiederholte ich nachdenklich. »Hatte es der Pott deshalb so eilig, weil er zu denen stoßen wollte? Das könnte passen.«

»Passen, Herr Kaleu? Wieso?«

»Ich rätsele immer noch herum. War das nun eine U-Boot-Falle oder ein Hilfskreuzer? Eigentlich spricht alles für den Hilfskreuzer: ein Passagierschiff von dieser Größe, immerhin acht- bis zehntausend Tonnen und damit bestens für die Aufnahme von Gefangenen geeignet, die schwere Bewaffnung und jetzt auch noch diese britischen Einheiten in Südwest. Meinen Sie nicht auch, daß das wunderbar zusammenpaßt?«

»Erscheint logisch, Herr Kaleu. Kann also nur heißen, daß der Hilfskreuzer die Gruppe in Südwest verstärken sollte. Dann planen die irgend etwas, bei dem sie seine Unterstützung gebraucht hätten.«

»Der Meinung bin ich auch. Ein Hilfskreuzer zur Verstärkung einer U-Jagdgruppe, wie sie die Tommies jetzt zunehmend einsetzen, scheidet doch wohl aus. Was dann? Haben die Wind davon bekommen, daß da deutscherseits etwas Großeres im Busch ist?«

»Dann müßten sie Hellseher sein. Selbst wir wissen ja nicht einmal, was da wirklich läuft.«

»Sie vergessen die bei uns akkreditierten Korrespondenten der neutralen Länder. Denken Sie nur an die Amerikaner, die ganz offen mit den Briten sympathisieren.«

In meinem Kopf nahm ein anderer Gedanke plötzlich Form an. Es könnte auch genau umgekehrt sein. Man hatte bei uns mitgekriegt, daß bei den Briten irgend etwas lief, und uns deshalb auf diese Position auf der Höhe von Trondheim geschickt, sozusagen in eine Auffangstellung.

Ein Gedanke, der mich zum Handeln zwang. Ich mußte der Flottille die Anwesenheit britischer Einheiten südwestlich von uns melden. Wir hatten bisher absolute Funkstille gewahrt. Da die Briten aber jetzt wußten, daß es uns hier gab, entfiel die Gefahr, daß wir uns mit einem knappen Funksignal selbst verrieten.

Je früher wir agierten, desto schwieriger war es für sie, aus unserer gegenwärtigen Position auf unser Ziel zu schließen. Sie mußten vielmehr annehmen, wir versuchten das Naheliegende, nämlich einen Durchbruch in den Atlantik. Trotzdem war äußerste Vorsicht geboten.

»Die Tommies werden auf uns Jagd machen, Herr Bernau. Darum behalten Sie die Marschgeschwindigkeit unbedingt bei, auch wenn es junge Hunde weht. Alle halbe Stunde eine kurze Horchpause. Ab Dämmerungsanbruch müssen wir mit Flugzeugen rechnen. Ich möchte rechtzeitig gepurrt werden.« Ich klappte das Turmluk auf. »Wahrschau! Ein Mann von Brücke in Zentrale!«

Der warme Mief unter Deck, dieses Luftgemisch aus menschlichen Ausdünsten, Kombüsendunst und dem alles überlagernden, penetranten Dieselgestank in unserer beengten Eisenröhre, traf mich nach der klaren, sauberen Seeluft wie ein Keulenschlag. Ich war auf einmal hundemüde. Trotzdem trat ich noch zu Obersteuermann Wegner und dem Fähnrich an den Kartentisch. Die beiden waren dabei, die neuesten Funkpeilungen an unseren Kurs in der Seekarte anzutragen.

»Na, wie sieht's aus, Obersteuermann?«

»Sie funken, als gäbe es nur noch sie auf der Welt, Herr Kaleu.«

»Wer funkt? Die in den Rettungsbooten oder die anderen?«

»Die in den Rettungsbooten. Die haben Kurs zwo-zwo-fünf genommen und senden in Abständen eine Art Peilzeichen, damit die anderen sie schneller finden.« Er glich die Bewegungen des Bootes in den Knien aus und grinste. »Verständlich. Ein Vergnügen auf den Flößen ist das bei dieser See ja auch nicht gerade.«

»Kann man wohl sagen«, brummte ich zustimmend und sah mir die Eintragungen an. Kurs zwo-zwo-fünf. Das war es, was ich brauchte; denn das hieß, daß die anderen mit null-zwo-fünf auf sie zuliefen. »Reichlich leichtsinnig, diese Herrschaften, ist ja geradezu 'ne Einladung zum Schützenfest. Nur schade, daß uns unser Einsatzbefehl daran hindert, denen unsere Aufwartung zu machen. Mal 'ne Frage, Fähnrich. Wie ist es denn mit Ihren Englischkenntnissen bestellt?«

»Nicht schlecht, Herr Kaleu, aber nicht so gut wie mit denen des Smaddings. Der hat mehr Idioms drauf«, untertrieb er und sah mich fragend an.

Ich hatte nicht die Absicht, ihm den Grund für meine Frage schon jetzt zu nennen, denn es war nur so eine vage Idee, die mir soeben durch den Kopf geschossen war.

»So, so, der hat mehr Idioms drauf«, wiederholte ich darum bloß. »Dann bleiben Sie man weiterhin am Ball.«

Wir mußten funken. Deshalb jumpte ich durch das Mannloch und ging zu meinem Kabuff. Das Funksignal war schnell aufgesetzt und verschlüsselt. Es bestand ja nur aus wenigen Buchstabengruppen, mit denen die Briten garantiert ebensowenig anzufangen wußten wie wir mit ihrem Code. Der Funkobergefreite Pepke holte sich den Zettel und klapperte die Buchstabengruppen so blitzschnell herunter, daß den Briten ein genaues Einpeilen kaum möglich sein würde.

Zufrieden kroch ich in meine Koje. Doch ich hoffte vergeblich auf einen erholsamen Schlaf. Zu viele Gedanken kasperten noch in meinem Kopf herum. Da war dieser Pott, den ich torpediert hatte. Tatsächlich ein Cunert-Liner, wie ich aus dem Schiffsregister entnommen hatte. Ein Passagierschiff, schwer bewaffnet als Kriegsschiff eingesetzt und daher für die Briten ein herber Verlust.

Üblicherweise gab die Admiralität den Verlust von Kriegsschiffen immer irgendwann bekannt. Wir brauchten also nur die Nachrichtensendungen der BBC abzuhören, um den Namen unseres Opfers zu erfahren. Eine Aufgabe für den Fähnrich, sagte ich mir, dessen Englischkenntnisse sicherlich dafür ausreichten. Die des Smaddings mochten besser sein, doch der hatte genug andere Dinge um die Ohren.

Ich war gespannt, was für eine Geschichte sich die Briten dann wieder für diesen waffenstrotzenden Pott zusammenbastelten. Vermutlich verwandelte ihre Propaganda diesen Gauner im Frack in ein friedliches, voll mit neutralen Fahrgästen besetztes Passagierschiff, das heimtückisch torpediert worden war. Das war einer der Gedanken, der mich am Einschlafen hinderte. Ein anderer und ungleich wichtigerer war die Frage, woher die Briten wußten, daß es uns gab. Wodurch hatten sie uns entdeckt? Schließlich hatten sie die Leuchtgranate bereits abgeschossen und das Feuer auf uns eröffnet, bevor die ersten beiden Torpedos unter ihnen detoniert waren und ihnen die Bordwand aufgerissen hatten.

Ihr ASDIC? Das hätten wir gehört, ganz abgesehen davon, daß es uns aufgetaucht aller Wahrscheinlichkeit nach gar nicht erfaßt haben konnte. Ebensowenig wie ihr Horchgerät, denn wir hatten in Schleichfahrt angegriffen. Damit schieden auch die Schraubengeräusche als Ortungsquelle aus. Wodurch dann? Durch einen verräterischen Lichtblitz? Gänzlich unmöglich, wir hatten keinerlei Licht benutzt.

Blieb nur noch eins: Der ehemalige Cunert-Liner mußte ein Funkmeßgerät an Bord gehabt haben, das uns erfaßt hatte. Ein FuMO, das die Briten RADAR nannten und von dem unsere Experten behaupteten, daß eine Unterbringung so aufwendiger Geräte auf Kriegsschiffen aus Platzmangel gänzlich unmöglich sei.

Das galt vielleicht für Zerstörer und Fregatten, aber sicher nicht für einen 8000- bis 10 000-Tonner, wie es dieser Pott gewesen war. Auf dem hatte man genügend Platz für so eine großdimensionierte Anlage gehabt. Vorausgesetzt, sie war tatsächlich so groß.

Dieser Gedanke löste plötzlich die Erinnerung an die nächtliche Begegnung mit britischen Zerstörern aus, die uns seinerzeit ähnliche Rätsel aufgegeben hatte. Einer von denen hatte uns nämlich trotz stockdunkler Nacht unter Feuer genommen. Wir hatten uns damals dieses Phänomen ebenfalls nicht erklären können.

Waren uns die Briten in der Funkmeßtechnik am Ende doch schon so weit voraus, daß die Platzfrage bei ihnen längst keine so große Rolle mehr spielte, wie uns die sogenannten Experten weiszumachen versuchten? Hatten sie das beim ASDIC nicht ebenfalls getan, bis ihnen unsere Verluste auf See schließlich das Gegenteil bewiesen hatten?

An diesem Punkt meiner Überlegungen angekommen, übermannte mich die Müdigkeit.

Die Hand, die mich aus dem Tiefschlaf holte, gehörte dem Zentralemaat. Unwillig knurrend, wollte ich mich auf die Seite wälzen. Doch die Hand ließ sich nicht abschütteln.

»*Rise, rise*, Herr Kaleu! In Kürze löst der II WO den Morgenalarm aus. Sie wollten vorher gepurrt werden.«

»Schon gut, Mohl. War ja mal wieder 'ne verdammt kurze Nacht.« Ich schwenkte meine Gliedmaßen aus der Koje und versuchte, den Schlaf abzuschütteln, der mir noch bleischwer in den Knochen steckte. »Irgendwelche besonderen Vorkommnisse?«

Der Maat half mir in mein Ölzeug, denn nach den rollenden Bewegungen des Decks unter meinen Füßen zu schließen, stand oben noch immer eine recht ruppige See. »Keine, Herr Kaleu, wenn man davon absieht, daß es nach wie vor heftig bläst und der norwegische Seewetterbericht nichts Gutes verheißt.«

»Und was verheißt er?« Ich griff nach meinem Glas und hängte es mir um. »Regen?«

»Ein Tiefdruckwirbel nähert sich den britischen Inseln, Rest eines tropischen Wirbelsturms. Mehr habe ich nicht mitgekriegt.«

»Na, dann lassen wir uns mal überraschen.« Ich ging in die Zentrale und trat an den Kartentisch. »Morgen allerseits! Wie sieht's aus, Steuermann?«

»Morgen, Herr Kaleu! Nicht schlecht. Wir sind gut vorangekommen. In null-sieben-neun haben wir die Insel Alden. Leider stehen wir zu weitab, sonst könnten wir das Richtfeuer für die Einfahrt nach Dale über der Kimm haben.«

Mißtrauisch betrachtete ich unseren Standort in der Karte. »Sind Sie sicher? Ist das der gegißte oder der wahre Standort, Siegmund?«

»Der wahre Schiffsort, Herr Kaleu. Während der Hundewache riß der Himmel kurzfristig auf, so daß Obersteuermann Wegner ein astronomisches Besteck nehmen konnte.« Er deutete mit dem Lineal auf den Standort von drei Uhr früh und wanderte dann auf unserem Kurs weiter nach Norden. »Den letzten hier hat vor zehn Minuten die Funkpeilung der Funkfeuer von Bergen und Florø ergeben.«

Ich nahm die seit der Torpedierung des Briten zurückgelegte Strecke in den Zirkel. »Mmmm, hundertsechsundzwanzig Seemeilen, nicht schlecht.«

Wie ich aus den anderen an unseren Kurs angetragenen Funkpeilungen ersah, war der Funkverkehr zwischen den britischen Einheiten und den Rettungsbooten des versenkten Potts kurz nach zwei Uhr abgebrochen. Das konnte nur bedeuten, daß die Besatzung inzwischen aufgefischt worden war. Die Boote waren durch die Flöße im Schlepp gehandicapt, hatten es höchstens auf zwei bis drei Knoten gebracht. Das hieß, daß ...

»Ich habe das mal überschlagen, Herr Kaleu. Die Rettungsboote dürften bei diesem Seegang wegen der Flöße kaum mehr als maximal drei Knoten gelaufen sein«, unterbrach der Steuermann meinen Gedankengang und kam damit zu dem gleichen Ergebnis wie ich. »Das wären bestenfalls zwozehn Seemeilen, die sie bis zum Auffischen zurückgelegt haben könnten. Unserer inzwischen zurückgelegten Strecke zugeschlagen, ergibt das eine Entfernung der Tommies von rund hundertachtunddreißig Seemeilen.«

»Rechnen wir noch eine gewisse Zeit für das Auffischen dazu, dann könnten wir sie praktisch in etwa fünf Stunden auf dem Hals haben. Kein schöner Gedanke, was?«

Er grinste. »Ich kann mir etwas Schöneres vorstellen.«

»Malen wir den Teufel lieber nicht an die Wand, Steuermann. Vermutlich suchen die uns gar nicht so weit nördlich, sondern eher auf dem Weg in den Nordatlantik.«

»Hoffentlich, Herr Kaleu!«

Noch bevor ich meinen Fuß auf die unterste Leitersprosse setzte, warf ich noch einen Blick auf die Wetterkarte. Teufel, das sah nicht gut aus. Die Isobaren um das Tief vor England lagen dicht beieinander.

Als ich aus dem Turmluk krabbelte und hinter dem Schanzkleid nicht schnell genug in Deckung ging, ersetzte der überkommende Brecher bei mir die Morgenwäsche. Diese eiskalte Dusche und der steife Wind machten mit der Restmüdigkeit in meinem Kopf kurzen Prozeß. Es war auch merklich kälter geworden, oder es erschien mir nach dem warmen Mief unter Deck nur so. Jedenfalls war ich auf einmal hellwach.

Noch immer war die Brückenwache alles andere als ein Vergnügen. Der Wind war auf Nord umgesprungen und trieb mit unverminderter Stärke die anrollende Dünung vor sich her. Sie trug Schaumkronen auf ihrem Rücken, die in dem trüben Dämmerlicht des heraufziehenden Morgens mit den Brechern jedes Mal geisterhaft aufschimmernd über das Vorschiff tosten, wenn unser Bug tief in die Wellenberge hineinschnitt.

»Morgen, Herr Störmer!« Ich wischte mir den salzigen Gischt aus dem Gesicht. »Das ist ja eine wenig freundliche Begrüßung!«

Der II WO lachte und ging neben mir vor der nächsten Dusche in die Knie. »Guten Morgen, Herr Kaleu! Kurs null-null-fünf liegt an, beide Maschinen machen Umdrehungen für achtzehn Knoten, keine besonderen Vorkommnisse.«

»Danke, Herr Störmer!« Ich griff grüßend an meinen Südwester. »Wenn der norwegische Wetterbericht stimmt, ist das möglicherweise nur der Vorgeschmack auf das, was noch kommen kann. Nach meinen bisherigen Erfahrungen mausern sich solche Reste tropischer Wirbelstürme in dieser Jahreszeit meist zu ausgewachsenen Sturmtiefs. Gebe Gott, daß sich über den britischen Inseln daraus nicht noch ein Orkantief zusammenbraut, sonst bekommen wir davon nämlich auch einiges ab.«

»Wird schon nicht, Herr Kaleu.« Er blickte hinüber zur

Ostkimm, wo das Morgenlicht die tief hängende Wolkendecke zu farben begann. »Und wenn doch, dann werden sich die Tommies schön hüten, Flugzeuge in die Luft zu bringen, denn dann gibt es bei der Landung Kleinholz. Trotzdem ... Zeit für den Morgenalarm. BÜ, klar zum Alarmtauchen!«

Unter Deck rasselten die Alarmklingeln, scheuchten die Männer auf ihre Tauchstationen. Eine notwendige Vorsichtsmaßnahme, denn gerade die Zeit der Morgen- und der Abenddämmerung wartete oftmals mit bösen Überraschungen aus der Luft auf. Die schlechten Lichtverhältnisse verschafften Angreifern aus den Wolken zusätzliche Vorteile, und die waren schon so manchem U-Boot zum Verhängnis geworden.

Ich rechnete fest damit, daß die Briten nichts unversucht lassen würden, um uns zu erwischen und sich für die Versenkung zu rächen. Doch ich wurde schon bald eines Besseren belehrt. Der trübe Morgen ging in einen noch trüberen Tag über, ohne daß sich ein Tommy an dem wolkenverhangenen Himmel zeigte. Entweder hielt der Tiefdruckwirbel, der sich nach den neuesten Wetterdaten mit starkem Luftdruckabfall über den britischen Inseln festzusetzen schien, die Royal Air Force davon ab, uns vor der norwegischen Küste zu suchen, oder aber sie vermuteten uns tatsächlich auf dem Weg in den Nordatlantik.

Das blieb auch in den beiden Folgetagen so, selbst unser GHG schwieg. Dafür hatten wir auf einmal an Bord mit allen möglichen Pannen zu kämpfen. War ich davon ausgegangen, die Einfahr- und Vorbereitungszeit für den Fronteinsatz habe mit den Kinderkrankheiten aufgeräumt, die für jedes neue Boot mehr oder weniger typisch waren, so traf das tatsächlich zu. Diese Pannen waren dagegen absolut untypisch.

Zuerst fiel der Backbord-Diesel aus. Die Ursache vermochten sich zunächst weder der LI und noch weniger der Chief, wie wir ihn nannten, samt seiner erfahrenen Stoker zu erklären. Das war verständlich, denn bei den zuverlässigen MAN-Dieseln trat so etwas nach so wenigen Seetagen normalerweise so gut wie nie auf.

Mit zunehmender Ungeduld hörte ich mir das Fachchinesisch des LI und des Leitenden Maschinisten an, bis mir der Kragen platzte. »Genug, Herr Becker! Sie kennen unsere Befehle. Nehmen Sie das Scheißding auseinander, und spitzen Sie Ihre Stoker an! Ich möchte nämlich nicht in noch größeren Zeitverzug kommen, klar? Wir werden eben indessen mit dem Steuerbord-Diesel und der auf die Backbordwelle gekuppelten E-Maschine weiterhumpeln.«

Dem LI blieb regelrecht die Luft weg. »Die E-Maschine, Herr Kaleu? Das kostet uns aber Batteriekapazi...«

»Es ist mir völlig wurscht, ob wir dadurch Batteriekapazität verlieren, Herr Becker! Bringen Sie Ihren Laden wieder auf Vordermann, anschließend können Sie sich dann an meiner Brust ausheulen!« fuhr ich ihm über den Mund. »Im übrigen lädt doch wohl der Steuerbord-Diesel die Batterien dabei auch gleich wieder auf – oder?«

Mein rüder Ton verschlug dem LI und seinem Chief glatt die Sprache. Die beiden schluckten den Rüffel und zottelten schmollend ab. Was hätten sie auch sonst tun sollen?

Der I WO, mit dem ich meinen Bericht für das Kriegstagebuch durchgesprochen hatte, als die beiden mit der Hiobsbotschaft bei uns aufkreuzten, grinste. »Das war aber scharfer Tobak, Herr Kaleu!«

»Stimmt! Aber wat mutt, dat mutt!« Ich lauschte grienend nach achtern, wo die beiden ihren Stokern lautstark Feuer unter dem Hintern machten. »Und es wirkt, wie man hören kann.«

Die Panne kostete uns trotzdem drei Stunden, sie war aber für die gesamte Besatzung eine Lehre. Der Ton machte nun einmal die Musik, und die Männer wußten nun, woran sie in solchen Fällen mit mir waren.

Als der LI mir die Beseitigung des Schadens meldete und zu einer langen technischen Erklärung ansetzte, in der es von Fachausdrücken nur so wimmelte, winkte ich ab.

»Hat keinen Zweck, Herr Becker, sind böhmische Dörfer für mich. Fein, daß Sie das so schnell wieder in den Griff bekommen haben! Ich wußte doch, daß ich mich auf Sie und Ihre Männer verlassen kann.«

Mein Lob ging ihm nach dem Anranzer runter wie Öl, zumal ich ihm versöhnlich auf die Schulter klopfte. »Das muß belohnt werden. Eine Flasche Bier für jeden.«

Die Erleichterung über mein Friedensangebot war ihm deutlich anzumerken. »Danke, Herr Kaleu! Es wird hoffentlich die einzige Panne bleiben.«

Sie blieb es leider nicht, doch diese anderen waren – mit Ausnahme der einen Lenzpumpe – weniger gravierend und ließen sich schneller beheben. Die Lenzpumpe fing plötzlich irgendwann so überlaut zu lärmen an, daß ihr Kreischen selbst die hämmernden Diesel übertönte, bevor sie endgültig ihren Geist aufgab.

Das war eine überaus gefährliche Angelegenheit. Mußten wir vor irgendwem tauchen, verriet ihr Lärm jedem Horchgerät, wo man uns suchen mußte und finden konnte.

»Kein Problem, Herr Kaleu«, gab sich der LI optimistisch. »Das kriegen wir ganz schnell hin.«

»Hoffentlich!« kam mir der I WO zuvor.

Ganz so war es nämlich nicht. Kein Schiff war total dicht, es nahm Wasser, das sich in der Bilge, der tiefsten Stelle des Schiffskörpers, sammelte. Von dort beförderten es Lenzpumpen außenbords. Ihre Funktion war gerade für U-Boote besonders wichtig, weil das sich zwangsläufig ansammelnde Wasser den Trimm des Bootes störte.

Beckers Stoker mußten durch enge Mannlöcher hinunter in die dreckige und noch engere Bilge. In ihr konnten sie sich nur kriechend bewegen, um an den Sauger der Pumpe zu kommen. An dem lag es nämlich, wie sich ganz schnell herausstellte. Eine höchst unbeliebte Arbeit, für die der LI natürlich seine besonderen Spezies hatte. Männer, die irgendwann mal unangenehm aufgefallen waren und denen man nun solche Dreckarbeiten aufhalste. Eine disziplinierende Maßnahme, die es übrigens auch in allen anderen Bereichen gab und die in der Regel mehr als jede andere Strafe bewirkte. Daß die Dreckarbeit selbstverständlich nicht mit »Besanschot an!« belohnt wurde, machte sie nur noch wirkungsvoller.

Es war ein wahres Glück, daß diese Pannenserie uns zu einem Zeitpunkt traf, als wir offenbar einsam und allein das einzige Schiff auf weiter Flur waren. Dennoch traf sie diesmal den technischen Bereich besonders hart. Kaum hatte mir nämlich der LI die Lenzpumpe wieder klar gemeldet, kriselte es wenig später in der Kombüse. Ein Kurzschluß legte den gesamten Elektroherd lahm, und der wiederum ließ auch an anderen Stellen funkensprühend ein paar Sicherungen springen.

»Ein bißchen viel auf einmal, was, Herr Becker?« stichelte der I WO, als der eine Schimpfkanonade im breitesten Sächsisch auf den Matrosen Göhle abfeuerte, dem der Smadding einen Strafdienst in der Kombüse aufgebrummt hatte und der für den Kurzschluß verantwortlich war. »Eine technische Panne nach der anderen! Is' ja 'n wahrer Seelenverkäufer, auf dem wir hier leben müssen.«

Der II WO sah von der Seekarte auf und grinste diabolisch. »Ob der Göhle, dieser Saftsack, das überhaupt verstanden hat? Gibt's denn eigentlich für diesen Dialekt der Fußkranken der Völkerwanderung 'n Wörterbuch?«

Ob ich wollte oder nicht, ich mußte lächeln. »Der Dialekt der Fußkranken der Völkerwanderung«, wie er das sächsische Idiom des LI nannte, war eine offene Wunde, in der die beiden Offiziere bei jeder sich bietenden Gelegenheit herumstocherten.

Der LI warf den beiden nur einen strafenden Blick zu und konterte schlagfertig:. »Nu' heer' sich eener bloß diesen Herrn Häberle an! Wer mid so ee'm alemannischen Zwiebelguchen-Dialegd im Glashaus sidzd, sollde nich' mit Schdeenen werfen, glar?«

Noch ehe wir unsere befohlene Position auf der Höhe von Trondheim erreichten, vertrieben uns Schraubengeräusche von der Wasseroberfläche. Sie kamen schnell auf und liefen nach Meinung des Horchers an der norwegischen Küste außerhalb der Drei-Meilen-Zone entlang.

»Drei Einheiten, Herr Kaleu!« versicherte mir Grauert, als ich an seinem Horcherschapp aufkreuzte. »Die Schrauben klingen nach Kriegsschiffen, nach einem Dickschiff, eskortiert von zwei Zerstörern oder Fregatten.«

»Sind Sie sicher, Grauert?« fragte ich ungläubig und stülpte mir den Hörer über. Was jedoch an meine Ohren drang, war ein weit entferntes undefinierbares Gemisch von Schraubengeräuschen. »Wie hören Sie denn da ein Dickschiff heraus?«

Er grinste. »Reine Übungssache, Herr Kaleu. Dieser dumpfere Unterton stammt von einem Dickschiff. Könnte ein leichter Kreuzer sein.«

»So, so«, sagte ich nur und gab ihm den Hörer zurück, denn von einem dumpfen Unterton hatte ich überhaupt nichts bemerkt. Ich kehrte in die Zentrale zurück. »Auf Sehrohrtiefe anblasen! Neuer Kurs null-zwo-fünf! Ich glaube dem Grauert kein Wort. Deshalb will ich mir mal den Verband ansehen, den er für einen leichten Kreuzer mit zwo Zerstörern hält, die angeblich entlang der norwegischen Küste patrouillieren.«

»Norweger?« vermutete der I WO und holte das Flottenhandbuch aus dem Schapp. »Aber warum dann außerhalb der Drei-Meilen-Zone? Ist doch ein reichlich riskantes Gebiet für Neutrale.«

»Eben, Herr Bernau! Deshalb möchte ich mir ja die Brüder mal ansehen.« In meinem Kopf formte sich ein Verdacht. »Deutsche werden's wohl kaum sein. Was sollten die auch hier oben?«

»Tommies? Was gibt das denn für einen Sinn?« Er sah mich zweifelnd an. »Hier gibt's doch für die überhaupt nichts zu holen.«

»O doch, 'ne ganze Menge, mein Lieber! Denken Sie nur mal an die *BREMEN* und eine Reihe anderer Schiffe, die sie hier auf ihrem Heimatkurs von Murmansk nach Deutschland abzufangen versucht haben. Oder an den Überfall auf die *ALTMARK* im Jössing Fjord im Februar. Die Norweger haben protestiert, aber gebracht hat's gar nichts. Und dann gibt's da noch deutsche Logger, die in den fischreichen norwegischen Gewässern fischen. Da lohnt es sich für die Tommies schon.«

»Sehrohrtiefe ist erreicht! Boot pendelt auf Sehrohrtiefe ein! Neuer Kurs null-zwo-fünf liegt an!«

Gespannt fuhr ich den Spargel aus. Kontinuierlich nahm das helle Sirren der Schrauben zu. Es dauerte dennoch eine ganze Weile, bis sich die Konturen des Verbandes aus dem Dunst lösten und sich mit Braßfahrt in meine Optik schoben.

»Teufel, der Grauert ist kein Spinner! Tatsächlich ein

Dickschiff und zwo Zerstörer!« Ich trat vom Sehrohr zurück und griff nach dem Handbuch, um das Dickschiff zu identifizieren. »Sehen Sie selbst, Herr Bernau!«

Die Zerstörer waren uninteressant, die ähnelten sich letztlich in allen Marinen der Welt. Ich machte mir darum gar nicht erst die Mühe, die Angaben über die norwegische Marine zu durchforschen. Interessant war allein das Dickschiff, und das war kein norwegisches und auch kein deutsches. Seine Silhouette war typisch für einen britischen Kreuzer, dessen war ich mir sicher. Nur was es für einer war, vermochte ich auf Anhieb nicht zu sagen, dafür gab es zu viele von ihnen in der Home Fleet. Langsam glitt mein Finger suchend die Seiten herunter, und schon hatte ich ihn.

»Ein Kreuzer der BIRMINGHAM-Klasse, I WO, vielleicht die *BIRMINGHAM* sogar selber!« In meinem Kopf überschlugen sich die Gedanken. Das war kein mit Kanonen aufgemöbelter Passagierdampfer, das war Edelwild! Eine Gelegenheit, von der jeder Kommandant träumte. Ich drückte auf den Alarmknopf. »Auf Gefechtsstationen! ... Rohre eins bis sechs ... Achtung! Klar zum Unterwasserangriff!«

Der I WO gab das Periskop frei. »Tatsächlich ein Kreuzer, Herr Kaleu, und dann auch noch in einer so günstigen Formation, daß wir ihn und die beiden Zerstörer mit einem Vierer-Fächer glatt wegputzen können!«

Ich klemmte mich wieder hinter das Okular und visierte die drei Schiffe an. Inzwischen überlappten sie einander und näherten sich uns in einem so günstigen Schußwinkel, daß man sie überhaupt nicht verfehlen konnte.

»Das stimmt, I WO! Je einen Torpedo für die Zerstörer, um die zumindest lahm zu schießen, und zwei für den Kreuzer.«

Aus den Torpedoräumen kamen die Klarmeldungen. Im

Boot breitete sich eine gespannte Stille aus. Ich nahm mit dem Fadenkreuz Maß und diktierte Bernau die Werte für die vier Bug-Torpedos.

Rasend schnell schmolz die Entfernung zusammen. Dann hatte ich sie endlich genau vor den Bug.

»Rohre eins bis vier ... Achtung! ... Rohr eins los! ... Rohr zwo und drei ... los! ... Rohr vier los!«

Ein harter Ruck lief durch das Boot. Wie in einem Fahrstuhl fuhr das Deck mit mir empor. Ich sah die drei Kriegsschiffe plötzlich aus einem viel höheren Blickwinkel. Ein untrügliches Zeichen dafür, daß der Turm durch die Wasseroberfläche brach, weil die Tiefenrudergänger das Boot nicht richtig abfingen.

Im gleichen Augenblick überschlugen sich die Ereignisse. Vor meinen entsetzten Augen stiegen, keine zweihundert Meter von uns entfernt, fast gleichzeitig drei schäumende Wassersäulen steil in die Luft. Sekundenbruchteile später dröhnten Detonationen in unseren Ohren, packten ihre Druckwellen das Boot, drückten es wie eine Riesenfaust wieder unter Wasser und warfen es aus dem Kurs. Im ersten Moment dachte ich an Beschuß, doch schnell ging mir die wirkliche Ursache auf. Selbst wenn den Tommies unser Turm wider Erwarten entgangen sein sollte, diese verfluchten Frühdetonierer waren es garantiert nicht! Ich durfte keine Zeit verlieren.

»Alarmtauchen! Alle Mann voraus! Ruder hart Backbord, beide Maschinen dreimal AK voraus!«

Uns blieb nur noch die Flucht. Wir mußten so schnell wie möglich Tiefe gewinnen, um dem bevorstehenden Angriff der Zerstörer zu entgehen, denn der kam ohne jeden Zweifel. Den konnte auch der vierte Torpedo nicht mehr verhindern, dieser Versager, dessen Laufzeit längst überschritten war.

Gurgelnd schoß das Wasser in die weit aufgerissenen Tauchzellen. Unter dem Druck der mit aller äußerster Kraft wirbelnden Schrauben, der maximal gelegten Tiefenruder und dem Gewicht der sich im Bugraum drängenden Besatzung schor das Boot in einem steilen Bogen in die Tiefe. Weg von dem verräterischen Schwell, in dem der Turm aus dem Wasser gebrochen war, weg von unserem Abschußpunkt und möglichst tief hinunter, bevor die ersten Wasserbombenreihen fielen.

»Achtung!« meldete sich Grauert vom Horchgerät. »Gegner drehen bei und gehen mit der Fahrt herunter!«

»Aha, die versuchen den Abschußpunkt der Frühdetonierer zu ermitteln. Dürfte ihnen nicht schwerfallen, Herr Bernau. Gleich geht der Zauber los.«

»Zur Hölle mit diesen Scheißtorpedos!« verschaffte der I WO seiner Enttäuschung lauthals Luft. »Gehen jetzt schon nach einem Viertel ihrer Laufzeit hoch! Demnächst krepieren sie noch im Rohr! Die Bande, die uns diese Mistdinger mitgegeben hat, sollte man an die Wand stellen, Herr Kaleu!«

»Fünfzig Meter gehen durch! Boot fällt schnell weiter!« meldete der Tiefenrudergänger Möller eifrig.

Mit ihm und seinem Kumpel mußte ich nachher wegen der Panne mit dem Turm noch ein ernstes Wort reden.

Noch rührte sich bei den Tommies nichts. Ich war darüber nicht böse. Mit jeder verrinnenden Minute, und die summierten sich, gewannen wir mehr Tiefe. Damit wuchs unsere Chance, ihrer ASDIC-Ortung und den ersten Wabo-Würfen zu entgehen, die normalerweise noch flach eingestellt fielen. Erst die zweite Serie wurde dann erfahrungsgemäß gefährlich.

Ich blickte auf den Kompaß. »Das reicht! Ruder, komm auf! Neuer Kurs zwo-zwo-fünf!«

Plötzlich heulten oben die Schraubengeräusche auf. »Achtung! Gegner macht Fahrt auf!« kam es aus dem Horchraum. »Anlauf aus eins-sieben-zwo!«

»Siebzig Meter gehen durch!« ergänzte Möller sofort. »Boot fällt weiter!«

»Auf Schleichfahrt umkuppeln, Herr Kaleu?« fragte der LI.

»Noch nicht! Abwarten, Herr Berger! Noch machen ihre hochtourigen Schrauben solchen Lärm, das sie uns nicht hören können, und ihr ASDIC hat uns auch noch nicht erfaßt.«

Das ASDIC der Tommies hatte für uns seinen Überraschungseffekt der ersten Kriegsmonate verloren. Wir kannten inzwischen seine Stärken, mit denen es uns nach wie vor über war, aber auch seine Schwächen. Je tiefer wir nämlich kamen, desto steiler wurde der Winkel für dieses Sonargerät, was wiederum die horizontale Reichweite des ASDIC entsprechend verkürzte. Gelang es uns dann auch noch, dichtere Salzwasserschichten in der Tiefe zu erreichen, die den ASDIC-Strahl reflektierten, wurden ihre Geräte durch Geisterechos genarrt. Die gaukelten den Männern am Gerät ein U-Boot vor, wo es gar keines gab.

In das bedrohlich anschwellende Sirren der Zerstörerschrauben mischte sich ein neues Geräusch. Ein ASDIC-Strahl traf unsere Außenhaut, glitt widerlich nachhallend darüber hinweg und verlor sich. Doch schon kehrte er wieder zurück und ließ uns nicht mehr los.

Haltsuchend hakte ich einen Arm in die Leitersprossen ein. Ich wollte nicht durch die Zentrale katapultiert werden, wenn sie uns in die Mangel nahmen.

»Frage Tiefe!«

Die Antwort auf meine Frage ging in einer durch die Tiefe röhrenden Explosionsserie unter. In schneller Folge fiel eine Wabo-Reihe nach der anderen, ungewöhnlich früh und noch zu weitab, um uns schon gefährlich werden zu können. Doch die Zerstörer waren schnell. Die Detonationswellen kamen von Steuerbord achteraus unaufhaltsam näher und näher, holten uns ein – dabei immer stärker werdend – und schüttelten das schwere Boot schon bald wie ein federleichtes Kinderspielzeug durch.

Der stählerne Bootskörper verwandelte sich dabei zunehmend in einen riesigen mitschwingenden Resonanzboden, der die donnernden Wabo-Detonationen aufnahm und sie ohrenbetäubend verstärkt an uns weitergab. Das nachhallende Getrommel der ASDIC-Kontakte auf seiner Außenhaut verschmolz mit den Explosionen zu einer entnervenden Kakophonie, die uns den Schädel zu sprengen drohte.

Das Deck unter unseren Füßen bebte, das Licht flackerte. Was keinen festen Platz hatte, schleuderten die fürchterlichen Erschütterungen an Deck. Doch es war nur der Anfang von dem, was uns bevorstand, wenn es uns nicht gelang, vor der ASDIC-Ortung in die schützenden dichteren Salzwasserschichten zu entkommen.

Ich kannte dieses Vorspiel, dennoch kroch mir eine Gänsehaut über den Rücken, als legte sich mir eine eiskalte Hand in den Nacken. Mein Blick ging zum Tiefenmesser. Hundertdreißig Meter – und das Boot fiel weiter. Das konnte klappen, wenn wir genügend Tiefe gewannen, bevor uns die Zerstörer in die Mangel nahmen.

»Achtung! Beide Gegner setzen in einer nach eins-sieben-acht gegeneinander versetzten Kiellinie zum Überlauf an!« schrie Grauert gegen den höllischen Lärm an.

Was war das? Die Zerstörer liefen nicht in der üblichen Angriffsformation, der Dwarslinie, sondern in einer um sechs Grad gegeneinander versetzten Kiellinie an? In meinem schmerzenden Schädel überschlugen sich die Gedanken, brauchten nur Sekundenbruchteile, um die Horchpeilung auf unseren Kompaßkurs umzurechnen und die sich daraus ergebende Situation zu erfassen.

Die versetzte Kiellinie! So handelten nur blutige Anfänger, die noch keine Erfahrungen mit der U-Bootjagd gesammelt hatten! Wenn wir abdrehten, war das die Chance, zumindest dem Teil ihrer in eins-sieben-acht geworfenen Bomben zu entgehen! Möglicherweise irritierten sie sich dann auch noch gegenseitig mit vagabundierenden ASDIC-Strahlen!

»Ruder hart Steuerbord!«

Das Boot drehte aus ihrem Abgriffskurs. Ein Strohhalm nur, mehr nicht, aber immerhin eines Versuches wert.

»Recht so! Ruder komm auf!«

Rasend schnell schwollen die Explosionen an. Es war unmöglich, aus diesem alles überdeckenden Höllenlärm herauszuhören, ob mein Schachzug glückte. Und dann holten uns die Detonationen ein. Mit einem teuflischen Bombardement klopfte der nasse Tod an unsere dröhnende Außenhaut.

Ein wahrer Wasserbombenregen ging auf der Jagd nach uns nieder, krepierte in nicht abreißender Kette hinter, neben und über uns. Sofort fiel das Licht aus. Hageldicht hieben von allen Seiten fürchterliche Donnerschläge auf unsere wehrlos durch die Druckwellen taumelnde Eisenröhre ein, zwangen sie in einen höllischen Tanz, bei dem in der Dunkelheit jegliche Orientierung verlorenging. Oben war unten und unten oben.

U 115 wurde zu einem Spielball der Druckwellen. Kaum krängte das Deck unter uns so, als werde das Boot jeden Augenblick kentern, schleuderten es die nächsten Detonationen auch schon wieder zurück. Kam es fast auf ebenen Kiel, packte die Riesenfaust erneut zu und preßte das Vorschiff in die Tiefe oder wirbelte das Heck in einem irrwitzigen Reigen herum. Ein Spiel, das kein Ende nehmen wollte.

Taub und blind klammerte ich mich verzweifelt an die Leitersprossen, um nicht gegen die Stahlwände geschleudert zu werden, als meine Beine nachgaben und auf dem schrägen Deck wegrutschten. Schier unerträglicher Schmerz peinigte meine Arme, die den Sturz aufzuhalten versuchten.

Aus, dachte ich, nur eine der Bomben noch, dann ist es aus. Irgendwann geht sie jetzt so dicht an oder über dem Boot hoch und reißt die unter dem enormen Außendruck stehende dünne Hülle auf. Das ist dann das Ende, und ich kann nichts dagegen machen.

Mich befiel eine bisher nie gekannte Lethargie, die mich gegen das Geschehen um mich herum völlig unempfindlich werden ließ. So entging mir auch, daß die nicht abreißende Kette der todbringenden Detonationen über uns hinwegzudonnern begann und sich mehr und mehr von uns entfernte.

Aus diesem paralysierten Zustand schreckte ich erst auf, als sie plötzlich ganz ausblieben und mit ihnen auch das entnervende hohe Sirren der Zerstörerschrauben verstummte. Das holte mich in die Wirklichkeit jäh zurück, denn ich wußte, was sich jetzt dort oben tat.

Die Zerstörer stoppten nicht nur und suchten das Wasser nach Trümmern, Luftblasen und aufsteigendem Öl ab. Sie lauschten auch in die Tiefe, hörten unsere auf Hochtouren laufenden E-Maschinen und das laute Geschrei, das aus den Abteilungen an meine schmerzenden Ohren drang. Ich durfte keine Zeit verlieren, denn das bedeutete höchste Gefahr für uns.

»Schnauze halten!« fuhr ich dazwischen. »Beide Maschinen stopp! Auf Schleichfahrt umkuppeln! Absolute Ruhe im Boot!«

Mit einem Schlag trat Stille ein. Ich spürte, wie das Boot Fahrt verlor und sich aus seiner Schlagseite aufzurichten begann. Überdeutlich hörte ich das Plitsch-plitsch-plitsch langsam drehender Zerstörerschrauben über uns. Ein Geräusch, das durch die im Boot herrschende Dunkelheit noch bedrohlicher wirkte. Bedrohlicher jedenfalls noch als die unter dem Außendruck knarrenden und ächzenden Spanten.

Aber gerade dieses Geräusch löste eine andere Assoziation in mir aus, eine sehr erfreuliche. Das ASDIC der Tommies schwieg! Dafür gab es nur einen Grund: Wir waren so tief, daß wir endlich in einer schützenden Salzwasserschicht schwammen! Zugleich beschwor das jedoch eine andere Bedrohung herauf, wie diese Geräusche verrieten.

Wir gewannen vermutlich noch immer Tiefe. Dadurch wuchs der Außendruck und wurde mit jedem Meter zu einer tödlichen Gefahr für das Boot. Irgendwann hielten die Spanten diesem Druck nicht mehr stand. Dann wurde das Boot wie eine leere Milchbüchse zusammengequetscht. Ich war alarmiert.

»Licht!« befahl ich leise. »Wann kümmert sich endlich mal jemand um diese Scheißelektrik? Frage Tiefe!«

Die Zentrale erwachte zu hektischer Betriebsamkeit. Handleuchten flammten auf, geisterten mit ihren grellen Strahlen über die Armaturen, Sicherungs- und Reglerkästen und verharrten auf der Tiefenanzeige.

»Zwohundertacht Meter gehen durch! Boot fällt weiter!« kam die leise Antwort.

»Abfangen! Auf zwohundertacht Meter einpendeln! Schadensmeldungen an Zentrale!«

Während der Zentralemaat an den Sicherungskästen hantierte und der Fähnrich an seiner Stelle die Schadensmeldungen aus den einzelnen Abteilungen aufnahm, ließ ich die Ereignisse noch einmal vor meinem geistigen Auge Revue passieren. Wir hatten einen gewaltigen Wasserbombenangriff über uns ergehen lassen müssen, aber im nachhinein ging mir auf, daß die unerfahrenen Tommies die Bomben offensichtlich nicht tiefengestaffelt geworfen hatten, sonst wären sie auch unter uns detoniert. Ein Fehler, der uns – wie es bis jetzt aussah – anscheinend vor gravierenden Schäden bewahrt hatte.

Die Zerstörer waren über uns hinweg. Sie mußten erst auf dem Teller drehen, um auf Gegenkurs zu gehen und einen erneuten Angriff zu fahren. Das würden wir hören und konnten uns darauf einstellen. Für sie würde es sowieso ein Angriff ins Ungewisse werden, weil die dichtere Salzwasserschicht ihr ASDIC mit Geisterechos narrte, während wir uns auf Samtpfötchen aus ihrem zu erwartenden Angriffskurs schlichen.

Verrieten wir uns nicht durch irgendwelchen Lärm oder durch ausströmendes Öl aus einem durch die Wabos möglicherweise leckgeschlagenen Außentank, dann mußte es schon mit dem Teufel zugehen, wenn sie uns jetzt noch erwischten. Für mich ein ungemein beruhigender Gedanke.

Der Bordbetrieb schien sich ebenfalls zu normalisieren, auch wenn anfangs das Licht immer wieder flackerte, ehe es endlich richtig brannte. Dennoch waren wir noch nicht aus dem Schneider. Es gab zu viele unbekannte Faktoren in meiner Rechnung. Ich war nicht abergläubisch, klopfte aber trotzdem vorsichtshalber dreimal an das Holz des Kartentisches.

»Typisch für Anfänger, was? Lassen sich mit ihrer Suche nach Trümmern oder Öl viel zuviel Zeit«, flüsterte mir der I WO ins Ohr. »Wollen einfach nicht wahrhaben, daß ihr Wabo-Angriff ins Leere gegangen ist.«

Er schien die Ruhe selbst zu sein, und auch dem II WO und dem LI sah ich keine Angst an.

»Kann uns doch nur recht sein, Herr Bernau. Hoffentlich bleibt das noch eine Weile so. Wie sieht es mit den Schäden am Boot aus, Fähnrich? Irgend etwas Gravierendes?«

»Das Horchgerät hat einen Knacks weg, Herr Kaleu. Meine Elektromixer sind schon dabei, das Ding wieder auf Vordermann zu bringen«, kam ihm der LI zuvor, der ihm den Zettel mit den Meldungen aus der Hand genommen hatte. »Sonst eigentlich nichts, was sich nicht mit Bordmitteln beheben ließe.«

»Klingt gut, wenn ...« Ich stockte, denn oben heulten die Zerstörerschrauben auf. Im Boot erstarb jede Bewegung. Die Schrauben liefen gegeneinander, das war nicht zu überhören. Das konnte vieles bedeuten, einen neuen Angriff auf gut Glück, aber auch daß sie aufgaben, weil sie uns nicht mehr orten konnten. Spürbar stieg die Spannung im Boot an. Gebannt starrten alle nach oben und lauschten.

»Sie backsen, wollen möglichst genau auf Gegenkurs kommen«, stellte der LI unbeeindruckt leise fest. »Sobald der Zauber losgeht, beide E-Maschinen auf dreimal AK voraus, um Raum zu gewinnen, bis die oben wieder stoppen, Herr Kaleu?«

Er rechnete also auch mit einem neuen Angriff, deshalb nickte ich. »Aber Vorsicht, nicht zu früh, Herr Becker! Möglicherweise werfen die Brüder zunächst nur Schreckbomben, um uns aufzuscheuchen, damit sie uns mit ihren Horchgeräten orten können. «

»Glaube nicht, daß die Schreckbomben werfen werden, Herr Kaleu«, meinte der I WO skeptisch. »Die werden vermutlich vor Wut schnauben und wieder voll draufhauen, um ihre Enttäuschung über den erfolglosen Anlauf abzureagieren.«

»Kann sein, kann nicht sein. Wir werden sehen.«

Oben stoppten die Schrauben. Dafür übertrug das Wasser ein merkwürdiges Rumpeln. Was kam jetzt? Karrten sie Schreckbomben für das Katz-und-Maus-Spiel oder Vorrat für den erneuten Flächenwurf über das Deck? Oder brachten die am Ende gar ein neues, uns noch unbekanntes Gerät aus, mit dem sie uns auch in der schützenden Salzwasserschicht aufzustöbern vermochten?

Ein Gedanke, der mir den kalten Schweiß auf die Stirn trieb und mich ganz kribbelig machte. So abwegig war dieser Gedanke nämlich nicht, im Gegenteil. Die Wissenschaftler und Tüftler unserer Gegner schliefen nicht. Gerade die Briten, für die es um alles ging, hatten schon bei Beginn des Krieges mit einer ganzen Reihe böser Überraschungen für uns aufgewartet. Stand uns eine solche jetzt auch wieder bevor?

Eine Antwort darauf konnte uns – wenn überhaupt – nur Grauert mit seinem hochempfindlichen Horchgerät liefern.

»Horchgerät, was erzählen die Fische?« fragte ich deshalb hoffnungsvoll an. Konnte ja sein, daß es wieder funktionierte.

»Horchgerät noch unklar, Herr Kaleu«, gab Grauert leise zurück. »Wird noch durchgemessen.«

Ich unterdrückte nur mühsam meine Enttäuschung und verfluchte insgeheim den Schaden am Horchgerät, der es ausgerechnet in einem Augenblick lahmlegte, als wir es dringender denn je brauchten. Mit jeder Minute wuchs meine Unruhe und nicht nur die meine.

»Was treiben diese Anfänger eigentlich da oben?« brach der II WO leise die spannungsgeladene Stille. »Warum lassen die uns so viel Zeit, aus ihrem Angriffsbereich zu türmen?«

»Das frage ich mich schon geraume Zeit«, gab der I WO ebenso leise zurück. »Vielleicht ist das so eine Art psychologischer Kriegsführung? Den Gegner damit nervös machen und zu Fehlern verleiten?«

Ich schüttelte den Kopf. »Wenn es wirklich so blutige Anfänger sind, wie wir annehmen, dann rätseln sie jetzt herum, wo wir abgeblieben sein könnten.« Ich machte eine Pause. »Oder aber, was weniger erfreulich ist, sie brüten dort oben irgendeine neue Teufelei aus, mit der wir nicht rechnen. Dann zählt jede Schraubenumdrehung doppelt, die uns aus ihrer Nähe wegbringt.«

Ich hätte besser den Mund gehalten. Kaum war das letzte Wort heraus, sprangen oben die Maschinen an, kamen die Schrauben laut auf Hochtouren.

»Wie scheen«, sagte der LI sarkastisch im breitesten Sächsisch. »Nu' wär'n merr gleich säh'n, wohin dr Hase lofd.«

Der Hase lief genau in die Richtung, die der I WO vorausgesagt hatte. Sie warfen keine Schreckbomben. Kaum hatten sie genügend Fahrt drauf, übertrug das Wasser die ersten Abschüsse von Wasserbombenwerfern, mit denen die Zerstörer die Bomben nach beiden Seiten wegkatapultierten, und es platschten Bomben von den Abrolltischen in ihr Kielwasser.

Es war der Auftakt zu einem breitflächigen Wabo-Teppich, der den Kommandanten anscheinend besonders erfolgversprechend schien. Unmöglich, die Zahl der Wasserbombenreihen zu zählen, die auf der Jagd nach uns in schneller Folge donnernd hochgingen und die See aufwühlten. Eines hatten sie alle gemeinsam: Sie detonierten mit deutlicher Verzögerung. Der Grund dafür war unschwer zu erraten. Die Meerestiefe betrug hier ca. fünfhundert Meter, und die Tommies vermuteten uns irgendwo dazwischen. Deshalb explodierten sie unterhalb unserer Tauchtiefe.

Die Gefahr wurde für uns dadurch nicht geringer, im Gegenteil. Noch schüttelten uns ihre Druckwellen nur erbarmungslos durch, weil es uns gelungen war, aus dem direkten Angriffskurs an den Rand der unmittelbaren Gefahrenzone zu flüchten. Es genügte jedoch die geringste Kursänderung, wenn beispielsweise einer der Zerstörer aus dem Ruder lief, was bei dem herrschenden Seegang leicht geschah. Der Druckwelle einer in unmittelbarere Nähe unter uns detonierenden Bombe war der Bootskörper in dieser Tiefe dann nicht mehr gewachsen.

Von den donnernden Detonationswellen hin und her geworfen, bastelte sich mein dröhnender Schädel aus dieser Erkenntnis ein wahres Höllenszenario zusammen. Suchte ich verzweifelt nach einer Möglichkeit, diesem drohenden Schicksal zu entgehen. Das Gegenteil trat ein. Meine malträtierten Ohren gaukelten mir vor, daß der Bombenteppich unaufhaltsam näher kam.

Aus dieser lähmenden Vorstellung riß mich das abrupte Verstummen der ohrenbetäubenden Detonationen. Bösartiges Sirren der Zerstörerschrauben durchdrang die Watte in meinem Gehör und ließ mich sofort reagieren.

»Beide Maschinen stopp! Auf Schleichfahrt umkuppeln!«

Geschrei aus dem Vorschiff tönte durch das Mannloch in die Zentrale. Waren die denn von allen guten Geistern verlassen?

»Verdammt! Absolute Ruhe im Boot!«

Oben verlor sich das bösartige Sirren, ging in das harmloser klingende Plitsch-plitsch-plitsch ganz langsam drehender Schrauben über. In diesem Moment brach das Geschrei aus dem Vorschiff mit einem gurgelnden Röcheln ab. Ein unheimliches Geräusch, als werde jemandem die Kehle durchgeschnitten. Was spielte sich dort ab?

Ich hatte keine Zeit, mich darum zu kümmern. Was sich bei den Tommies tat, war für uns wichtiger. Deshalb winkte ich den Fähnrich zu mir heran. »Stellen Sie fest, was da vorne los ist, Lehmann! Kein Laut mehr, klar?«

»Klar, Herr Kaleu!« Er streifte seine Bordschuhe ab und jumpte durch das Mannloch.

»Das Horchgerät ist wieder intakt, Herr Kaleu«, meldete

mir der LI leise. »War während des Bombardements abgeschaltet, damit es nicht wieder durchknallt!«

»Prima!« Ich atmete erleichtert auf und griff nach dem BÜ-Mikrophon. »Grauert, was erzählen die Fische?«

»Gegner pütschern mit kleinster Fahrt auf der Suche nach Trümmern im Kreis herum«, kam es wie aus der Pistole geschossen zurück. »Stärkere Schraubengeräusche nähern sich in zwo-null-vier, Entfernung etwa vier Seemeilen. Klingen nach Dickschiff.«

»Der Kreuzer wird vermutlich ungeduldig«, raunte ich dem I WO zu und blickte auf die Uhr. »Reichlich leichtsinnig, so lange ohne Zerstörersicherung herumzuschippern.«

»Schade, daß wir dem jetzt nicht ans Leder können, Herr Kaleu«, flüsterte er zurück. »Ob die Briten inzwischen mitgekriegt haben, daß unsere Aale nicht funktionieren?«

Ich blieb ihm die Antwort schuldig. Die Zerstörer nahmen Fahrt auf. Was kam jetzt? Ein neuer Angriff? Grauert hörte es zuerst.

»Gegner laufen ab. Nehmen Kurs auf das Dickschiff! Entfernung nimmt schnell zu.«

Bald war es auch mit bloßen Ohren nicht zu überhören. Die Zerstörer liefen mit Höchstfahrt ab. Doch wir blieben mißtrauisch. Es konnte eine Finte sein, um uns aus unserer sicheren Tiefe zu locken. Doch zwanzig Minuten später stand für mich fest, daß wir von ihnen nichts mehr zu fürchten hatten. Der Verband lief mit zehn Knoten nach Südwesten ab. Trotzdem gab es noch keinen Grund, um zu frohlocken. Sie konnten Flugzeuge alarmiert haben, deshalb mußten wir vorsichtig sein.

»Alarm beendet!« Ich trat an den Kartentisch, wo Steuermann Siegmund gerade den Gegnerkurs in die Karte eintrug. »Auf vierzig Meter anblasen, Marschgeschwindigkeit vier Knoten. Kurs auf Smøla. Ich will dichter unter die norwegische Küste, um wegen dieser beschissenen Torpedos zu funken.«

Smøla war eine der größeren Inseln inmitten der Schären vor dem Trondheim Fjord. Wenn wir dort funkten und man peilte uns ein, gingen wir glatt als Norweger durch. Mein Blick blieb an dem Kurs des Verbandes hängen. Ich pfiff überrascht durch die Zähne. Der Kurs des von uns versenkten Dampfers war fast identisch mit dem des Verbandes, mehr noch: Wenn der Verband diesen Kurs beibehielt, traf er auf die Kriegsschiffe, die die Besatzung aufgefischt hatten.

»Nun sehen Sie sich das mal an, meine Herren! Das ergibt doch eine ganz hübsche Kampfgruppe. Da scheint sich was zusammenzubrauen. Aber gegen wen? Gegen Norwegen?« Ich schüttelte den Kopf. »Unwahrscheinlich.«

»Gar nicht unwahrscheinlich, Herr Kaleu«, widersprach mir der I WO. »Ich habe da im Casino was läuten gehört, daß die Briten Norwegen und Schweden um eine Durchmarschgenehmigung angegangen sind. Angeblich, um die Finnen im Krieg gegen die Russen zu unterstützen. Aber man kennt ja die Tommies. Die wollten an die Erzbahn, darum haben die beiden Staaten abgelehnt. Vielleicht versuchen sie es jetzt auf die harte Tour? *Right or wrong – my country!*«

Ich starrte ihn einen Augenblick verblüfft an. »Und das haben Sie aus dem Casino? Wer plaudert denn dort so etwas aus?«

Bernau grinste und zuckte mit den Schultern. »Nun ja, ich hab' da im Flottillenstab so eine Miezi, die ...«

»Verstehe!« unterbrach ich ihn, denn wir hatten Zuhörer. »Ich hab' da wohl tatsächlich einiges in Schlicktown versäumt. Der Kampfverband ist ein Grund mehr, um zu funken.«

Der Fähnrich und der Smadding erschienen im Offizierslogis, um dem I WO und mir über die Vorgänge im Bugraum Bericht zu erstatten. Das O-Logis bot nun mal mehr Platz als mein winziges Kabuff. Den brauchten wir aber, denn draußen auf dem Gang warteten noch zwei Männer der Besatzung als Zeugen.

»Nehmen Sie Platz, und dann berichten Sie, Fähnrich!« Es kam mir einfach albern vor, die beiden Deckoffiziere vor uns stehen zu lassen, während wir saßen. »Was war los im Vorschiff?«

Der Smadding hob die Hand. »Darf ich zuerst, Herr Kaleu? Der Fähnrich kam ja erst dazu, als alles schon gelaufen war.«

»Sie dürfen, Nummer Eins.«

»Es hat schon bei dem ersten Angriff der Briten mit dem Matrosen Göhle, diesem Pausenclown, *trouble* gegeben.« Wie üblich, konnte es sich der Bootsmann einfach nicht verkneifen, seine Worte wenigstens mit einem englischen Brokken zu würzen. »Der war völlig von der Rolle und hat sich glatt in die Hose gemacht.«

»Er hat sich in die Hose gemacht?« fragte der I WO ungläubig. »Was denn, bildlich gesprochen oder tatsächlich?«

»Beides, Herr Oberleutnant. Als die Tommies dann 'ne Horchpause machten, hat er vor scheißender Angst so laut randaliert, daß ihm Signalmaat Vogel das Maul zuhalten mußte, damit die Tommies ihn oben nicht hörten.«

Bernau und ich fielen aus allen Wolken. Ich brauchte einen Augenblick, um das zu verdauen. »Und dann?«

»Als es wieder losging, geriet er völlig aus dem Häuschen.« Der Smadding grinste. »Ehrlich gesagt, Herr Kaleu, uns allen flatterte ja die Hose. Ist doch ganz normal – oder? Aber da muß man sich doch nicht so aufführen.«

»Hmmm!« umging ich eine direkte Antwort. »Und was heißt das?«

»Er hielt sich die Ohren zu, wälzte sich an Deck und brüllte. Als die Detonationen aufhörten, wollte er schreiend aus dem Vorschiff nach achtern laufen. Der Helmig hat ihn daran zu hindern versucht. Göhle hat aber um sich geschlagen und ihm in die Eier getreten, bis ihn Maat Hirsch mit einem Handkantenschlag gegen die Halsschlagader auf die Bretter geschickt hat.«

»Du lieber Himmel, das ist ja 'ne schöne Bescherung!« entfuhr es dem I WO. »Ein tobsüchtiger Feigling an Bord, den man zur Ruhe bringen muß, damit er uns nicht in noch größere Schwierigkeiten bringt! Das hab' ich ja noch nie erlebt.«

Das hatte ich bisher ebenfalls nicht, jedenfalls nicht auf einem U-Boot. Auf dem Segelschulschiff schon, dort hatte auch ich erst den inneren Schweinehund besiegen müssen, als man uns Kadetten zum ersten Mal die Wanten am schwankenden Großmast hoch scheuchte, um hoch über dem Deck das Royalsegel zu setzen. Das Aufentern hatte dabei weniger Überwindung als der Abstieg über die Salings gekostet. Einzelne von uns überwanden gerade diese Angst nie, sie verschwanden sang- und klanglos aus der damaligen Offiziersausbildung.

Das hier war jedoch etwas ganz anderes. Was machte man mit einem solchen Mann, der ohnehin bei der Mannschaft unten durch war, auf einer Feindfahrt, für die sechs Wochen angesetzt waren? Ich schwieg zunächst ratlos.

»Vogel und Helmig stehen draußen, Herr Kaleu«, brachte sich der Fähnrich in Erinnerung. »Wir haben sie als Zeugen mitgebracht.«

Ich sah den I WO an. »Was meinen Sie, Herr Bernau, bringt das noch was?«

Er zuckte die Schultern. »Schaden kann es jedenfalls nicht.«

Es schadete tatsächlich nicht. Vielmehr rundete es das Bild ab und führte uns noch deutlicher vor Augen, in welche Lage uns dieser großmäulige ehemalige HJ-Führer gebracht hatte. Als ersten Zeugen riefen wir den Signalmaat Vogel herein, dessen rechte Hand mit einem Verbandspäckchen bandagiert worden war.

»Was haben Sie sich denn da eingehandelt?« fragte der I WO begriffsstutzig, dabei lag die Ursache dafür buchstäblich auf der Hand.

»Der Göhle, dieses Arsch ... hmm! ... diese Pfeife, hat mir in die Hand gebissen, als ich ihm das Maul zuhielt, Herr Oberleutnant. Es hat so geblutet, daß ein Pflaster nicht ausreichte. Ich hätte diesem Seesportheini dafür am liebsten die Fresse poliert. Aber das hat ihm ja dann der Hirsch viel gründlicher besorgt.«

»Gut, daß Sie es nicht getan haben, Signalmaat«, rang ich mir ab. »Schildern Sie uns mal, wie es dazu gekommen ist.«

Er bestätigte praktisch das, was der Smadding bereits ausgesagt hatte. Das tat nach ihm auch der Matrosengefreite Helmig, ein Mann wie ein Kleiderschrank, der noch deutlich an den Nachwirkungen des unfairen Tritts in den Unterleib litt. Wie bei Vogel, so schwang auch in seinen Worten die nur mühsam unterdrückte Wut auf Göhle mit. Eine Beobachtung, die mir Sorgen bereitete.

Als er geendet hatte, starrten uns die vier erwartungsvoll an. Obwohl auch ich innerlich kochte, durfte ich jetzt auf keinen Fall noch Öl ins Feuer gießen.

»Sie haben sich richtig verhalten, und auch Maat Hirsch hat richtig gehandelt«, versuchte ich, die Wogen zu glätten. »Die Angelegenheit wird ein Nachspiel haben. Aber keine

Alleingänge Ihrerseits, keine persönliche Abrechnung, die können wir uns auf Feindfahrt nicht leisten, klar?«

»Klar, Herr Kaleu!« kam es wie aus einem Mund.

»Wir danken Ihnen und werden uns etwas einfallen lassen«, sagte ich zu Vogel und Helmig. »Sie können gehen.«

Als die Tritte der beiden verhallt waren, wandte ich mich an den Bootsmann und den Fähnrich: »Was macht der Göhle jetzt? Der müßte doch inzwischen wieder aufgewacht sein.«

»Ist er auch, Herr Kaleu«, antwortete der Fähnrich. »Er spielt den Leidenden, um Mitleid zu erregen. Das nimmt ihm nicht einmal sein Busenfreund Fischer ab. Der hat sich ja mit seinen blöden Reden und der Schlägerei schon vorher keine Freunde gemacht. Jetzt ist die Stimmung im Bugraum so geladen, daß ein falsches Wort genügt, und die brechen ihm sämtliche Knochen. Das weiß er, darum hält er die Schnauze.«

»Hoffentlich!« Ich zerbrach mir den Kopf, wie man einem solchen Ausbruch begegnen konnte. Es gab nur eins: Wir mußten uns Göhle vorknöpfen, das erwartete die Besatzung. Alles andere ergab sich daraus. »Da sehen Sie mal, womit Sie als Offizier später rechnen müssen, Fähnrich. Wir werden uns jetzt den Göhle zur Brust nehmen. Schicken Sie uns den Kerl mal her, Bootsmann.«

Die beiden standen auf. Der Smadding nahm militärische Haltung an. »Aye, aye, Sir!«

»Ich werde ein paar eindringliche Worte zur Besatzung sprechen und ganz massiv mit dem Kriegsgericht drohen, damit uns diese Angelegenheit nicht in Teufels Küche bringt, Herr Bernau. Ob das hilft, werden wir sehen.«

»Das kann man nur hoffen. Dieser Idiot ...« Er brach ab, weil sich Schritte näherten. Sie klangen doppelt laut in unseren Ohren, denn im Boot herrschte eine so ungewöhnliche Stille, als halte selbst die Besatzung den Atem an.

Am Schott erschien Göhle und knallte übertrieben beflissen die Hacken militärisch zusammen. »Matrose Göhle meldet sich wie befohlen zur Stelle.«

»Kommen Sie rein, Göhle! Sie wissen, warum wir Sie hierher zitiert haben?«

»Jawohl, Herr Kaleu! Ich habe bei dem britischen Angriff durchgedreht, weil ich mir das ganz anders vorgestellt habe. Es ist ja meine erste Feindfahrt. Das gab aber Herrn Signalmaat Vogel noch lange nicht das Recht, mir ohne Warnung die Luft abzuschnüren, und auch Herrn Obermaat Hirsch nicht, mich bewußtlos zu schlagen.«

»Sagen Sie mal, ticken Sie nicht richtig?« fuhr der I WO auf ihn los. »Heißt das, daß Sie sich etwa über diese beiden Vorgesetzten beschweren wollen?«

»Nei... nein, selbstverständlich nicht, Herr Oberleutnant. Ich meine man ja bloß ...« Mit belemmerter Miene brach er ab.

In dem gedämpften Licht fiel mir erst jetzt die gerötete Stelle an seinem Hals auf. Außerdem zierte ein Veilchen sein linkes Auge. Hatte er deshalb dem Helmig in den Unterleib getreten, der die Gelegenheit zu einer persönlichen Abrechnung genutzt hatte? Jedenfalls deutete das blaue Auge auf eine handfeste Auseinandersetzung hin, von der wir nichts wußten.

»Und warum hat der eine Ihnen die Luft abgeschnürt und der andere Sie bewußtlos geschlagen?« hakte ich nach. »Nur weil Sie durchgedreht haben? Durchgedreht – was heißt das übrigens?«

Göhle schwieg und suchte nach Worten.

»Sie hatten Angst, Todesangst, der Sie nicht Herr werden konnten, stimmt's?« fuhr ich hartnäckig fort. »Und das, obwohl es doch nach Ihren eigenen Worten für Sie eine Ehre ist, den Heldentod für Führer, Volk und Vaterland zu sterben? Wie verträgt sich denn das?«

»Alles nur Phrasen, solange es nicht um Ihr eigenes Leben ging, was? Warum geben Sie das nicht zu?« stellte der I WO brutal fest. »Phrasen, derentwegen es schon einmal mit dem Helmig 'ne Schlägerei gegeben hat, weil der nicht Ihrer Meinung war.«

»Es hat ... das Buch ›Ritter der Tiefe‹ hat mich ... hat mich veranlaßt, mich freiwillig zur U-Bootwaffe zu melden. Aber dann ... dann war das auf einmal alles ganz anders«, stotterte er. In seinem Gesicht zuckte es. »Ich hatte fürchterliche Angst, Herr Oberleutnant, und da ist es mit mir durchgegangen.«

In diesem Augenblick tat er mir leid. Ich kannte dieses Buch, hatte es selbst gelesen. Ein Buch, das den U-Bootkrieg des Weltkriegs glorifizierte. Kein Wunder, wenn er sich dadurch für die U-Bootwaffe hatte begeistern lassen. Hinzu kam, was man seiner Generation in der Schule und in der Hitlerjugend eingetrichtert hatte und was nun der rauhen Wirklichkeit nicht standhielt. Mach Schluß, dachte ich, der hat sein böses Erwachen hinter sich und seine Lektion weg. Mehr ist von Übel.

»Angst ist etwas ganz Natürliches, nur Idioten haben keine. Mit ihr müssen wir alle hier an Bord immer wieder fertig werden. Auch Sie! Reißen Sie sich gefälligst zusammen, damit sich solche Vorfälle künftig nicht wiederholen. Und nun verschwinden Sie!«

»Jawohl, Herr Kaleu!« fluchtartig verließ er das Offizierslogis.

»Der wird diese Abreibung nicht vergessen, Herr Bernau«, sagte ich, nachdem Göhle außer Hörweite war. »Jetzt bleibt nur noch die Besatzung, und der verpasse ich jetzt einen kräftigen Schuß vor den Bug!«

Ich setzte meine Absicht umgehend in die Tat um. Über die Bordsprechanlage verdeutlichte ich der Besatzung knapp und knallhart, was jedem blühte, der unsere Überlebenschancen durch Hänseleien, Streit oder persönliche Racheakte aufs Spiel zu setzen wagte. Bei meinen Offizieren fand meine Standpauke uneingeschränkte Zustimmung, das galt auch für die Deckoffiziere und Maate. Was aber die Mannschaft anbelangte, so war ich mir der Wirkung keineswegs so sicher. Mochte den Männern inzwischen auch aufgegangen sein, daß ich, wenn es um die Disziplin und die Einsatzbereitschaft des Bootes ging, nicht nur leere Drohungen ausstieß, so gab es doch eine ganze Reihe von Unwägbarkeiten. Unter den extremen nervlichen Belastungen des U-Bootkrieges auf engstem Raum zusammengezwängt, ging man sich schon bald gegenseitig auf den Wecker, wuchsen mit der Dauer des erzwungenen Zusammenseins die persönlichen Animositäten. Da genügten letztlich ein falsches Wort, eine mißdeutete Geste oder Handlung, und schon brachen offene Konflikte aus. Die Mannschaft war bei meinem Vorgänger Puttfarken durch eine übertrieben harte Schule gegangen. Meine Warnungen fielen somit auf vorbereiteten Boden. Ich konnte nur hoffen, daß die Wirkungen nachhaltig genug waren, um solche Ausbrüche zukünftig zu verhindern.

Als die Abenddämmerung herabsank, passierten wir Smøla und steuerten das über die Kimm blinzelnde Leuchtfeuer Slettringen vor den Inseln Frøya und Hitra an. Zwischen diesen Inseln vor der Einfahrt in den Trondheim Fjord herrschte ein reger Schiffs- und Funkverkehr. Das war für unsere Absichten ideal. Wenn wir hier in der Dunkelheit auftauchten und funkten, vermutete bestimmt niemand dahinter ein deutsches U-Boot. Es gab nur einen Haken. Gefahr ging von den vielen norwegischen Kuttern und Trawlern aus, die in dem fischreichen Gewässer vor diesen Inseln vor ihren Netzen trieben. Sie führten zwar die international üblichen Positionslaternen und Topplichter, die Länge und Art ihrer Netze ging daraus jedoch nicht hervor. Da galt es, weit genug Abstand zu halten.

Meinen Funkspruch an die Flottille hatte ich längst aufgesetzt und mit dem I WO durchgesprochen. Er wurde gesendet, sobald wir auftauchen konnten. Kernpunkte waren nicht nur die doppelt verschlüsselten Meldungen über unsere Feindberührungen und enthielt auch meine geharnischte Beschwerde über das entmutigende Versagen der Torpedos. Das hätte mir eigentlich genügen sollen. Die Enttäuschung saß bei mir jedoch so tief, daß ich auf diese bittere Erfahrung immer wieder kopfschüttelnd zurückkam.

»Es ist nicht zu fassen. Zehn Torpedos, davon nur vier Treffer, die übrigen sechs nachweisbare Versager! Eine traurige Bilanz, meine Herren!«

»Das wird diese Sesselfurzer an Land hoffentlich aufrütteln, denn wir werden nicht die einzigen sein, die das melden, Herr Kaleu!«

»Uns hilft das wenig, Herr Störmer. Oder rechnen Sie mit einem Rückruf? Ich nicht.«

Ich sah auf die Uhr. Oben war es inzwischen so dunkel geworden, daß wir eine Entdeckung nicht mehr fürchten mußten. In der Zentrale war die Beleuchtung bereits umgeschaltet worden, damit sich die Augen auf die oben herrschenden Lichtverhältnisse einstellten.

»Klar zum Auftauchen! Brückenwache in den Turm! Sperrt mir ja die Augen auf, Männer! Es wimmelt hier von Fischern! Man kann nie wissen, ob da nicht einer ohne Positionslichter herumgeistert«, konnte ich mir nicht verkneifen. »Lieber 'ne Fehlmeldung, als daß wir einem von denen ins Netz geraten! Anblasen!«

Sacht schwebte das Boot nach oben, nahm die Bewegungen der Dünung auf.

»Achtung, Turm kommt frei! Boot ist aufgetaucht.«

Nach der langen Zeit unter Wasser war die frische Seeluft das reinste Labsal. Noch immer stand eine ruppige See. Aber der verhangene Himmel war inzwischen aufgerissen, wies riesige Wolkenlücken auf, durch die Sterne klar und hart wie Eiskristalle auf uns herabfunkelten. Mit diesen Wolkenlücken war es allerdings noch um einige Grad merklich kälter geworden. Ich warf einen Blick in die Runde. In unseren scharfen Nachtgläsern tanzten die Positionslichter und Topplaternen der Fischer im Takt der Dünung auf und ab, viel zu weit entfernt, um uns ausmachen zu können. Auch Fischer, die keine Lichter führten, konnten dem Ausguck nicht entgehen.

»Die Kimm ist ja viel heller als erwartet!« stellte der Fähnrich überrascht fest, der mit dem Sextanten auf die Brücke kam, um zwei Sterne zu schießen.

»Muß sie doch auch, junger Mann. Schließlich befinden wir uns ja nur noch rund drei Grad südlich des Polarkreises«, belehrte ihn der wachhabende II WO. »Schon mal was von Mitternachtssonne in der Polarregion gehört?«

»Selbstverständlich, Herr Oberleutnant!« Er schlug sich mit der freien Hand gegen die Stirn. »Ich Trottel, wie konnte ich das vergessen. Nur noch drei Monate, dann geht die Son...«

»Der Funkspruch ist raus und bestätigt, Herr Kaleu!« schnitt ihm die Meldung aus dem Turm die Worte ab. »Funksignal ›*Hartmut*‹ auf der U-Bootwelle.«

Das war das Signal, auf das ich schon die ganze Zeit wartete. Endlich konnte ich das Kuvert mit den neuen Befehlen öffnen.

»Laufen Sie weiter von Land ab, Herr Störmer. Neuer Kurs zwo-sieben-null, bis weitere Befehle kommen, beide Maschinen Umdrehungen für zehn Knoten!« Ich klappte das Turmluk auf. »Wahrschau! Ein Mann von Brücke in Zentrale.« Ich sauste die Leiterholme hinunter. Unten sprang der I WO im letzten Augenblick zur Seite. »Teufel, das war aber knapp, Herr Kaleu. Wollte gerade wegen des Funksignals zu Ihnen auf die Brücke aufentern.«

»Deshalb komme ich ja runter, Herr Bernau. Steuermann, lösen Sie den II WO mal für einen Augenblick auf der Brükke ab! Die Herren Offiziere bitte ich zu einer kurzen Besprechung in das Offizierslogis, da haben wir mehr Platz. In fünf Minuten, meine Herren.«

Ich nahm den Übersegler und das Navigationsbesteck aus dem Kartentisch mit und holte den Umschlag aus meinem Kabuff. Der I WO und der LI kamen hinter mir her, wenig später folgte ihnen der abgelöste II WO. Erwartungsvoll rückten sie auf der Backskiste zusammen.

»Das Signal *›Hartmut‹*, meine Herren.« Ich schlitzte schnell den Umschlag auf und zog das Blatt mit dem geheimen Befehl heraus. »Bin gespannt, warum die aus unserem weiteren Einsatz 'ne geheime Kommandosache gemacht haben.«

Noch bevor ich den Text las, verriet mir schon die Farbe des Papiers, daß es sich um einen wichtigen Befehl der höchsten Geheimhaltungsstufe handelte, der nach Kenntnisnahme sofort zu vernichten war. Der Text selbst verschlug mir fast den Atem.

»Ich werd' verrückt! Am 9. April, das ist in drei Tagen, beginnt ein kombiniertes See- und Landungsunternehmen gegen Norwegen! Uns wird befohlen, auf 68 Grad Nord, 14 Grad Ost einen Aufklärungsstreifen abzupatrouillieren. Man erwartet, daß britisch-französische Seestreitkräfte das deutsche Landeunternehmen gegen Narvik zu verhindern versuchen werden. Ebenso ist mit norwegischem Widerstand zu rechnen. Beides ist mit allen Mitteln zu bekämpfen.«

Meine drei Offiziere starrten mich völlig überrascht an.

»Mensch, jetzt wird mir ja verschiedenes klar!« brach der I WO das Schweigen. »Wenn ich mit allem gerechnet hätte, mit Norwegen ganz bestimmt nicht!«

»Ich auch nicht, I WO.« Ich rollte die Seekarte auf und breitete sie auf der Back aus.

Den Satz gab mir die Vorsicht ein. Ich kannte meine Offiziere noch zuwenig, um ihnen einzugestehen, daß mich der Überfall auf ein neutrales Land regelrecht schockierte. Noch dazu auf ein Land wie Norwegen, das bisher unseren vom Krieg überraschten Handelsschiffen Zuflucht geboten und auch die Erzlieferungen an uns aus Schweden nach Narvik nicht unterbunden hatte. Das paßte einfach nicht mit meinem Selbstverständnis als Offizier zusammen.

»Ein Landungsunternehmen gegen Narvik?« sagte der II WO und fuhr mit dem Finger über die Karte. »Unsere Position ist der Westfjord genau zwischen Nesland auf der einen und Nordskot auf der anderen Seite. Dort passieren uns dann nicht nur deutsche Einheiten, sondern auch deutsche Truppentransporter.«

»Bedingt richtig! Die Kampfgruppe besteht aus zehn Zerstörern mit eingeschifften Gebirgsjägern und ihrem Kriegsgerät. Wir haben es also nur mit Zerstörern zu tun, und deren Silhouetten werden wir ja kaum mit britischen oder französischen verwechseln. Dank ihrer höheren Geschwindigkeit werden sie den Westfjord schon passiert haben, wenn wir dort eintrudeln. Wir operieren außerdem nicht allein dort oben. Mit uns gehören U 25, U 46, U 51, U 64 und U 65 zur Westfjord-Gruppe. Im übrigen steht zum Schutz der Operationen gegen Trondheim und Narvik ein Verband aus Zerstörern, Kreuzern und den Schlachtschiffen *Scharnhorst* und *Gneisenau* in See.«

Der I WO pfiff anerkennend durch die Zähne. Das Gesicht des LI verdüsterte sich dagegen.

»Ein Landeunternehmen in Norwegen, das ist ja ein dikker Hund«, murmelte er fassungslos. »Da wird's in meiner Familie Kniest geben. Die Frau meines Bruders ist nämlich Norwegerin, und er ist bei den Gebirgsjägern im Stab von General Dietl. Hoffentlich gehört der nicht zu der Landungstruppe.«

»Du meine Güte, da kann ich ja von Glück sagen, daß es solche Verwickelungen in meiner Familie nicht gibt, Herr Becker! Das ist ja fast schon ein Stoff für ein klassisches Drama!« nahm der I WO die neue Situation gelassen. Er steckte die Entfernungen mit dem Zirkel ab. »Rund dreihundert Seemeilen. Das sind fünfundzwanzig Stunden bei einem Schnitt von zwölf Knoten.«

»Mehr noch, Herr Bernau, denn ich glaube nicht, daß uns die Tommies die zugestehen werden. Irgendwann kriegen die von den massiven Schiffsbewegungen Wind, wenn sie ihn nicht überhaupt schon bekommen haben«, widersprach ich. »Zumindest müssen wir mit Flugzeugen rechnen, und dann wird das Doppelte daraus. Wir müssen uns also sputen. Neuer Kurs null-zwo-drei, beide Maschinen voll voraus! Und bitte kein Wort zur Besatzung, klar? Ich danke Ihnen.«

Die Norweger ahnten ganz offensichtlich nichts von dem Überfall, der ihrem Land mit all seinen Konsequenzen in drei Tagen bevorstand. Die blinkenden Leuchttürme entlang ihrer zerklüfteten Küste lieferten dafür den besten Beweis und ebenso die Positionslichter der friedlich fischenden Trawler und der Schiffe, die wir auf unserem nächtlichen

Weg nach Norden sichteten. Zwei hell erleuchtete Passagierdampfer waren sogar darunter, Postschiffe vermutlich, die innerhalb der Drei-Meilen-Zone von Fjord zu Fjord zockelten.

Die See lief von achtern auf. Brecher rollten heran, brachen auf das Achterschiff nieder, daß das Boot jedes Mal kurzzeitig aus dem Ruder lief, und brandeten um den Turmfuß. Ihre Gischtfahnen hüllten uns ein, die der kräftige Wind über den Turm blies.

»Mein Schwager ist vor dem Krieg mit solch einem Postdampfer mal als Passagier bis hinauf nach Spitzbergen gefahren, Herr Kaleu.« Der II WO ließ sein Glas sinken und drehte sich vor dem stäubenden Gischt weg. »Der schwärmt heute noch davon. Jeden Tag ein anderer Hafen und ein Essen, daß er glatt vier Pfund zugenommen hat. So einen Törn möchte ich auch mal machen.«

»Das können Sie vielleicht schon in Kürze haben, Herr Störmer. Spitzbergen gehört nämlich zu Norwegen«, spöttelte ich. »Ob Sie dabei auch vier Pfund zunehmen werden, möchte ich allerdings sehr bezweifeln.«

Störmer beugte sich über den Kompaß und peilte das Leuchtfeuer an, das über die Kimm blitzte. »Ein komisches Gefühl, an einem so friedlichen Land entlang zu tuckern und zu wissen, daß dort in drei Tagen alle Lichter ausgehen werden und es mit dem Frieden vorbei sein wird. Finden Sie nicht auch, Herr Kaleu?«

Ich horchte auf. Warum sagte er das? War das ein Versuchsballon, um zu hören, was ich von diesem Überfall hielt? Um das herauszufinden, hätte ich jetzt zu gern sein Gesicht gesehen, als er sich wieder aufrichtete und es mir zuwandte. Die herrschende Dunkelheit machte es jedoch unmöglich. Außerdem nebelte uns ein erneuter Gischtschleier ein.

Eine Antwort auf seine Worte blieb mir erspart. Der I WO kam mit der Wachablösung aus dem Turmluk geklettert und versuchte sofort, vor dem Gischt des heranrauschenden Brechers in Deckung zu gehen. Doch dagegen gab es keinen Schutz. Der Wind hatte rückgedreht und kam jetzt aus Südwest. Vor ihm torkelte das Boot unter den achtern überkommenden Brechern wie ein wedelnder Lämmerschwanz gischtsprühend durch die dunkle See.

»Das fängt ja gut an! Ein bißchen ungewöhnlich so ein Bad zu nachtschlafender Zeit!« moserte er und wischte sich die Tropfen aus dem Gesicht. »Und dann auch noch so ganz ohne die anregende Gegenwart eines liebreizenden weiblichen Wesens. Baaah, wie abstoßend! Nur lauter Kerle! Dabei soll man dann auch noch mit Freuden die Wache übernehmen.« Das laute Gelächter ging in der nächsten Gischtwolke unter. Der offenbar gut ausgeschlafene I WO war jedoch noch nicht fertig. »Wachwechsel! Nun los, husch-husch ins Körbchen! In zwei Stunden ist für uns alle die Nacht schon wieder vorbei!«

Das war ein Befehl, dem die abgelösten Männer nur zu gern sofort Folge leisteten. Als letzte rutschten auch Störmer und ich die Leiterwangen hinunter.

Der II WO ging zum Kartentisch und machte seine üblichen Eintragungen in das Logbuch. Ich warf indessen einen Blick auf die Wetterkarte. Obenauf lag ein Formular mit dem neuesten norwegischen Seewetterbericht, den der Funker regelmäßig abhörte und unsere Steuerleute mit als Grundlage für die Wetterkarte verwerteten.

»Holla, senden die Norweger denn jetzt schon in deutscher Sprache?« rutschte es mir heraus. Ich war überrascht, denn er war deutsch abgefaßt. »Ist mir das bisher entgangen?«

Obersteuermann Wegner schmunzelte. »Nein, Herr Kaleu. Den hat der Jensen übersetzt.«

»Jensen ... Jensen ...«, grübelte ich. »Jensen, der ehemalige Krabbenfischer? Spricht der denn norwegisch?«

»Nicht norwegisch, der spricht dänisch, und das ist dem Norwegischen doch sehr ähnlich, so daß es ihm gar keine Schwierigkeiten gemacht hat.«

Ich war beeindruckt. Daß jemand englisch, französisch oder italienisch sprach, das war normal, aber ein Krabbenfischer, der dänisch sprach? Das war ungewöhnlich und mir bisher noch nicht untergekommen. »Der Jensen, der spricht also dänisch. Gibt's dafür 'nen besonderen Grund, Obersteuermann?«

»Jawohl, Herr Kaleu. In seiner Familie auf Föhr wird auch dänisch gesprochen. Er hat Verwandte auf der anderen Seite der deutsch-dänischen Grenze, im dänischen Nordschleswig. Dort hat er als Kind regelmäßig die Ferien verbracht, daher.«

»So, so.« Ich überflog den Text und verglich ihn mit der Karte. »Haben Sie das gesehen, II WO? Das sieht ja gar nicht gut aus! Das Tief über den britischen Inseln mausert sich und wandert mit seinen Fronten nach Norden. Wind mit Stärke sieben aus Südsüdost, und er frischt noch weiter auf!«

Ich war beunruhigt. Wenn die Vorhersage zutraf, dann wurde es für uns schwierig. Das Boot vollführte ja schon jetzt die abenteuerlichsten Bewegungen und mußte vom Rudergänger immer wieder auf seinen Kurs zurückgezwungen werden.

Störmer trat zu mir. »Keine schönen Aussichten, was? Das sieht nach einem aufkommenden Sturm aus, Herr Kaleu. Der Wetterbericht der Norweger ist außerordentlich zuverlässig und klingt für mich schon jetzt wie eine Sturmwarnung.«

»Für mich auch.« Ich erinnerte mich an seine Frage, bevor der I WO zu uns auf die Brücke gekommen war. »Sie sprachen vorhin von einem komischen Gefühl, Herr Störmer. Sehen Sie, das habe ich jetzt angesichts des norwegischen Wetterberichtes auch.«

Dabei war »komisch« noch sehr milde ausgedrückt. Ungeachtet der gegenwärtigen Lage in Europa, gab es eine ganze Reihe von neutralen Staaten, die nach wie vor Seewetterberichte für ihre eigenen Schiffe in den Äther schickten. Wohl wissend, daß diese Wetterprognosen auch für die kriegsführenden Parteien von enormem Nutzen waren. Im Hinblick auf die bevorstehende Besetzung Norwegens hätte ich daher wohl eher von einem makabren Gefühl sprechen sollen. Dennoch, ich grinste, als ich sein verdutztes Gesicht sah. Das war eine Antwort, aus der er alles oder nichts entnehmen konnte. Mir verschaffte sie jedenfalls einen guten Abgang.

Der neue Tag zog grau in grau herauf und ging in einen noch graueren Vormittag über. Mit ihm verschwanden die vielversprechenden Wolkenlücken, überzog sich der Himmel mit einer tief herabreichenden, eintönig bleigrauen Wolkendecke, die selbst der stürmische Wind nicht aufzureißen vermochte. Die Kimm verschwamm zunehmend im Dunst, die Sichtweite schrumpfte mehr und mehr zusammen.

Seit der Hundewache rollte die See von achtern noch stärker an. Ihre über das Heck tosenden Brecher ließen das Boot so stark gieren und aus dem Kurs laufen, daß der Gefechtsrudergänger Meier all seine Erfahrung aufbieten mußte, um die Ausschläge des Achterschiffs aufzufangen und das Boot wieder auf Kurs zu bringen.

Der I WO blickte kritisch auf unser Heck und das dahinter verwirbelnde Kielwasser. »Ein Glück, daß die achtern auflaufende See diese blamable Schlangenlinie schnell wieder verwischt. Wenn ich nicht wüßte, daß sich der Meier dort unten redlich abmüht, Kurs zu halten, müßte ich nämlich glauben, ein Anfänger sitze am Ruder und schreibe mit dem Kielwasser seinen Namen in die brodelnde See.«

Der Wachdienst auf dem torkelnden Turm glich längst dem übelkeitserregenden Auf und Ab einer Achterbahnfahrt. Nur der eingepickte Sicherheitsgurt bewahrte uns davor, bei diesem schwer zu kontrollierenden Tanz durch die aufgewühlte See von der einen Seite des Schanzkleides quer über die Brücke gegen die andere geschleudert zu werden. Unmöglich, diese Tortour mit einem labilen Magen durchzustehen.

»Wir bleiben trotzdem oben, solange es überhaupt möglich ist, Herr Bernau«, sagte ich und wischte die Linsen meines Glases zum x-tenmal trocken. Es war ein schier aussichtsloses Unterfangen. Alles triefte vor Nässe. »Unsere Batterien haben noch lange nicht genügend Saft, und gerade den werden wir bald brauchen.«

Für mich grenzte es nämlich nach wie vor nahezu an ein Wunder, wenn die massiven deutschen Flottenbewegungen vor der norwegischen Küste den Tommies tatsächlich noch immer verborgen geblieben sein sollten.

»Sie denken an den Kreuzer der BIRMINGHAM-Klasse und die beiden Zerstörer?«

»Nicht nur, I WO. Nach einem U-Jagdverband sahen die drei jedenfalls nicht aus, da paßte der Kreuzer nicht hinein, eher nach einem Aufklärungsverband. Zusammen mit den Einheiten, die die Besatzung des von uns versenkten Potts aufgefischt haben, ergibt das eine respektable Kampfgruppe, und die schippert hier garantiert nicht ohne triftigen Grund herum. Damit verdichtet sich mein Verdacht schon fast zur absoluten Gewißheit.«

»Hmmm, das erscheint auch mir logisch.« Er blickte zum Himmel. »Die dichte Wolkendecke hängt so tief und reicht vermutlich auch so hoch, daß wir mit feindlicher Luftaufklärung wohl kaum rechnen müssen.«

Ich verzog skeptisch das Gesicht. »Kann sein, kann nicht sein. Wir müssen trotzdem auf der Hut sein.«

Kurz nach dem Mittagswachwechsel erregte der Peilrahmen auf der schwankenden Brücke meine Aufmerksamkeit. Er begann, hin und her zu pendeln. Das war an sich nichts Aufregendes. Vermutlich wollten unsere Steuerleute norwegische Funkfeuer für eine Funkpeilung benutzen, um unseren genauen Standort zu ermitteln. Terrestrisch war das gegenwärtig nicht möglich, denn wir standen zu weit von der Küste ab. Mich irritierte allerdings, daß er sich nicht, wie zunächst üblich, erst einmal drehte. Hatte das Ding etwa bei den Wasserbombenangriffen einen Knacks wegbekommen?

»BÜ, fragen Sie nach, was da unten mit dem Peilrahmen los ist!«

Die Antwort kam schneller als erwartet. Der BÜ überschrie das Jaulen des Windes in den Verspannungen: »In eins-fünf-zwo wird gefunkt, Herr Kaleu! ... Buchstabengruppen!«

Ich war alarmiert. Wir mußten mit der Fahrt zumindest für ein paar Minuten herunter, sonst hörte Grauert am Horchgerät nichts. »Beide Maschinen Umdrehungen für vier Knoten! Horchgerät, was erzählen die Fische in eins-fünf-zwo?«

Ich schwenkte mein Glas in der angegebenen Richtung hin und her. Vergeblich, die Sicht war schlecht, reichte keine sechs Seemeilen weit, wenn nicht noch weniger. Eine überaus gefährliche Distanz, für einen Zerstörer war das ein Katzensprung.

»Horchgerät kann keine Schraubengeräusche ausmachen, Herr Kaleu!«

Also kein Zerstörer! Erleichtert stieß ich die Luft aus und suchte nach einer anderen Erklärung. Ein U-Boot in Schleichfahrt, damit wir es nicht hörten? Ausgeschlossen! Zum Funken hätte es auftauchen müssen. Zu sehen war aber nichts, jedenfalls nicht, so weit die Sicht reichte. Kein Zerstörer, kein U-Boot und aus dem gleichen Grund schied auch jedes andere Überwasserfahrzeug aus, das hätte Grauert ebenfalls hören müssen.

Was dann? Ein Flugzeug, das irgendwo in den Wolken steckte und Verstärkung herbeifunkte? Der heulende Wind und die donnernden Brecher machten es unmöglich, die Motorengeräusche aus den Wolken angreifender Flugzeuge wahrzunehmen, und die Abwehr mit der Flak schied bei diesem Seegang sowieso aus.

Das Boot verlor Fahrt und damit den Druck auf das Ruder. Ich hatte keine Zeit, noch lange herumzugrübeln. Mußte handeln, sonst schlug es quer zur anrollenden See. Da blieb nur eins.

»Beide Maschinen voll voraus! Klar zum Alarmtauchen! Wo bleiben die Meldungen aus dem Funkschapp?«

»Funkkontakt wird schwächer! Quelle scheint sich zu entfernen ... Kontakt bricht ab.«

Also tatsächlich ein Flugzeug! Flog es ab, oder war das nur eine Finte? Egal! Es hatte gefunkt, und das verhieß nichts Gutes.

»Alle Mann auf Tauchstation! Alarmtauchen!«

Das Boot gewann schnell Tiefe. Noch bevor es auf vierzig Meter einpendelte und zur Ruhe kam, drangen blechernes Geschepper und eine aufgebrachte Stimme aus dem Vorschiff durch das Mannloch zu uns in die Zentrale.

»Kannst du nicht aufpassen, du dämlicher Hund? Schnapp dir 'nen Feudel und wisch das auf, sonst trete ich dir in deinen neunmalklugen Arsch!«

»Wenn du dir von mir 'n paar saftige Dinger in die Batterie einfangen willst, dann versuch das mal!« drohte eine andere Stimme. »Wisch das gefälligst selber auf, du Halbaffe!«

»Holla, was ist denn das für 'ne neue Tonart?« fuhr ich vom Kartentisch hoch. »Fähnrich, holen Sie die beiden her!«

»Jawohl, Herr Kaleu!« Der Fähnrich jumpte durch das Mannloch und war in Sekundenschnelle mit den zwei Männern zurück. »Hauptgefreiter Jensen und Matrose Göhle wie befohlen zur Stelle!«

Die beiden Männer nahmen militärische Haltung an. Der eine von ihnen, Göhle, trug eine vorn völlig durchnäßte Borduniform, der andere hielt eine blecherne Backschaftskanne in der Hand, wie sie an Bord für Tee oder Kaffee benutzt wurde. Es roch auf einmal ganz intensiv nach starkem Bohnenkaffee.

»Sie haben ja einen seltsamen Umgangston miteinander. Wie sehen Sie überhaupt aus, Göhle? Was hat es da gegeben?« Aus den Augenwinkeln sah ich, daß die Männer in der Zentrale schadenfroh grinsten.

»Ich wollte aufs Klo, Herr Kaleu. Im Gang versperrte mir der Jensen den Weg und hat mich angerempelt. Dabei hat er mir die volle Kanne Kaffee absichtlich über die Uniform gegossen, ehe er sie leer fallen gelassen hat. Dann hat er so getan, als sei ich daran schuld, und mich bedroht.«

»Der spinnt! Glauben Sie ihm nicht, es war genau umgekehrt, Herr Kaleu!« Jensen machte ein treuherziges Gesicht. »Der hat mich regelrecht umgerannt, weil er gar nicht schnell genug aufs Klo kommen konnte. Hat wohl gefürchtet, ein anderer käme ihm sonst zuvor. Dabei hat er die volle

Kanne abgekriegt und nicht anders. Deshalb ist der so besudelt.«

»Gibt es Zeugen dafür?« Die gab es natürlich nicht, das wußte ich schon, bevor ich die Frage stellte. Selbst wenn es sie gab, gegen den Jensen würde doch keiner aussagen, eher schon gegen den Göhle. Das verriet mir das Grinsen der Mannschaft. Die beiden schüttelten auch prompt in seltener Einmütigkeit die Köpfe. »Also nicht! Dann steht Aussage gegen Aussage.« Meine Stimme wurde eisig. »Ob Absicht oder Mißgeschick, das sei dahingestellt. Beides rechtfertigt jedoch nicht diesen rüden Umgangston und schon gar nicht die gegenseitig angedrohten Konsequenzen. Sie wissen, daß wir alle auf ein gedeihliches Miteinander angewiesen sind, um diese Feindfahrt heil zu überstehen. Trotzdem haben Sie dagegen verstoßen. Ich bestrafe Sie daher beide mit je einer Woche Strafdienst, abzuleisten während Ihrer Freiwachen. Bootsmann, weisen Sie den beiden entsprechende Aufgaben zu!«

»Mit Vergnügen, Herr Kaleu!« Der Smadding rieb sich die Hände. »Die beiden werden sich nicht beklagen können.«

»Jensen und Göhle – wegtreten!«

Die beiden knallten die Hacken zusammen und verschwanden wortlos durch das Mannloch.

Ich blickte in die Gesichter der Männer in der Zentrale. Aus denen verschwand schlagartig das Grinsen. »Und damit es keine Unklarheiten gibt: Sollte sich so ein Vorfall wiederholen, bringe ich den- oder diejenigen wegen groben Ungehorsams und Untergrabung der Disziplin auf Feindfahrt vors Kriegsgericht! Was das bedeutet, können Sie sich alle an fünf Fingern abzählen.«

Schweigen folgte meiner unmißverständlichen Warnung, dennoch war ich sicher, daß der Bordfunk sie innerhalb kürzester Zeit im Boot weitergab. Ich beugte mich wieder über den Kartentisch und studierte die Karte, in die der Obersteuermann, wie üblich, die Peilung der unbekannten Funkquelle sofort eingezeichnet hatte.

»Hmmm«, brach der II WO endlich das betroffene Schweigen und trat mit einem Formular in der Hand zu mir an den Kartentisch. »Der Funkspruch, Herr Kaleu, diese Buchstabengruppen, wir haben sie zu entschlüsseln versucht. Es fehlen aber Teile, der Funker ist ja nur rein zufällig darauf gestoßen, als er auf die internationale 600 m-Frequenz umsteigen wollte. So fehlt der Hinweis auf den Schlüssel. Vielleicht läßt sich der Code darum nicht knakken?«

Ich war ihm für diese Unterbrechung ehrlich dankbar. »Na, dann versuchen wir es doch mal mit meinem Codebuch, Herr Störmer. Gehen wir in mein Kabuff, da sind wir ungestört.«

Wir blieben tatsächlich ungestört, es war aber trotzdem ein aussichtsloses Beginnen. Die Frequenz, auf der gefunkt worden war, stimmte nicht mit denen überein, die bei uns üblich waren. Bei den Buchstabengruppen war es nicht anders. Sie reagierten zwar auf meinen Offiziersschlüssel, ergaben jedoch keinen Sinn. Dafür konnte es nur eine Erklärung geben.

»Es waren Norweger, die inzwischen Lunte gerochen haben, oder aber Briten, Herr Störmer.«

»Dann schon eher Briten, Herr Kaleu. Wir haben den Funkverkehr der Norweger abgehört, und die tun sich nach wie vor keinen Zwang an. Ein Beweis dafür, daß die noch immer völlig ahnungslos sind. Ich tippe deshalb auf einen britischen Aufklärer.«

»Hmmm, möglich. Bloß – was kann der bei dieser dichten Wolkendecke schon entdeckt haben? Uns? Mehr als unwahrscheinlich.« Ich schob das Codebuch in das Schapp zurück. »Mal eine andere Frage, die sich mir nach dem Vorfall von vorhin aufdrängt. Wir haben uns ja schon einmal über den Göhle unterhalten. Wenn ein so besonnener und ruhiger Mann wie der Jensen schon so aggressiv reagiert, ist das für mich ein ernstes Alarmzeichen. Woher kommt das? Nur weil der Göhle erst vom Heldentod gefaselt und dann im Ernstfall selbst Schiß bekommen hat?«

»Da kommt vieles zusammen, Herr Kaleu. Die scheißende Angst dürfte ihm wohl keiner so richtig übelgenommen haben, das hat ja jeder von uns irgendwann mal durchgemacht, wenn auch nicht unbedingt in so spektakulärer Form. Sein Gefasel vom Heldentod hat er damit selbst ad absurdum geführt, darum werden darüber nur noch anzügliche Bemerkungen und Witze gemacht. Geblieben ist dagegen die tiefe Abneigung, die ihren Ursprung in der Zeit davor hat.«

Ich sah ihn verständnislos an. »Die Zeit davor? Wie meinen Sie das?«

»Göhle und Fischer kamen, wie Sie wissen, von einer HJ-Seesportschule und führten sich entsprechend auf. Ehemalige hauptamtliche HJ-Führer, die man noch dazu oder gerade deshalb viel später als alle anderen zum Wehrdienst eingezogen hat. Eine himmelschreiende Ungerechtigkeit, weil die direkt von der Schulbank zum Barras geholt worden sind. Als die beiden nach der Grundausbildung hier an Bord auch noch 'ne dicke Lippe riskierten und glaubten, alles besser zu wissen, da gab es noch mehr böses Blut. Das hatte nämlich keiner gern, am wenigsten die alten Hasen. Die Geschichte mit der nicht geahndeten Schlägerei ließ das Faß überlaufen, seitdem haben die beiden bei der übrigen Mannschaft verschissen.«

Das war eine gefährliche Sache, wie ich aus Erfahrung

wußte. Sie erinnerte mich an eine üble Geschichte, die ich als nicht Betroffener in der Rekrutenkompanie erlebt hatte. Dort war einem solchen Außenseiter, den man des Kameradendiebstahls überführt hatte, nachts der sogenannte Heilige Geist in Form von vier kräftigen Rekruten erschienen. Die hatten sich nicht damit begnügt, ihn kräftig zu verstrackeln. Sie hatten ihn in den nahen Bootshafen geschleppt, ihm den Schädel völlig kahl rasiert, den nackten Hintern mit schwarzer Stiefelwichse blank poliert und dann mit dem Kopf voran in den eiskalten Strelasund getaucht. Sie ließen erst von ihm ab und ergriffen die Flucht, als sich die Wache auf ihrer übliche Runde dem Bootshafen näherte. Sonst wäre es für ihr Opfer vermutlich noch schlimmer ausgegangen.

Es gab zwar eine hochnotpeinliche Untersuchung, doch das Opfer schwieg sich aus guten Gründen über den Anlaß für diese brutale Selbstjustiz eisern aus. Verwertbare Spuren gab es nicht, somit verlief die Sache im Sande.

»Das ist der Grund, daß selbst der Jensen den Göhle gefressen hat, Herr Kaleu«, holte mich der II WO aus der Erinnerung zurück, bei der mir noch nachträglich ein kalter Schauer über den Rücken gelaufen war.

»Kein schöner Gedanke. Kann man nur hoffen, daß meine Warnung nicht ungehört verhallt. Ich danke Ihnen jedenfalls für diese Aufklärung, Herr Störmer.«

Ich kehrte in die Zentrale und an den Kartentisch zurück. Seit das Boot in der Tiefe zur Ruhe gekommen war, begann sich das Leben an Bord wieder zu normalisieren.

Obersteuermann Wegner sah von der Wetterkarte auf und legte den Stift zur Seite, mit dem er einige der Linien nachgezogen hatte. »Sieht nicht gut aus, Herr Kaleu. Es sind nicht bloß die Fronten, die wir zu spüren bekommen. Es ist das Tief selbst, was sich nach Norden ausweitet und – wenn mich meine Erfahrungen nicht täuschen – sich anschickt, sich zu einem kräftigen Sturmwirbel zu entwickeln.«

»So, so«, brummte ich und beugte mich über die Karte.

Wegner unkte nicht bloß. Der kräftige Luftdruckfall, der sich an den Isobaren ablesen ließ, machte selbst dem größten Wettermuffel deutlich, daß uns eine weitere Wetterverschlechterung bevorstand. Und Wegner war kein Wettermuffel, im Gegenteil, der verstand sein Handwerk. Die Wetterkunde war sein Interessengebiet, eine liebgewonnene Freizeitbeschäftigung, der er jede freie Minute opferte. Das galt auch für Steuermann Siegmund.

Das Ergebnis ließ sich gar nicht hoch genug einschätzen. Ich konnte mich jedenfalls nicht erinnern, in meiner Laufbahn als U-Bootoffizier – wenn überhaupt – jemals so ausführliche und genaue Wetterkarten vorgefunden zu haben, wie sie die Steuerleute mit Akribie zeichneten.

»Sie haben recht, Obersteuermann, es sieht in der Tat nicht gut aus. Irgendeine Prognose, wann sich das Tief als Sturmwirbel auf den Weg machen wird?«

»Ich fürchte, es fängt schon an.« Er deutete mit dem Lineal auf das Zentrum des Tiefs vor der Ostküste Englands. »Vielleicht noch zwei Tage, dann weht es hier nicht nur junge Hunde.«

»Verdammt!« murmelte der I WO, der zu uns getreten war. »Und ich hatte gehofft, wir könnten noch 'ne Weile unten bleiben, damit sich die Männer von dem irrsinnigen Geschlinger und Gestampfe erholen können. Die sind ja alle noch ganz graugrün im Gesicht.«

Er hatte recht, die Männer brauchten wirklich eine Ruhepause, um sich von den Strapazen der langen Fahrt durch die aufgewühlte See zu erholen. Das galt für alle, für die Männer über Deck wie unter Deck. Wenn auch die Brückenwache der alles durchdringenden Kälte, der Nässe und dem tobenden Seegang am stärksten ausgesetzt war, so wehte ihr der stürmische frische Wind wenigstens den Kopf frei. Die Männer in der engen, stinkenden Eisenröhre waren da viel schlimmer dran.

Das abenteuerliche Schlingern und Stampfen des Bootes hatte bei nicht wenigen von ihnen den renitenten Magen schon auf die Zunge wandern lassen. Krampfhaft verbannten sie daher jeden Gedanken an etwas Eßbares in den hintersten Winkel ihres vom penetranten Mief benebelten Gehirnes, um ihr revoltierendes Innenleben bloß nicht zu blamablen Eruptionen zu provozieren.

Das fiel ihnen um so leichter, als der Smutje gar nicht in der Lage war, ein warmes Essen auf die Back zu bringen. Unter diesen Bedingungen wären ihm die Töpfe, Pfannen oder Tiegel glatt von seinem Miniherd geflogen. Mithin war kalte Verpflegung angesagt, und die fand nur bei denen Absatz, die ihrem Magen sowieso gehackte Kellertreppen hätten anbieten können, ohne ihn damit herauszufordern.

»Der Meinung bin ich auch, Herr Bernau. Was schlagen Sie vor?«

»Sechs Stunden, Herr Kaleu, die sollten genügen, um alles wieder ins Lot zu bringen.«

»Auch wenn dadurch Ihre optimistische Zeitrechnung einen deftigen Knacks bekommt?« stichelte ich. »Sechs Stunden, dann bleiben ja von den angepeilten zwoundsiebzig Seemeilen nur ganze vierundzwanzig übrig.«

»Egal, Herr Kaleu, diese ruhige Tauchfahrt in der Tiefe haben wir doch alle bitter nötig.«

Dagegen gab es kein vernünftiges Argument.

Nach diesen sechs Stunden der Ruhe war selbst der renitenteste Magen wieder reumütig von der Zunge an seinen normalen Ort zurückgekehrt. Den Rest hatte das warme Essen besorgt, das der Smut' und sein Helfer Stutz in atemberaubender Geschwindigkeit auf dem Miniherd gezaubert hatten. Mit neuem Lebensmut tauchten wir auf. Die Ernüchterung folgte ihm auf dem Fuße.

Der Wind hatte noch mehr zugenommen, hatte die Wolkendecke aufgerissen, und damit war es eisig kalt geworden. Entsprechend steil lief die See von achtern auf und deckte uns mit dem Gischt und durch die Luft wirbelnden Schaumfetzen ihrer Brecher ein. Innerhalb weniger Minuten waren wir klitschnaß. Kälte kroch uns die Beine empor, sie nistete sich unter dem Ölzeug ein und ließ uns den wahnsinnigen Tanz des in den entfesselten Fluten taumelnden Bootes verfluchen. Es änderte nur nichts.

Zähneknirschend ergaben wir uns unserem Schicksal. Bei der Besetzung Norwegens spielten wir zwar nur eine untergeordnete Rolle, es konnte jedoch für die auf Narvik vorstoßenden Zerstörer und die auf ihnen eingeschifften Gebirgsjäger unabsehbare Folgen haben, wenn wir nicht rechtzeitig zur Stelle waren.

Noch lagen wir gut in der Zeit. Die hochgehende See hatte uns allerdings gezwungen, mit der Fahrt herunterzugehen. Außerdem wußten wir nicht, mit welchen Überraschungen die beiden folgenden Tage noch aufwarteten. Deshalb waren wir gezwungen, die ganze Nacht oben zu bleiben, um so viele Seemeilen wie möglich herauszuschinden.

Ich war todmüde, war ja in den vergangenen Nächten kaum richtig zur Ruhe gekommen. Irgendwann zwischen dem heißen Mittelwächter-Kaffee, der meine Lebensgeister wecken sollte, es aber nicht tat, und der Mitte der Hundewache verdrückte ich mich von der Brücke, um endlich eine Mütze voll Schlaf zu nehmen.

Ich schlüpfte in trockenes Zeug und klemmte mich zwischen dem Schlingerbord meiner Koje und der Rückwand des Schotts fest. Schließlich wollte ich nicht von den wilden Bewegungen des Bootes aus meiner warmen Mulle geschleudert werden. Ich hoffte auf einen erholsamen Tiefschlaf, doch irgendwer hatte wieder einmal etwas gegen mich. Ich versank nur in einen unruhigen Halbschlaf, durch den die fürchterlichsten Alpträume geisterten. So war es kein Wunder, daß ich die Stimme, die aus dem Bordlautsprecher wie durch Watte in mein Bewußtsein drang, zunächst nur für die Fortsetzung der quälenden Alpträume hielt und mich unwillig auf die andere Seite rollte.

Doch der Lautsprecher gab keine Ruhe. »Kommandant bitte auf die Brücke! Ich wiederhole: Kommandant bitte auf die Brücke!«

Fluchend wälzte ich mich aus meiner Koje, torkelte mit schlafverklebten Augen im Rhythmus des schlingernden Bootes in die Zentrale und ließ mir vom Zentralemaat in das Ölzeug helfen.

»Was ist da oben los, Steuermann?« fragte ich, als ich die ersten Sprossen der Leiter unter die Füße nahm.

»Das Horchgerät hat Schraubengeräusche ausgemacht, klingen nach einem Konvoi, Herr Kaleu.«

»Verdammt, warum erfahre ich das erst jetzt?« ging ich hoch.

»Herr Leutnant Störmer wollte Sie nicht unnötig alarmieren. Er meinte, es könnte ein deutscher Verband sein.«

»Hmmm«, brummte ich und verkniff mir dazu jeden Kommentar, während ich nach oben kletterte. Schließlich war das ja durchaus möglich.

Was mir noch an Schlaf in den bleischweren Knochen gesteckt hatte, das spülte die Dusche weg, die auf mich niederging, als ich aus dem Turmluk kroch. Mit dem Rest in meinem schlaftrunkenen Gehirn räumte der Anblick auf, der sich meinen Augen bot. Ich war mit einem Schlag hellwach. Meine Alpträume hatten plötzlich ganz reale Formen angenommen.

Gegen die klare, heller schimmernde Kimm hoben sich überdeutlich die Silhouetten eines größeren Schiffsverbandes ab, der sich mit Braßfahrt durch die schwere See vorwärts kämpfte. Zu weit entfernt von uns und zu sehr mit den eigenen Schwierigkeiten beschäftigt, um uns entdecken zu können. Außerdem schützten uns in dem fahlen Dämmerlicht der zu Ende gehenden Nacht auch noch unser dunkelgrauer Anstrich und die hochgehende See davor. Die Zusammensetzung des Verbandes ließ sich mit unseren scharfen Gläsern jedoch unschwer ausmachen, und die war erschreckend.

»Alle Wetter, ein Schlachtschiff oder Schlachtkreuzer, begleitet von Zerstörern!« erholte ich mich von meiner Überraschung. »Und dazu noch ein paar Flottentender!«

»Die Tender halte ich wegen des freien Achterdecks für Minenleger, Herr Kaleu«, gab der II WO ebenso leise zurück. »Als der Verband aufkam, habe ich noch gedacht, es sei eine deutsche Schlachtflotte. Deshalb habe ich Sie nicht wecken wollen ...«

»... und nun verraten uns ihre Silhouetten, daß es ohne jeden Zweifel Briten sind. Britische Zerstörer als Geleitschutz für einen Schlachtkreuzer und für Minenleger, wie Sie ganz richtig vermuten«, unterbrach ich ihn. Ich kratzte meine Erinnerungen an die Schiffserkennungsübungen zusammen. »Den Aufbauten nach ist das ein Schlachtkreuzer vom Typ *RENOWN*, wenn sie es nicht sogar selbst ist.«

Ein Schlachtkreuzer vom Kaliber der *RENOWN* zusammen mit Minenlegern und Zerstörern vor der norwegischen Küste, das gab zu denken. So einen Verband schickten die Briten nicht ohne einen besonderen Grund in See, noch dazu mit Minenlegern. Minenleger! Mir ging auf einmal ein Licht auf!

Die Briten wußten oder ahnten zumindest, daß da von deutscher Seite irgend etwas gegen Norwegen im Gange war. Deshalb also die Minenleger, zu deren Schutz neben den Zerstörern auch noch ein kampfstarker Schlachtkreuzer gehörte, weil sie ein Zusammentreffen mit deutschen Seestreitkräften befürchteten. Das erklärte auch, warum es der Verband so verdammt eilig hatte. Er hatte seine Aufgaben erfüllt und bemühte sich nun, jede Begegnung mit unseren Schiffen zu vermeiden, durch die sich vorzeitig Rückschlüsse auf den geheimen Auftrag ergeben könnten.

»Ein verlockendes Ziel, aber vorsetzen können wir uns leider nicht, um sie aus dem richtigen Winkel anzugreifen, Herr Kaleu«, riß mich der II WO aus meinen Überlegungen. »Sie sind zu weitab und zu schnell für uns.«

Das war richtig. Die Briten liefen trotz des hohen Seegangs gut und gerne ihre achtzehn Knoten, dagegen kamen wir nicht an. Außerdem hatte ich auch gar nicht die Absicht, sie anzugreifen. Vor den Lofoten ja, aber nicht hier. Das brauchte ich ihm jedoch nicht auf die Nase zu binden.

»Da bin ich ganz Ihrer Meinung, Herr Störmer«, sagte ich darum nur. »Die haben es so eilig, weil sie noch vor Sonnenaufgang möglichst weitab von der norwegischen Küste stehen wollen. Und warum? Denken Sie mal an die Minenleger.«

Der II WO brauchte einen Augenblick, bis ihm die Konsequenz meiner Worte aufging. »Das hieße ja ...« Er verschluckte den Rest der Zuhörer wegen, obwohl die ihn kaum hören konnten.

»Eben! Wir werden deshalb eine Sichtmeldung und eine Warnung funken, sobald wir das gefahrlos tun können.«

Noch ehe ich meine Absichten in die Tat umsetzen konnte, erreichte uns ein Funkspruch *›An alle!‹*, in dem vor Minensperren in einer ganzen Reihe von Planquadraten gewarnt wurde. Darunter war auch das Gebiet um die Lofoten.

»Da ist mir also einer zuvorgekommen«, sagte ich erleichtert zum II WO. »Ich bin darüber ganz froh.«

Störmer nickte, denn er wußte, warum. Jetzt zu funken wäre einer Einladung gleich gekommen, uns einzupeilen und uns aus den hochreichenden dunklen Wolkenmassen anzugreifen, die sich ringsum vor der Kimm auftürmten. Über uns erstreckte sich nämlich ein nahezu wolkenfreier, schlieriger blaßblauer Himmel mit einer bleichen Polarsonne, die kaum Wärme spendete.

Eine erste Warnung hatte es kurz nach Sonnenaufgang gegeben, als die Sicht noch weiter reichte. Klein wie Möwen waren plötzlich mehrere Flugzeuge aus einem Wolkenloch über der Westkimm auf die See herabgestoßen. Noch ehe ich Alarm auslösen konnte, waren sie auch schon wieder dicht über dem Wasser mit Südostkurs aus unserem Blickfeld verschwunden. Wir hatten sie nicht identifizieren können, waren jedoch sicher, daß es britische Jagdbomber gewesen waren, die nach lohnenden Angriffszielen suchten. Daß sie uns nicht entdeckt hatten, wollte nichts heißen. Solch eine Begegnung konnte sich jederzeit wiederholen, deshalb war äußerste Wachsamkeit geboten.

Meine Sorge schien jedoch unbegründet zu ein. Die Morgenwache verstrich ungetrübt, die Vormittagswache zog auf. Mit ihr begann sich der Himmel zu beziehen. Zuerst verschwand die bleiche Sonne in einem dünnen Schleier, der zusehends dichter wurde. Ein untrügliches Zeichen dafür, daß sich das Tiefdruckgebiet mit seinem Kern näherte.

Unruhe erfaßte mich. Mißtrauisch ging mein Blick immer wieder zum Himmel, suchte die aufziehenden Wolken nach

Anzeichen einer drohenden Gefahr ab. Es blieb jedoch erneut allein den scharfen Augen des Signalmaats vorbehalten, die weit entfernte Maschine in den Wolken zuerst zu entdecken.

»Alarm! Flugzeug in eins-neun-null, Typ nicht zu identifizieren!«

Blitzschnell verschwanden wir von der Wasseroberfläche und schoren in die schützende Tiefe.

»Glaube nicht, daß uns der Charly ausgemacht hat, Herr Kaleu«, meinte der I WO zuversichtlich. »Der war ja nur ein Punkt am Himmel, und aus dieser Entfernung waren auch wir für ihn in dem hohen Seegang kaum wahrnehmbar.«

»Wir werden sehen, Herr Bernau. Scheren wir trotzdem aus unserem Kurs. Vorsicht ist die Mutter der Porzellankiste. Rudergänger, zwo Dez Steuerbord!« Gehorsam kam das Boot herum. »Recht so! Ruder, komm auf!«

In der Zentrale herrschte eine gespannte Stille. Alles lauschte nach oben, während das Boot kontinuierlich in die Tiefe sank. Eine bange Frage stand unausgesprochen im Raum: Hatte er uns gesehen, oder waren wir ihm entgangen? Immer wieder ging der Blick zur Borduhr. Dort reihte der Zeiger nervenaufreibend langsam Minute an Minute, ließ sie zweistellig werden.

Mit jedem Rucken des Zeigers wurden die Gesichter hoffnungsvoller, bis es auch für mich zur Gewißheit wurde. Noch immer keine Bomben, er hatte uns nicht entdeckt. Kein Grund also, das Boot noch tiefer tauchen zu lassen.

»Stopp Tiefe! Was ist durchgegangen?«

Mein Kommando wirkte für die Männer wie ein befreiendes Signal. Lauter Jubel toste durch das Boot.

»Ruhe im Puff!« verschaffte sich der LI Gehör. »Siebzig Meter sind durchgegangen! Boot pendelt auf zwoundsiebzig Meter ein, Herr Kaleu!«

»Danke, Herr Becker! Rudergänger, gehen Sie auf unseren alten Kurs zurück!« Das klang zuversichtlich, trotzdem meldeten sich plötzlich Zweifel in mir an und lösten ein nicht zu verdrängendes Unbehagen aus.

Was der I WO geäußert hatte, das war Wunschdenken. Was, wenn der Charly uns doch gesehen hatte? Wenn er jetzt als Aufklärer über unserem Tauchpunkt kreiste und auf Verstärkung wartete? Oder gar ein so ausgekochter Halunke war, daß er uns in Sicherheit wiegen wollte, um uns mit Bomben einzudecken, sobald wir ahnungslos auftauchten? Zweifel über Zweifel, von denen die Männer um mich herum nichts ahnten. Oder doch? Zu meiner nicht gelinden Überraschung konnte ich von den Gesichtern meiner Offiziere all die unausgesprochenen Fragen ablesen, die auch mich quälten. Selbst die Miene des eben noch so optimistischen I WO wirkte auf einmal skeptisch.

»Ich trau' dem Frieden nicht, meine Herren, und Sie auch nicht, was?«

Bis auf den unerfahrenen Fähnrich nickten sie zustimmend. Wir hatten eben alle schon während der ersten Kriegsmonate die bittere Erfahrung gemacht, daß man als U-Bootfahrer in solchen undurchsichtigen Situationen mit allem rechnen mußte. Nichts war gefährlicher, als alle eventuellen Schachzüge des Gegners nicht in Erwägung zu ziehen. Wer das tat und auf das bloße Glück vertraute, dessen Stunden waren gezählt. Das würde auch der Fähnrich noch begreifen lernen.

»Vielleicht hat er uns tatsächlich nicht ausgemacht; aber weiß man's? Es ist jetzt neun Uhr«, stellte ich fest. »Lassen wir ihm eine Stunde Zeit, damit er zu der Überzeugung kommt, daß er sich geirrt hat, meine Herren.«

Keine zehn Minuten später war der Charly vergessen, denn mich trieb eine Alarmmeldung Grauerts in das Horcherschapp. »Was ist los, Horchmaat? Tatsächlich ein Gefecht?«

»Als wir getaucht sind, bekam ich ein ganz eigenartiges Gewummere ins Gerät, Herr Kaleu. Ehe ich es identifizieren konnte, verstummte es. Jetzt ist es wieder da. Sehr weit entfernt, aber wenn mich meine Erfahrungen nicht täuschen, ist da ein Gefecht im Gange, den Abschüssen nach mit der Mittelartillerie.«

»Das will ich mir mal selber anhören!« Ich stülpte mir den Kopfhörer über und lauschte.

Ich brauchte einen Augenblick, um mich hineinzuhören. Doch dann vernahm auch ich, was das Wasser leise bis zu uns übertrug. Es klang tatsächlich nach einem weit entfernten heftigen Geschützfeuer. Auch mit der Mittelartillerie lag Grauert richtig. So hörten sich nur die Abschüsse von 8,8cm- und 10,5cm-Geschützen an. Die für die schwere Schiffsartillerie typischen dumpfen Abschüsse fehlten dagegen gänzlich.

Das konnte alles sein, ein Gefecht zwischen Zerstörern oder aber auch die Abwehr eines Fliegerangriffes. Doch Flugabwehr? Unwillkürlich schüttelte ich den Kopf, obwohl das wunderschön zu den Jagdbombern nach Sonnenaufgang und zu dem Charly paßte. Nein, das hellere Belfern der 2cm- und 3,7cm-Schnellfeuerwaffen hätte sich für Grauerts geübte Ohren trotz der großen Entfernung deutlich von dem übrigen Gefechtslärm abgehoben.

»Ein Seegefecht also.« Ich dachte an den Schlachtkreuzer und seine Begleitung. »Ein größerer Verband?«

Grauert grinste über meine Frage, denn die Antwort hätte ich mir ja eigentlich selbst geben können. »Nein, Herr Kaleu, dafür ist der Gefechtslärm zu dünn. Ich tippe auf zwei Zerstörer, die sich da beharken. Das heißt ...« Er stockte überrascht und bekam ganz wachsame Augen.

Ich stutzte ebenfalls. Der Gefechtslärm hatte sich verändert, war stärker geworden.

»Hören Sie es, Herr Kaleu? Da mischt noch einer mit! Jetzt greift schwere Schiffsartillerie ein, klingt nach Breitseiten aus drei Türmen. Könnte ein Kreuzer sein.«

»Ein Kreuzer? Haben Sie eine Vorstellung, wie weit entfernt die sich da in den Haaren liegen?« Wenn irgend möglich, dann wollte ich nämlich umkehren, um mitzumischen.

»Tut mir leid, Herr Kaleu. Wenn ich die Schraubengeräusche hören könnte – ja. Aber die gehen ja in dem Geballer glatt unter. Ich kann nur grob schätzen. Das spielt sich alles achteraus etwa zwounddreißig Seemeilen entfernt ab.«

Ich gab den Gedanken auf, zurückzulaufen. Das hätte nur etwas gebracht, wenn wir das aufgetaucht hätten tun können. So aber brauchten wir fast fünf Stunden, um den Kampfplatz zu erreichen, und dann war vermutlich alles schon entschieden.

Ich gab Grauert den Hörer zurück. »Dann bleiben Sie man dran, Horchmaat. Bin gespannt, wie die Sache ausgeht.«

Das Gefecht verstummte innerhalb der Stunde, die wir dem Charly zugestanden hatten. Wie es ausging, blieb jedoch noch lange offen. Daß wir es später überhaupt erfuhren, verdankten wir, genaugenommen, nur einem puren Zufall.

»Genug, wir können hier unten nicht den ganzen Vormittag vertrödeln. Der Charly dürfte längst die Kurve gekratzt haben«, sagte ich. »Klar zum Auftauchen! Auf Sehrohrtiefe anblasen!«

Das Boot schwebte langsam nach oben. In der Zentrale sammelte sich die Brückenwache. Sie war schon bald gezwungen, die schwankenden Bewegungen in den Knien auszugleichen, die der tiefreichende Seegang dem schweren Bootskörper aufzwang.

»Sehrohrtiefe ist erreicht! Boot pendelt ein!« meldete der LI. »Ist aber sehr schwer auf gleichbleibender Tiefe zu halten!«

Das konnte ich mir lebhaft vorstellen. Doch ich fuhr das Luftzielsehrohr trotzdem aus, schließlich wollte ich nicht irgendwelchen umherstreunenden Flugzeugen vor die Bombenschächte laufen. Ein schneller Rundblick sollte genügen. Ich sah jedoch nur Wasser, tief dunkelgrünes Wasser der aufgewühlten See, die über die Optik wusch, angereichert mit den sprudelnden Luftblasen der überkippenden Wellen.

»Höher rauf, Herr Becker! Ich möchte keinen Besuch im Aquarium machen, sondern den Himmel sehen!«

»Dann bricht aber der Turm durch, Herr Kaleu«, warnte der LI.

»Und wenn? Wer soll uns denn bei dieser hochgehenden See schon sehen?«

Der LI kam meinem Befehl nach. Das Wasser lief vom Spargelkopf ab, gab den Blick frei. Im gleichen Augenblick hob die meterhohe Dünung das Boot wie ein Lastenfahrstuhl an, der obere Turmrand brach durch. Mir blieb nur Zeit für einen ganz kurzen Schwenk über einen Teil des grauen Himmels, ehe die Wellen wieder über uns zusammenschlugen. Aber der Anblick, der sich meinen Augen bot, genügte, um einen Schock in mir auszulösen.

Erschreckend nah und flach über das Wasser kamen vier oder fünf Wellington-Bomber, gestaffelt in Suchformation, direkt auf uns zu gerast. In den Sekundenbruchteilen, die uns die See freigab, glaubte ich sogar, die angespannten Gesichter der Piloten hinter dem Plexiglas der Kanzeln erkennen zu können, die Schützen an ihren Bordkanonen herumfummeln zu sehen und die aufheulenden Motore zu hören.

»Alarmtauchen! Beide Maschinen dreimal AK voraus! Tiefenruder maximale Stellung! Alle Mann voraus! Ruder hart Backbord!«

Die Männer reagierten sofort. Laut bullernd schoß das Wasser in die voll aufgerissenen Tauchtanks. Unter dem Druck der auf Höchsttouren rotierenden Schrauben, der extremen Stellung der Tiefenruder und der in den Bugraum eilenden Männer kippte das Boot wie zu einem Kopfstand ab. Alles, um schnell Tiefe zu gewinnen. Aber reichte es?

Pessimismus gewann in mir die Oberhand. Zu spät, es reicht nicht! Gleich geht es los, fallen die Bomben, und du bist schuld! Du blöder Hund, fluchte ich still in mich hinein, bist genau im falschen Augenblick nach oben gekommen! Ich blickte in die fragenden Gesichter meiner Offiziere, die auf Informationen warteten.

»Vier oder fünf Wellingtons ... direkt im Anflug auf uns«, rang ich mir ab. Das brachte mir aber seltsamerweise meine Fassung zurück. »Ruder, komm auf! Recht so!«

»Und Sie meinen ...«

Die Frage des I WO ging in dem Donnern einer Bombenreihe unter, die in unserem Kielwasser detonierte. In Erwartung der nächsten Bomben zogen wir automatisch die Köpfe ein. Doch die kamen nicht, minutenlang geschah oben überhaupt nichts. Verunsichert blickten wir einander an und suchten nach einer Erklärung.

Hoffnung keimte in mir auf. Nur eine Bombenreihe und die auch noch verhältnismäßig weitab in unserem Kielwasser? Dafür gab es nur eine plausible Erklärung: Einer der Piloten mußte unseren Turm gesehen haben. Zu kurz, um sicher sein zu können, daß er da tatsächlich einen U-Bootturm gesichtet hatte und nicht bloß auf einen so ähnlich geformten, überkippenden Brecher hereingefallen war. Ein Bombenwurf auf gut Glück also, der Versuch, den verdammten

Jerries noch schnell eins auf die Mütze zu geben, falls er doch richtig gesehen haben sollte.

Ein gewaltiger Donnerschlag setzte meiner Hoffnung ein jähes Ende, wurde zu einem dröhnenden Flächenbombardement. Sein Bombenregen kroch auf unseren Tauchpunkt zu, hüllte uns mit seinen vom Wasser tausendfach verstärkten Detonationen ohrenbetäubend ein. Unmöglich, die Zahl der Bombenwürfe zu zählen. Nur eins stand fest: Alle vier oder fünf Tommies luden ihre Bombenlast über uns ab.

Ich hielt mir die schmerzenden Ohren zu, weil mir das Trommelfell zu platzen drohte. Eine Situation, wie ich sie schon oft erlebt hatte, und doch registrierte ich, daß etwas anders als sonst war. Die Explosionswellen erreichten zwar das in die Tiefe strebende Boot, ihre demoralisierende Wirkung hielt sich jedoch in Grenzen. Sie schüttelten uns ungewohnt schwach, vergleichsweise fast sanft durch. Das war es jedoch nicht allein. Wenn ich mich nicht täuschte, dann detonierten die Bomben alle in so geringer Wassertiefe, daß ihr gefährlicher Explosionsdruck uns nichts mehr anhaben konnte.

Meine Gedanken waren noch nicht zu Ende gedacht, da verstummte das Bombardement mit ein paar nachkleckernden Detonationen. Die plötzliche Stille wirkte nahezu unwirklich.

»Frage Tiefe. Was geht durch?«

»Siebzig Meter gehen durch, Boot fällt weiter!«

Ein Verdacht formte sich in meinem Schädel. Ich begann, zwei und zwei zusammenzuzählen. Bisher hatte ich noch nie erlebt, daß von Flugzeugen abgeworfene Wasserbomben so flach eingestellt waren und alle in der gleichen Tiefe detonierten. Das widersprach ja auch jeder Taktik, wenn man ein U-Boot zur Strecke bringen wollte. Mir ging plötzlich ein Licht auf: Mensch, das waren ja gar keine Wasserbomben gewesen! Alles sprach dafür, daß sie uns mit Spreng- oder Splitterbomben angegriffen hatten, die beim Auftreffen auf die Wasseroberfläche oder ein Schiffsdeck mit einer gewaltigen Splitterwirkung detonierten. Für U-Boote darum nur dann gefährlich, wenn sie davon aufgetaucht oder mitten im Alarmtauchen erwischt wurden.

Diese Erkenntnis machte mich sicher, daß deren Suchformation gar nicht U-Booten gegolten hatte. Die waren auf der Jagd nach Überwasserstreitkräften, suchten vielleicht den Kreuzer, der sich in das Zerstörergefecht eingemischt hatte. Wir waren ihnen nur zufällig in die Quere gekommen, und da hatten sie es halt versucht. Kein Grund also für uns, noch weiter in die Tiefe zu stoßen.

»Es reicht! Stopp Tiefe, auf siebzig Meter einpendeln!« befahl ich deshalb. »Beide Maschinen Umdrehungen für sieben Knoten! Alle Mann wieder auf Station! Rudergänger, gehen Sie auf unseren alten Kurs zurück.«

Das Boot pendelte auf ebenem Kiel ein, die Männer eilten aus dem Vorschiff auf ihre Stationen. Die Überraschung, die sich in der Zentrale ausbreitete, konnte man fast mit den Händen greifen. Ich grinste still in mich hinein, denn ich wußte, was jetzt kam.

»Ist das nicht ein bißchen riskant, Herr Kaleu?« raffte sich der I WO auf. »Ich meine, noch ist ... Wollte sagen ...«

»Schon gut, Herr Bernau«, half ich ihm lächelnd aus der Klemme und gab mich gelassen, obwohl mir noch gar nicht so war. »Die haben ihr Pulver verschossen. Das waren keine Wasserbomben, sondern Spreng- oder Splitterbomben, die beim Aufschlag detonierten. Also ein Versuch am untauglichen Objekt. Außer Spesen nichts gewesen, Männer! Auch Tommies hauen mal daneben!«

Ich hatte Glück, ein zweiter Angriff auf uns blieb tatsächlich aus. Trotzdem traute ich meiner eigenen Prognose nicht, und meine Männer, wie ich aus ihren skeptischen Mienen entnehmen konnte, trauten ihr auch nicht. So schoben wir das Auftauchen noch auf.

Genau eine Stunde nach dem Angriff, ich hatte mich gerade entschlossen, endlich das Kommando zum Auftauchen zu geben, stockte plötzlich jede Bewegung im Boot. Jedes noch so leises Gespräch verstummte. Durch die Tiefe rumpelte erneut ein an- und abschwellendes dumpfes Gebuller. Viel lauter diesmal vom Wasser herangetragen, so daß es alle hörten und nicht nur die Horcher mit ihrem Zauberkasten.

Wasserbombenverfolgung? Das war mein erster Gedanke. Doch der wich nach längerem Hinhören einer anderen Erkenntnis. Dem Bullern fehlte das dafür unverkennbare Merkmal, die typischen Detonationswellen, wie sie sich aus dem Abstand zwischen den einzelnen Wurfreihen mehr oder weniger deutlich ergaben. Das war auch kein Wasserbombenteppich, geworfen von mehreren Verfolgern in Dwarslinie, bei dem die Wellen ineinander verschmolzen.

Das anhaltende Wummern konnte nur von einem Artilleriegefecht stammen, von Abschüssen, deren an- und abschwellende Lautstärke sich leicht durch die Entfernung zwischen den Gegnern erklären ließ.

»Ich werd' verrückt, Artilleriefeuer!« kam der I WO zu dem gleichen Ergebnis. »Noch ein Seegefecht, Herr Kaleu?«

»Glaube ich auch, Herr Bernau! Ich muß in den Horchraum, will das genauer wissen.«

Im Horchraum löste Maat Grauert gerade den Funkgefreiten Manske ab. Der war zwar ein guter Horcher, besaß aber noch nicht die Erfahrung Grauerts, um selbst die feinsten Unterschiede herauszuhören.

»Ein Artilleriegefecht in eins-eins-vier, Herr Kaleu! Diesmal nicht so dünne wie anfangs bei den Zerstörern.« Das hatte Manske also doch schon herausgehört.

»Und warum melden Sie das nicht gleich der Zentrale?«

»Er wollte es erst von mir bestätigt haben, Herr Kaleu!« kam ihm Grauert zu Hilfe. »Es stimmt, ein Gefecht, Entfernung etwa fünfundzwanzig Seemeilen. Keine schwere Artillerie, den Abschüssen nach wieder nur Mittelartillerie, dafür aber viel massiver. Könnte eine Kampfgruppe aus Zerstörern sein.«

»Was denn, so dicht unter der Küste liefern die sich erneut ein Gefecht?« fragte ich verblüfft.

Grauert zögerte. »So genau ist die Entfernung der Abschüsse für mich auch diesmal nicht abzuschätzen.«

Das Gewummer schwoll plötzlich an, nahm enorm an Stärke zu. Wie Paukenschläge hoben sich dazwischen deutlich Reihen noch stärkerer Detonationen ab. Klangen wie Salven schwerster Schiffsartillerie.

»Was ist das, Grauert? Ein Kampfverband, der mit seiner schweren Artillerie in das Zerstörergefecht eingreift?«

»Ein Kampfverband schon, Herr Kaleu, aber keine schwere Artillerie. Für mich sind das unverkennbar Fliegerbomben im Reihenwurf, die im Bach detonieren. Der Verband wehrt sich mit allen Fla-Waffen gegen diesen Luftangriff.«

Ein Luftangriff auf einen Kampfverband? Dann war das die Bestätigung für meine Überlegungen, daß die vier oder fünf Wellington-Bomber gar nicht nach U-Booten gesucht hatten, als sie zufällig auf uns trafen. Die waren auf Überwasserstreitkräfte aus gewesen. Wem aber galt jetzt dieser Angriff? Den Zerstörern auf dem Weg nach Narvik? Oder war die Kampfgruppe mit den beiden Schlachtschiffen *Scharnhorst* und *Gneisenau* das Ziel des Fliegerangriffs?

»Ein ganz massiver Luftangriff, Herr Kaleu«, riß mich

Grauert aus meinen Gedanken. »Den Bombenreihen nach sind daran mindestens zehn bis zwölf Maschinen beteiligt.«

Dann traf meine Befürchtung voll ins Schwarze, daß die Briten Kenntnis von dem deutschen Unternehmen gegen Norwegen hatten und alles daran setzten, es zu verhindern. Alles, was wir bisher auf unserem Weg nach Norden erlebt hatten, sprach letztlich dafür.

»Scheiße, das bedeutet ja ...«, rutschte es mir heraus, den Rest schluckte ich jedoch herunter. Mir wurde nämlich plötzlich ein Denkfehler bewußt. Weshalb ging ich eigentlich davon aus, daß es sich bei den Angreifern nur um Briten handeln konnte? Schließlich standen doch nach unseren eigenen Beobachtungen auch britische Verbände in See, gegen die ebensogut deutsche Angriffe geflogen werden konnten. Hatte doch der Polenfeldzug bewiesen, daß auch wir über eine schlagkräftige Luftwaffe verfügten. Beides war somit drin. Ich gab es daher auf, mir noch länger darüber den Kopf zu zerbrechen. »Bleiben Sie dran, Grauert! Sobald der Rabatz aufhört, möchte ich Meldung haben.« Ich kehrte in die Zentrale zurück. »Kein Artilleriegefecht, meine Herren. Grauert hält es für die Abwehr eines Luftangriffs. Aber wer greift wen an? Möglicherweise ist das unsere Luftwaffe, die dort einen britischen Verband auf die Hörner nimmt. Trotzdem bleiben wir lieber noch 'ne Weile unten.«

Im Verlauf des Vormittags kamen wir immer mehr unter Zeitdruck. Längst war das Abwehrfeuer in der Ferne verstummt. Sobald wir jedoch das Sehrohr ausfuhren, zwang uns der Anblick umherstreifender Flugzeuge, das Auftauchen jedes Mal zu verschieben. Es waren keine deutschen Maschinen, die hätten wir in noch so kurzer Zeit identifiziert. Es waren Briten, daran gab es keinen Zweifel, die auf der Suche nach Opfern die See abkämmten.

Kurz nach dem Mittagswachwechsel blieben die Maschinen endlich unter der Kimm. Wir konnten rauf.

»Brückenwache in den Turm! Klar zum Auftauchen! Sicherungsgurte sofort einklinken, klar? Ihr merkt ja selbst, was oben los ist, Männer. Der letzte von euch knallt sofort das Turmluk hinter sich dicht! Anblasen!!«

Es war natürlich ein denkbar ungünstiger Zeitpunkt für die abgelöste Wache. Die See ging hoch und machte schon in Sehrohrtiefe das Mittagessen für die Männer zu einem wahren Balanceakt. Das war jedoch nicht zu ändern. Torkelnd schwamm das Boot auf.

»Achtung! Turm kommt frei! ... Boot ist aufgetaucht!«

Ich wartete, bis die Dünung das Boot anhob. Blitzschnell kurbelte ich das Turmluk auf. Mit einem Satz nutzte ich den Schwung des überholenden Turmes, um an das Schanzkleid zu gelangen und den Sicherungskarabiner einzupicken. Genau im richtigen Augenblick. Schon glitt das Boot wieder in das Wellental hinunter. Tief schnitt der Bug in die aufgewühlte See hinein. Die schäumenden Wassermassen des anrollenden Wellenberges türmten sich vor uns zu einem gigantischen Brecher auf. Er wuchs und wuchs, bis seine im Sturm zerfasernde Oberkante den Turm haushoch zu überragen schien.

»Wahrschau! Volle Deckung!« schrie ich den Männern zu, die aus dem Turmluk quollen.

Mein gellender Warnruf kam jedoch gegen den heulenden Sturm kaum an, noch weniger gegen das gewaltige Donnern und Brausen, mit dem der tonnenschwere Brecher auf das Vorschiff niederging und als Flutwelle über den Turm brandete. Alles um mich herum ertrank in seinen Fluten. Ich verlor jeden Halt, wurde von der Flutwelle mitgerissen, bis mir der Sicherheitsgurt den Leib zusammenschnürte und mich mit einem schmerzhaften Ruck festhielt.

Erneut kletterte das Boot den Dünungsrücken empor. Weit holte der Turm über. Nach Luft schnappend, tauchte ich aus den schäumenden Wassermassen auf, die sich gurgelnd nach achtern verliefen. Mein erster Blick galt dem Turmluk. Gott sei Dank, es war zu. Auch die Männer schienen vollzählig auf ihren Posten zu sein. Das heißt, es war eigentlich mehr eine Annahme, zu mehr ließ mir der nächste Brecher, der sich vor unserem Bug bedrohlich aufzutürmen begann, keine Zeit.

Diesmal war ich jedoch auf ihn vorbereitet. Ich krallte mich am Schanzkleid fest, um von seiner über den Turm schwappenden Welle nicht wieder mitgerissen zu werden, hatte aber die gewaltige Kraft des Wassers glatt unterschätzt. Meine Hände gaben dem unerträglich werdenden Druck der Flutwelle nach, die tosend über die Turmplattform wusch. Abermals bewahrte mich allein der eingepickte Sicherungsgurt davor, von ihr über Bord gerissen zu werden.

Das Boot lief taumelnd aus dem Ruder, drohte querzuschlagen und zu einem wehrlosen Spielball der tobenden See zu werden. Wir brauchten mehr Druck auf die Ruder!

»Ruder hart Steuerbord!« schrie ich dem BÜ ins Ohr. »Backbordmaschine dreimal AK voraus!«

Ein Ruck lief durch das Boot. Heftig vibrierte die Gräting unter meinen Füßen, als die Backbordmaschine zur Unterstützung des Ruders mit Äußerster Kraft gegen die anrennenden Wogen anzukämpfen begann. Es dauerte beängstigend lange, bis der Bug auf den alten Kurs herumkam, denn Brecher auf Brecher gingen auf uns nieder; aber er kam herum.

»Recht so! Ruder komm auf! Beide Maschinen Umdrehungen für zwozehn Knoten!«

Die Brecher wurden dadurch zwar nicht geringer, aber in das Boot kam durch die Kraft der Maschinen doch eine gewisse Ruhe. Es ritt die Wellenberge erheblich kontrollierter ab, und das machte sein Tänzeln durch die hochgehende See wenigstens etwas erträglicher. Ich blickte nach achtern, wo sich unser Kielwasser in den Schaumkronen der Dünung schnell verlor, und stutzte.

Irgend etwas stimmte auf dem Wintergarten nicht. Wo der Ausguck achteraus normalerweise stand, war der Platz leer. An der Reling des Wintergartens wehte statt dessen der zerfaserte Rest eines Tampens aus, festgehalten von seinem Sicherungskarabiner an einer der Relingsstützen. Sekundenbruchteile lang starrte ich irritiert darauf, bis mir bewußt wurde, was das bedeutete.

»Mann über Bord!« schrie ich dem II WO neben mir zu und deutete nach achtern auf den zerfaserten Tampen. »Der Ausguck ist über Bord gegangen! Wir müssen beidrehen und zurücklaufen!«

Kaum ausgesprochen, wich meine impulsive Reaktion jedoch nüchternem Denken. Der Mann war irgendwann von einem der überkommenden Brecher unbemerkt mitgerissen und aus der Turmhöhe kopfüber auf das Achterdeck geschmettert worden. Selbst wenn er den Sturz überlebt haben sollte, hatte ihn der Brecher vom Deck gespült und mit in die Tiefe genommen. Er war in der aufgewühlten See längst ertrunken.

Ein gewagtes Mann-über-Bord-Manöver brachte unter diesen Umständen gar nichts mehr. Es gefährdete letztlich nur das Boot und damit uns alle. Das war eine Erkenntnis, die mich in eine Zwickmühle brachte. Einerseits war es in einem solchen Fall selbstverständlich, daß alles menschenmögliche zur Rettung eines jeden Besatzungsmitgliedes getan wurde. Andererseits mußte ich abwägen, was in dieser Situation möglich und sinnvoll war, ohne dabei die übrige Besatzung oder gar das Boot zu gefährden. Der Mann war verloren, auch wenn sich seine Schwimmweste selbständig aufgeblasen hatte. Wir würden ihn trotzdem nicht finden. Das gab den Ausschlag.

»Zu spät, Herr Störmer! Wir bleiben auf Kurs, denn den finden wir in dieser tobenden Wasserwüste nie!«

Der II WO hatte ganz offensichtlich die gleichen Überlegungen angestellt und teilte meine Meinung, denn er nickte. Es war trotzdem eine Entscheidung, die mir nicht leichtfiel. Sie würde unter der Besatzung Diskussionen auslösen, wenn ich nicht sofort einer negativen Wertung die Spitze abbog.

»Ich muß unter Deck, um der Besatzung meine Entscheidung zu verklaren. Ich schicke Ihnen einen Ersatzmann herauf.« Ich blickte auf den zerfaserten Tampen an der Reling. »Wer war das überhaupt, der da über Bord gegangen ist?«

Es dauerte einen Augenblick, bis der II WO antwortete: »Wie ich sehe, fehlt in meiner Wache der Matrose Göhle, Herr Kaleu!«

Ein Name, der zwiespältige Gefühle in mir auslöste. Einer unerklärlichen inneren Eingebung folgend, klinkte ich zwischen zwei Brechern meinen Sicherungstampen wortlos aus und war mit ein paar schnellen Schritten an der Reling des Wintergartens, um ihn dort neben dem Karabiner des zerfaserten Tampens einzupicken. Noch bevor der nächste Brecher über mich hinwegschwappte, hakte ich Göhles Tampenrest von der Relingsstütze los und in eine der Ösen meines Gurtes ein.

Kaum hatte sich das Wasser um das Turmluk glucksend verlaufen, sauste ich an den Leiterholmen hinab in die Zentrale.

Der I WO half mir aus dem klitschnassen Ölzeug und starrte überrascht auf den Tampenrest an meinem Sicherheitsgurt. »Was denn, das ist doch nicht etwa ...«

Ich schüttelte den Kopf. »Nein, Herr Bernau, das ist nicht mein Sicherungstampen. Der gehörte dem Göhle. Der muß gleich von dem ersten schweren Brecher über Bord gerissen worden sein. Als wir es bemerkten, war es zu seiner Rettung zu spät. Ich werde jetzt der Besatzung verklaren, warum wir nicht zu einem Mann-über-Bord-Manöver beigedreht haben.«

Während ich zum Mikrophon griff und der Besatzung über die Bordsprechanlage auseinandersetzte, was mich bewogen hatte, auf jeden Rettungsversuch zu verzichten, nahm der I WO den Tampenrest gründlich unter die Lupe.

»Es war ein Unfall, wie er sich hoffentlich nicht wiederholen wird. Doch davor sicher sein, können wir nie«, beendete ich meine Erläuterungen. »Bootsmann, schicken Sie einen Mann der Backbordwache als Ersatz auf die Brücke!«

Der Smadding salutierte. »Jawohl, Herr Kaleu, ein Ersatzmann auf die Brücke! Rieder, entern Sie auf!«

Ich hängte das Mikro in seine Halterung zurück. »Eine scheußliche Geschichte, I WO. Ich kann nur hoffen, daß ich mich überzeugend genug ausgedrückt habe.«

»Das haben Sie ohne jeden Zweifel, Herr Kaleu. Es wird unter uns keinen geben, der Ihre Entscheidung nicht akzeptiert.« Er hielt mir das zerfaserte Tampenende entgegen. »Komisch, habe bisher nur von einem ähnlichen Fall gehört, bei dem der Gurt ausgerissen ist, allerdings nicht mit einem so tragischen Ende. Daß ein Sicherungstampen mit einer Stahlseele so glatt brechen kann, hätte ich nie für möglich gehalten.«

Ich war mit meinen Gedanken noch immer bei meiner Entscheidung, suchte noch im nachhinein nach einer Schwachstelle in meiner Argumentation. Deshalb fiel mir erst reichlich verspätet der argwöhnische Unterton in seinen Worten auf. Ich griff nach dem Tampen.

»Das ist auch für mich neu, Herr Bernau.« Ich polkte die Hanffasern auseinander und legte die dünne Stahlseele frei. Ihre zusammengedrehten Drähte wiesen keine unterschiedliche Länge auf, wie es für einen Bruch typisch war. Sie waren hingegen ungewöhnlich glatt. »Hmmm, in der Tat, ein eigenartiger Bruch. Fast wie von einer Axt durchtrennt. Ein Materialfehler?«

Der I WO zuckte die Schultern und verzog skeptisch das Gesicht. »Ausgerechnet der Göhle und dann so ein Bruch durch einen Materialfehler? Halte ich beinahe für ausgeschlossen.«

In meinem Kopf schrillten die Alarmglocken. Unser Gespräch nahm eine Wendung, die nicht für die Ohren der Zuhörer in der Zentrale geeignet war. Aus ihr konnten sich die tollsten Spekulationen entwickeln, schädlich für das Zusammenleben in dieser engen Eisenröhre.

»Wir sollten dazu mal unsere Seemännische Nummer Eins hören. Der Smadding versteht gewiß mehr von Tauwerk als wir beide zusammen«, bog ich ab. »Kommen Sie mit, Bootsmann! Gehen wir in mein Kabuff!«

Der Smadding brauchte nur wenige Minuten, um zu dem gleichen Ergebnis wie der I WO und ich zu kommen. »Absolut ungewöhnlich für einen Materialfehler, Herr Kaleu, viel zu glatt. Sieht eher wie ein Schnitt mit einem scharfen Bordmesser aus.«

»Zugegeben, Bootsmann, er ist erstaunlich glatt. Gegen einen Schnitt sprechen aber die ausgefransten Hanfstränge«, hielt ich ihm entgegen. »Die Kardeele wären dann doch ebenfalls glatt durchtrennt und nicht so ungleich zerfasert.«

Der Smadding holte wortlos sein Bordmesser aus dem Hosenbund. Mit dessen Spitze bog er unterhalb des Karabinerhakens die Kardeele bis an die Stahlseele vorsichtig auseinander, ohne dabei die Fasern zu beschädigen. »Sehen Sie, Herr Kaleu, so ließen sich die Drähte durchschneiden, ohne daß es auffällt. Den Rest besorgt dann die Gewalt des Brechers und läßt es wie den ganz normalen Bruch eines Hanftampens aussehen. Wer auch immer auf so einem Tampen vertraut, hat nicht die geringste Chance.«

Seine Demonstration war so einleuchtend und sein Verdacht so ungeheuerlich, daß es dem I WO und mir einen Moment glatt die Sprache verschlug. Dennoch sträubte sich alles in mir gegen die Folgerungen daraus.

»Mensch, Hochheim, Sie haben vielleicht Nerven!« erholte ich mich von meiner Überraschung. »Ist Ihnen klar, was Sie damit andeuten? Ein heimtückisch geplanter Mord an Bord eines U-Bootes auf Feindfahrt – da läuft einem ja glatt 'ne Gänsehaut über den Rücken! Das ist ja Stoff für 'nen Krimi!«

»Es ist ja auch einer, Herr Kaleu! Wir haben einen Mörder an Bord«, ließ sich der Smadding durch meinen Einwand nicht erschüttern. Er legte das Ende der Stahlseele bloß. »Das ist eindeutig ein Schnitt. Der ist glatt, aber nicht gerade, sondern schräg geführt worden, dem schrägen Verlauf der Kardeele raffiniert angepaßt. Ich muß mich allerdings korrigieren, für einen Schnitt mit dem Bordmesser wäre es verdammt schwierig gewesen, die Hanffasern dabei nicht zu verletzen. Für einen Seitenschneider, wie wir sie hier an Bord haben, jedoch sicher nicht. Der kappt die Stahlseele absolut problemlos. Und warum diese Raffinesse? Weil der Mörder hoffte, es werde so nicht auffallen.«

Ich war verblüfft über die kriminalistischen Fähigkeiten des Smaddings, über die Ruhe und Selbstverständlichkeit, mit der er uns seine Beweise präsentierte. Und die waren schlüssig, denn jetzt, als er es sagte, sahen wir es auch. Trotzdem gab ich noch nicht auf.

»Klingt alles einleuchtend, Hochheim, aber da ist noch ein Haken. Woher soll der Mörder gewußt haben, welchen Gurt der Göhle benutzen wird, wenn dem der Anschlag wirklich galt?«

»Nichts leichter als das, Herr Kaleu.« Der Smadding nahm meinen Gurt vom Haken. »Die Gurte sind auf der Innenseite alle gekennzeichnet, um zu verhindern, daß sich jemand einen fremden unter den Nagel reißen kann. Ihrer doch auch.«

Er drehte ihn um und hielt mir die mit *KOMMANDANT* versehene Innenseite entgegen. Ein Beweis, der mich mundtot machte. Er war mir bisher entgangen, weil es mir überhaupt nicht in den Sinn gekommen war, darauf zu achten. Dafür fand der I WO ein anderes Haar in der Suppe.

»Gut, Bootsmann, der Täter wußte also genau, welcher Gurt Göhle gehörte. Aber er mußte doch fürchten, aufzufallen, wenn er sich daran mit einem Seitenschneider zu schaffen macht! Auch wenn er so tat, als sei es sein eigener!«

»Nicht unbedingt, Herr Oberleutnant. Der Karabinerhaken ist durch eine Kausche mit dem Tampen verbunden. Daran gibt es immer mal was zu richten, wofür man eben 'ne Zange braucht. Im weitesten Sinne ist auch ein Seitenschneider eine Zange. Da fällt das überhaupt nicht auf. Das ist ein ganz normaler Vorgang, auf den niemand besonders achtet. Es sei denn, der Mann stelle sich dabei ausgesprochen dämlich an. Aber dagegen spricht doch eigentlich seine Raffinesse.«

Der I WO nickte zustimmend. Dieses Argument beschwor auch bei mir Erinnerungen an meine Zeit auf dem Segelschulschiff herauf. Als Seekadetten hatten wir damals häufig genug irgendwelche Kauschen mit einer Zange richten müssen, jene eingespleisten Metallösen oder Augen am Tauwerk, die eine Abnutzung bei starker Beanspruchung verhinderten. Niemand wäre je auf die Idee gekommen, dahinter eine verdächtige Handlung zu vermuten.

»Alles spricht dafür, daß Ihr Verdacht zutrifft, Bootsmann«, stellte ich fest. »Jetzt müssen wir nur noch herausfinden, wer Göhle auf so eine raffinierte Art in den Tod geschickt hat. Haben Sie auch da einen Verdacht?«

Über die Flurplatten heranpolternde Schritte enthoben ihn einer Antwort. Der Funkobergefreite Pepke erschien am Schott. »Bitte stören zu dürfen, Herr Kaleu! Ein offener Funkspruch!«

Er reichte mir das Formular herein. Es war ein Funkspruch auf der internationalen 600m-Welle, eine Sturmwarnung für das Lofotengebiet.

»Sturm mit Stärke neun aus Nordwest für die Lofoten, abends möglicherweise Stärke zehn erreichend«, sagte ich. »Die Warnung kommt ein bißchen spät. Wir stecken doch schon mitten drin.«

Der I WO pfiff durch die Zähne. »Sturm mit Stärke zehn aus Nordwest! Prost Mahlzeit! Dann wird die anrollende schwere Dünung zunehmend von kurzen steilen Seen aus Nordwest überlagert. Wird 'ne noch lausigere Seefahrt werden.«

Auch ich war beunruhigt. Wenn der Sturm seine volle Stärke erreichte, war an einen Einsatz unserer Torpedowaffe weder über noch unter Wasser zu denken. Dann mußten wir jeden möglichen Gegner unangegriffen passieren lassen. Das war eine Situation, an der das ganze Unternehmen gegen Narvik scheitern konnte.

»Danke, Pepke!« verabschiedete ich den Funker eiligst. Ich wartete, bis sich seine Schritte entfernt hatten. »Die Ursache für den gebrochenen Sicherheitstampen dürfte jetzt klar sein. Kein Wort aber über unseren Verdacht zu irgendwen, wenn ich bitten darf! Wir müssen den Täter in Sicherheit wiegen, um ihm auf die Spur zu kommen. Es war ein bedauerlicher Unfall, klar?«

Die beiden nickten.

Ich stand auf. »Wir müssen zusehen, daß wir unter Land kommen, bevor der Sturm seine angekündigte Stärke erreicht. Ich möchte mir jetzt mal die Karte anschauen. Weit bis in den Vestfjorden können wir es nach meiner Meinung ja eigentlich nicht mehr haben.«

Genau wie es die Sturmwarnung vorhergesagt hatte, nahm der Nordwest bis zum Abend beständig an Stärke zu. Damit wurde die Brückenwache zu einem wahren Martyrium. Nicht genug nämlich, daß uns die schwere, von kurzen steilen Seen überlagerte Dünung mit ihren herabdonnernden Brechern fast wie räudige Katzen ersäufte, der eisige Nordwest zerschnitt uns auch noch das vor Nässe triefende Gesicht. Daß er dabei zugleich Löcher in die graue Wolkendecke riß, durch die eine bleiche Polarsonne auf uns herabblinzelte, brachte uns gar nichts. Die war kraftlos und wärmte überhaupt nicht. Im Gegenteil, es wurde auf einmal bitter kalt.

Kein Wunder, daß die Besatzung diese lausige Seefahrt lauthals verfluchte, weil wir aufgetaucht bleiben mußten, um die uns befohlene Position rechtzeitig zu erreichen. Ich fluchte insgeheim mit, obwohl sie mich wenigstens zeitweise von den Grübeleien über den mörderischen Anschlag auf den Göhle ablenkte. Ich wurde einfach die Sorge nicht los, der mutmaßliche Mörder könnte es bei dem einen Anschlag nicht belassen.

Als wir am frühen Abend den Sund des langen Vestfjorden ohne Zwischenfälle erreichten, atmete ich daher auf. Doch der etwa achtunddreißig Seemeilen breite Sund zwischen den Inseln Værøy und Helligvær wartete mit einer bösen Überraschung auf. An der ihn umgebenden Landmasse stauten sich die Wolken und hüllten die Küste mit ihren Bergen ein. Mit jeder Seemeile, die wir in den Westfjord hineinliefen, wurde die Sicht schlechter. Zugleich flaute allerdings unter Land auch der Sturm ab. Wir trafen auf einmal auf eine unerwartet ruhige See. Genau zum gleichen Zeitpunkt setzte plötzlich dichtes Schneetreiben ein. Das mochte für das geplante Unternehmen gegen Narvik günstig sein, weil weder die Zerstörer noch wir eine vorzeitige Entdeckung von Land zu befürchten brauchten. Andererseits wurde das Navigieren in diesem unbekannten Gewässer dadurch erheblich schwieriger.

Trotzdem war es wie eine Erlösung. Endlich gab es für alle ein warmes, wenn auch verspätetes Abendessen. Über diese Verspätung war jedoch verständlicherweise keiner von uns böse. Ich schlang es eilig herunter, um schnell wieder auf die Brücke zu kommen.

Der Flockentanz machte es nämlich nahezu unmöglich, entgegenkommende Schiffe so rechtzeitig auszumachen, daß wir ihnen noch unbemerkt aus dem Weg gehen konnten. Wir waren deshalb allein auf unser Horchgerät angewiesen. Um es nicht zu stören, kuppelten wir auf die leisen E-Maschinen um und tasteten uns vorsichtig von Boje zu Boje in den langen Fjord hinein.

Entdeckung drohte uns jedoch nicht nur von auslaufenden Schiffen oder Fischern. Uns saß auch noch ein schnell von See aufkommender Verband im Nacken, der sich schon seit geraumer Zeit durch seine Schraubengeräusche in unserem Horchgerät verriet.

»Zerstörer, Herr Kaleu!« behauptete Grauert mit dem Brustton der Überzeugung, als ich noch schnell in sein Horcherschapp hineinschaute. »So klingen nur ganz moderne Zerstörer. Ein Verband von etwa acht Einheiten, der es verdammt eilig hat.«

»Na, na, Grauert, ich glaube Ihnen ja sonst gern alles, was Sie da heraushören. Aber ganz moderne Zerstörer – ist das nicht ein bißchen gewagt? Wie wollen Sie denn die von älteren unterscheiden?«

»Am Ton, Herr Kaleu. Die neuen drehen höher. Können das deutsche sein?«

Ich dachte an den Zeitplan, den unsere Befehle enthalten hatten. »Schon möglich, wissen kann man das jedoch nie. Bleiben Sie dran, damit die uns nicht über den Haufen kacheln. Sie sind jetzt unsere Lebensversicherung, Grauert. Sehen können wir oben nämlich gegenwärtig gar nichts.«

Ich jumpte in die Zentrale zurück und warf einen Blick in die Seekarte. Der Sund war breit genug, um dem Verband ausweichen zu können. Dazu brauchten wir uns nur von der Bojenreihe zu lösen und im Schneegestöber zu verschwinden. Wenn wir es geschickt anstellten, konnten wir – dank unserer schmalen Silhouette und geschützt durch den Flockentanz – die Schiffe des Verbandes sogar unbemerkt identifizieren.

»Obersteuermann, koppeln Sie den Kurs des Verbandes anhand der Horchpeilungen mit. Sie bekommen von oben laufend die Sichtweite gemeldet, damit Sie uns rechtzeitig warnen können, falls der Verband uns zu dicht auf den Pelz rückt. Noch wissen wir nämlich nicht, wess' Geistes Kind das ist.«

Sobald der unbekannte Verband in ruhigeres Wasser kam, wurde er deutlich schneller. Bald hörte ihn nicht nur Grauert, das Geräusch seiner hochtourigen Maschinen drang durch das Schneegestöber bis zu uns auf die Brücke.

»Klingt wie ein Ausflugsdampferkorso auf der Kieler Förde während der Kieler Woche«, witzelte der I WO. »Tante Berta mit Kind und Kegel auf maritimer Kaffeefahrt.«

Normalerweise hätte ich über seinen Vergleich gelächelt. Im Augenblick war mir jedoch gar nicht danach. Ich wurde zunehmend nervöser. »Wenn er das man wäre, wäre mir jetzt wohler. Der dürfte weitaus weniger friedliche Absichten haben. BÜ, wie peilt der Verband?«

»Verband peilt eins-sieben-neun, läuft in Kiellinie, Entfernung etwa sechs Seemeilen!« kam die Rückmeldung.

»In eins-sieben-neun und in Kiellinie«, wiederholte ich und blickte nachdenklich achteraus. »Sechs Seemeilen, die holt er schnell auf. Der läuft ebenfalls an der Bojenreihe entlang, weil er nichts sieht, das ist gut. Es ist noch erstaunlich hell, deshalb möchte ich nichts riskieren, I WO. Gehen wir ihm aus dem Weg. Ruder zwo Strich Backbord!«

»Das wollte ich auch gerade vorschlagen, Herr Kaleu«, meinte Bernau und gab den Befehl weiter. »Wenn's Tommies sind, kriegen wir sie dadurch vor die Flinte.«

Während der Bug herumschwenkte, richteten wir unsere Gläser nach achtern. Bei dem lahmen Zuckeltrab, mit dem wir die E-Maschinen törnen ließen, kam der Verband schnell achteraus auf. Ich schaute zwar nicht auf die Uhr, aber keine zehn Minuten mochten verflossen sein, da hoben sich die Konturen des Führungsbootes schemenhaft im Flockenwirbel ab.

Knapp zweihundert Meter von uns entfernt, passierte es unser Achterschiff in schneller Fahrt. Wenig später zeichnete sich in seinem Kielwasser der Schatten des nächsten Bootes ab. Unverkennbar die prägnante Silhouette eines deutschen Zerstörers, die selbst der Schneeschauer nicht zu verwischen vermochte. Meine innere Spannung wich einem Gefühl der Erleichterung. Alles schien nach Plan zu verlaufen.

»Kein Zweifel, das sind die deutschen Zerstörer, Herr Bernau. Gehen Sie mit den Dieseln voll voraus auf Parallelkurs. Mithalten können wir zwar nicht, aber bis zur Hamarøy querab können wir uns zumindest ranhängen.«

Während das Boot Fahrt aufnahm und auf Parallelkurs schor, glitt durch den Flockenwirbel ein Zerstörer nach dem anderen wie bei einer Flottenparade in Kiellinie an uns vorüber.

»Die fühlen sich aber verdammt sicher, Herr Kaleu!« entfuhr es dem I WO. »Reichlich leichtsinnig. Da verläßt sich offenbar einer auf den anderen.«

»Wie meinen Sie denn das, Herr Bernau?« fragte ich reichlich begriffsstutzig.

»Die müßten doch jetzt unsere Diesel in ihren Horchgeräten haben und darauf reagieren. Außerdem hat zumindest die *Wilhelm Heidkamp*, das Boot des Flottillenchefs, Kommodore Bonte, dieses DT ..., oder wie dieses Gerät heißt, an Bord, mit dem sie uns selbst im Schnee orten können. Aber nichts da.«

Ich schaute ihn verblüfft an. Von diesem Funkmeßgerät hatte ich zwar gehört, wußte jedoch nicht, daß es bereits auf unseren Zerstörern eingebaut worden war. »Und woher haben Sie das nun wieder?«

»Von meinem Bruder. Der ist bis vor vier Wochen als Wachoffizierschüler auf der *Wilhelm Heidkamp* gefahren. War 'ne harte Schule für ihn. Jetzt ist er II WO auf einem Minensucher.«

»So, so«, brummte ich nur. »Wo wird Fähnrichen oder Oberfähnrichen denn schon was geschenkt?«

Ich war mit meinen Gedanken noch immer bei dem Zerstörerverband. Die Kritik des I WO stimmte. Auch ich fand es ein bißchen seltsam, daß er so selbstsicher durch einen ihm völlig fremden Fjord brauste. Ich erinnerte mich nur zu gut an die Warnung vor jenen norwegischen Küstenpanzerschiffen, die wegen der Bedeutung Narviks als Erzhafen dort stationiert waren. Sie mochten uralt sein, aber ihre 15cm- und 21cm-Geschütze waren nicht zu verachten, und Feiglinge waren die Norweger ganz und gar nicht.

Ich hatte mir von dem Verband einen gewissen Schutz versprochen, wenn wir bis zur Insel Hamarøy in seinem Kielwasser blieben. Jetzt schien es mir eher umgekehrt zu sein. »Die haben Glück gehabt, I WO. Wären wir ein britisches U-Boot, hätten wir aus nächster Nähe zumindest vier von ihnen mühelos zu den Fischen schicken können.«

»Na ja, so räumen sie wenigstens den Weg für uns frei, Herr Kaleu, und das ist doch auch schon was.«

Um Mitternacht geriet unseren Funkern rein zufällig der Deutschlandsender in die Antenne. Er schwankte nicht nur stark, sondern wurde immer wieder von anderen Sendern überlagert, so daß wir nur einen Teil der Sondermeldung mitbekamen, die vor Beginn der Nachrichten mit der üblichen Siegesfanfare angekündigt wurde.

»...em Führerhauptquartier: Einem Aufklärungsverband der Kriegsmarine gelang es, den briti... Zerstörer *GLOWWORM* zu stellen und ... einem kurzen Seegefecht zu versenk ... ein britischer Luftangriff ... diesen Verband wurde erfolgreich abgeschlag ... Eigene Verluste waren nicht zu bekla...«

Der Rest der Sendung ging wieder in dem Wellensalat unter, aber die zerhackte Sondermeldung genügte.

»Das war also das Gewummer, was wir gehört haben, bevor der Göhle über Bord gegangen ist. Ein Gefecht und ein Fliegerangriff.« Der II WO stellte den brühheißen Mittelwächterkaffee auf die Back zurück. »Teufel, da verbrennt man sich ja glatt die Schnauze!«

Bei der Erwähnung Göhles ging mir plötzlich auf, daß er und der LI noch immer an einen Unfall glauben mußten und gar nicht ahnten, welche Wende die Angelegenheit inzwischen genommen hatte.

»Ja, der Göhle.« Ich senkte meine Stimme. Auch hier im Offizierslogis hatten die Wände Ohren, wenn man zu laut sprach. »Was wir anfangs für einen Unfall gehalten haben, war gar keiner, meine Herren.«

Die beiden starrten mich entgeistert an. Der II WO faßte sich zuerst. »War kein Unfall? Aber der Mann ist doch eindeutig von einem Brecher über Bord gerissen worden.«

»Das schon, aber die Umstände waren anders.« Ich setzte den beiden auseinander, was wir mit Hilfe des Smaddings ermittelt hatten. »Wir halten die Unfallversion nur so lange aufrecht, bis wir rausgefunden haben, wer den Göhle auf eine so hinterhältige Tour ums Leben gebracht hat. Deshalb kein Wort darüber zu irgendwem.«

»Ei verdibsch!« fiel der LI aus allen Wolken. »Ein Mörder mitten unter uns! Und es gibt keinen bestimmten Verdacht, wer es sein könnte?«

»Doch, Herr Becker. Verdächtig sind alle, die mit dem Göhle mal heftig aneinandergeraten sind.«

»Ach du meine Güte, wenn es danach geht, dann ist das ja die halbe Besatzung!« wandte der II WO ein. »Die beiden, Göhle und Fischer, haben sich doch anfangs mit fast allen angelegt, Herr Kaleu.«

»Sogar mit meinen Stokern«, fügte der LI hinzu. »Das heißt, genaugenommen war es wohl hauptsächlich der Göhle, den sie genascht haben. ›Das sieht dem HJ-Arsch wieder mal ähnlich‹, hat mein Zentralemaat Mohl den Unfall kommentiert, ›ein großes Maul, aber zu dämlich, seinen Tampen rechtzeitig einzupicken‹. Ein solcher Kommentar aus seinem Munde spricht doch Bände, Herr Kaleu. Da fehlte jedes kameradschaftliche Mitgefühl.«

Ich nickte zustimmend, denn der Zentralemaat war an

sich ein ruhiger und friedlicher Mann, der auch selten den Vorgesetzten hervorkehrte. Wenn der sich so äußerte, dann spiegelte das die allgemeine Stimmung an Bord am unverblümtesten wider.

»Das alles sieht verdammt nach einer persönlichen Abrechnung aus.«

»Für mich auch, Herr Kaleu, aber für etwas, was tiefer als diese Rangeleien und Streitereien mit Vogel, Helmig oder Jensen unter die Haut gegangen sein muß«, antwortete der II WO. »Wegen Großmäuligkeit und solcher Lappalien bringt man keinen um.«

»Eben, Herr Störmer, sonst hätte ich mir die drei längst zur Brust genommen. Haben Sie irgendeine Ahnung, was es da gegeben haben könn...«

Ich stockte und lauschte auf den Ton der Maschinen, die plötzlich stoppten und dann mit hoher Tourenzahl aufheulend wieder ansprangen. Sekunden später erschütterte ein dumpfer Anprall das Boot. Ein scharfer Ruck fegte die dikken Mucks mit dem Kaffee von der Back, laut krachend zerschellten sie an Deck und verspritzten ihren glühendheißen Inhalt über unsere Hosenbeine. Auch im Vorschiff ging Geschirr zu Bruch und knallte allerlei auf die Flurplatten.

Wir sprangen auf. Eine Kollision? Grundberührung? Eilige Schritte klapperten heran. Der Fähnrich erschien am Schott.

»Meldung von der Brücke: Eine Kollision, Herr Kaleu! Ein Trawler ohne Position ...«

Ich stieß ihn zur Seite und eilte in die Zentrale, registrierte nur unterschwellig, daß die Maschinen stoppten. Griff nach dem warmen Wachmantel und jagte die Turmleiter empor, ohne ihn zuzuknöpfen. Das hatte Zeit.

Oben empfing mich tiefe Dunkelheit. Völlig blind tappte ich an das Schanzkleid und versuchte, mich zu orientieren.

Meine Augen brauchten jedoch schier endlos, bis sie sich auf die Nachtschwärze umgestellt hatten. Undeutlich nahm ich durch die mir in das Gesicht patschenden Flocken einen schemenhaften Schiffsschatten vor unserem Bug wahr. Eine Stimme schrie etwas zu uns herüber. Norwegisch, für mich völlig unverständlich.

»Der Scheißkerl ist uns ohne Positionslichter direkt vor den Bug gelaufen!« meldete der I WO mit unüberhörbarem Grimm in der Stimme. »Bei dem Schnee und der Finsternis haben wir ihn viel zu spät gesehen, um die Kollision noch verhindern zu können. Wir haben ihn regelrecht aufgespießt, Herr Kaleu.«

»Wir müssen ihn los werden, I WO, auch wenn er dabei absäuft, sonst treiben wir mit ihm irgendwo auf die Schären! BÜ, der Bootsmann mit dem Leinenkommando an Deck! Hauptgefreiter Jensen mit zwo schußfertigen MPis auf die Brücke!«

Ein harmloser Trawler im Schneetreiben ohne Positionslichter, das war eine ganz faule Kiste, schoß es mir durch den Kopf. Der wollte nicht gesehen werden, war also genausowenig harmlos wie wir. Am Ende war seine Besatzung sogar bewaffnet.

Hinter mir quollen die Männer aus dem Turmluk und kletterten fluchend auf das glitschige Deck hinunter. Sie waren mit Handscheinwerfern und allerlei Werkzeug ausgerüstet. Unter Deck hatte sich also herumgesprochen, was passiert war, und der Smadding war ein sehr umsichtiger Mann, der nichts dem Zufall überließ.

»Leinenkommando wie befohlen zur Stelle, Herr Kaleu!« meldete er völlig außer Atem.

»Wir haben einen Trawler auf die Hörner genommen, Bootsmann. Noch hängt er auf unserem Bug. Holen Sie die Besatzung von Bord und durchstöbern Sie den Kahn. Irgend etwas stimmt nicht mit den Brüdern, die hatten weder Anker- noch Positionslaternen gesetzt. Bei diesem Wetter und auch sonst absolut ungewöhnlich, die wollten also nicht gesehen werden. Nehmen Sie alles mit, was Aufschluß über deren Absichten geben kann. Der Jensen kann dolmetschen. Und Vorsicht, die Kerle da an Bord könnten bewaffnet sein! Die beiden MPis benutzen Sie aber nur im äußersten Notfall, klar?«

»Jawohl, Herr Kaleu!« Der Smadding turnte an Deck hinunter und instruierte leise seine Männer.

»Bin gespannt, was das für komische Vögel sind, Herr Kaleu«, meinte der I WO und versuchte wie ich zu erkennen, was sich dort vorn abspielte. »Hoffe bloß, daß der Trawler nicht absäuft, wenn unsere Männer diesen Fliegenden Holländer durchsuchen.«

Ich kam nicht mehr dazu, ihm zu antworten. Der Bootsmann kam mit dem Jensen vom Vorschiff zurück. Seinem Scheinwerferstrahl folgend, tappten vor ihnen vier Gestalten über das glatte Deck.

»*Stop and wait here! I will be back in a few minutes!*« kommandierte der Smadding am Fuß des Turmes. Behende enterte er über die Turmklampen auf. »Drei Männer und eine Frau, Herr Kaleu«, meldete er leise. »Die Frau und der eine Mann sind Norweger. Die beiden anderen Männer haben zwar norwegische Papiere, der Jensen hält sie jedoch wegen ihrer Aussprache für Briten. Im Steuerhaus haben wir eine Funkkladde und ein entsprechendes Codebuch gefunden, das den Verdacht zu bestätigen scheint. Sie haben uns für Norweger gehalten, sonst hätten sie vermutlich beides vernichtet. Die beiden waren übrigens mit Pistolen bewaffnet.«

»Und wie sieht es mit dem Kahn aus?« wollte der I WO wissen. »Läuft er voll?«

»Nein, Herr Oberleutnant. Die Planken oberhalb der Wasserlinie sind zwar zersplittert, das Speigatt ist völlig zertrümmert, das Deck eingedrückt und unser Netzfänger hat sich mit der Säge in seiner Reling verhakt, aber er nimmt kein Wasser. Deshalb können ihn auch die Männer von unten bis oben durchsuchen.«

»Na, das ist doch wenigstens etwas. Aber was machen wir jetzt mit den vieren, Herr Kaleu?« Der I WO machte einen ziemlich ratlosen Eindruck.

»Darüber zerbreche ich mir schon die ganze Zeit den Kopf. Laufen lassen können wir die beiden Norweger erst, wenn Narvik in deutscher Hand ist. Und wenn die beiden anderen wirklich Tommies sind, werden wir sie als Kriegsgefangene einem deutschen Kommando übergeben. Bis dahin lernen sie alle zunächst mal ein deutsches U-Boot von innen kennen. Hat der Trawler ein Beiboot, Bootsmann?«

»Ich bin sicher, Herr Kaleu.«

»Gut, dann lassen Sie es zu Wasser bringen und zu uns ans Achterschiff verholen. Schicken Sie uns die beiden Norweger zuerst herauf. Die kommen ins Deckoffizierslogis, die beiden anderen zu den Maaten, jeweils mit Bewachung, damit sie nichts anstellen können. Veranlassen Sie das bitte, Herr Bernau.«

Der I WO gab die entsprechenden Befehle über den BÜ an die Zentrale. Der Smadding kletterte indessen zu unseren vier unfreiwilligen Gästen hinunter.

»Please, upstairs!« hörte ich ihn sagen. *»The lady first! Mind your steps, Ma'am!«*

»Danke, Seemann, ich werde Ihre Warnung beherzigen«, antwortete eine Frauenstimme auf deutsch. »Wo finde ich den Kapitän dieses Kriegsschiffs?«

Einen Augenblick schwieg der Smadding verblüfft. Das kam so selten vor, daß ich unwillkürlich lächeln mußte.

»Hmmm, natürlich auf der Brücke, Madam. Sie werden ihn unschwer an seiner weißen Kommandantenmütze erkennen. *The next one, please!*«

»Na, die Dame hat unseren Smadding ja gründlich durcheinandergebracht«, spottete der I WO leise. »Wir sehen doch alle wie die Schneemänner aus.«

Mit einer eleganten Bewegung schwang sich die junge Frau über die Reling. Doch sie hatte nicht mit der schneebedeckten Gräting gerechnet. Vom Schwung mitgerißen, rutschte sie aus und fiel mir buchstäblich in die Arme.

»Holla, das war knapp!« sagte ich und gab sie frei. »Sie haben nach dem Kommandanten verlangt, hier bin ich. Herzlich willkommen an Bord meines Bootes!«

»Ich glaube nicht, daß Sie von mir für dieses Willkommen einen besonderen Dank erwarten. Ich protestiere gegen ...«

»Gemach«, unterbrach ich sie, »jetzt und hier ist nicht der richtige Ort dafür. Verschieben wir das, bis wir es unter Deck etwas gemütlicher haben. Das wird um so leichter sein, weil Sie ja deutsch sprechen. Hier hinein, bitte. Sie werden unten schon erwartet.«

Der I WO hielt ihr das Turmluk auf.

»Nur unter Protest!« murrte sie, stieg aber doch hinein.

Mit den drei Männern verfuhren wir weitaus weniger höflich. Das war mehr oder weniger sprachbedingt. Unsere energischen Kommandos waren dafür unmißverständlich, und als sie den Mund aufmachten, um zu protestieren, stellten wir uns einfach taub.

Die gründliche Durchsuchung des Trawlers brachte es an den Tag. Wir hatten durch Zufall einen guten Fang gemacht. Der Trawler war eine schwimmende Bombe, noch ein Gauner im Frack. Seine höchst brisante Ladung bestand in der Hauptsache aus Dynamitstangen und Zündschnüren. Alles selbstverständlich ordnungsgemäß durch entsprechende Lieferpapiere via Narvik für den Erzabbau in den Bergen klariert.

Auf den ersten Blick also eine vollkommen unverfängliche Ladung, sah man einmal von ihrer Gefährlichkeit ab. Aber die waren trotz des schlechten Wetters ohne Positionslichter und außerdem mit Pistolen bewaffnet durch den dunklen Fjord geschippert, das machte den Smadding doppelt mißtrauisch.

Mit Recht. Unter der deklarierten Ladung verborgen, entdeckten seine Männer eine Luke, die zu einer Achterpiek führte. Angefüllt mit Haftminen, Kisten mit knetbarem Sprengstoff und Säurezündern. Sabotagematerial, mit dem man eine ganze Armada versenken konnte. Ein weiterer Fund brachte Aufschluß darüber, für wen dieses Arsenal bestimmt war. Es war eine Liste deutscher Handelsschiffe, die vom Ausbruch des Krieges auf See überrascht worden waren und in Narvik Schutz gesucht hatten.

»Das ist ja 'n Ei!« rutschte es dem I WO heraus. »Vier Saboteure, die vor ein deutsches Kriegsgericht gehören.«

»Falsch, Herr Bernau! Wenn überhaupt, dann vor ein norwegisches Gericht. Noch ist Norwegen ein neutrales Land mit eigener Gerichtsbarkeit. Und wofür soll man die verurteilen? Noch haben die ja gar nichts mit dem Sprengstoff angestellt.«

»Aber die beiden Tommies, Herr Kaleu!« warf der II WO ein, der inzwischen als Ablösung auf die Brücke gekommen war.

»Selbst denen – wenn es denn tatsächlich Tommies sind – können wir keinen Bonbon ans Hemde kleben. Die befinden sich schließlich mit uns im Krieg«, widersprach ich und kam zu einem Entschluß. »Schluß mit dem Palaver! Wir jagen den Trawler in die Luft! Bootsmann, der Torpedomaat

Hirsch kann mit Sprengstoff umgehen und kennt sich mit Zündschnüren aus, hat er mir erzählt. Der soll eine Sprengung vorbereiten, die eine halbe Stunde, nachdem wir von dem Trawler freigekommen sind, hochgeht.«

Ich ließ unsere vier unfreiwilligen Gäste unter Deck schmoren. Ein psychologischer Trick, von dem ich mir einiges versprach. Die Ungewißheit, was sie erwartete, würde an ihrer Selbstsicherheit nagen. Den Rest würde der gewaltige Knall besorgen, mit dem ihr Trawler zur Hölle fuhr. Beides würde es mir erleichtern, für uns Wissenswertes aus ihnen herauszuholen.

Längst hatten uns die Männer von der Reling des Trawlers befreit. Die eingehende Schadenssuche war abgeschlossen. Ihr Ergebnis hatte bei mir einen Stein vom Herzen fallen lassen. Den hölzernen Trawler hatte es weitaus schlimmer als uns erwischt.

Es gab bei uns keine leckgesprungenen Schweißnähte, die Verschlußklappen der Torpedorohre im Vorschiff funktionierten einwandfrei, und das galt auch für die vorderen Tiefenruder. Unter dem Zusammenstoß hatte lediglich der Netzabweiser gelitten und mußte gerichtet werden. Außerdem verunzierten erwartungsgemäß ein paar deftige Schrammen die Stahlplatten. Das war es dann aber auch schon.

Trotzdem tigerte ich voller Ungeduld auf der Brücke von der einen Seite zur anderen hin und her. Während der Torpedomaat die Sprengung vorbereitete, hatte der Schneefall nachgelassen, die Sicht besserte sich. Hörte er ganz auf, beschwor das für uns die Gefahr der Entdeckung durch ein- oder auslaufende Schiffe herauf. Wir schwammen nämlich mit diesem verdammten Trawler am Hals noch immer in ziemlicher Nähe der Bojenreihe, die bei schlechtem Wetter und dem häufigen Nebel als Navigationshilfe durch den Fjord diente.

»Verdammt, was treibt dieser Futzi da drüben auf dem Trawler?« fluchte ich nach einem erneuten Blick auf die Uhr. »Hat der Kerl Schnaps entdeckt und besäuft sich jetzt? Bootsmann, machen Sie dem Maat mal Beine. Wir müssen den Pott hochjagen, bevor der Schneefall ganz und gar aufhört!«

Der Smadding eilte zum Bug, wo seine Männer den Trawler mit Enterhaken auf Abstand hielten. In die Männer kam Bewegung. Der Maat turnte über die ramponierte Reling und sprang auf unsere Back.

»Brücke Achtung!« schrie der Smadding. »Die Ladung ist gezündet!«

»Na, endlich! Vorschiff räumen, Leinenkommando unter Deck! Beide Maschinen Kleine Fahrt achteraus! Ruder Backbord zehn!« Ich sah kurz nach achtern, wo das Kielwasser zu sprudeln begann. Langsam nahm das Boot Fahrt achteraus auf. »Bitte übernehmen Sie, II WO. Sobald wir von dem Trawler frei sind, gehen Sie mit beiden Maschinen auf AK voraus, damit uns die Trümmer nicht um die Ohren fliegen. Wir haben nur eine halbe Stunde Zeit.«

Das Leinenkommando kam auf die Brücke und verschwand im Turmluk. Als letzter kletterte Maat Hirsch über die Reling des Wintergartens. Er machte Männchen. »Die Schnüre brennen, Herr Kaleu. Es sind britische Zündschnüre, ihre Länge basiert auf *Fuß*. Da hab' ich lieber noch fünf Minuten draufgegeben. Man weiß ja schließlich nie. Wenn die Ladung hochgeht, möchte ich möglichst weit weg sein.«

Ich lachte. »Ich auch! Wir werden uns sputen. Vorsicht ist besser als hinterhergeguckt, was?«

Während wir mit hoher Fahrt abliefen, hörte der Schneefall tatsächlich auf. Die Wolkendecke bekam Löcher, und mit jeder verstreichenden Minute wurde die Sicht besser. Bald blinzelten an Backbord die Richtfeuer von Svolvær über das Fjordwasser. Schnell blieb der Trawler hinter uns zurück, verschwand jedoch nicht aus unseren Gläsern. Mit dem Abzug des Schneefallgebietes wurde die Nacht erstaunlich hell, viel heller als bei uns um diese Jahreszeit.

Der II WO ließ sein Glas sinken, mit dem er die tanzenden Lichter der Bojenreihe in der Ferne abgesucht hatte. Er lachte auf. »Eigentlich ein Witz. Weit und breit keine Sau auf dem Wasser, und ausgerechnet uns muß so ein dämlicher Trawler in die Quere kommen.«

»Gott sei Dank, Herr Störmer! Noch ein paar Minuten, dann werden Sie in eins-drei-fünf erleben, was die Brüder sonst mit dieser Zeitbombe angerichtet hätten.«

Ich richtete mein Glas genau im richtigen Augenblick in die Peilung, wo diese Zeitbombe tickte. Etwa acht Seemeilen von uns entfernt zuckte ein greller Lichtblitz auf und verwandelte den Trawler in einen feuerspeienden Vulkan. Dessen gewaltige Eruption blies die Schiffstrümmer hoch in den Nachthimmel. Wie eine feurige Wolke breitete sie sich in der Höhe nach allen Seiten aus und beleuchtete mit ihrer wabernden Lohe weithin sichtbar die dunkle See.

Als uns der Donner der Detonation erreichte, brach die Eruption jäh ab. Die Feuersäule fiel in sich zusammen, Trümmerreste rieselten als glimmende Asche vom Himmel. Es wurde wieder Nacht um uns.

»Mein lieber Mann, da haben wir ja noch mal Glück gehabt, daß sich der Mist nicht schon bei dem Zusammenstoß entzündet hat!« stellte der II WO mit Erleichterung fest. »Wir hätten jetzt alle Flügel und sängen auf Wolke sieben Hosianna oder erzählten uns in der Hölle schmutzige Witze.«

Der Posten vor dem Deckoffizierslogis nahm vor dem I WO und mir Haltung an. »Keine besonderen Vorkommnisse, Herr Kaleu. Die beiden Gefangenen sind wegen der Detonation beunruhigt, wollten wissen ...«

»Das glaube ich, Neubert«, unterbrach ich ihn. »Wir werden sie beruhigen.«

Ein Blick in die Gesichter der beiden Norweger genügte. Meine Rechnung ging auf. Das lange Warten in der bedrückenden Enge unserer Eisenröhre, die Ungewißheit ihres Schicksals und noch mehr die gewaltige Explosion – unter Deck vom Wasser noch um ein vielfaches verstärkt – waren besonders bei der Frau nicht ohne Wirkung geblieben. Schreckensbleich und mit aufgerissenen Augen starrte sie uns entgegen.

»Tut mir leid, daß Sie solange warten mußten. Aber wir mußten uns nach der Kollision zunächst erst einmal um unser Boot kümmern.« Wir setzten uns zu ihnen an die Back. »Wir haben ein paar Fragen an Sie. Mein Erster Wachoffizier wird Ihre Antworten protokollieren.«

»Was ... was war das eben für eine ... für eine fürchterliche Explosion, Herr Kommandant?« stotterte sie.

In diesem Augenblick tat sie mir leid. Als sie an Bord kam und ich sie unter Deck schickte, hatte mir ihre unerschrockene, resolute Art, mit der ungewohnten Situation fertig zu werden, imponiert. Sie hatte mich darin für einen Moment an meine Frau erinnert, die sich ebenfalls nicht so schnell von unangenehmen Dingen beeindrucken ließ und selbstsicher einen klaren Kopf behielt. Von dieser Selbstsicherheit war der Norwegerin jedoch jetzt nichts mehr geblieben. Sie war eine zutiefst verunsicherte, erschreckte junge Frau. Eine bildhübsche Frau übrigens, wie ich jetzt feststellte. So eine typische nordische Schönheit, rank und schlank, mit langem blonden Haar, blauen Augen und einer zarten Haut wie durchsichtiges Porzellan. Ein Aussehen, das auch dem I WO unverhohlene Bewunderung abnötigte.

Sie war zweiundzwanzig Jahre alt und hieß Maritt Skoller, wie ich aus dem Ausweis entnommen hatte, den mir der Smadding zusammen mit den anderen Papieren aus dem Trawler übergeben hatte. Er dagegen war acht Jahre älter, ebenfalls schlank, aber kräftiger und mit dem wettergegerbten schmalen Gesicht eines Seemanns oder Fischers. Er schien von den widrigen Umständen weit weniger berührt zu sein. Wenn doch, dann ließ er sich jedenfalls seine Unruhe nicht so deutlich wie sie anmerken.

»Das war die Explosion Ihres bis an die Halskrause mit Sprengstoff vollgestopften Trawlers. Sie können Gott danken, daß er nicht schon bei der Kollision in die Luft geflogen ist.«

»Es ist nicht unser Trawler, Herr Kapitän!« begehrte sie auf. »Eigentümer sind die beiden Herren, die Sie von uns getrennt haben. Mein Bruder Björn ist von ihnen nur für diese Fahrt nach Narvik als Kapitän angeheuert worden.«

»So, so, als Kapitän angeheuert«, wiederholte ich. »Und welche Funktion hatten Sie an Bord?«

»Keine, ich hab' lediglich die günstige Gelegenheit genutzt, kostenlos nach Narvik zu kommen.«

»Auf einem Trawler voller Dynamit? Und das sollen wir Ihnen glauben, Fräulein Skoller?« zweifelte der I WO. »Oder haben Sie von dieser brisanten Ladung gar nichts gewußt?«

»Doch, das war ja der Grund, weshalb alle anderen Kapitäne in Hellnessund abgelehnt haben, obwohl die angebotene Heuer das Monatseinkommen eines Fischers weit überstieg.«

»Und das hat Sie nicht stutzig gemacht?« fragte ich ungläubig.

Sie zögerte. »Nun ja, nicht gleich. Wann bekommt man denn schon so ein Angebot für eine Fahrt von zwei Tagen? Die Ladung befand sich bereits an Bord und war ordnungsgemäß klariert, wie Sie aus den Papieren ersehen können, die Sie beschlagnahmt haben. Da lockte halt das viele Geld. Was sollte denn mit der Ladung auch schon groß passieren?«

Die Ladung hatte sich also schon an Bord befunden und damit auch das in der Achterpiek verborgene Sabotagematerial. Wenn es stimmte, war Skoller in Unkenntnis dessen den beiden regelrecht auf den Leim gegangen, als er der Verlockung des Geldes erlag.

»Sie sagten ›nicht gleich‹«, hakte ich trotzdem mißtrauisch nach. »Wann kamen Ihnen denn Bedenken?«

»Als uns dieser Schiffsverband im Schneegestöber passierte«, antwortete diesmal ihr Bruder. Zu unserer größten Überraschung sprach er ebenfalls deutsch, nicht so akzentfrei wie sie, aber immerhin. »Bei seiner Annäherung verlangten die beiden plötzlich von mir, ich solle die Positionslichter löschen. Eine Begründung dafür gaben sie nicht. Das kam mir zwar komisch vor, aber sie waren die Eigner. Es war ihr Trawler, und sie hatten mich bezahlt, ich hatte also zu gehorchen.«

Ich kannte die Verhältnisse in der sogenannten christlichen Seefahrt nicht, aber das klang fast plausibel. Widerlegen konnten wir es ihnen jedenfalls nicht, noch nicht. Vielleicht ergab die Vernehmung der beiden Männer, die wir für Tommies hielten, einen Widerspruch. Bis dahin mußten wir ihnen glauben.

»Sie sprechen beide erstaunlich gut deutsch«, wechselte ich das Thema. »Wie kommt das?«

Björn Skoller lächelte. Er hatte stärkere Nerven und die Frage wohl schon viel früher erwartet. »Maritt hat es in der Schule gelernt. Bei mir war das anders. Ich habe es auf dem deutschen Walfangschiff *Rauh III* gelernt, auf dem ich vor Ausbruch des Krieges als Harpunier gefahren bin. War eine schöne Zeit und brachte eine Menge Geld ein. Leider hat es zum Kauf eines eigenen Trawlers noch nicht gereicht, sonst säße ich jetzt nicht hier.«

Seine Schwester spürte, daß sich die Stimmung gegen sie zu wandeln begann. Sie wagte sich vorsichtig vor. »Darf ich fragen, was ein deutsches Unterseeboot hier in einem norwegischen Fjord zu suchen hat, Herr Kapitän? An Erzfrachter und den Besuch von KdF-Schiffen sind wir ja gewöhnt, aber ein U-Boot? Das ist ungewöhnlich.«

»Sie dürfen. Wir haben hier vor dem Sturm Schutz gesucht und gehofft, man werde uns nicht entdecken. Wären Sie uns nicht vor den Bug gelaufen, hätte das wohl auch geklappt.« Ich zuckte grinsend die Schultern. »Aber so?«

Ihr Bruder sah uns zweifelnd von der Seite an. »Und warum haben Sie dann den Trawler in die Luft gejagt, Herr Kaleu?«

Ich hatte ihn unterschätzt. Er hatte nicht nur gehört, wie mich die Männer anredeten, er machte sich auch noch seinen Reim auf unsere Anwesenheit, vermutlich sogar den richtigen.

»Sie sind ohne Positionslichter gefahren, deshalb waren meine Leute neugierig und haben den Trawler durchstöbert. Dabei sind sie unter der ordnungsgemäß klarierten Ladung auf eine Luke gestoßen, hinter der Haftminen, knetbarer Sprengstoff und Säurezünder verborgen waren. Reines Sabotagematerial, von dem in den Ladepapieren keine Rede ist. Aus diesem Verzeichnis«, ich kramte es unter den Papieren hervor und tippte auf den Text, »geht hervor, daß damit deutsche Handelsschiffe im Hafen von Narvik in die Luft gesprengt werden sollten. Wußten Sie das nicht?«

Einen Augenblick starrte er mich verblüfft an, dann pfiff

er durch die Zähne. »Jetzt geht mir ein Licht auf! Erinnerst du dich, Maritt? Deshalb reagierten die zwei beinahe hysterisch, als ich den Laderaum inspizierte! Die Ladung sei allein ihre Sache. Ich sei lediglich als Schiffsführer angeheuert, um den Trawler sicher nach Narvik zu bringen, und zu nichts anderem. Dabei hatte ich nur prüfen wollen, ob der Trawler Wasser machte.«

»Ein Kapitän, der sich nicht für die Ladung interessieren darf! Das hätte Sie doch eigentlich mißtrauisch machen müssen«, hielt ihm der I WO vor. »Ich wäre daraufhin sofort ausgestiegen.«

»Ich auch, aber dazu war es zu spät. Ich hatte ihr Geld genommen. Wir waren auch schon zu weit draußen auf dem Fjord.« Er verzog das Gesicht. »Hinterher ist man immer klüger.«

»Und dann war ich ja auch mit an Bord«, fügte seine Schwester hinzu. »Das hatte Björn gegen ihren Willen durchgesetzt. Da wollte er nicht schon wieder Streit ...«

»Ist ja gut, Maritt! Das interessiert doch jetzt gar nicht mehr«, unterbrach er sie. »Dürfen wir erfahren, was Sie mit uns vorhaben, Herr Kaleu?«

»Das ist eine gute Frage«, tat ich mich schwer. »Darüber zerbrechen wir uns schon seit geraumer Zeit den Kopf. Wir haben das Beiboot des Trawlers im Schlepp, damit könnten wir Sie vor Svolvær an Land setzen. Aber was machen wir mit den beiden Eignern? Normalerweise müßten wir die den norwegischen Behörden übergeben; dann riskieren wir jedoch, daß man uns zu internieren versucht. Wir stecken also in einer Zwickmühle.«

»Und wenn wir die beiden unseren Behörden übergeben?« schlug seine Schwester hoffnungsvoll vor. Sie erfaßte offensichtlich noch immer nicht, auf was sich ihr Bruder da eingelassen hatte.

»Vielleicht ist das gar nicht nötig«, wehrte ich ab. »Möglicherweise finden wir schon in Kürze eine andere Lösung. Lassen Sie uns etwas Zeit, ja?«

Mit den beiden anderen verlief unsere Unterhaltung gänzlich anders und war erheblich kürzer. Die waren aus einem härteren Holz geschnitzt und gingen sofort zum Angriff über.

»Wir protestieren gegen unsere Gefangennahme!« fuhr der ältere der beiden, der sich Olaf Kongfjell nannte, auf norwegisch auf Jensen los, der uns als Dolmetscher dienen sollte. Auf englisch wandte er sich dann jedoch plötzlich an mich. »Sie haben kein Recht dazu! Norwegen ist ein neutrales Land! Wir werden ...«

»Lassen Sie diesen Unfug, Mister, sonst sperren wir Sie in die Bilge, und das ist der unangenehmste Ort auf einem deutschen Unterseeboot!« schnitt ich ihm das Wort ab. »Sie haben recht, noch ist Norwegen ein neutrales Land. Deshalb werden wir Sie auch erst morgen früh den Behörden übergeben. Denen werden Sie erklären müssen, was Sie mit den Haftminen, den Säurezündern und dem knetbaren Sprengstoff in Narvik zu tun beabsichtigten.«

Er grinste mir überlegen in das Gesicht. »Ich weiß gar nicht, wovon Sie reden. Wir haben lediglich Dynamit für den Bergbau transportiert, und das ist ja wohl gerade in die Luft geflogen. Oder irre ich mich?«

»Sie irren nicht. Sie haben mich nur nicht richtig verstanden, Mister Kongfjell oder wie Sie heißen. Wir werden Sie nicht den norwegischen, sondern den deutschen Behörden in Norwegen übergeben. Und das wird eine ziemlich peinliche Angelegenheit für Sie werden. Unsere militärische Abwehr hat nämlich etwas gegen britische Saboteure und geht mit ihnen gar nicht sanft um.«

Er begehrte seltsamerweise gegen die »britischen Saboteure« nicht auf, sondern sah mich nur völlig irritiert an. »Deutsche Behörden in Norwegen? Die gibt es doch gar nicht!«

»O doch! Die sind Ihnen sogar heute nacht begegnet, als Sie die Positionslichter haben löschen lassen. Die waren ebenfalls auf dem Weg nach Narvik.« Ich schaute auf meine Uhr. Es war kurz vor vier Uhr morgens. »Wenn die Sonne aufgeht, dürfte Norwegen in deutscher Hand sein. Sie sind überrascht?«

Diese Nachricht verschlug ihm die Sprache. Seinen Kumpan, dessen norwegischer Ausweis auf den Namen Trygve Eiker lautete, versetzte sie jedoch in helle Empörung. »Das ist ein klarer Bruch des Völkerrechts! Den wird die Völkergemeinschaft niemals sanktionslos hinnehmen! Das wird Ihr Land noch bedauern! Ganz Europa wird ...«

»Ach, hören Sie doch auf!« unterbrach ihn der I WO. »Sie als Brite haben das gerade nötig! Was haben denn Sie mit Ihrem Sprengstoff in Narvik vorgehabt? *Right or wrong, my country,* well?«

»Ich bin kein Brite!« widersprach er, und das glaubte ich ihm aufs Wort. Im Gegensatz zu Kongfjell, der ein einwandfreies, fast arrogant klingendes *King's English* sprach, erinnerte mich seine Aussprache lebhaft an das gurgelnde südafrikanische Englisch, wie es mir als Seekadett in Kapstadt begegnet war. »Außerdem, was können Sie uns denn schon beweisen?«

»Och, eine ganze Menge! Und was noch fehlt, das werden Sie alles von ganz allein ausplaudern, wenn unsere Abwehr Sie erst einmal in der Mangel hat. Sie sind übrigens tatsächlich kein Brite, aber auch kein Norweger. Ihr Englisch verrät Sie, Sie sind Südafrikaner!«

Der Schlag saß, obwohl er sich bemühte, es sich nicht anmerken zu lassen. Hinter mir räusperte sich jemand. Unwillig über diese Störung, drehte ich mich um. Es war einer der Funker.

»Was wollen Sie, Pepke?«

»Ein norwegischer Funkspruch, Herr Kaleu! Offen auf der internationalen 600m-Welle!« Er reichte mir das Formular. »Scheint dringend zu sein, denn der Spruch ist mehrfach wiederholt worden.«

Ich warf nur einen kurzen Blick darauf. »Das scheint in der Tat wichtig zu sein, wichtiger jedenfalls als das hier. Gehen wir in die Zentrale!«

Ich wandte mich an die beiden Pseudo-Norweger. »Damit es keine Mißverständnisse gibt: Die Posten haben Befehl, rücksichtslos von ihren Waffen Gebrauch zu machen, falls Sie *trouble* machen sollten.«

Die Waffen, das waren die zwei gewaltigen Maulschlüssel in den Händen der beiden Stoker am Schott. Schußwaffen verboten sich ja aus einsichtigen Gründen von selbst. Ich war trotzdem sicher, daß allein der Anblick seine Wirkung nicht verfehlte.

Der Funkspruch kam von einem norwegischen Frachter und lautete: »Acht Kriegsschiffe im Ofotfjord!« Nähere Angaben und selbst die Namen der Schiffe fehlten, daran änderten auch die mehrfachen Wiederholungen nichts.

»Das ist doch absolut unüblich. Dem muß der Anblick der deutschen Zerstörer ja mächtig in die Hose gegangen sein«, spottete der I WO. »Aber acht? War da nicht mal von zehn Zerstörern die Rede, die zu dieser Kampfgruppe gehören, Herr Kaleu?«

»Stimmt, die werden bloß nicht alle für Narvik bestimmt gewesen sein. Die sind vermutlich aus dem Verband entlassen worden, um ihre Gebirgsjäger an strategisch wichtigen

Punkten abzusetzen. Die armen Kerle werden froh sein, die müssen sich ja die Seele aus dem Leib gekotzt haben. Lachen Sie nicht, Fähnrich! Danken Sie lieber Gott dafür, daß Sie ’nen stabilen Magen haben, Mensch!«

»Strategisch wichtige Punkte«, wiederholte der I WO nachdenklich und beugte sich über die Seekarte. »Svolvær wäre so einer. Ein Fährhafen, ein Flugplatz und nur über See zu erreichen.«

»Aber hätten wir sie dann nicht hören müssen, Herr Oberleutnant?« wagte sich der Fähnrich vor.

»Hätten, junger Mann. Das kann genau in dem Lärm untergegangen sein, den die Schraubengeräusche der anderen Zerstörer in unserem GHG verursacht haben. Danach waren wir mit dem Trawler vollauf beschäftigt. Ergo?«

»Es könnte uns entgangen sein, Herr Oberleutnant!«

»Richtig, Sie angehender Admiral. Und genauso ist mir entgangen, daß ich jetzt den II WO auf der Brücke ablösen muß.«

Sie waren uns keineswegs entgangen, denn es kam ganz anders. Im ersten Morgenlicht bekamen wir unweit von Svolvær, wo wir die beiden Skoller mit dem Beiboot von Bord geben wollten, Schraubengeräusche in unser GHG. Schraubengeräusche, die Grauert einem Trawler zuordnete, der sich durch den Morgendunst tastete, der über dem Wasser lag.

»Nein, nicht schon wieder ein Trawler!« stöhnte der I WO auf. »Noch sind wir das eine Problem nicht los, und schon beschert uns so eine Wasserwanze möglicherweise neue dazu.«

Das deckte sich mit meiner heimlichen Sorge. Neue Probleme der gleichen Art konnten wir uns nämlich tatsächlich nicht leisten, wir hatten uns ja noch nicht einmal die alten vom Halse geschafft. Dabei ging es uns weniger um die beiden von uns als harmlos eingestuften Skoller, für die brauchten wir nur den Trawler zu stoppen. Erwies er sich als unverdächtig, konnten wir die beiden von Bord geben, denn der steuerte ganz offensichtlich Svolvær an und paßte somit in unsere Pläne.

Das Hauptproblem waren die beiden Pseudo-Norweger. Die gehörten in die Hände der deutschen Abwehr, um auch den Hintermännern auf die Spur zu kommen. Ich hatte in der Zwischenzeit einen Bericht mit beeideten Zeugenaussagen und entsprechenden Unterlagen zusammengestellt, die unseren Verdacht erhärteten. Was uns fehlte, war der Kontakt mit anderen deutschen Einheiten, an die wir die beiden überstellen konnten.

»Malen Sie den Teufel lieber nicht an die Wand!« mahnte ich. »Schauen wir uns diesen Kolcher erst einmal an. Drehen Sie in die Horchpeilung, und gehen Sie mit der Fahrt herauf, damit er uns nicht durch die Lappen geht.«

Er ging uns nicht durch die Lappen. Zuerst sahen wir von ihm nur sein Topplicht durch den wallenden Dunst schimmern, doch dann trieb ein Windstoß die Dunstschicht auseinander. Wir hatten ihn plötzlich breitseits vor unseren schußbereiten Waffen.

Für die Männer an seinem Deck war es sicher ein Schock, uns so ohne jede Vorwarnung aus dem Nichts auftauchen zu sehen. Aber auch für uns hielt diese Begegnung eine Überraschung bereit. Die Männer an Deck, ich schätzte ihre Zahl auf über dreißig, waren uniformiert und schwer bewaffnet. Einen Augenblick zweifelte ich noch, dann war ich mir sicher.

»Mensch, das sind ja deutsche Landser, I WO! Signalmaat, blinken Sie den Kolcher an, er soll sofort stoppen! Kriegsflagge setzen, damit die Stoppelhopser nicht durchdrehen, weil sie uns für Norweger oder Briten halten!«

Wir gingen mit der Fahrt herunter und schoren langsam an den Trawler heran. Er hatte weit mehr Gebirgsjäger an Bord, als ich auf den ersten Blick geschätzt hatte. Ein größerer Teil der Gruppe hatte sich unter Deck aufgehalten und kam jetzt nach oben. In einem seltsamen Gegensatz dazu standen die wenigen Männer in den blauen Marineuniformen auf seiner Brücke. Auch sie waren bewaffnet. Unsere Kriegsflagge wehte am Turm aus. Trotzdem blitzte eine Klappbuchs drüben auf und forderte von uns das ES.

Der I WO ließ sein Glas sinken und lachte auf. »Sieh an, der Fähnrich will auf Nummer Sicher gehen! Tun Sie ihm den Gefallen, Signalmaat. Blinken Sie ihm das Erkennungssignal rüber, und fragen Sie an, wohin er mit seinen Stoppelhopsern will!«

Ich schmunzelte. Der Fähnrich war offensichtlich der Kommandant des Trawlers, und es war vermutlich sein erstes selbständiges Kommando, denn er handelte genauso, wie man es ihm irgendwann einmal eingehämmert hatte. Das war bei Bernau und mir nicht anders gewesen, deshalb rief das in uns beiden Erinnerungen an unsere eigene Fähnrichzeit wach.

Seine Antwort bestätigte das, was wir angenommen hatten. Er war auf dem Weg nach Svolvær.

»Wir werden ihn durch den Bootsmann zu uns herüber bitten lassen, Herr Bernau. Der kann ihn mit dem Beiboot abholen. Das vereinfacht das Verfahren, unsere unfreiwilligen Gäste loszuwerden.«

»Sie kommen uns gerade recht, Fähnrich. Sie wollen nach Svolvær, und wir haben zwei Norweger, eine junge Frau und einen norwegischen Walfangkapitän, an Bord, die wir Ihnen gern mitgeben möchten. Wie lauten Ihre weiteren Befehle?«

Der Fähnrich war keineswegs der unerfahrene junge

Spund, wie wir erwartet hatten. Er trat recht selbstsicher auf und zögerte einen Augenblick mit der Antwort. Meine bestimmte Art und mein Dienstrang ließen ihm jedoch keine andere Wahl, als zu parieren.

»Gern zu Diensten, Herr Kaleu!« Er klappte respektvoll die Hacken zusammen. »Wenn wir die Gebirgsjägerkompanie an Land gesetzt haben, kehren wir auf die *Erich Giese* zurück. Die weiteren Befehle kenne ich noch nicht.«

»*Erich Giese*«, wiederholte der I WO. »Waren Sie nicht ebenfalls für die Besetzung Narviks vorgesehen?«

»Schon, Herr Oberleutnant. Doch bei uns fiel der Kompaß aus und versagten die Brennstoffpumpen. Dadurch konnten wir den anderen Booten nur noch hinterher humpeln. Deshalb wurden unsere ursprünglichen Aufgaben geändert. Wir setzen jetzt unsere Landratten an strategisch wichtigen Punkten des Westfjords an Land.«

»Sie sagten Gebirgsjägerkompanie. Wer kommandiert diese Kompanie?«

»Ein Major Neumann, Herr Kaleu. Die Zugführer sind Leutnants. Es ist eine speziell für den Einzelkampf ausgebildete Einheit.«

Ich horchte auf. Seine Antwort verhalf uns zu der Lösung unseres anderen Problems. Ein Major, also ein erfahrener Offizier, das war genau der Mann, in dessen Hände wir die beiden Saboteure geben konnten.

»Hören Sie, Fähnrich, wir haben außer der Frau und dem Walfänger noch zwei Gefangene an Bord. Sie haben zwar norwegische Papiere, aber alles deutet daraufhin, daß es zwei britische Saboteure sind. Wir haben sie mit einem Trawler voller Dynamit, Haftminen, knetbarem Sprengstoff und diversen Zündern auf ihrer Fahrt nach Narvik geschnappt. Sie hatten unter anderem auch eine Liste deutscher Frachter dabei, die sie offensichtlich versenken wollten. Wir werden die beiden diesem Major mit den entsprechenden Unterlagen übergeben, wenn wir Sie zu Ihrem Trawler zurückbringen. Sie haften uns dafür, daß die beiden nicht unterwegs über Bord springen, klar?«

»Jawohl, Herr Kaleu! Wir werden sie in die Vorpiek sperren, bis die Lage an Land geklärt und der Ort fest in deutscher Hand ist. Ich habe Anweisung, erst dann zur *Erich Giese* zurückzukehren. Sollte es schwere Gefechte geben, kehren wir allerdings sofort an Bord zurück.«

Das war eine Situation, mit der ich nicht gerechnet hatte. Ich disponierte blitzschnell um. »Gut, Fähnrich, dann nehmen Sie die beiden Gefangenen mit auf die *Erich Giese* und übergeben sie dort Ihrem Kommandanten, klar?«

»Völlig klar, Herr Kaleu! Gilt das auch für die beiden anderen Personen?«

»Ich schlage vor, die klammern wir aus, Herr Kaleu. Was sollen die beiden in einem solchen Fall auf dem Zerstörer?« schaltete sich der I WO ein. »Wir haben ja noch das Beiboot des in die Luft geflogenen Trawlers. Sind die beiden Saboteure erst einmal von Bord, brauchen wir es nicht mehr. Das könnten wir den Skollers überlassen, die können dann selber entscheiden, ob sie in Svolvær oder anderswo an Land gehen wollen.«

»War das die gewaltige Explosion, die wir unterwegs beobachtet haben?« wollte der Fähnrich wissen.

Ich nickte und wandte mich dem I WO zu. »Ein guter Vorschlag, Herr Bernau. Noch irgendwelche Fragen, Fähnrich? Nein? Dann wollen wir Sie nicht noch länger aufhalten.«

»So, unsere Probleme wären wir los!« sagte ich erleichtert und blickte dem Beiboot mit den beiden Skollers hinterher. »Und meine Warnung hat auch gewirkt. Sie halten Abstand.«

Die beiden Skollers hatten sehr schnell begriffen, wie gefährlich es für sie war, wenn sie dem Trawler mit den Gebirgsjägern zu dichtauf nach Svolvær folgten. Seit den frühen Morgenstunden wußten die Norweger von dem deutschen Überfall auf ihr Land und wehrten sich. Es konnte also durchaus auch in Svolvær zu Gefechten kommen. Deshalb tuckerten die Skollers dem Boot des Fähnrichs auch in einem gebührenden Sicherheitsabstand hinterher, um nicht zwischen die eventuellen Fronten zu geraten.

Der I WO war mit seinen Gedanken noch immer bei unserem anderen Problem. »Für die beiden mutmaßlichen Saboteure war der Anblick der Gebirgsjäger ein ganz schöner Schock. Damit haben die überhaupt nicht gerechnet. Denen geht jetzt der Arsch ganz schön auf Grundeis.«

»Das ist ganz gut so. Gehen Sie mit der Fahrt herauf, Herr Bernau. Ich möchte Anschluß halten, falls es zu einem größeren Gefecht kommt. Ein paar Schüsse aus unserer Acht-acht können dann wahre Wunder wirken, denn ich glaube nicht, daß die Norweger dort über schwere Waffen verfügen.«

An unserem Heck sprudelte das Kielwasser auf. Dünner Dunst lag noch immer über dem Wasser und ließ in unseren Gläsern die Konturen der Einfahrt von Svolvær leicht verschwimmen. Ihr näherte sich der Trawler mit schneller Fahrt. Er wirkte ausgesprochen harmlos, denn er führte keine Flagge, und die Gebirgsjäger waren von seinem Deck verschwunden. Vom Schanzkleid verborgen, lagen sie sprungbereit an Deck.

»Nicht dumm, der Fähnrich«, meinte der I WO anerkennnend. »Sieht wie ein norwegischer Trawler aus, der vom Fischfang in den Hafen heimkehrt. Keine Spur von den Stoppelhopsern. Wird 'ne böse Überraschung werden, wenn die plötzlich mit all ihren Waffen hinter dem Schanzkleid auftauchen und an Land jumpen.«

Auf der Suche nach norwegischem Militär wanderte mein Glas die Zeile der bunten Holzhäuser entlang, die den kleinen Hafen säumte. Vergeblich. Auch über die Reihe der Kutter und Trawler an den Anlegern glitt mein Blick mit dem gleichen negativen Ergebnis.

Außer ein paar Männern, die an Deck der Boote hantierten und kaum aufsahen, als der Trawler des Fähnrichs in die Einfahrt einbog, schien der Ort noch tief und fest zu schlafen. Von den Dalben stob lediglich ein Schwarm Möwen kreischend auf, um dem Trawler in der Hoffnung auf Abfall entgegenzufliegen.

Ich traute diesem Frieden trotzdem nicht so ganz. Deshalb beugte ich mich über den Turmrand zu dem Geschützführer der 8,8cm-Kanone hinunter. »Wenn es an Land wider Erwarten zu einer Schießerei kommen sollte, Bootsmann, dann ballern Sie ein paar Warnschüsse über den Hafen hinweg in das unwegsame Berggelände dahinter. Das dürfte reichen. Ich will kein Blutvergießen, klar?«

Meine Vorsicht erwies sich als unnötig. Der Trawler schor ungehindert an die Pier und machte fest. Sein Deck erwachte zum Leben. Blitzschnell sprangen die Gebirgsjäger in kleinen Kampfgruppen auf die Pier, schwärmten im Laufschritt nach allen Seiten aus und waren schon nach wenigen Augenblicken in den schmalen Seitengassen verschwunden, als hätte es sie nie gegeben.

Nur ein Trupp blieb zurück und bezog an einer exponierten Kreuzung Stellung, von der aus er den ganzen Hafen mit seinem Maschinengewehr beherrschen konnte. Es war faszinierend.

»Mein lieber Mann, nicht ein Schuß, und schon ist der kleine Ort in deutscher Hand!« sagte der I WO bewundernd. »Das ist 'ne Truppe, Herr Kaleu!«

»Abwarten, I WO!« unkte ich. »Es gibt da ja noch diesen

Flugplatz. Wenn dort norwegisches Militär stationiert sein sollte, kann es glatt noch zu einer Schießerei kommen.«

Aber es kam nicht dazu. Dieser Teil Svolværs fiel offenbar ebenfalls ohne die geringste Gegenwehr in deutsche Hand. Mein Blick suchte das Boot mit den Skollers, das ich angesichts der Vorgänge im Hafengelände völlig aus den Augen verloren hatte. Die Skollers kannten sich im Ort gut aus, hatten Verwandte hier. Als ich sie endlich entdeckte, steuerten sie gerade den hintersten Teil des Hafens an, wo die Kutter und Trawler am dichtesten lagen, und verschwanden zwischen ihnen.

»Schade!« sagte der I WO mit einem Unterton in der Stimme, der mich stutzen ließ. »Verdammt schade!«

Ich fuhr zu ihm herum und sah in sein Gesicht. Er blickte mit versonnener Miene auf den Teil des Hafens, wo das Beiboot zwischen den norwegischen Fischerbooten gerade untergetaucht war.

»Warum schade?« fragte ich, obwohl ich plötzlich wußte, wem sein Bedauern galt.

»Schade, weil die Norweger jetzt unsere Gegner sind, Herr Kaleu. Das war eine Frau, die mich zutiefst beeindruckt hat und der ich nur zu gern zu einem anderen Zeitpunkt und in einer friedlicheren Atmosphäre begegnet wäre. Schade, es hat nicht sollen sein.«

Teufel, den hat's aber gründlich erwischt, dachte ich. Insgeheim gestand ich mir jedoch ein, daß auch ich die gegenwärtige Situation bedauerte, allerdings nicht der hübschen Frau wegen.

»Ich glaube, wir können abdrehen, Herr Kaleu«, erwachte der I WO aus seiner sentimentalen Stimmung und kehrte in die rauhe Wirklichkeit zurück. »Die Sache ist gelaufen.«

»Noch nicht ganz, Herr Bernau.« Ich deutete auf die Männer, die über die schmale Gangway des Trawlers an

Land balancierten. Deutlich zeichneten sich in meinem Glas in ihrer Mitte die zivil gekleideten Gestalten der beiden Saboteure ab. »Bin gespannt, wo sie die Kerle hinbringen werden.«

Während der Trawler loswarf und achteraus ging, setzte sich der Trupp mit den beiden Gefangenen in Marsch. Ihr Ziel schien ein unscheinbares Gebäude zu sein, an dessen Vorderfront der anspruchsvolle Schriftzug *HOTEL* prangte. Plötzlich gab es in diesem Trupp ein Gerangel, die geordnete Marschformation geriet durcheinander. Zwei Gestalten lösten sich aus dem Haufen.

Sie spurteten quer über den Hafenplatz auf eine der Seitengassen zu, die Deckung durch aufgetürmte Hummerkörbe, Tauwerk und Stapel von Fischkisten geschickt ausnutzend. Maschinenpistolen blitzten auf, feuerten eine warnende Salve in die Luft. Doch die Flüchtenden ließen sich dadurch nicht aufhalten, liefen weiter auf die rettende Seitengasse zu. Ein aussichtsloses Beginnen, denn noch ehe sie die erreichen konnten, mußten sie ihre Deckung verlassen und eine kleine offene Fläche überqueren. Dort griff gezieltes MPi-Feuer nach ihnen und stoppte ihren Lauf. Von der Wucht der zahlreichen Geschosse getroffen, überschlugen sich die beiden Gestalten und stürzten zu Boden. Leblos blieben sie liegen.

Ein Anblick, bei dem sich alles in mir zusammenkrampfte. Das war eine regelrechte Exekution, die nicht nötig gewesen war. Man hätte die beiden ebensogut mit ein paar Schüssen in die Beine am Entkommen hindern können.

Der I WO ließ kopfschüttelnd sein Glas sinken. »Idioten, angesichts ihrer zu allem entschlossenen Bewacher auf eine so sinnlose Weise das Leben zu riskieren! Was hätte ihnen denn schon passieren können? Sie wären eingesperrt worden, aber sie lebten, wären möglicherweise irgendwann gegen irgendwelche von unseren Gegnern enttarnten deutschen Agenten über die Schweiz ausgetauscht worden.«

Ich schwieg dazu, hatte jetzt ganz andere Sorgen. Wir mußten umgehend verschwinden, denn die Schüsse hatten den Ort aufgeschreckt. Die Häusertüren taten sich auf, aus den Seitenstraßen strömten die Menschen zusammen. Das stille Hafengelände glich einem aufgestöberten Ameisenhaufen. Die Gebirgsjäger standen plötzlich einer empörten Menschenmenge gegenüber.

Noch richtete sich alle Aufmerksamkeit auf das Geschehen im Hafengebiet. Aber sobald bekannt wurde, daß der auslaufende Trawler die Gebirgsjäger nach Svolvær gebracht hatte, würde man sich für ihn interessieren und den Fjord möglicherweise mit Ferngläsern nach weiteren Schiffen absuchen.

»Drehen Sie ab, Herr Bernau, und gehen Sie mit der Fahrt rauf! Ich möchte vermeiden, daß man uns hier draußen entdeckt.«

Die Sonne war herausgekommen, bleich und kaum Wärme spendend. Sie brachte jedoch den feinen Dunst in Bewegung. Er stieg ganz langsam über dem kalten Fjordwasser auf, wurde zu einer flachen, aber kompakten Nebelschicht und schwebte langsam nach oben. Ein faszinierendes Schauspiel der Natur, wie man es nur hier oben nördlich des Polarkreises erleben konnte. Ich hatte jedoch in diesem Moment kein Auge dafür. Ich dachte an die erschossenen Männer und an die Gefahr einer Entdeckung, die mit jeder Minute wuchs, und daran konnten wir gar nicht interessiert sein.

Der I WO sah das anders. »Aber die Menge könnte doch möglicherweise zum Angriff übergehen, und dann ...«

»Unsinn, angesichts der Waffen werden die sich hüten!« unterbrach ich ihn brüsk, innerlich aufgewühlt von den tödlichen Schüssen im Hafen. »Habe ich mich nicht klar genug ausgedrückt, I WO? Ich möchte nicht, daß man uns hier sieht und es früher oder später den Briten meldet! Backsen Sie! Und dann ab dafür, wir haben andere Aufgaben!«

In hoher Fahrt liefen wir von Land ab, dessen Konturen sich immer klarer im matten Sonnenlicht abhoben. Die Bergkette achteraus bot einen ungewöhnlichen Anblick. Ihre kahlen Hänge steckten in halber Höhe in der ganz flachen Nebelschicht, aus der die steilen Gipfel hoch in den blaßblauen Himmel ragten.

Die See war wie leergefegt. Nur weit entfernt von uns lief der Trawler des Fähnrichs mit Südwestkurs an der Küste entlang, dem Treffpunkt mit dem Zerstörer vor Henningsvær entgegen. Wir hätten ihn gern zu diesem Treffen begleitet, um etwas über den Verlauf der »*Weserübung*« zu erfahren, wie der Deckname für die Besetzung Norwegens offiziell lautete. Doch dem standen unsere Befehle entgegen.

»Herrlich, Herr Kaleu! Endlich Sonne, blauer Himmel und klare Sicht!« begeisterte sich der II WO, der inzwischen die Wache übernommen hatte. »Davon hat uns mein Schwager immer vorgeschwärmt. Der ist nämlich seinerzeit mit einem Postdampfer bis nach ...«

»Weiß ich doch, Herr Störmer, bis nach Spitzbergen«, unterbrach ich ihn. »Dann genießen Sie man noch das schöne Wetter. Wird nur 'ne kurze Freude werden. Das dicke Ende kommt nämlich dahinten schon wieder.« Ich deutete nach Nordwesten. Hinter der Lofotenkette stieg bereits wieder eine kompakte dunkle Wolkenwand auf. »Das sieht nach Schnee aus. Ich möchte mich vorher noch schnell über mein verspätetes Frühstück hermachen, denn mir knurrt der Magen. Achtung! Ein Mann von Brücke in Zentrale!« Ich sauste die Leiterholme hinunter und fiel dem Funkobergefreiten Pepke beinahe auf den Kopf, der zu dicht am Leiterende stand, ein Formular in der Hand. »Was ist los, Pepke? Sind Sie dem Heiligen Geist begegnet, der Sie wie Lots Weib in eine Salzsäule verwandelt hat?«

»Nei... nein, Herr Kaleu. Ich bin nur so erschrocken, weil ich Sie gar nicht gehört habe. Darum.«

»Und was ist das da für ein Formular? Doch nicht etwa schon wieder so ein blöder Funkspruch von einem norwegischen Frachter, mit dem kein Mensch was anfangen kann.«

»Nein, Herr Kaleu!« Er reichte mir das Formular. »Ein dringender Funkspruch an uns, Offiziersschlüssel.«

»Und wenn er vom Kaiser von China kommt, Pepke, nichts ist so wichtig, daß es nicht warten kann, bis ich mit meinem Frühstück fertig bin, klar?«

»Jawohl, Herr Kaleu!« Er knallte die Hacken zusammen und verschwand durch das Mannloch.

»Das ist auch so ein Überbleibsel aus Puttfarkens Zeit, was wir den Leuten noch abgewöhnen müssen, dieses unnötige Hackenknallen«, sagte ich leise zum Obersteuermann. »Schließlich sind wir nicht auf dem Kasernenhof. Da genügt es auch, wenn sie so etwas wie militärische Haltung andeuten.«

Er grinste und tippte mit zwei Fingern an seine Mütze. »Ganz meine Meinung, Herr Kaleu!«

Ich dachte gar nicht daran, mein Spiegelei mit Schinken kalt werden zu lassen, bloß um zu erfahren, welche Neuigkeiten uns der Funkspruch bescherte. Genüßlich schaufelte ich mir zum Schluß das Eigelb im ganzen in den Mund und griff dann erst zu dem Formular, um den Text mit den zwei unterschiedlichen Codierungen durch die Schlüsselmaschine zu jagen.

»Na, das ist doch schon was!« brummte ich vor mich hin, als ich den entschlüsselten Text in der Hand hielt.

Was ich jetzt brauchte, war eine Karte. Ich stand auf und ging in die Zentrale. Am Kartentisch stand der I WO im Gespräch mit dem Obersteuermann.

»Das paßt ja wie die Faust aufs Auge, I WO! Gut, daß ich Sie jetzt nicht um Ihre Freiwache bringen muß.« Ich gab ihm das Formular mit dem Text. »Man soll es nicht glauben, Hermann Meiers Schlipssoldaten sind aufgewacht. Sie fliegen jetzt sogar schon Aufklärung!«

Hermann Meier, das war Hermann Göring, der dicke, prunksüchtige Oberbefehlshaber der Luftwaffe. Er verdankte seinen Spottnamen seiner vollmundigen Aussage am Beginn des Krieges, er wolle Hermann Meier heißen, wenn auch nur ein feindliches Flugzeug ungestraft den deutschen Luftraum verletzen könne. Inzwischen war er von der Realität eingeholt worden und hatte seinen Spitznamen in der Bevölkerung weg.

Der I WO nahm das Blatt, sah jedoch nicht darauf. »Ich muß um Entschuldigung für mein ...«

»Warum? Dafür gibt es überhaupt keinen Grund, Herr Bernau!« würgte ich seine Entschuldigung ab, denn der Obersteuermann spitzte die Ohren. Der brauchte nun wirklich nicht zu hören, daß ich den I WO wegen seines Einwandes vor Svolvær zusammengestaucht hatte. »Was sagen Sie denn hierzu?«

»Hmmm, eine Sichtmeldung? Die britische Flotte hat also Dampf aufgemacht und ist auf dem Anmarsch. Das war ja zu erwarten, Herr Kaleu.« Er trat an den Kartentisch und nahm die Koordinaten zwischen der Sichtmeldung und unserem Standort in den Zirkel. »Eine Zerstörer Flottille, wenn die Luftwaffenheinis sich nicht geirrt haben.«

»Sicher sein kann man dessen nie, aber wenn ihr Kurs stimmt, dann ist der Westfjord ihr Ziel.« Ich machte einen kurzen rechnerischen Überschlag. »Ihre Geschwindigkeit ist zwar aus der Luft schlecht zu schätzen, aber was die angeben, liegt durchaus im Bereich des Möglichen. Dann dürften wir die Tommies um Mitternacht in unserem GHG und vor unseren Rohren haben.«

»Vorausgesetzt, es schneit nicht wieder, Herr Kaleu!« schränkte der Obersteuermann skeptisch ein. Er zog seine Wetterkarte unter dem Kartenstapel hervor. »Die letzte Vorhersage der Norweger stammt von gestern nachmittag. Demnach ist in diesen Tagen alles drin, von strahlendem Sonnenschein bis zu dicken Schneeschauern.«

Der I WO lachte laut auf. »Du lieber Himmel, wenn das der II WO hört, kippt der glatt aus den Pantinen! Der träumt doch schon nachts von der Jagd auf feindliche Kriegsschiffe und Truppentransporter unter der strahlenden Polarsonne. Irgendwer hat ihm mal die Flausen in den Kopf gesetzt, hier oben gebe es nur Polarsonne pur. Haben Sie davon noch nicht gehört, Herr Kaleu?«

Ich grinste. »Gehört schon, allein mir fehlt der Glaube.«

Der Smadding trat zu uns an den Kartentisch. »Bitte stören zu dürfen, Herr Kaleu!«

»Sie dürfen, Bootsmann. Was haben Sie denn auf dem Herzen?«

»Es geht um eine Angelegenheit, über die ich mit Ihnen und Herrn Oberleutnant Bernau schon einmal gesprochen habe.« Er sagte es in einem solchen Ton, daß für den I WO und mich unschwer zu erraten war, um was es ging.

»Dann gehen wir wohl besser in mein Kabuff.« Ich blickte mich in der Zentrale um und lächelte in die neugierigen Gesichter der Zuhörer. »Ausgerechnet jetzt, wo es spannend wird, verschwinden wir. Mist, was?« Wir jumpten durch das Mannloch. In meinem Logis deutete ich auf die Backskiste. »Nehmen Sie Platz, meine Herren! Und nun raus mit der Sprache, Nummer Eins! Haben Sie eine Spur gefunden?«

»Vielleicht den Anfang einer Spur, Herr Kaleu, mehr nicht. In der Mannschaft geht das Gerücht um, es sei kein Unfall gewesen, dem der Göhle zum Opfer gefallen ist.«

Ich blickte ihn überrascht an. »Wer verbreitet denn sowas? Das kann doch nur jemand sein, der es besser weiß.«

Der Smadding zuckte bedauernd die Schultern. »Das kann ich leider nicht sagen, wer es aufgebracht hat, Herr Kaleu. Ich habe das nur rein zufällig aufgeschnappt.«

Der I WO wurde ungeduldig. »Aber von wem Sie das aufgeschnappt haben, können Sie doch wohl sagen? Vielleicht wäre es überhaupt besser, Sie ließen sich nicht von uns die Würmer aus der Nase ziehen, sondern berichteten ganz einfach mal, wie Sie an dieses Gerücht gekommen sind?«

»Das habe ich vor Svolvær an der Acht-acht aufgeschnappt. Der Richtschütze Höhe warnte die Bedienung. Sie solle aufpassen, sonst gehe der eine oder andere am Ende auch noch wie der Göhle über Bord. Das sei aber dann wenigstens ein echter Unfall, antwortete darauf der Richtschütze Seite. Ich habe natürlich sofort nachgehakt. Wieso echter Unfall? Ist das denn bei Göhle kein echter gewesen?«

Der Richtschütze Seite, das war der Matrose Fischer, der Freund Göhles, wie ich inzwischen wußte.

»Der Fischer hat zuerst geschwiegen, doch dann behauptet, im Boot liefe das Gerücht um, es sei kein Unfall gewesen. Wer das aufgebracht habe, wisse er nicht, und das behaupteten auch die anderen, Herr Kaleu. Ihm sei der Unfall aber ebenfalls spanisch vorgekommen, sagte Fischer. Er habe sich daraufhin seinen Sicherheitstampen etwas genauer angesehen. Der habe doch eine Stahlseele, deshalb könne er sich kaum vorstellen, daß die einem Brecher nicht standhalten sollte. Der Meinung waren auch die anderen.«

Unwillkürlich nickte ich. Klar, daß sich die Männer darüber ihre Gedanken machten. Damit hätten wir rechnen müssen. Schließlich war jeder von ihnen irgendwann einmal von einem schweren Brecher mitgerissen worden, und der Tampen hatte gehalten.

»Außerdem sei sein Kumpel, der Göhle, ein guter Seemann gewesen, der sein Leben niemals einem vergammelten Tampen anvertraut hätte. Und das stimmte, Herr Kaleu. Der war tatsächlich ein guter Seemann, mochte er auch sonst seine Macken gehabt haben.«

Diesmal nickte auch der I WO zustimmend. »Haben die Männer einen bestimmten Verdacht geäußert, wer dahinterstecken könnte, falls es kein Unfall war, Bootsmann?«

»Nun ja, Herr Oberleutnant, so direkt nicht. Sie grinsten zunächst mal, aber dann kam's. Der Göhle habe ja viele Feinde hier an Bord gehabt, die ihm liebend gern eins ausgewischt hätten. Aber nicht auf diese heimtückische Weise. Wenn jemand den Tampen tatsächlich präpariert haben sollte – sie sagten wortwörtlich präpariert –, dann müsse es einer gewesen sein, der ihn aus tiefster Seele gehaßt habe und sich mit Tauwerk besonders gut auskennt.«

»Nicht schlecht kombiniert! Und wer käme dafür in Frage?«

»Ach Gott, Herr Oberleutnant!« Der Smadding lachte auf. »In Frage käme eigentlich die ganze seemännische Besatzung, davon wiederum besonders das Leinenkommando. Zu dem zählt auch der Jensen, für den als Krabbenfischer doch der Umgang mit dem Tauwerk zum täglichen Brot gehörte.«

»Was denn, der Jensen ist von der Mannschaft als Verdächtiger genannt worden, Bootsmann?«

»I bewahre, Herr Kaleu, der doch nicht! Den habe ich nur als Beispiel genannt, wenn man nach irgendwelchen Indizien sucht!«

»Und welche findet man dann?«

»Der kennt sich von uns allen am besten mit Tauwerk aus. So gut, daß er aus allerlei Tampenresten bewundernswerte seemännische Kunstwerke herstellt, die seine Frau dann in Wyk auf Föhr an die Badegäste als Andenken an den Urlaub verscherbelt.«

»Stimmt!« bestätigte der I WO. »Was der daraus an Gordings, Zierknoten und so weiter herstellt, sind wahre Kunstwerke. Auf dem Segelschulschiff haben wir das zwar auch probiert, es aber nie zu einem auch nur vergleichbaren Können gebracht.«

»Also kein Verdächtiger«, stellte ich fest. »Das hätte mich auch gewundert. Der Jensen mag vielleicht mal hart zulangen oder einem, der ihm dämlich kommt, 'ne Kanne Kaffee, wie gehabt, über den Frack schütten, aber sonst? Nee! Und das gilt auch für die anderen, die sich mit dem Göhle mal irgendwann angelegt haben. Es muß da zwischen ihm und seinem Mörder etwas gegeben haben, von dem die Besatzung und selbst sein Freund Fischer nichts weiß. Wir sind also bis jetzt keinen Schritt weiter.«

Der Oberbootsmann räusperte sich. »Vielleicht doch, Herr Kaleu. Und wenn es weder ein Mord noch ein Unfall war?«

»Kein Mord und kein Unfall?« fragte ich verblüfft. »Was dann?«

»Selbstmord.«

»Du lieber Himmel, wie kommen Sie denn darauf, Nummer Eins?« platzte der I WO heraus. »Das ist ja nun wohl doch ziemlich weit hergeholt!«

»Ist es nicht, Herr Oberleutnant. Der Obergefreite Rahn, Kanonier an der Acht-acht, will gesehen haben, daß der Göhle kurz vor seinem Wachantritt noch an seinem Sicherheitsgurt herumgefummelt hat. Was er damit gemacht hat, habe er nicht sehen können, wohl aber, daß der Göhle dazu eine Zange benutzt hat.«

Dem I WO und mir verschlug es glatt die Sprache. Der Göhle, dieser stramme HJ-Führer, für den angeblich das größte und erstrebenswerteste Opfer der Heldentod auf dem Felde der Ehre für Führer, Volk und Vaterland war, sollte Selbstmord begangen haben?

»Mann-o-Mann, ein Selbstmord? Das ist ja ein ganz neuer Aspekt!« brach ich das überraschte Schweigen. »Menschenskind, warum sollte denn ausgerechnet der Göhle Selbstmord begehen?«

»So habe ich auch gefragt, Herr Kaleu. Und da bekam der Rahn plötzlich Schützenhilfe durch den Fischer. Göhle habe sich die Blamage wahnsinnig zu Herzen genommen, daß ausgerechnet er als einziger bei diesem massiven Wasserbombenangriff durchgedreht hat. Das sei gegen seine Ehre und Selbstachtung gegangen.« Der Smadding grinste. »Nun, das hat man ja häufig, daß solche verquasten Großmäuler gerade in dieser Beziehung sehr sensibel sind. Dazu der beißende Spott und die ständige Häme, da kann es schon leicht zu so einer Kurzschlußhandlung gekommen sein.«

»Hmmm, möglich ist das natürlich schon«, brummte ich nachdenklich. Ich wurde auf einmal das Gefühl nicht los, daß in dem Bericht der Seemännischen Nummer Eins irgendwo ein verdeckter Hinweis auf den möglichen Täter enthalten gewesen war. Der Anfang einer Spur, über den wir hinweggegangen waren, weil er uns überhaupt nicht bewußt geworden war. »Der Göhle ein Sensibelchen – kaum zu glauben, was?«

Der I WO und der Smadding blieben mir eine Antwort darauf schuldig.

Ich stand auf. »Na schön, kann sein, kann nicht sein. Behalten wir die Angelegenheit weiterhin im Auge. Vielleicht läuft uns der Täter – wenn es denn einen gibt – doch noch irgendwann ins Netz. Ich danke Ihnen.«

Die Wetterprognose der Norweger stimmte. An diesem Tage war alles drin. Zunächst einmal schien die Sonne von einem makellos blauen Himmel, denn die im Nordwesten aufsteigende Wolkenwand brauchte länger als erwartet. So wurde es ein herrlicher Sonnentag, wie wir ihn bisher noch nicht erlebt hatten. Erst gegen Abend verdichteten sich die Wolken, schluckten die Sonne und wurden zu einem massiven, bedrohlich wirkenden dunkelgrauen Vorhang, hinter dem zuletzt das Tageslicht verschwand.

Auch meine Zeitrechnung stimmte. Grauert bekam die Tommies schon ins Ohr, als sie noch weit von uns entfernt waren. Sie kamen jedoch ohne Zick und Zack sehr schnell auf. Ein Zeichen dafür, daß sie auf ihre hohe Geschwindigkeit vertrauten, die jeden U-Bootkommandanten bei der Zielansprache vor erhebliche Schwierigkeit stellen mußte.

Lange Zeit ließ ihr Kurs nicht erkennen, was sie tatsächlich beabsichtigten. Irgendwann würde sich das ändern. Indessen vertrieben wir uns die Zeit damit, die Absichten der Tommies zu analysieren. Wollten sie in den Westfjord eindringen, um sich mit den deutschen Zerstörern ein Gefecht um den Besitz Narviks zu liefern? Oder trachteten sie danach, einer deutschen Besetzung des weiter nördlich liegenden Tromsøer Hafens zuvorzukommen?

»Was sollen sie denn in Tromsø, Herr Kaleu?« meinte der II WO geringschätzig, nachdem er die Beschreibung Tromsøs im Segelhandbuch durchgeackert hatte. »Ein großer Fischereihafen ohne jede strategische Bedeutung, sonst hätte man doch auch dort Gebirgsjäger abgesetzt.«

»Na, na, Herr Störmer, ohne jede strategische Bedeutung?« widersprach ich. »Immerhin gibt es von dort einen

Zugang zum Drei-Länder-Eck zwischen Norwegen, Schweden und Finnland, und das ist von ganz erheblicher strategischer Bedeutung, um an die schwedischen Erzlager zu kommen. Außerdem – vergessen Sie nicht den Prestigegewinn für die Tommies!«

Eine halbe Stunde später hatte das Rätselraten ein Ende, die Briten schwenkten auf den Westfjord ein. Unter Deck liefen die Vorbereitungen für einen Überwasserangriff an. Zum x-tenmal nahmen sich die Torpedomixer unsere vier letzten Torpedos vor, kontrollierten noch einmal alles, was zu einem Versagen führen konnte. Trotz der eingeschränkten Sicht gaben wir nämlich die Hoffnung nicht auf, die vier Aale erfolgreich anbringen zu können, wenn wir die Tommies um Mitternacht vor die Rohre bekamen.

Wir machten die Rechnung jedoch ohne den Wirt. Noch bevor die Zerstörer in Schußweite kamen, zog der Himmel plötzlich völlig zu. Nebel kam auf und schluckte alles, die Lichter der wenigen Orte an der weit entfernten Küste und zuletzt auch die blinkende Bojenreihe, die erstaunlicherweise noch immer den Weg durch den Fjord in die Nebenfjorde und nach Narvik wies.

Doch was wir für aufziehenden Nebel gehalten hatten, war keiner. Es war Schnee! Ein immer dichter werdender Flockenwirbel stob heran, überzog das Boot im Nu mit einer schnellwachsenden weißen Schicht und verwandelte die Brückenwache in Schneemänner. Die Sichtweite nahm rapide ab. Nicht einmal der Bug war mehr zu sehen. Die Flocken verklebten nicht nur die Optik unserer scharfen Nachtgläser, wir sahen auch bald die Hand nicht mehr vor Augen. Unsere Orientierung ging gänzlich verloren, als habe uns jemand einen dunklen Sack übergestülpt. Nur unser GHG hielt noch Kontakt mit den herannahenden Briten, deren Schraubengeräusche sie verrieten. Sie waren langsamer geworden, tasteten sich jedoch zielstrebig durch den dichten Schneefall den Fjord aufwärts und kamen näher und näher.

»Die sehen mehr als wir, Herr Kaleu«, resignierte der II WO. »Die Idioten haben doch glatt vergessen, die blinkende Bojenreihe abzuschalten! Eine bessere Hilfe können sich die Tommies doch gar nicht wünschen.«

In das ruhige Fjordwasser kam Bewegung. Das Boot nahm die Bewegung auf und begann, sich im Rhythmus der anlaufenden Wellen zu wiegen. Ein untrügliches Zeichen dafür, daß Schiffe den Fjord aufwühlten. Zu sehen war jedoch noch immer nichts von ihnen, zu dicht war der Flockentanz.

Der BÜ trat zu uns. »Meldung vom GHG, Herr Kaleu. Gegner haben einen Schlag nach Backbord gemacht und passieren in Kürze in weniger als dreihundert Meter von null-vier-eins nach drei-sechs-null!«

»Teufel, in weniger als dreihundert Meter? Da können wir ja direkt froh sein, daß es duster wie im Sack ist!« rutschte es dem II WO heraus.

Diese Meldung war auch für mich eine böse Überraschung, denn mit dieser Kursänderung hatten wir gar nicht gerechnet. Sie brachte die Briten zwar direkt vor unsere Bugrohre, jedoch viel zu nahe. Zu nahe, um aus dieser geringen Entfernung, die knapp über der Sicherheitsgrenze der Torpedos lag, die Aale auf sie loszumachen. Zu groß war die Gefahr, von der Druckwelle unserer detonierenden Torpedos ebenfalls beschädigt zu werden.

Selbst wenn ich das riskieren sollte, beschwor ich damit noch eine andere Gefahr herauf, nämlich die einer Entdeckung und der sich daraus ergebenden Verfolgung. Für die Maschinen eines Zerstörers waren dreihundert Meter noch weniger als ein Katzensprung. Wir hätten die Verfolger auf dem Hals, noch bevor wir wegtauchen konnten. Nicht besser waren wir bei einem Unterwasserangriff dran, der sich bei dieser geringen Entfernung schon von selbst verbot. Wir konnten nach dem Angriff den Verfolgern nur mit dreimal AK zu entkommen versuchen, aber das würde uns wenig nützen. Von dem ASDIC dieser Übermacht erfaßt oder von den Horchgeräten eingepeilt, konnte es für uns nur den sicheren Tod bedeuten.

»Das nimmt uns jede Angriffsmöglichkeit, Herr Störmer. Aber einen Trost haben wir wenigstens. Wer immer das Gefecht mit unseren Zerstörern überlebt, muß ja auch wieder rauskommen, und dann ist das Wetter hoffentlich besser.«

»Ihr Wort in Gottes Ohr, Herr Kaleu! Hoffentlich hört er es dann auch.«

Er hörte es, wenn auch erst verhältnismäßig spät. Den ganzen Tag über folgte ein Schneeschauer dem anderen und ließ uns daran zweifeln, auf die Briten doch noch zum Schuß zu kommen. Wir rechneten fest damit, daß der eine oder andere Tommy den schweren Gefechten entgangen war, deren weit entferntes Wummern in unserem Horchgerät trotz der großen Entfernung tagsüber noch vernehmbar gewesen war. Jeder von uns brannte darauf, nun den »fliehenden« Briten den Rest zu geben.

Erst gegen Abend hörten die Schneeschauer auf, die Sicht besserte sich. Wenig später hatte Grauert die Schraubengeräusche aus dem Ofotfjord nahender Schiffe in seinem GHG. Jetzt hielt mich nichts mehr auf der Brücke. Ich mußte selbst hören, wer dort nahte. Ich schaute in das Horcherschapp hinein.

»Schon rausgefunden, wer das ist, Grauert?«

Er wiegte den Kopf unschlüssig hin und her. »Sie sind noch zu weit ab, Herr Kaleu, und daher noch schwierig zu identifizieren. Aber bullernde Frachter sind es nicht, die klingen tiefer. Diese Schraubengeräusche touren höher und sind heller. Kriegsschiffschrauben, die schnell aufkommen, das ist sicher. Können Zerstörer sein, aber festlegen möchte ich mich jetzt noch nicht. Wollen Sie selbst mal hören?«

Er reichte mir die Kopfhörer. Nun ja, ich hörte zwar auch diese fernen Geräusche, nicht so differenziert wie er, aber anzufangen vermochte ich mangels Erfahrung damit nicht viel. Ich gab ihm die Hörer zurück.

»Bleiben Sie dran, Grauert! Ich brauche nicht nur die Peilungen, sondern auch möglichst genaue Entfernungen, damit sie uns nicht wieder wie heute nacht durch die Lappen gehen. Vorausgesetzt, es sind Tommies und nicht unsere, die den Fjord nach Briten absuchen.«

»Absuchen? Danach klingt das eigentlich nicht. Scheint eher ein geschlossener Verband zu sein.«

»Um so besser. Wir werden sehen, Grauert.«

Es war tatsächlich ein mehr oder weniger geschlossener Verband, wie Grauert bald meldete. Allerdings nicht so groß wie die Flottille, die wir in der Nacht im Flockenwirbel hatten passieren lassen müssen, und seine Geschwindigkeit war auch erheblich geringer.

»Das spricht dafür, daß die Tommies nicht ungeschoren davongekommen sind, Herr Kaleu!« schloß der I WO daraus.

»Vorausgesetzt, es sind Tommies, I WO«, schränkte ich ein, obwohl mich die gleiche Hoffnung bewegte. »Aber das werden wir ja bald sehen, wenn Grauerts Peilungen und Entfernungsangaben stimmen.«

Sie stimmten. Der Himmel war zwar noch immer bedeckt, aber die Sicht hatte sich so gebessert, daß wir schleunigst von der Wasseroberfläche verschwinden mußten. Ich gab das Kommando dazu mit gemischten Gefühlen. Auch wenn der Fjord tief genug war, um vor Verfolgern abtauchen zu können, so schränkte er unsere Bewegungsfreiheit unter Wasser trotz seiner Breite durch Unterwasserfelsen und Schären erheblich ein.

»Egal!« sagte ich zum I WO nach einem Blick in die norwegische Seekarte. »Dem Mutigen gehört die See!«

Das Boot pendelte auf Sehrohrtiefe ein. Ich fuhr den Spargel aus und drehte ihn in die Peilung. Das Abendlicht war schwach, dennoch ließen sich die Konturen der nahenden Schiffe ausmachen. Als sie in Kiellinie die Lichter einer nicht kriegsmäßig verdunkelten Ortschaft an der Küste passierten, verriet mir der fremdartige Signalmast hinter der Brücke des Führungsbootes, wen wir vor uns hatten.

»Ohne jeden Zweifel Tommies! Laufen in Kiellinie an. Auf Gefechtsstationen! Beide Maschinen kleine Fahrt voraus! Rohr eins bis vier klar zum Unterwasserangriff!«

Ich brachte das Boot auf Angriffskurs. Schnell schmolz die Entfernung zwischen den Tommies und uns zusammen. Im Bugraum wurden die Rohre bewässert und die Mündungsklappen geöffnet. Ich diktierte indessen dem I WO meine Zielansprache für die Schußunterlagen und die Einstellwerte für die Torpedos.

Das Führungsboot lief in meine Zieloptik. »Jetzt! Rohr eins ... Achtung! ... Rohr eins ... los!«

Ein kaum merklicher Ruck lief durch das Boot, wurde von den Tiefenrudergängern geschickt abgefangen. Unmittelbar darauf überschlugen sich jedoch plötzlich die Ereignisse. Mit einem aufzuckenden Blitz stieg in knapp zweihundert Meter Entfernung von meinem Sehrohrkopf ein mächtiger Geysir weiß aufschäumend in den Nachthimmel.

»Torpedo läu...!«

Die Meldung des BÜ ging in einem ohrenbetäubenden Donnerschlag unter. Die enormen Schallwellen zerrissen die Fäden der Glühbirnen und ließen zahlreiche Sicherungen durchknallen. Tiefe Dunkelheit hüllte uns ein. Instinktiv krallte ich mich an den Griffen des Sehrohrs fest. Sekundenbruchteile später traf uns die Druckwelle wie eine Riesenfaust. Mit einer gigantischen Brandungswelle schäumte sie über meine Sehrohroptik hinweg und warf das schwere Boot mit solcher Wucht aus seinem Angriffskurs, als sei es ein federleichtes Kinderspielzeug. Mir riß der gewaltige Ruck fast die festgekrallten Hände aus den Gelenken. Alles flog durcheinander. Wehgeschrei ging in dem Lärm der auf die Flurplatten geschmetterten Gegenstände, dem blechernen Scheppern herab geschleuderten Backschaftsgeschirrs und dem Klirren zerspringender Standgläser unter. Unendlich langsam torkelte das Boot in den nachlaufenden Wellen auf seinen ursprunglichen Kurs zuruck und kam halbwegs zur Ruhe. Schwankend richtete es sich auf und pendelte auf ebenem Kiel in Sehrohrtiefe ein.

»Licht!« schrie ich und preßte meinen Kopf gegen die Sehrohroptik, wollte sehen, wie die Tommies auf die Detonation reagierten. »Licht! Schadensmeldungen an die Zentrale!«

Sie reagierten völlig anders, als ich es erwartet hatte. Scheinwerfer blendeten auf. Doch ihre Strahlen wanderten seltsamerweise nicht suchend zu uns herüber, sondern an der von uns und damit der Detonation abgekehrten Seite der Wasseroberfläche entlang. Ich war darüber nicht böse. Unser Torpedo war längst überfällig. Das verschaffte mir Zeit, diese Panne zu verdauen.

»Verflucht, was war das?« zerbrach sich der I WO den Kopf. »Eine ferngezündete norwegische Mine? Oder gar wieder Beschuß wie durch den Hilfskreuzer? Wie haben die uns dann so genau einpeilen können? Und warum detoniert unser Torpedo nicht? Achthundert Meter sind doch für den *G 7e* keine Entfernung!«

Beschuß, das war auch mein erster Gedanke gewesen. Dagegen sprach jedoch alles. Es war nur ein einziger Donnerschlag gewesen und keine Salve. Ich hatte auch kein Mündungsfeuer auf den Zerstörern aufblitzen gesehen. Außerdem hatten Zerstörergranaten keine so enorme Detonationskraft, und letztendlich sprach auch das weitere Verhalten der Tommies dagegen.

Plötzlich schien nämlich irgend etwas ihre Aufmerksamkeit zu erregen. Während der Verband die Fahrt verminderte, lösten sich zwei der Zerstörer aus der Kiellinie und kurvten mit schäumender Bugwelle auf die von den Scheinwerferstrahlen bestrichene Wasserfläche ein.

Dafür gab es nur eine Erklärung. Für sie war es die Detonation eines U-Boot-Torpedos gewesen, eines Endlaufdetonierers, der sein Ziel verfehlt und sich am Ende seiner Laufstrecke selbst vernichtet hatte. Jetzt suchten sie nach dem U-Boot, das ihn auf den Weg gebracht hatte. Auf den nahe liegenden Gedanken, es könnte auch ein Frühdetonierer gewesen sein, kamen sie offensichtlich nicht. Zu unserem Glück, denn genau das war unser Torpedo, ein ganz hundsgemeiner Frühdetonierer, noch dazu für uns ein überaus gefährlicher.

»Keine Mine und kein Beschuß, I WO, das war unser Torpedo! Wieder so ein Frühdetonierer! Diesmal hat das Scheißding man gerade noch knapp den Sicherheitsabstand eingehalten, ehe es hochgegangen ist! Etwas früher und es hätte uns den ganzen Bug weggerissen.«

Handleuchten waren inzwischen aufgeflammt. Die Elektromixer hatten die Birnen in der Zentrale ausgewechselt und hantierten nun an den Sicherungskästen herum. Mit einem Schlag wurde es wieder hell in der Zentrale, mit einem lauten »Aaah!« von den Männern begrüßt.

Der I WO blinzelte gegen das helle Licht an. »Aber wir

haben doch das Gegenmagnetfeld der Aale entsprechend der Zonenkarte genau eingestellt, Herr Kaleu! Es ist mir daher unverständlich, warum auch dieser Aal wieder ...«

Wasserbombendetonationen, die hinter den beiden herumkurvenden Zerstörern aufstiegen, ließen ihn verstummen. Ich schluckte meine Enttäuschung über den Frühdetonierer schleunigst herunter.

»Es hat keinen Zweck, darüber noch lange zu palavern, I WO!« Ich visierte erneut das Führungsboot an. Der Tommy lief langsam in mein Fadenkreuz. »Die Tommies suchen auf der falschen Seite. Das gibt uns die Möglichkeit, auf die anderen Boote noch einmal zum Schuß zu kommen. Ruder Steuerbord zehn! Rohr zwei ... Achtung! Es müßte doch mit dem Teufel zugehen, wenn auch dieser Aal wieder so ein faules Ei ist! Ruder komm auf! Recht so! ... Rohr zwei ... los!«

Der Aal lief und mit ihm die Stoppuhr in der Hand des I WO. Die zählte, laut in der angespannten Stille tickend, die Sekunden und addierte sie zu Minuten. Zu Minuten, die unsere Gesichter immer länger werden ließen. Längst mußte der Aal sein Ziel erreicht haben, doch es tat sich nichts.

Wut über diese unzuverlässigen Torpedos quoll in mir hoch, schwemmte jede Selbstbeherrschung hinweg, die ich mir wegen der Zuhörer bisher immer auferlegt hatte. »Dieses verflixte Mistvieh überzieht seine Zeit, Herr Bernau! Was nutzt uns da die Zonenkarte für die Einstellung der Magnetpistole der Torpedos? Zwölf verschossene Torpedos und davon nur drei mit eindeutig beobachtetem Erfolg!« In meiner Sehrohroptik stieg mit einer donnernden Detonation weit hinter dem britischen Führungsboot im Scheinwerferlicht eine Wassersäule hoch in die Luft und setzte damit ein überzeugendes Ausrufungszeichen hinter meinen Wutausbruch. »Da, hören Sie es? Wieder so ein Versager, diesmal ein Endlaufdetonierer! Möchte mal wissen ...«

Ich brach ab, denn oben veränderte sich das Bild dramatisch. Diesmal begriff der Kommandant des Führungsbootes sehr schnell, was diese Detonation bedeutete und wo er den Urheber dafür suchen mußte. Seine Scheinwerfer schwenkten herum und tauchten das Wasser auf unserer Seite in ein grelles Licht.

Ich kniff die Augen zu und ließ das Periskop blitzschnell in seinen Schacht gleiten. Das fehlte uns gerade noch zu unseren mißglückten Schüssen, daß der Sehrohrkopf das Licht reflektierte und damit unseren Tauchpunkt verriet.

»Achtung! Gegner in null-null-vier nimmt Fahrt auf und dreht auf uns ein!« meldete Grauert vom GHG. »Anlauf auch aus drei-fünf-neun!«

»Alarmtauchen! Ruder hart Steuerbord! Beide Maschinen dreimal AK voraus! Tiefenruder maximal unten! Alle Mann voraus!«

Mir war in diesem Augenblick vollkommen egal, ob sie unsere hoch tourenden Schraubengeräusche hörten oder nicht. Wir hörten ihre aufheulenden Schrauben dafür um so deutlicher, als sie backsten, um möglichst schnell herumzukommen. Mein ganzes Denken beherrschte nur der eine Gedanke: Nur weg jetzt und runter in die rettende Tiefe, bevor sie auf Angriffskurs kamen.

Vorlastig und unter dem Druck der maximal gelegten Tiefenruder gewann das Boot mit Höchstfahrt verhältnismäßig schnell Tiefe. Doch was waren schon unsere knapp acht Knoten Höchstfahrt gegen die dreißig Knoten der Zerstörer, sobald die erst einmal voll auf uns eingedreht hatten! Aber selbst das hatte noch einen positiven Aspekt. Sie hörten uns dann nicht, weil sie damit ihre Horchgeräte zumindest für eine gewisse Zeit mit ihren eigenen Schraubengeräuschen störten.

»Fünfzig Meter gehen durch! Boot fällt schnell weiter!«

»Zentralemaat, wo bleiben die Schadensmeldungen?« forderte der I WO ungeduldig.

»Nu, alles nur Kleinzeug, nicht der Rede wert, Herr Bernau!« antwortete an dessen Stelle der LI gelassen. »Mit Bordmitteln schnell zu beheben. Boot ist voll einsatzfähig!«

»Achtung! Anlauf eines dritten Gegners! Schraubengeräusche wandern achteraus! Gegner formieren sich in zwo-vier-zwo zur Suchformation!« kam es aus dem Horcherschapp.

Ich blickte auf den Kompaß. Unsere Drehung zeigte Wirkung. Wir begannen, den anlaufenden Zerstörern das Heck zuzukehren, um eine möglichst geringe Angriffsfläche für ihr ASDIC zu bieten, denn wir waren nicht schnell genug, um einer breit angelegten Suchaktion zu entkommen.

ASDIC, ein Wort, das in meinem auf den Tauchvorgang fixierten Gehirn als Schlüsselreiz wirkte. Mir wurde jäh bewußt, daß es die Tommies ja bis jetzt noch gar nicht eingesetzt hatten. Das war ungewöhnlich.

Als habe er meine Gedanken gelesen, flüsterte der I WO plötzlich: »Verstehen Sie das, Herr Kaleu? Daß uns ihre Horchgeräte bei ihrem eigenen Lärm nicht fassen können, geht mir ja noch ein. Aber warum versuchen sie es dann nicht mit ihrem ASDIC?«

»Weiß der Teufel warum, Herr Bernau! Ich bin heilfroh darüber. Reden wir es bloß nicht herbei!« Ich kontrollierte erneut den Kompaß. »Es reicht! Ruder komm auf! Frage Tiefe, was geht durch?«

»Achtzig Meter gehen durch. Boot fällt schnell weiter!«

»Achtung! Anlauf in Suchformation aus eins-acht-zwo! Gegner gehen mit der Fahrt herunter!«

Die Meldung signalisierte Gefahr für uns. Jetzt konnten uns ihre Horchgeräte einpeilen.

»Beide Maschinen stopp! Umkuppeln auf Schleichfahrt! Alle Mann auf Gefechtsstation! Absolute Ruhe im Boot!«

Schon fiel die erste Wasserbombenreihe. Schreckbomben, auf gut Glück geworfen, um uns aufzustöbern. Viel zu weit ab, aber sie zeigten Wirkung. Sie schreckten uns tatsächlich auf, denn sie klangen in unseren Ohren schon bedrohlich nahe. Der nächste Wurf blieb jedoch aus, die Schrauben verstummten.

»Aha, die kennen sich aus! Sie horchen, um uns einzupeilen«, deutete der LI diesen Vorgang durchaus richtig. »Gleich geht das übliche Katz-und-Maus-Spiel los.«

Aber sie horchten nicht nur! Sie taten genau das, was ich die ganze Zeit schon gefürchtet hatte. Ein ASDIC-Strahl traf unser Heck, glitt zwar davon ab, kehrte aber sogleich wieder zurück und hielt uns fest. Und nicht nur der. Auch die anderen beiden Boote packten mit ihrem ASDIC zu. Damit hatten sie uns in einem Netz von Strahlen, wußten genau, wo wir steckten. Prompt heulten achteraus die Schrauben auf.

»Verdammter Mist!« fluchte der I WO leise. »Und ich hatte schon gehofft, die seien gar nicht mit ASDIC ausgerüstet!«

»Alles Taktik, Herr Bernau. Im Schneesturm wollten sie sich damit nicht verraten, auch auf die Gefahr hin, von ihnen unbemerkt, einem von uns direkt vor die Rohre zu laufen. Und das haben sie jetzt in der Nacht auch wieder probiert, weil sie hofften, damit ebenso glatt durchzukommen, darum.«

»Achtung! Gegner holen schnell auf!«

Das war nicht zu überhören. Wenig später detonierte die zweite Wasserbombenlage, diesmal keine Schreckbomben, sondern der Auftakt zu einem Flächenbombardement in schneller Folge, das donnernd näher kam. Schon erreichten uns die ersten Druckwellen und schüttelten uns durch.

Harmlos noch, doch sie wurden mit jedem Wurf stärker. Und mit jeder Detonationswelle wuchs die Angst, wie ich von den bleichen Gesichtern in der Zentrale ablesen konnte. Auch mir war nicht wohl in meiner Haut. Drei gegen einen, und wie es aussah, waren das keine blutigen Anfänger. Das schienen alte Hasen zu sein, die sich auskannten.

Mein besorgter Blick ging zur Tiefenanzeige. Die Nadel glitt über die Hundert-Meter-Marke hinweg, das Boot sank noch weiter in die Tiefe, aber zu langsam. Von den ASDIC-Strahlen geleitet, rückte der Wasserbombenregen unaufhaltsam auf uns zu. Wir mußten viel tiefer hinunter, hinunter in die dichteren Salzwasserschichten, um das verdammte ASDIC abzuschütteln. Doch dazu reichte die lahme Schleichfahrt nicht.

Jetzt half nur noch eins: Wir mußten auf Höchstfahrt gehen, um mehr Druck auf die Seiten- und Tiefenruder zu bekommen, und versuchen, aus dem Angriffskurs unserer Verfolger zu flüchten.

»Drauf, LI! Beide Maschinen dreimal AK voraus! Sie können uns bei diesem Geballer nicht hören! Aber sofort auf Schleichfahrt zurück, sowie die Detonationen verstummen, klar? « Ich mußte gegen das Gedonner anschreien, um mich verständlich zu machen. »Ruder hart Backbord!«

Der Ruck, der durch das Boot ging, erwischte mich auf dem falschen Fuß und brachte mich aus dem Gleichgewicht. In einem Bogen schor das Boot nach Backbord in die Tiefe, wurde schneller und schneller. Ein Aufatmen ging durch das Boot, als der ASDIC-Kontakt, dieses entnervend nachhallende »Ping! Ping! Ping!«, abriß.

Ein Aufschub nur. Ich war sicher, daß die Briten dort oben jetzt fieberhaft an den Knöpfen ihrer ASDIC-Geräte drehten, um uns so schnell wie möglich wieder aufzustöbern. Doch ich durfte meine Männer in der Zentrale meine innere

Unruhe und Besorgnis nicht spüren lassen. Obwohl die Wasserbomben immer dichter fielen, lehnte ich mich scheinbar unbeeindruckt gegen den Kartentisch und verglich unsere Tiefenanzeige mit den Tiefenangaben in der norwegischen Seekarte.

»Ruder komm auf! Recht so!«

»Das sieht gut aus, Herr Kaleu«, schrie mir der Obersteuermann ins Ohr. »Genügend Wasser unter dem Kiel und keine Unterwasserfelsen oder Schären in der Nähe. Nun müssen wir bloß noch die Tommies dort oben loswerden.«

Das blieb jedoch nur ein frommer Wunsch, der schon wenig später von der Wirklichkeit hinweggefegt wurde. Erst packte ihr ASDIC erneut zu und saugte sich förmlich an uns fest. Dann schoren wir zu meiner größten Überraschung in einhundertfünfzig Meter Tiefe mitten in einen tiefengestaffelten Bombenteppich hinein.

Ich hatte den Commander des Führungsbootes unterschätzt. Der war ein ganz gewitzter Hund, erfahren in der U-Bootjagd, oder er hatte hellseherische Qualitäten. Egal was immer. Er hatte jedenfalls das Ausbleiben der ASDIC-Kontakte genau richtig gedeutet und war intuitiv mit seinem Kurs unserer Fluchtbewegung gefolgt. Damit kam es für uns knüppeldick.

Unbarmherzig schlug er zu. Es hagelte Wasserbomben, die mit ihren Detonationen die See in einen Hexenkessel verwandelten und immer gewaltigere Druckwellen aufwarfen, je näher die Bomben fielen. Längst war das schwere Boot zu ihrem Spielball geworden, auf der Flucht vor dem nassen Tod von der einen Welle immer stärker krängend in die nächste taumelnd.

Hatten wir vorher in den Pausen zwischen den Würfen noch ab und an aus dem anwachsenden Dröhnen die Schraubengeräusche und die Abschüsse der Wabo-Werfer unserer Verfolger heraushören können, so ging das nun alles in dem ohrenbetäubenden Donnern der Explosionen unter. Der Schädel drohte zu zerspringen, jede Verständigung wurde unmöglich. Meine Ruderkommandos, mit denen ich dem drohenden Überlauf zu entkommen versuchte, brüllte ich den Seitenrudergängern in die Ohren und unterstrich sie mit Handzeichen.

Dann war jedoch auch das nicht mehr möglich. Mit gewaltigen Donnerschlägen krepierten über uns die Wasserbomben. Ihre Druckwellen preßten das Boot kopfüber in die Tiefe und lösten damit ein totales Chaos aus. Das Licht fiel aus, und diese Dunkelheit machte alles noch schlimmer. Von den fürchterlichen Schlägen hin und her geschleudert, vollführte das Boot die abenteuerlichsten Bewegungen. Sackte eben noch das Deck unter unseren Füßen jäh weg, daß die Männer jeglichen Halt verloren und man sich unversehens in irgendeinem Winkel auf den Flurplatten wiederfand, saugte die nächste Druckwelle förmlich das Boot mit enormer Gewalt auch schon wieder nach oben. Vor der Gefahr, dadurch quer durch die Zentrale katapultiert zu werden, bewahrten mich allein die Sprossen der Turmleiter, um die ich gerade noch rechtzeitig die Arme geschlungen hatte. Ich wurde allerdings dafür jedesmal hart gegen ihre stählernen Holme geschmettert, daß die Rippen krachten, wenn das Boot abrupt in diesem Höllentanz überholte.

Doch was waren diese Schmerzen schon gegen die seelische Marter, gegen das deprimierende Gefühl der absoluten Wehrlosigkeit und der Angst, eine oder mehrere Bomben könnten jeden Augenblick unmittelbar neben der Bordwand detonieren und uns alle in den Tod reißen. Da genügte in dieser Tiefe schon ein winziger Riß in der Außenhaut, und das Boot wurde vom Wasserdruck wie eine leere Blechdose zusammengepreßt. Und diese tödliche Gefahr hielt unvermindert an, denn nachdem uns das Führungsboot überlaufen hatte, folgten ihm die beiden anderen mit ihren Wabo-Teppichen. Sie warfen sie nicht weniger präzise und machten jedes unserer Abwehrmanöver mit, als zögen wir sie an einer Leine hinter uns her. Längst hatte ich es aufgegeben, die Zahl der Wabo-Würfe zu zählen. Anfangs hatte ich daraus noch die Hoffnung geschöpft, in etwa ableiten zu können, wann dieses entnervende Bombardement zwangsläufig ein Ende finden werde. Die Briten schienen jedoch einen schier unerschöpflichen Vorrat an Wabos an Bord zu haben.

Dennoch, kein Grund, mit dem Leben abzuschließen. Statt dessen zermarterte ich mir unentwegt den dröhnenden Schädel, wie wir dem ASDIC der Tommies entkommen konnten, wenn wir überlebten. Das mit den dichteren Salzwasserschichten, die in größerer Tiefe die ASDIC-Strahlen abfingen und die Geräte mit Geisterechos narrten, schien hier im Fjord nicht zu funktionieren. Die mußten wir nämlich längst erreicht haben. Aber irgendwann mußte die Qual ein Ende haben. Das sagte mir meine Erfahrung aus den sieben vergangenen Monaten dieses U-Bootkrieges.

Irgendwann würden die da oben stoppen und mit ihren Scheinwerfern das Wasser nach Anzeichen eines Erfolges ihrer Angriffe absuchen. Sie waren zu dritt und uns haushoch überlegen. Aber trotzdem war das dann unsere Chance, wenn mir bis dahin etwas einfiel. Ja, wenn! Mein Kopf blieb jedoch leer, brachte unter diesen demoralisierenden Umständen keine vernünftige Idee zustande, die vor allen Dingen auch praktikabel war. Ich wußte ja nicht einmal, welche gravierenden Schäden das Bombardement inzwischen an unserem von den Detonationen herumgeschleuderten Boot angerichtet hatte. Jegliche Verständigung war unmöglich geworden, selbst noch so laute Schreckensmeldungen gingen in diesem Inferno glatt unter.

Ich war nahe daran, jeden Gedanken an ein glückliches Ende aufzugeben, als das nervenaufreibende Bombardement endlich aussetzte und die Druckwellen verebbten. Die tauben Ohren brauchten allerdings endlos, bis sie wahrnahmen, daß auch die Schraubengeräusche, das nachhallende »Ping! ... Ping! ... Ping!« und ebenso unsere hochtourenden Maschinen verstummt waren.

Sie flüsterten nur noch, weil sie sofort auf Schleichfahrt umgekuppelt worden waren, und funktionierten offensichtlich einwandfrei. Gott sei Dank, dachte ich, eine Sorge weniger. Das Boot erwachte zum Leben, und das spielte sich leise, fast wie auf Samtpfötchen ab. Jeder wußte, was er in einer solchen prekären Situation zu tun hatte. Das war durch die unzähligen Übungen an Bord so oft durchgespielt und vertieft worden, daß es in Fleisch und Blut übergegangen war. Strahlen der Handlampen geisterten durch die Zentrale, ersetzten vorläufig noch die ausgefallene Beleuchtung. Ihr Schein fiel auf die Tiefenanzeige. Hundertneunzig Meter gingen durch, und das Boot strebte weiter in die Tiefe. Ein Anblick, bei dem sich mir die Haare zu sträuben begannen.

Wir hatten unseren Kurs so oft gewechselt, daß ich nicht mehr wußte, ob wir uns noch in der Tiefwasserrinne des Westfjords befanden. Kollidierten wir jetzt mit deren felsigem Rand, der laut Karte mit scharfkantigen Unterwasserfelsen übersät war, bedeutete das für uns den sicheren Tod.

Das Echolot zu benutzen, verbot sich von selbst. Das hörten die Briten möglicherweise mit, und dann hatten sie uns.

»Stopp Tiefe! Auf hundertneunzig Meter einpendeln!«

Oben blieb alles ruhig, selbst das ASDIC schwieg. War das Taktik, oder hatten sie uns verloren? Hoffnung keimte auf. Funktionierte das mit den schützenden Salzwasserschichten im Fjord möglicherweise doch? Angestrengt lauschte ich nach oben. Deutlich übertrug das Wasser rumpelnde Bordgeräusche bis zu uns herunter.

»Sie geben nicht auf, Herr Kaleu«, flüsterte der I WO. »Sie mannen neue Wabos nach achtern. Gleich geht es wieder los.«

»Glaube ich nicht, Herr Bernau. Ihr ASDIC scheint uns verloren zu haben. Vielleicht werfen sie noch ein paar Schreckbomben, um uns aufzuscheuchen, mehr aber bestimmt nicht«, gab ich ebenso leise zurück, obwohl ich mir dessen keineswegs so sicher war. »Horchgerät, was erzählen die Fische?«

»Horchgerät ist unklar, Herr Kaleu«, meldete statt dessen der II WO, bei dem die Schadensmeldungen zusammenliefen. »Wir haben eine ganze Reihe von Verletzten. Um die kümmern sich der Fähnrich und der Obergefreite Stutz.«

»Der Fähnrich? Versteht der denn was davon?«

»Ich glaub' schon, Herr Kaleu. Der ist in der HJ Feldscher gewesen, wie man da die Sanitäter nennt. Ist in der Berliner Charité ausgebildet worden und hat offenbar gute Lehrmeister gehabt. Außerdem ist sein Vater Arzt, da färbt so manches ab.«

»So, so, das ist ja sehr erfreulich«, sagte ich geistesabwesend, denn ich spitzte die Ohren, glaubte plötzlich Wasserrauschen zu hören und war alarmiert. »Ist das etwa bei uns, II WO? Wie ist das überhaupt mit den Schäden? Nur das GHG?«

»Ich habe noch keinen genauen Überblick. Auch die Kreiselkompaßanlage soll ausgefallen sein, hat man mir gemeldet. Das ist uns jedoch noch gar nicht aufgefallen, weil der zuletzt befohlene Kurs noch immer anliegt. Ansonsten sind es in der Hauptsache wieder diese verfluchten Stopfbuchsen, die leckgesprungen sind. Am schwierigsten sind die in den WCs im Vor- und im Achterschiff in den Griff zu kriegen.«

Der I WO rümpfte angewidert die Nase. »Pfui Deibel, man riecht es! Die Sauerei überspült ja schon die Flurplatten bis an das Süll der Zentrale! Baaah!«

Seine Worte drangen wie durch Watte in meine Ohren. Die Kreiselkompaßanlage war ausgefallen – ein Schock, den ich erst verdauen mußte. Eine Katastrophe für uns, wenn wir das nicht schnellstens wieder hinkriegten. Was interessierte mich da der Gestank aus den Klos? Die stanken doch immer.

Einen Augenblick lenkten mich seine Worte dennoch von dem Kompaßproblem ab. Ich roch es plötzlich auch. Mehr noch, ich hörte Schritte von achtern durch die stinkende Brühe patschen. Der Leitende Maschinist, der Chief, steckte seinen Kopf durch das Mannloch in die Zentrale. Er kniff geblendet die Augen zu, denn in diesem Moment ging die Beleuchtung wieder an.

»Die Steuerung der Brennstoffpumpen hat ein Ding weg, Herr Kaleu! Das kriegen wir aber hin, es braucht nur seine Zeit.« Er zögerte. »Neben den zerknallten Standgläsern und den Wassereinbrüchen sieht es so aus, als habe auch der Luftverdichter was abgekriegt. Mag der Teufel wissen, was wir noch herausfinden werden. Kein Wunder bei diesen Erschütterungen.«

Das klang in meinen Laienohren schon schlimm genug, es war jedoch gar nichts gegen den Ausfall des GHGs und der Kompaßanlage. »Setzen Sie alles dran, daß zuerst GHG und Kreiselkompaßanlage funktionsfähig gemacht werden, Chief, sonst sind wir aufgeschmissen!«

Statt einer Erwiderung zog der Obermaschinist den Kopf ein, denn oben sprangen aufheulend die Schrauben an. Im Boot erstarb jede Bewegung. Die Zerstörer drehten anscheinend auf dem Teller und formierten sich zu einem neuen Angriff. Oder? Ohne das GHG war das nicht genau festzustellen. Wir waren allein auf unsere Ohren angewiesen, mit denen ließen sich aber die genaue Richtung und Entfernung noch weniger bestimmen, aus der sie anliefen. Einen Trost hatte ich jedoch, die Briten tappten genauso im Dunkeln wie wir.

»Gott sei Dank, sie wissen nicht, wo wir abgeblieben sind«, sagte ich erleichtert. »Wir stecken vermutlich in der schützenden Salzwasserschicht, deshalb sucht uns ihr ASDIC vergeblich.«

Das klang optimistisch und sollte den Männern in der Zentrale Mut machen. Aber ich brauchte nur in die bleichen, hohläugigen Gesichter zu blicken, in denen sich die nackte Angst widerspiegelte.

»Nun macht euch nicht gleich wieder in die Hosen, ihr Hasenfüße! Ich kann mir auch 'ne angenehmere Musik vorstellen!« lästerte der I WO in einem Anflug von Galgenhumor. »Außerdem stinkt's auch so schon genug hier unten!« Das kam an. Die Männer grinsten. Der Gefreite Rosenhahn, der Spaßvogel der Besatzung und Spezialist für anrüchige Sprüche, nahm Bernaus Worte selbstverständlich sofort wieder als Anregung, um mit einer seiner Spruchweisheiten zu glänzen: »Eines aber ist gewiß, am schönsten ist ein flotter Schiß, viel schöner als ein Koitus, weil man da nicht zu zweit sein ...«

Ein gewaltiger Donnerschlag ließ ihn zusammenzucken und setzte damit seiner ferkeligen Schwärmerei ein jähes Ende. Es gab keine Lacher. Fort war die zaghaft aufkeimende Hoffnung, wir hätten das Schlimmste hinter uns. Voller Furcht starrten alle nach oben und versuchten, die Schraubengeräusche der Zerstörer zu deuten, die sich in flotter Fahrt voneinander wegzubewegen schienen. Was kam jetzt, ging es wieder los?

Unbewußt schüttelte ich den Kopf. Nee, keine Wasserbombenteppiche, höchstens Schreckbomben, aus Enttäuschung geworfen. Keine Trümmer, kein aufsteigendes Öl, keine blubbernden Luftblasen – also geisterte dieser *damn'd Jerry* noch irgendwo dort unten herum, angeschlagen vermutlich, seine Wunden leckend. Jetzt suchten sie uns auf breiter Front. Drei Zerstörer!

Wie zur Bestätigung ging eine neue Wabo-Serie hoch, diesmal weitab an Backbord. Wenig später wühlte an Steuerbord eine weitere Detonationreihe die See auf. Dann war Ruhe. Das heißt, mit aufheulenden Schrauben liefen die Tommies nach Backbord ab. Jubel der Erleichterung kam darüber nicht auf, zu tief saß den meisten noch die Angst in den Knochen. Dafür war es außerdem für mich und auch für meine Offiziere noch viel zu früh, wie ich ihren Gesichtern ablesen konnte.

Wir hatten inzwischen unsere Erfahrungen mit den Tommies gemacht. Wer garantierte uns denn jetzt dafür, daß alle Zerstörer abgelaufen waren und nicht nur zwei, um uns in Sicherheit zu wiegen? Vielleicht war wieder einer zurückgeblieben und wartete mit gestoppten Maschinen nur darauf, daß wir darauf hereinfielen und in die aufgestellte Falle gingen? Hatte er uns erst einmal in seinem ASDIC, dann kamen die anderen zurück, und die Hatz begann von neuem.

Wir brauchten Zeit. Erst wenn wir die Schäden im Boot behoben und die Verletzten versorgt hatten, konnten wir uns vorsichtig aus der schützenden Tiefe lösen. Um jedoch bis dahin nicht irgendwo aufzubrummen, gingen wir auf einen engen Rundkurs.

Im Vorschiff versorgten inzwischen der Fähnrich und unser Sani, der Gefreite Stutz, unsere Verletzten. Der I WO und ich waren schockiert, als wir das Mannschaftslogis im Vorschiff betraten. Nicht über die hohe Zahl der Verletzungen, die blieben ja bei so schweren Wabo-Angriffen nie aus und waren meist nur Bagatellen wie Platzwunden, Prellungen, Beulen und Stauchungen. Sie mochten schmerzhaft sein, waren jedoch leicht zu versorgen und schränkten die Dienstfähigkeit der davon betroffenen Männer selten ein.

Die waren auch schon verarztet und wieder auf ihren Stationen. Übrigblieben nur noch die schwereren Fälle. Am schlimmsten hatte es Obermaat Bräse getroffen. Der war mit dem Kopf voran durch den Maschinenraum und gegen das achtere Querschott geschleudert worden. Er lag mit einem durchgebluteten, ehemals weißen Kopfverband bewußtlos auf der Back. Ein Schauer rann mir bei seinem Anblick über den Rücken.

»Das sieht übel aus, Herr Kaleu«, meldete mir der Fähnrich leise, obwohl der Maschinenobermaat ihn gar nicht hören konnte. »Wir haben zuerst auf eine schwere Gehirnerschütterung getippt, aber das Brillenhämatom um die Augen, das Blut aus Nase und Ohren, das sind die typischen Anzeichen für einen Schädelbasisbruch, wie sie hier beschrieben werden. Möglicherweise hat er aber auch noch innere Verletzungen. Der Obermaat gehört in die Hände eines Arztes.«

Er hielt uns den ›Ärztlichen Ratgeber für den Bordgebrauch‹ aufgeschlagen entgegen und tippte auf die Abbildungen. Die sahen schon grausig genug aus.

»Teufel, das sieht ja bei dem Bräse noch schlimmer als auf diesen Bildern aus, Fähnrich!« entsetzte sich auch der I WO. »Arzt ist gut! Wo sollen wir denn jetzt einen Arzt herkriegen, Sie Witzbold?«

»Eine gute Frage«, erholte ich mich von dem Schock. »Die Narvik-Zerstörer hatten kein Lazarettschiff dabei, sonst würde ich nach Narvik hineinlaufen. Wenn überhaupt, dann kommt nur Trondheim in Frage, aber das sind grob geschätzt rund zwohundertsiebzig Seemeilen. Etwa dreiundzwanzig Stunden bei einem Schnitt von zwozehn Knoten, wenn wir hier weg dürfen. Ich werde funken.«

»Ja wenn! Und was können wir bis dahin mit dem armen Schwein machen?« fragte der I WO und angelte sich das Buch. »Du lieber Himmel, das sind ja vielleicht Ratschläge! ›Beengende Kleidung lockern und den Kopf in Seitenlage nach unten lagern. Umgehend einen Arzt hinzuziehen.‹ Ich weiß nicht, ob ich darüber lachen oder weinen soll. Auf einem U-Boot sind wir ja bei solchen Ratschlägen restlos verratzt!«

»Wir werden sehen, Herr Bernau«, gab ich der Erörterung eine andere Richtung. Sie war für das Seelenheil unserer Zuhörer, die sich kein Wort entgehen ließen, alles andere als gut. »Noch mehr solche Fälle, Fähnrich?«

»Nein, Herr Kaleu.« Er deutete auf die vier bandagierten Männer, die auf der Backskiste hockten. »Der Wedemeier hat einen Schlüsselbeinbruch rechts, Juhnke das linke Handgelenk gebrochen, Wagner eine üble Verstauchung des rechten Knöchels und bei Turke hat das linke Wadenbein einen Knacks, aber das heilt von allein. Dienstfähig sind sie allerdings nur begrenzt.«

»Das wird der Smadding regeln. Und was ist mit dem Neumann los, diesem Schlitzohr?« Der I WO zeigte schmunzelnd auf den Maschinengefreiten, dem der Stutz gerade den Brustkorb bandagierte.

»Mehrere Rippenbrüche, Herr Oberleutnant.« Der Fähnrich grinste. »Dem sind die Wabos auf den Darm geschlagen. Da ist er von der Kloschüssel geflogen, weil er das Schott nicht dicht gemacht hatte.«

»So was kommt eben von so was«, sagte der I WO. »Deshalb hat das so gestunken. Wissen Sie, was Sie sind, Neumann? Ein überdimensionales Ferkel!«

Neumann war ein lustiger Vogel, der wußte genau, wie der I WO das meinte. Er sah ihn verschmitzt an. »Jawoll, Herr Oberleitnant, bin ich überdinensinales Schwein. War aber nich' Wabo seine Schuld, war Innenleben meiniges. Hat gebraucht der Notdurft, konnt' ich nichts machen dagegen.«

Ich hatte die allergrößte Mühe, nicht laut loszulachen. Dieser Neumann sprach an sich ein einwandfreies Hochdeutsch. Er kam jedoch aus einem Kaff namens Ugoszcz im deutsch-polnischen Grenzgebiet von »Schlesien-Ober«, wie er Oberschlesien nannte. Bei passenden Gelegenheiten, und das war eine solche, verfiel er nur zu gern in den kuriosen Slang der dortigen Mischbevölkerung und hatte dann immer die Lacher auf seiner Seite.

»Hat gebraucht der Notdurft, das entschuldigt natürlich alles, Herr Bernau. Wat mutt, dat mutt eben! Aber was machen wir mit dem Bräse? Hier im Logis kann er doch unmöglich bleiben.«

»Er kann meine Koje im Deckoffizierslogis haben, wenn die anderen damit einverstanden sind, Herr Kaleu«, schlug der Fähnrich vor. »Ich schlafe gern in einer Hängematte. Dann bin ich auch in seiner Nähe, wenn er mich brauchen sollte.«

»Alle Achtung, Fähnrich, das finde ich aber großzügig!« lobte ich ihn. Das fand ich wirklich und sagte es nicht nur der Zuhörer wegen. Hinter mir räusperte sich der Zentralemaat. »Was wollen Sie, Mohl?«

»Herr Leutnant Störmer bittet Sie, in die Zentrale zu kommen, Herr Kaleu.«

»Ist der Krieg zu Ende?«

»Nein, das GHG funktioniert wieder, und die Horcher haben ...«

»Schon gut, Mohl!« unterbrach ich ihn. »Das ist die erste

schöne Nachricht heute. Dann man los, hören wir, was es gibt. «

»Vielleicht sollten wir zuerst mal ins Horcherschapp reinschauen?« schlug der I WO vor, während wir uns nach achtern durchschlängelten.

»Genau, Herr Bernau! Die Zentrale kann warten. Hören wir uns mal an, was die Horcher entdeckt haben.«

Maat Grauert schien auf uns gewartet zu haben. Er reichte mir sofort den Hörer. »Eine Überraschung, Herr Kaleu. Wir sind hier nicht allein. Kaum funktionierte das GHG wieder richtig, hatten wir den Bruder in eins-zwo-acht und auch die anderen im Ohr, die in drei-zwo-vier ihre Warteschleifen drehen.«

»Sind Sie sicher?« Was für eine Frage! Kaum hatte ich den Hörer übergestülpt, hörte ich es auch. Mich interessierte jedoch der in eins-zwo-acht mehr, der war näher dran. »Bordgeräusche, I WO! Wie wollen die denn ein U-Boot in die Falle locken, wenn sie da so ungeniert über die Flurplatten klotzen? Und was ist das für ein leises Sirren, Grauert? Irgendein neuartiges Suchgerät?« Ich gab den Hörer an den I WO weiter.

Grauert schüttelte den Kopf. »Kein Suchgerät, Herr Kaleu. Was da sirrt, sind Pumpen. Vermutlich Treibstoff- oder Lenzpumpen des Zerstörers. Die sind ganz schön leichtsinnig, oder denen geht die erfolglose Warterei auf den Keks.«

»Meeensch«, sagte der I WO. Er gab den Hörer an Grauert zurück und triumphierte. »Wir haben richtig getippt! Ich freß' 'nen Besen, die Borsten zuerst! Das sind die Tommies!«

Ich lachte und blickte auf die Uhr. »Brauchen Sie nicht! Irgendwann geht dem Knilch auf, daß der Trick nicht funktioniert und er sich zunehmend selbst in Gefahr bringt. Die nordischen Nächte sind schon verdammt kurz. In Kürze bricht die Morgendämmerung an. Wenn er bis dahin nicht verschwindet, hat er wenig später möglicherweise die Luftwaffe auf dem Hals. Und vor unseren Stukas haben die Briten bekanntlich einen Heidenrespekt.«

Noch bevor wir durch das Mannloch in die Zentrale jumpten, sprangen oben die Maschinen an. Der Zerstörer nahm Fahrt auf. Mit heulenden Schrauben jagte er seinem Verband hinterher.

Die Schraubengeräusche der Zerstörer verloren sich aus unserem GHG. Es gab keinen Grund mehr, noch länger in der schützenden Tiefe zu bleiben, zumal die Luft immer schlechter wurde. Die Instandsetzungsarbeiten waren abgeschlossen und überprüft worden. Ich ging mit den Offizieren trotzdem noch einmal die einzelnen Abteilungen durch.

»Insgesamt gesehen sind wir noch verhältnismäßig glimpflich davongekommen«, faßte der I WO das Ergebnis zusammen. »Das Boot ist wieder voll einsatzfähig.«

»Bis auf diese Scheißtorpedos!« setzte der II WO bitterböse hinzu. »Zwei dieser Kuckuckseier haben wir ja noch an Bord. Mir kräuseln sich die Haare, wenn ich daran denke, was die noch für böse Überraschungen parat haben könnten.«

»Mir auch, Herr Störmer!« bekräftigte ich und stand auf. »Ich habe auch schon ein entsprechendes FT an die Flottille aufgesetzt. Sobald wir aufgetaucht sind, geht das raus. Dann wollen wir mal! Anblasen! Auf Sehrohrtiefe einpendeln! Klar zum Auftauchen!«

Für die Besatzung war dieser Befehl ein Zeichen, daß die unmittelbare Gefahr für uns vorüber war. Daher schwappte eine Welle der Erleichterung durch das Boot. Und noch etwas kam hinzu: Wir hatten nur noch zwei Torpedos an Bord. Hatten wir die mit gutem Wind an den Mann gebracht, ging es möglicherweise auf Heimatkurs.

Wir Offiziere hatten dagegen ganz andere Sorgen. Für das Boot und seine technischen Einrichtungen kam jetzt die Stunde der Wahrheit. Meine Offiziere hatten ihm die volle Einsatzfähigkeit bescheinigt. Aber hatten wir tatsächlich alle Fehlerquellen gefunden und beseitigt? Waren alle Reparaturen auch wirklich hundertprozentig ausgeführt worden? Der Teufel steckte bekanntlich im Detail, deshalb verfolgten wir mißtrauisch, wie das Boot nach oben stieg. Lauschten auf jedes Geräusch, daß eventuell Gefahr signalisierte. Im Boot war es so still, daß wir sogar deutlich hörten, wie die Preßluft das Wasser aus den Tauchtanks drückte. Alles schien glatt zu gehen.

»Horchgerät an Zentrale!« meldete sich Grauert plötzlich aus seinem Schapp. »Schraubengeräusche kommen aus eins-sechs-fünf auf. Klingen nach Glühkopfmotor, können von einem Kutter oder Trawler stammen.«

»Aus eins-sechs-fünf?« vergewisserte ich mich und trug die Peilung an unseren Kurs an. »Dann kommt der aus Svolvær auf.«

»Ich weiß nicht«, meinte der II WO, »wenn ich Svolvær höre, habe ich schon wieder ein ganz flaues Gefühl im Magen. Die Schießerei auf dem Hafenplatz, dieses Abknallen der beiden Briten wie die Hasen, das war die schmutzigste Seite des Krieges für mich.«

»Nicht nur für Sie!« bekräftigte der I WO. »Das hat uns wohl alle ziemlich mitgenommen. Aber wer weiß, was da in den Köpfen der Stoppelhopser vorgegangen ist? Für die war so eine Situation vermutlich auch eine ganz neue Erfahrung, eine Überreaktion.«

»Sehrohrtiefe ist erreicht! Boot pendelt auf Sehrohrtiefe ein«, unterbrach der Tiefenrudergänger das Gespräch.

»Schraubengeräusche wandern nach eins-acht-null aus!« meldete Grauert. »Unbekanntes Objekt kreuzt unser Kielwasser, kommt dabei auf! Entfernung etwa vier Seemeilen.«

»Der will also zum anderen Ufer des Fjordes. Mal sehen, was das wieder für ein Zeitgenosse ist.«

Ich trat an das Sehrohr und schwenkte es in die Peilung. Zunächst sah ich jedoch gar nichts, so blendete mich die ungewohnte Helligkeit. Doch dann entdeckte ich den Urheber der Schraubengeräusche. Hinter einer hohen Bugwelle hoben sich die Aufbauten eines Fischkutters ab, der in eiliger Fahrt der anderen Fjordseite zustrebte.

Weil ich mich nicht überraschen lassen wollte, schwenkte ich den Spargel langsam weiter herum. Nichts, trotz des wolkenlosen blauen Himmels und des strahlenden Sonnenscheins war die Wasserfläche wie leergefegt. Die Besetzung ihres Landes schien die Norweger in eine Art Koma versetzt zu haben, denn einziges Anzeichen norwegischen Lebens war dieser Kutter.

»Komisch, warum hat der es so eilig?« Ich überließ dem I WO den Spargel. »Was halten Sie denn davon?«

»Zum Fischen fährt der jedenfalls nicht, Herr Kaleu«, meinte Bernau nach einer Weile. »Und von der *Erich Giese* kommt er auch nicht. Um eine Ladung Gebirgsjäger an Land zu setzen, käme er aus der entgegengesetzten Richtung. Wir sollten ihn uns einfach mal ansehen.«

»Genau das werden wir auch tun. Ruder Backbord zwanzig! Brückenwache und Geschützbedienungen in den Turm! GHG, laufend durchgeben, wie der Kutter peilt!«

Gelenkt von den Peilungen, verlegten wir dem Kutter den Weg. Als er nur noch fünfhundert Meter von uns entfernt war, tauchten wir auf. Ich hatte mir von unserem plötzlichen Erscheinen mehr versprochen. Es verfehlte ihre Wirkung auf die Kutterbesatzung völlig. Die zeigten sich von unseren drohend auf sie gerichteten Waffen nicht im geringsten beeindruckt, im Gegenteil.

»Gibt's denn so was, die winken, anstatt sich in die Hosen zu machen?« stellte der I WO verblüfft fest. »Wenn mich nicht alles täuscht, ist da ja sogar 'ne Frau an Bord! Ist das hier so üblich?«

Eine Frau? Wo sah der eine Frau? An Bord schienen sich nur zwei Personen zu befinden. Eine davon stand an Deck und schoß eine Leine auf, unzweifelhaft ein Mann. Die zweite stand im dämmerigen Steuerhaus am Steuer, mehr ein Schatten denn als Frau zu erkennen, und winkte. Aber was zerbrach ich mir darüber unnötig den Kopf?

»Üblich oder nicht, Herr Bernau. Scheren Sie an diese ungewöhnliche Fuhre doch einfach mal näher heran. Dann werden wir ja hören, wohin die wollen.«

Wir näherten uns bis auf Rufweite. Die Norweger taten das vernünftigste, was man gegenüber einem Kriegsschiff in einem solchen Fall tun konnte, sie stoppten auf unseren Anruf. Es waren tatsächlich nur zwei, der Mann an Deck und, jetzt sah ich es auch, eine Frau am Steuer. Sie war allerdings so dick angepummelt, daß ich in der Gestalt in der dicken Fellparka die Frau erst erkannte, als sie die Kapuze zurückschlug und mir ihr apartes Gesicht zuwandte.

»Ich werd' verrückt, die Skollers!« entfuhr es mir voller Überraschung. »Was machen die denn jetzt hier draußen? Sagten die nicht, sie wollten bei ihren Verwandten in Svolvær bleiben, bis sich die Lage normalisiert hat?«

Das war es jedoch nicht allein, was plötzlich Mißtrauen in mir weckte. Mit dem Beiboot, mit dem wir sie an Land geschickt hatten, war inzwischen eine erstaunliche Verwandlung vorgegangen. Aus ihm war ein ganz respektabler Fischkutter geworden. Nicht so ein jämmerlicher Schlickrutscher für die küstennahe Fischerei, sondern ein hochseetüchtiger

Kahn. Pikobello in Schuß bis auf die letzte Decknaht und mit Funk ausgestattet, wie mir die Antennen an seinem Signalmast verrieten.

»Sieht aus, als hätten die uns angeschissen, Herr Kaleu.« Die Enttäuschung darüber stand dem I WO ins Gesicht geschrieben. »Die haben uns die Unschuld vom Lande vorgespielt, und wir sind darauf hereingefallen!«

Ich dachte ähnlich. Der Anschein sprach dafür, daß die beiden mit den Briten unter einer Decke steckten, Mitglieder eines Agentenringes waren, der gegen deutsche Frachter operierte. Wie sonst hätte Björn Skoller so schnell zu so einem Kutter kommen können? Andererseits – ich hatte mich bisher immer auf meine Menschenkenntnis verlassen können. Sollte sie mich diesmal tatsächlich so im Stich gelassen haben?

»Jetzt möchte ich es genauer wissen, I WO! BÜ, das Leinenkommando an Deck, der Bootsmann auf die Brücke!« Ich nahm die Flüstertüte. »Kommen Sie längsseits, Herr Skoller! Wir haben ein paar Fragen!«

Unser Leinenkommando kroch aus dem vorderen Versorgungsluk, froh darüber, an Deck frische Luft schnappen zu können. Der Smadding schien nicht minder froh zu sein. Der schwang sich mit einer bühnenreifen Flanke über die Reling des Wintergartens.

»Zur Stelle, Herr Kaleu!«

»Holen Sie den Kutter längsseits, und bringen Sie die Skollers zu uns auf die Brücke, Nummer Eins! Wir möchten ein paar Fragen mit ihnen klären.«

»Aye, aye, Sir!« Er salutierte wie ein britischer Seemann und turnte zu seinen Leuten an Deck hinunter.

»Ich hoffe, die werden mir die erstaunliche Verwandlung erklären können, Herr Bernau. Wenn nicht, laufen wir nach Svolvær zurück und übergeben sie den Gebirgsjägern.«

Die Skollers schickten sich mit deutlichem Widerwillen in die Situation. Angesichts unserer Waffen wußten sie jedoch, daß wir die überzeugenderen Argumente auf unserer Seite hatten. Trotzdem ging Maritt Skoller sofort zum Angriff über.

»Sie sehen uns erstaunt, Herr Kapitänleutnant.« Ihre hübschen Augen funkelten verärgert. »Gibt es einen besonderen Grund dafür, daß Sie uns aufhalten und von Bord holen lassen? Ich meine ...«

»Den Grund gibt es in der Tat, Fräulein Skoller«, unterbrach ich sie und lächelte beschwichtigend. »Das Erstaunen ist ganz auf unserer Seite. Wir haben Sie mit einem Beiboot nach Svolvær entlassen, wo Sie bei Verwandten bleiben wollten, bis sich die Lage normalisiert hat. Jetzt aber kreuzen Sie hier draußen mit einem piekfeinen Fischkutter auf. Wie verträgt sich denn das?«

»Ach das?« Sie tat meine Frage mit einer abwertenden Handbewegung ab, als schüttele sie insgeheim ihren hübschen Kopf über meinen Geisteszustand. »Die *Svolvær II* stand zum Verkauf, und der Verkäufer akzeptierte das Beiboot als Teil der Kaufsumme. Einer unserer Cousins hat das vermittelt. Jetzt sind wir auf dem Weg nach Hellnessund, um den Rest der Kaufsumme zusammenzukratzen. So einfach ist das.«

Das klang plausibel – falls es stimmte. Aber da hatte ich so meine Zweifel, und die schien ihr Bruder von meinem Gesicht abzulesen. Der holte nämlich aus seiner Brusttasche ein zusammengefaltetes Blatt Papier heraus und reichte es mir.

»Hier, Herr Kaleu, das ist der Kaufvertrag. So eine günstige Gelegenheit konnte ich mir einfach nicht entgehen lassen.« Er grinste. »Ich hätte zwar lieber einen Trawler gehabt, aber bei meinen finanziellen Möglichkeiten war nun einmal für mich mehr als der Kutter nicht drin. Vielleicht kann ich später einmal, wenn dieser unglückselige Krieg zu Ende ist und ich wieder zu Geld komme, auf einen Trawler umsteigen.«

Ich verstand kein Norwegisch, so viel sah ich aber doch, daß es ein ordnungsgemäß unterschriebener und beglaubigter Kaufvertrag war. Mein Mißtrauen begann zu schwinden, allerdings noch nicht ganz. Die Zeitspanne war es, die meine Zweifel wach hielt.

»Erstaunlich, daß Sie das so schnell hingekriegt haben. Ich dachte, die Besetzung durch deutsche Soldaten habe das normale Leben in Svolvær völlig durcheinandergebracht.«

»Sie sind noch nicht überzeugt, Herr Kaleu?« Björn Skoller ließ sich nicht aus der Ruhe bringen. »Wenn es um Geld geht, lassen wir Norweger uns eben nicht so leicht aus der Bahn werfen. Der Verkäufer war froh, unter den veränderten Verhältnissen noch einen Käufer für den Kutter zu finden. Weiß man denn, wie sich das alles hier noch entwickelt?«

Er sagte das mit einem solchen Unterton, daß ich aufhorchte. »Wie meinen Sie denn das, Herr Skoller?«

Diesmal zögerte er. »Nun, im Hafen und in den Fjorden vor Narvik hat es Gefechte zwischen deutschen und britischen Zerstörern gegeben, die für die Deutschen nicht gut ausgegangen sind. Die Briten werden wiederkommen, um die norwegischen Streitkräfte zu unterstützen. Die haben nämlich noch nicht kapituliert.«

»Und woher haben Sie das? Von der BBC?«

Er verzog spöttisch den Mund. »Sie unterschätzen uns, Herr Kaleu. Wir sind ein dünnbesiedeltes Land, leben deshalb aber nicht hinter dem Mond. Es gibt auch bei uns Radio und Telefon. Von dem Gefecht hat BBC berichtet, da wußten wir es allerdings schon durch Telefonate.«

Ich versuchte eine Entschuldigung. »Es hat mir völlig ferngelegen, die technische Entwicklung Ihres Lander in Frage zu stellen. Ich wollte lediglich wissen, ob Ihre Informationen aus einer seriösen Quelle stammten oder aus einer Propagandasendung der BBC.«

Das klang selbst in meinen Ohren lahm. Ich saß in einer Zwickmühle. Sollte ich ihnen den Kauf glauben oder nicht? Wir hatten nichts Gegenteiliges gegen die beiden in der Hand, denn ein Verdacht allein genügte nicht. Es gab also keinen Grund, sie noch länger aufzuhalten.

»Herzlichen Glückwunsch zum Kauf Ihres Kutters. Wir wünschen Ihnen allzeit gute Fahrt damit und immer eine Handbreit Wasser unter dem Kiel.« Ich gab Skoller den Kaufvertrag zurück. »Für uns ist damit alles geklärt, wir möchten Sie daher nicht noch länger an der Weiterfahrt hindern. Mast- und Schotbruch!«

Er akzeptierte es, indem er eine Verbeugung andeutete. »Das wünschen wir Ihnen auch, Herr Kaleu! Kommen Sie gut durch diesen Krieg! Vielleicht sehen wir uns dann unter anderen Bedingungen wieder!«

»Hoffentlich!« sagte der I WO und half Maritt über die Reling des Wintergartens.

Sie blieb einen Augenblick auf der oberen Fußraste stehen und warf ihm einen herausfordernden Blick zu, aus dem man alles herausdeuten konnte. »Und dann?«

Sie brachte damit meinen sonst so schlagfertigen I WO glatt aus dem Konzept.

Viel zu spät fand er die Sprache wieder. »Ich ... Hmm! Ich denke ... das werden wir dann schon sehen.«

Das hörte sie jedoch nicht mehr. Sie sprang von der letzten Fußraste an Deck und eilte ihrem Bruder hinterher.

Der II WO kroch mit der neuen Brückenwache aus dem Turmluk. Er grüßte mit der Hand am Mützenschirm und meldete mir: »Backbordwache klar zum Wachwechsel! Kurs zwo-eins-null, beide Maschinen machen Kleine Fahrt voraus. Unter Deck keine besonderen Vorkommnisse!«

»Danke, II WO, aber Sie bellen den falschen Hund an.« Ich deutete lächelnd mit dem Daumen auf den I WO und kniff ein Auge zu. »Dort steht der richtige!«

Der II WO verstand meinen Wink sofort und schmunzelte verständnisinnig. Schließlich wußte jeder von uns inzwischen, welchen tiefen Eindruck Maritt Skoller auf den I WO schon bei der erste Begegnung gemacht hatte. Der war auch jetzt wieder für diese Welt verloren. Er lehnte am Schanzkleid und starrte versonnen dem Kutter hinterher, der sich in schneller Fahrt von uns entfernte. Dieser selbstvergessene Anblick war natürlich Wasser auf die Mühle des II WO.

Er trat dicht an den I WO heran und machte: »Wau!«

Jäh aus seinen angenehmen Träumen gerissen, schreckte Bernau zusammen und fuhr zu uns herum. Der II WO salutierte theatralisch.

»Melde Herrn Oberleutnant zur See Bernau gehorsamst, Leutnant zur See Bernd Störmer, Träger des EK Zwo und des U-Bootkampfabzeichens, bereit zur Wachablösung!«

Einen Augenblick starrte Bernau ihn verblüfft an, dann lachte er laut auf und salutierte ebenfalls. »Haben Sie mich wieder erwischt, was? Trotzdem ist es schade, Sie Spottdrossel! Warum, verdammt, begegnet man solchen Frauen immer im falschen Augenblick?«

»Lebensführungsschuld, Herr Bernau! Sie wiederholen sich außerdem.« Ich trat an das Turmluk. »Kommen Sie, gehen wir das FT an die Flottille in meinem Kabuff noch einmal gemeinsam durch. Könnte ja sein, daß ich irgend etwas noch schärfer formulieren sollte.«

Ich ließ mich in das Turmluk fallen und sauste in die Zentrale hinunter.

»Oha, Herr Kaleu, das Ding werden die sich bestimmt nicht hinter den Spiegel stecken!« Er gab mir das Formular zurück. »Ausführlicher kann man es gar nicht machen. Es ist doch alles drin und läßt sich mit dem Logbuch und den Schußunterlagen belegen. Außerdem werden wir nicht die einzigen sein, denen man solche Versager aufgeholzt hat.«

»Hoffentlich!« Ich stand auf und jagte den Text durch die Schlüsselmaschine mit dem Offizierscode. »Bin gespannt, wie die darauf reagieren werden.«

Wir blieben am Funkschapp stehen und sahen zu, wie der Funker den doppelt verschlüsselten Text herunterhämmerte. Keine halbe Stunde später hielt ich die Antwort in den Händen. Es war der Befehl an alle U-Boote, die Magnetzündung der Torpedos sofort auf Aufschlagzündung umzustellen. Die Anweisung war so kompliziert gehalten, daß sie mir Rätsel aufgab. Ich ließ den I WO und die beiden Torpedoobermaate zu mir kommen.

»Ich habe mir eingebildet, einiges von Torpedos und ihrer Mechanik zu verstehen, doch diese Anweisung, wie die Magnetzündung auf Aufschlagzündung umzustellen ist, ist für mich ein Buch mit sieben Siegeln.« Ich reichte dem I WO den Funkspruch, schließlich war er der zuständige Torpedooffizier. »Können Sie damit etwas anfangen, Herr Bernau?«

Der warf nur einen kurzen Blick darauf und schüttelte den Kopf. »Du lieber Himmel, das ist ja reinstes Fachchinesisch! Dazu fehlt mir glatt der Draht, Herr Kaleu!«

»Das tröstet mich, hilft uns jedoch nicht aus der Klemme. Dann fragen wir mal diese beiden Fachleute.«

Ich gab das Blatt an Obermaat Hirsch weiter. »Sie sind der dienstälteste Torpedomixer. Nun zeigen Sie uns Laien mal, was Sie auf dem Kasten haben, Obermaat!«

Hirsch war ein erfahrener Unteroffizier, ein Tüftler, der

zur Beförderung in den Feldwebelrang vorgeschlagen worden war, wie ich aus seiner Personalakte wußte. Wenn also jemand überhaupt aus dieser komplizierten Anweisung klug wurde, dann war er das.

Seiner Miene war jedoch anzusehen, daß auch er einige Probleme mit dieser Anweisung hatte. Er beugte sich zu Obermaat Schäufele hinüber und tippte auf das Blatt. »Kapierst du das hier?«

Der studierte die Anweisung, zog die Stirn kraus und schüttelte den Kopf. »So auf Anhieb nicht, Helmut. Wir sollten die beiden Aale ziehen und dann die Zündvorrichtung auseinandernehmen. Dann sehen wir am besten, wie das hier zu verstehen ist.«

»Na großartig! Hoffentlich fliegen wir dabei nicht in die Luft!« spottete ich. »Bisher haben diese Scheißdinger wenigstens noch den Sicherheitsabstand eingehalten, bevor sie hochgingen. Schaltet mir das nicht etwa ab.«

Die beiden zogen mit der Anweisung ab und ließen den I WO und mich mit einem unguten Gefühl zurück. Das verlor sich auch nicht, als sie mir Stunden später die Torpedos einsatzbereit meldeten.

»Einsatzbereit?« wiederholte ich mißtrauisch. »Was verstehen Sie darunter? Können Sie mir garantieren, daß die nicht schon detonieren, bevor sie das Rohr verlassen haben?«

»Das schon, Herr Kaleu!« versicherte Obermaat Hirsch. »Die Sicherung ist nicht verändert worden. Wir haben lediglich den Zündmechanismus auf Aufschlag umgestellt und alles noch einmal gründlich nach möglichen Fehlerquellen durchforstet. Wenn die jetzt wieder versagen, dann liegt's jedenfalls nicht an der Zündung.«

»Dann steckt der Wurm in einem anderen Teil des Torpedos, Herr Kaleu«, fügte Obermaat Schäufele hinzu.

»Das ist ja ungemein beruhigend, Schäufele. Zu deutsch, ich muß bei diesen Aalen mit allem rechnen.«

Noch bevor ich dazu kam, mir wieder in Erinnerung zu rufen, aus welchem Winkel nunmehr die Torpedos mit Aufschlagzündung auszustoßen waren, erschien der Fähnrich mit einem ganz belemmerten Gesichtsausdruck im Gang vor meinem Kabuff und machte Männchen.

»Was ist los, Fähnrich? Was hat Ihnen denn die Petersilie verhagelt?«

»Dem Obermaat Bräse geht es nicht gut, Herr Kaleu. Er hat zwoundvierzig Grad Fieber und ist nicht mehr ansprechbar. Ich fürchte, der stirbt uns unter den Händen. Es ist nicht nur der Schädelbasisbruch, der ihm zu schaffen macht. Er hat vermutlich auch noch schwere innere Verletzungen, gegen die wir machtlos sind.«

Der Bräse! Wie hatte ich den nur vergessen können! In meinem Kopf überschlugen sich die Gedanken. Der durfte uns nicht sterben! Nicht jetzt und auch später nicht, denn sein Tod würde für die Stimmung der Besatzung eine verheerende Wirkung haben. Da gab es nur eins, ich mußte schleunigst Hilfe herbeirufen. Nach Narvik war der Weg zu weit. Ich beschloß zu versuchen, den Zerstörer *Erich Giese* zu erreichen, der möglicherweise noch in unserer Nähe operierte, stand auf und zog die Kladde mit den taktischen Rufnummern aus dem Regal. Mit fliegenden Fingern entwarf ich einen Text für den Funker. »Kommen Sie, Fähnrich! Ich will sehen, daß ich die *Erich Giese* erreiche. Vielleicht können die uns helfen.«

Der Funker versuchte unermüdlich, den Zerstörer zu kontaktieren.

Mich hielt es nicht länger an der Funkbude. »Bleiben Sie hier, Fähnrich, und warten Sie auf Antwort! Ich will mir den Bräse indessen mal ansehen.«

Im Deckoffizierlogis empfing mich der Geruch nach Erbrochenem. Es kehrte mir fast den Magen um. Bräse lag reglos in der Koje des Fähnrichs. Der Gefreite Stutz hockte auf dem Kojenrand und wischte ihm mit einem feuchten Lappen die erschreckend bleiche Stirn ab, versuchte wohl, ihm damit Kühlung zu verschaffen.

Mein Gott, der arme Kerl ist ja schon jetzt fast tot, fuhr es mir durch den Kopf. Nur wenn wir die *Giese* noch rechtzeitig erreichten, war ihm möglicherweise noch zu helfen.

»Wie sieht es aus, Stutz?« fragte ich leise. Eine blöde Frage, denn das Problem sah ich doch selbst.

»Schlecht, Herr Kaleu, sehr schlecht! Sein Atem geht nur noch ganz flach, und er hat kaum noch Puls. Der macht nicht mehr lange«, brachte er es knapp und brutal auf den Nenner.

Es hatte keinen Zweck, mir selbst etwas vorzumachen. Der Mann war verloren, selbst wenn wir die *Giese* noch erreichen sollten. Schritte ertönten im Gang, lenkten mich von Bräse ab. Der Fähnrich erschien am Schott und zuckte bedauernd die Schultern. »Die *Giese* antwortet nicht, Herr Kaleu. Die Funker haben alles versucht. Auch die Zerstörer *Roeder* und *Lüdemann* antworten nicht.«

»Danke, Fähnrich, dann kann uns nur noch Gott helfen«, sagte ich niedergeschlagen und wandte mich zum Gehen. »Versuchen Sie wenigstens, dem Bräse das bißchen Leben noch zu erleichtern.«

Auf dem Gang zur Zentrale lief ich dem Funkobergefreiten Pepke in die Arme.

»Ein FT für uns, Herr Kaleu! Offiziersschlüssel!«

»Geben Sie her, Pepke! Haben Sie feststellen können, von wem das FT stammt? Von der *Erich Giese*?«

Ich hatte heute ganz eindeutig nicht meinen Tag, denn es war wieder eine nahezu alberne Frage. Nur dadurch zu entschuldigen, daß ich mit meinen Gedanken noch immer bei Bräse war. Ich gab nämlich die Hoffnung nicht auf, die *Erich Giese* habe unsere Anrufe vielleicht doch aufgenommen, beantworte sie jedoch aus unerfindlichen Gründen erst jetzt. Dabei hätte mir sofort klar sein müssen, daß die Codierung glatt dagegen sprach. Der Text war nur lesbar mit dem Offiziersschlüssel, war also ein GKdos, eine Geheime Kommandosache, die nur Offizieren zugänglich war.

Pepke sah diese Diskrepanz jedoch nicht. »Vom BdU, Herr Kaleu! Mit dem Zusatz dringend.«

»Weiß der I WO schon davon?« Er verneinte. »Dann bitten Sie ihn, in mein Kabuff zu kommen.«

Bernau trat genau in dem Augenblick ein, als ich den dechiffrierten Text aus der Maschine zog und ihn überflog. Mit einer einladenden Handbewegung bedeutete ich ihm, Platz zu nehmen. »Die Funkaufklärung hat zahlreiche britische Einheiten vor der norwegischen Küste festgestellt. Sichtmeldungen haben ergeben, daß es sich um Kreuzer, Zerstörer und Schlachtschiffe handelt, begleitet von Frachtern. Der Löwe vermutet, daß sich die feindlichen Aktionen in der Hauptsache gegen den Raum Trondheim und Narvik richten werden«, faßte ich den wesentlichen Inhalt des FT zusammen. »Aus diesem Grund wird uns befohlen, sofort eine Position in einem Aufklärungsstreifen am Eingang des Westfjords zwischen Værøy und Helligvær zu beziehen. Hier, am besten, Sie lesen das FT selbst.«

Ich gab ihm den Text und holte die Seekarte aus dem Schapp.

»Du meine Güte, eine Position zwischen Værøy und Helligvær! Das sind fast dreiunddreißig Seemeilen, die wir abpatrouillieren sollen! Wie stellen die sich das denn vor?«

»Die gehen vermutlich davon aus, daß wir in der Mitte zwischen den beiden Inseln Position beziehen werden, so daß unser GHG feindliche Schraubengeräusche ohne Schwierigkeiten einpeilen kann.«

»Wobei man bloß übersieht, daß es genügend Schleichpfade zwischen den Inseln der Lofoten und ebenso entlang der Küste auf der anderen Seite des Fjordes durch die Schären gibt, durch die die Tommies unbemerkt in den Westfjord einsickern und bis Narvik vorstoßen können, I WO. Fein, was?«

»Noch drolliger finde ich ja den Zusatz: Es ist zu erwarten, daß sich versprengte norwegische Soldaten der Leuchttürme bemächtigen werden, um die Briten bei ihren Aktionen zu unterstützen. Derartige Aktivitäten sind rücksichtslos zu verhindern! Also freie Jagd auf alles, was uns vor die Flinte kommt, Herr Kaleu.«

»Und nicht nur das, Herr Bernau. Wir werden einen Stoßtrupp zusammenstellen, den wir gegebenenfalls an Land setzen werden, um solche Widerstandsnester auszunehmen.« Ich legte das Kursdreieck an. »Nehmen wir Kurs auf Henningsvær und laufen dann entlang der Lofoten-Inseln nach Südsüdwest. Vielleicht werden wir dort schon fündig.«

Kurz nach dem Nachmittagswachwechsel erlag der Maschinenobermaat Bräse seinen schweren Verletzungen. Obwohl inzwischen alle damit gerechnet hatten, löste sein Tod doch eine tiefe Betroffenheit aus. Ein Toter an Bord – die psychologische Wirkung auf die Besatzung war nicht zu unterschätzen. Bisher war der Tod für jeden von uns eine mehr oder weniger anonyme Bedrohung gewesen, deren unmittelbare Nähe man aus dem Denken zu verdrängen versuchte. Jetzt nahm der Tod jedoch Gestalt an, war unter uns und machte jedem deutlich, auf wie dünnem Eis wir uns bewegten. Es hätte jeden von uns treffen können.

Die Stimmung an Bord sank auf einen Tiefpunkt. Eine Entwicklung, die für uns alle gefährliche Folgen haben konnte, wenn Angst um das eigene Leben unser künftiges Handeln in unserer engen Eisenröhre beherrschte. Dagegen gab es nur eins: Bräse mußte so schnell wie möglich von Bord.

»Aber wie?« Ich sah meine Offiziere und den Bootsmann an, als erwartete ich von ihnen einen Vorschlag. Dabei stand das für mich längst fest. »An Land können wir ihn aus verständlichen Gründen nicht beisetzen. Bleibt nur die Bestattung auf See, ein Seemannsgrab also. Einwände?«

Ich erntete ein allgemeines Kopfschütteln.

»Bootsmann, Sie erinnern sich an die *Flying Lady*? Gut! Dann wissen Sie, wie das läuft. Lassen Sie den Obermaat in eine Hängematte einnähen und mit Gewichten beschweren. Der Signalmaat soll Ihnen für die Zeremonie unsere Kriegsflagge überlassen. Haben wir irgendeine Bohle oder etwas Ähnliches an Bord, auf dem wir den Toten in die See gleiten lassen können?«

Der Smadding dachte nur kurz nach. »Die Rutsche für die Vorratslast, Herr Kaleu. Irgendwelche Zeitvorgaben?«

Ich sah auf die Uhr. »Wenn uns nicht irgend etwas dazwischen kommt, achtzehn Uhr. Alles klar? Gut, bis dann!« Das klang kalt und gefühllos, half mir aber, meine wahren Gefühle zu verbergen.

Der wolkenlose, tiefblaue Himmel und der strahlende Sonnenschein standen in einem krassen Gegensatz zu der beklemmenden Stimmung, die der Anblick des unter der Kriegsflagge an Deck aufgebahrten Toten in der kleinen Trauergemeinde ausloste. Auf der *Flying Lady,* jener gekaperten britischen U-Boot-Falle, hatte ich seinerzeit die gesamte Besatzung an Deck Aufstellung nehmen lassen, um den Opfern unseres Handstreiches die letzte Ehre zu erweisen.

Das war hier nicht möglich, wollten wir uns nicht der Gefahr aussetzen, auf eventuelle Angriffe nicht sofort reagieren zu können. Wir beschränkten darum den Kreis so eng wie möglich und auf die Offiziere, die Brückenwache, die Geschützbedienungen und den Bootsmann mit seinen beiden Helfern an der Bahre. Ich mußte mich sogar mit meiner Rede kurz halten, denn für die Trauerzeremonie stoppten wir die Maschinen. In der langen Dünung, die in den breiten Westfjord hineindrang, rollte das antriebslose Boot so stark, daß die See den Männern an Deck um die Seestiefel schwappte und die provisorische Bahre in den Bach zu waschen drohte. Es wurde daher eine erschreckend nüchterne Trauerfeier. Meine Trauerrede war entsprechend kurz und endete mit einem gemeinsam gebeteten Vaterunser. Dann hoben die Männer des Smaddings die Bahre an und übergaben den Obermaat in der gleichen Weise der See, wie alle seefahrenden Nationen seit Jahrhunderten ihre toten Seeleute im Meer zur letzten Ruhe betten. Unter der deutschen Kriegsflagge glitt Bräse in seiner Hängematte auf der Rutsche hinab in die aufspritzende See. Von den Gewichten in die Tiefe gezogen, entschwand er, Blasen aufwerfend, für immer unseren Blicken. Das war der Augenblick, der wohl allen mehr als meine Rede unter die Haut ging.

Ich hatte einen dicken Kloß in der Kehle, als ich mich abwandte, und räusperte mich frei. »Übernehmen Sie wieder, Herr Störmer! Beide Maschinen voll voraus! Horchpausen wie üblich, man kann schließlich nicht wissen.«

Der Smadding kam die Fußrasten am Turm empor geklettert, gefolgt von seinen beiden Helfern. Erst jetzt wurde ich gewahr, daß einer davon Neumann war, das Schlitzohr aus »Schlesien-Ober«.

»Was ist das denn, Neumann? Ich denke, Sie haben sich die Rippen gebrochen, und nun turnen Sie hier trotzdem herum?«

Neumann zögerte einen Moment, dann legte er jedoch grinsend seinen Kopf schief und hob die Hände wie ein arabischer Basarhändler. »Mecht' sein gebrochen, Herr Kaleu, mecht' aber sein meglicherweise auch nur geprellt.« Er zuckte die Schultern. »Nich' Genaues weiß man nich'! Aber, hab' ich gesagt zu mir, Neumann sei schlau! In Schlesien-Ober is' iblich, daß man versäuft dem Toten sein Fell nach Beerdigung, damit Traurigkeit schneller vergeht. Noo, hab' ich gedacht, mecht' meglich sein, unser Herr Kommandant weiß dem guten Brauch und gibt aus ein ›Besanschot an!‹ für die, wo getragen haben die Leiche zu ewige Ruh'. Also wirst du vergessen die verdammten Rippen, damit du kriegst Totengräberschnaps dafir, bitteschön!«

Einen Augenblick herrschte verblüfftes Schweigen auf der Brücke, alle warteten auf meine Reaktion. Doch dann schwemmte brüllendes Gelächter über diesen komischen Monolog die trübselige Stimmung hinweg. Ich konnte nicht anders, ich lachte mit. Besanschot an, das Allheilmittel zur Aufbesserung des allgemeinen Stimmungstiefs, das sich durch Bräses Tod eingeschlichen hatte! Warum war ich darauf nicht von ganz allein gekommen?

»Nu' gutt, Neumann«, versuchte ich, mich seinem kuriosen Dialekt anzupassen. »Weiß der Herr Kommandant natirlich von dem scheenen Brauch in Schlesien-Ober. Gibt er also aus einen Finkennapf voll Rum, aber nich' für schlitzohrige Totengräber allein. Soll Traurigkeit bei alle vertreiben!«

Diesmal hatte ich die Lacher auf meiner Seite.

Der Alarm holte mich von meinen Schreibarbeiten für das Kriegstagebuch weg. Ich jumpte durch das Mannloch in die Zentrale und griff nach meiner dicken Lederjoppe.

»Schraubengeräusche aus null-neun-neun mit Südsüdwest-Kurs schnell aufkommend, Herr Kaleu!« meldete mir Obersteuermann Wegner. »Der I WO hat schon auf die Geräusche eingedreht. Ein Trawler oder Kutter, Entfernung etwa vier Seemeilen.«

Während ich in meine Joppe schlüpfte, folgte ich seinem Finger auf der Karte. Der an unseren Kurs angetragene Peilstrahl wies auf Stamsund, einen Ort auf der Lofoteninsel Vestvågøy. Vermutlich war der Trawler oder Kutter aus diesem Ort gekommen und lief jetzt auf eine der nächsten Inseln zu.

»Danke, Obersteuermann!« Ich enterte zur Brücke auf und vergaß im selben Augenblick glatt den Anlaß, der mich aus meinem Kabuff auf die Brücke getrieben hatte.

Obwohl die Zeiger auf dem Leuchtzifferblatt meiner Uhr auf eine Stunde vor Mitternacht wiesen, bot sich meinen an das Dämmerlicht unter Deck gewöhnten Augen ein märchenhaftes Farbenspiel. Die längst hinter der Kimm versunkene Sonne zauberte zu so später Stunde noch immer eine faszinierende Farbensymphonie an den fast wolkenlosen Westhimmel, die über alle Abstufungen vom hellen Gelb über Rot bis zu einem dunklen Violett im Zenit spielte. Wir standen verhältnismäßig dicht unter Land, dessen Konturen sich dunkel gegen den hellen Horizont abhoben. Ganz vereinzelt trieben dunkle Wolkenfetzen im leichten Nordwind darüber.

»Zauberhaft, nicht wahr? Bei diesem Anblick könnte man den Krieg glatt vergessen«, riß mich der I WO aus meiner Betrachtung. »Es ist ein Trawler, Herr Kaleu. Der ist aus einem der Sunde zwischen den Inseln gekommen und hat es verdächtig eilig. Ich hab' das Boot deshalb auf Abfangkurs gelegt. Ich meine, den sollten wir mal unter die Lupe nehmen.«

Er wies über das Schanzkleid nach Steuerbord voraus. Ich folgte seinem ausgestreckten Arm mit dem Glas, brauchte jedoch eine Weile, bis ich den Trawler schemenhaft in der Optik hatte.

»Sieh einer an, der hat es nicht nur eilig. Sein nachtblauer Außenanstrich macht ihn vor dem dunklen Hintergrund auch noch fast völlig unsichtbar«, stellte ich fest. »Das steht doch im krassen Gegensatz zu dem ansonsten farbenfrohen Anstrich norwegischer Kutter und Trawler. Außerdem führt er keine Positionslichter und verrät sich eigentlich nur durch seine schäumende Bugwelle. Wirklich Grund genug für uns, dem Bruder mal auf den Zahn zu fühlen, Herr Bernau.«

»Ich hab' die Flak angewiesen, den Trawler im Visier zu behalten, falls er Mätzchen macht, wenn wir ihn zum Stoppen auffordern.«

»Voll einverstanden, I WO. Signalmaat, machen Sie die Klappbuchs klar, und rufen Sie sich die englische Aufforderung zum Stoppen ins Gedächtnis! Englisch verstehen die hier mit Sicherheit alle. Handscheinwerfer auf die Brücke.«

Der Trawler war schnell, doch Bernau hatte den Abfangkurs so klug berechnet, daß er uns nicht entkommen konnte. Ausgenommen natürlich, er würde bei unserem Anruf sofort Ruder legen und in die Schären zu flüchten versuchen. Entdecken würde er uns jedenfalls vorher nicht, auch uns verbarg der dunkle Außenanstrich unseres Bootes vor seinen Blicken.

Schnell schmolz die Entfernung zwischen uns zusammen, näherten wir einander auf Kollisionskurs.

»Das ist jetzt Ihrer, Herr Bernau«, hielt ich mich leise aus dieser Jagd heraus. Schließlich war er der Wachhabende, dem ich nicht dazwischen quaken wollte.

»Danke, Herr Kaleu!« Bernau schätzte die Entfernung. »Das reicht! Signalmaat, blinken Sie den Trawler an! Flak klar zum Feuern! Kein Direktbeschuß, zunächst nur einen Feuerstoß über ihn hinweg, wenn er nicht spurt.«

Signalmaat Vogel klapperte seinen Spruch betont langsam herunter, damit die Trawlerbesatzung Zeit hatte, ihr Englisch zusammenzukratzen. Doch die kratzten nicht, die stellten sich blind und dachten gar nicht daran, die Fahrt herabzusetzen.

»Wiederholen Sie, Vogel! Wenn die dann nicht spuren, knallt es.« Der Spruch blitzte hinüber, blieb jedoch ohne jede Resonanz. »Die wollen es also wissen. Handscheinwerfer an! Feuer frei!«

Der Strahl des Handscheinwerfers packte den Trawler, tauchte ihn in grelles Licht. Im gleichen Augenblick eröffnete die 2cm-Flak mit einem kurzen Feuerstoß das Feuer. Ihre Leuchtspurgeschosse fegten jaulend über den Trawler hinweg. Sie hatten eine unerwartete Wirkung.

Auf dem Trawler bullerte der Motor laut los, kam auf höchste Touren. Zugleich drehte er aus dem Scheinwerferstrahl heraus und versuchte, zur nahen Küste zu flüchten. Von seinem Heck knatterte ein Maschinengewehr los. Die Geschoßgarben bestrichen die Brücke, zerschroteten das obere Schanzkleid, daß wir die Köpfe einzogen, und erfaßten den suchenden Handscheinwerfer. Mit einem lauten Knall zersprang die Streuscheibe, der Scheinwerfer wurde dem Steuerbordausguck aus der Hand gerissen, Glassplitter flogen uns um die Ohren.

»Feuer frei auf das Maschinengewehr!« schrie der I WO der Flakbedienung zu. »Die müssen doch verrückt sein, es mit uns aufnehmen zu wollen! Acht-acht, eine Leuchtgranate in den Himmel, und dann klar zum Direktbeschuß!«

Der Trawler war dank seiner geringeren Größe und seines

geringeren Tiefgangs uns gegenüber ganz erheblich im Vorteil. Ehe wir das Boot herumbrachten, hatte die Entfernung zwischen uns schon wieder zugenommen. Die Rechnung seiner Besatzung hätte also aufgehen, ihre Flucht in die Schären glücken können. Das verräterische Mündungsfeuer des MGs machte jedoch alles zunichte. Es bot unserem Richtschützen an der 2cm-Flak bei den herrschenden Lichtverhältnissen den idealen Anhalt, den er brauchte, um den Gegner zu finden.

Er überschüttete das Heck mit einem wahren Geschoßhagel und brachte das MG damit sofort zum Schweigen. Als dann auch noch die Leuchtgranate hoch über dem flüchtenden Boot krepierte und den Fjord in ein gleißendes Licht tauchte, war das Schicksal des Trawlers besiegelt. Im Schnellfeuer unsere 8,8cm-Kanone verschwand er hinter einem Schleier aufsteigender Wassersäulen und entzog sich so unseren Blicken.

Plötzlich stieg jedoch aus deren Mitte eine grelle Feuersäule in den Himmel. Mit einer ohrenbetäubenden Detonation zerbarst der Trawler, seine Trümmer nach allen Seiten über die See verstreuend.

»Volltreffer!« schrie der I WO. »Die müssen Sprengstoff an Bord gehabt haben! Mit einer solchen Ladung unter dem Arsch legen sich diese Idioten dann auch noch mit uns an! Feuer einstellen! Gefechtsstände aufklaren, Bereitschaftsmunition ergänzen!«

Sprengstoff? Da war ich ganz anderer Meinung. Er war nach einem Volltreffer in die Luft geflogen und in unzählige Teile zerrissen worden, das war richtig. Aber dort, wo ihn die 8,8cm-Granate getroffen hatte, brannte die See, breitete sich ein Flammenteppich aus, der ständig neue Nahrung aus der Tiefe erhielt. Dafür gab es nur eine Erklärung: Der Trawler war bis zur Halskrause mit Treibstoff beladen gewesen.

Mit Treibstoff, der nicht qualmend abfackelte, sondern dessen Flammen hell und kaum Rauch entwickelnd loderten. Ich tippte auf Benzin oder Benzol.

»Nehmen Sie Kurs auf die Untergangsstelle, Herr Bernau. Vielleicht ist der eine oder andere noch rechtzeitig vorher über Bord gesprungen. Wenn nicht, finden wir möglicherweise einen Hinweis, mit wem wir es da zu tun hatten.«

Mein Verdacht wurde zur Gewißheit. Je näher wir kamen, desto intensiver wurde der Geruch nach Benzin. Den endgültigen Beweis lieferte jedoch ein kokelnder Plankenrest, der an unserer Bordwand entlangschrammte und kaum noch lesbar den Schriftzug *GASOLI* ... trug. Die Hitze nahm immer unerträglicher zu, ich begann um unseren Außenanstrich zu fürchten.

»Drehen Sie ab, Herr Bernau! Die Suche bringt nichts. Da ist niemand vorzeitig über Bord gesprungen, konnte es nach dem Beschuß mit unserer 2cm-Flak vielleicht auch gar nicht mehr. Wie es aussieht, war das auch kein normaler Trawler, der war zu einem Tankschiff umfunktioniert worden.«

Meine Vermutung war gar nicht so abwegig. Solche Trawler oder Tanker traf man auch bei uns in Yacht- und Fischereihäfen häufig an. Sie pendelten auf Anruf zwischen den Booten hin und her und stellten praktisch eine schwimmende Tankstelle dar. Das erklärte auch den dunklen Anstrich, der war weniger empfindlich.

Bernau legte unser Boot auf Gegenkurs. »Ein Tanker, gut. Aber ein Tanker, von dem mit einem MG auf uns geschossen wird? Das macht die Sache doch noch rätselhafter, Herr Kaleu.«

»Macht sie nicht, I WO. Die Norweger haben noch nicht kapituliert, hat Skoller behauptet. Dort waren Soldaten an Bord, wahrscheinlich war es sogar ein Tankschiff der norwegischen Streitkräfte, beladen mit Benzin, das sie vor unseren Gebirgsjägern in Sicherheit zu bringen versuchten.« Ich suchte mit dem Glas die Küste ab. Vereinzelt flimmerte Licht zu uns herüber. »Wir haben mit unserem Geballer die Inseln aufgeschreckt. Gehen Sie auf unseren ursprünglichen Kurs zurück und mit der Fahrt auf siebzehn Knoten rauf. Mir ist nicht wohl dabei, daß wir vor dem Feuerschein wie auf einem Präsentierteller schwimmen.«

Die innere Spannung fiel von mir ab. Ich war auf einmal todmüde. Kein Wunder, ich war ja in den vergangenen Nächten kaum zum Schlafen gekommen.

»Alarm beendet, I WO. Lassen Sie die Schäden des Beschusses feststellen. Ich bin in meinem Kabuff und werde versuchen, 'ne Mütze voll Schlaf zu nehmen.«

Als mich der übliche Alarm in der Morgendämmerung aus meiner Koje auf die Brücke rief, war ich müder denn je zuvor. Den halben Rest der Nacht hatte ich mir grübelnd um die Ohren geschlagen, ehe ich dann endlich in einen unruhigen Halbschlaf gefallen war. Grübelnd darüber, warum die Besatzung des Tankers auf unseren Anruf hin sofort das Feuer eröffnet hatte.

Womit hatten wir uns als Deutsche verraten? Daß sie uns gesehen und als U-Boot identifiziert haben könnten, verwarf ich. Dann hätten sie nämlich sofort abgedreht und nicht erst auf unseren Anruf reagiert. Und das auch nicht einmal sofort, sondern erst auf die Wiederholung des Blinkspruchs. Meine Gedanken blieben an dem Anruf hängen. War er es, der uns verraten hatte? Ich ging den Text, den ich dem Signalmaat aufgeschrieben hatte, unzählige Male durch. Was war falsch daran? Ich fand keinen Fehler darin. Sicher, es war kein *King's English,* aber auch kein Schulenglisch, denn er enthielt Idioms, wie ich sie bei Freunden in Irland aufgeschnappt hatte. Irland! Das war es! Ich erinnerte mich plötzlich an einen Vorfall im Hotel in Kerry, wo ich mich mit *thank you very much* blamiert hatte, weil ich es wie die Iren in Mayo ausgesprochen hatte. Doch dann schob ich den Gedanken sofort zur Seite. In unserem Blinkspruch konnte dieser sprachliche Lapsus ja überhaupt keine Rolle gespielt haben. Was dann? Ich schlief darüber ein.

Kaum hatte ich jedoch die Brücke betreten, ging die Grübelei wieder los. Dabei war es ein wunderbar klarer, wolkenloser Tag, der da heraufzog. Mit seiner leichten Brise herrlich erfrischend und bestens geeignet, alle Düsternis aus dem unausgeschlafenen Kopf zu verjagen. Doch ich kam davon nicht los. Es gab nur eine Möglichkeit: Der Signalmaat hatte möglicherweise irgendeinen Fehler in den von mir vorbereiteten Text hineingebracht. Ich sah mich nach ihm um, denn er gehörte zur Wache des I WO.

»Kommen Sie her, Signalmaat!« befahl ich ihm. »Wiederholen Sie mal die Aufforderung zum Stoppen, die Sie heute nacht an den Trawler rübergeblinkt haben. Aber ganz genau, bitte!«

Er sah mich verunsichert an, versuchte, hinter den Sinn meiner Frage zu kommen, denn so etwas hatte ich bisher noch nie verlangt. Aber dann wiederholte er den englischen Text, und da hatte ich den Fehler.

»Genau das war der Spruch, Herr Kaleu. Habe ich etwas falsch gemacht?«

Was hatte es für einen Sinn, jetzt noch darauf herumzuhacken? Es war passiert, und ich wußte jetzt, woran uns die Norweger als Deutsche erkannt hatten. Es gab andere Dinge, die wichtiger waren. Ich winkte großzügig mit der Hand ab.

»Sie haben einfach nur etwas weggelassen, Signalmaat. Damit das nicht wieder passiert, hämmern Sie sich genau den Text ein, den ich Ihnen vor einiger Zeit gegeben habe, klar?«

»Jawohl, Herr Kaleu!« Er wandte sich seinem Ausguckplatz zu.

Der I WO trat zu mir. Er hatte nicht mitbekommen, worum es in dem leisen Gespräch gegangen war. »Hat der Vogel etwa was ausgefressen, Herr Kaleu?«

»Ich habe herauszufinden versucht, warum die auf unseren Anruf sofort geschossen haben. Vogel hat das ›*to be*‹ im Text unterschlagen. Damit haben wir uns als Deutsche verraten.« Ich fuhr mit der Hand über die zerschossene Oberkante des Schanzkleids. »Noch andere Schäden?«

»Der Handscheinwerfer ist hin. War wohl mehr ein Zufallstreffer, sonst hätten wir mehr abbekommen. Und dann natürlich noch ein paar Steckschüsse in der Turmverkleidung, doch die zählen nicht.«

Die Schäden zählten tatsächlich alle nicht, die konnten in der Werft mit ein paar Schweißnähten schnell wieder beseitigt werden.

»Noch irgendwelche besonderen Vorkommnisse in der Nacht?«

»Zwischen Nesland und Reine hatten wir zweimal eine Anzahl von Schraubengeräuschen im GHG, deren Ursprung wir jedoch nicht identifizieren konnten. Grauert, der sofort gepurrt wurde, meinte, es seien Fischkutter gewesen, die zwischen den Inseln umherkrebsten, jedenfalls keine Zerstörer oder Torpedoboote.«

Ich richtete mein Glas auf die Kimm. Steuerbord voraus zeichneten sich schemenhaft die Umrisse der kleinen Insel Mosken im Dunst ab. Weit davor ragten im diffusen Morgenlicht geisterhaft die Masten fischender Kutter und Trawler aus den wabernden Schwaden. Mein Blick wanderte langsam über den Westfjord hinweg, hinüber zur zerklüfteten Küste des norwegischen Festlands im Osten, das sich mit seinen steilen Gipfeln als dunkle Landmasse vor dem hellen Osthimmel abhob. Erste Strahlen der aufgehenden Sonne blitzten über die schneebedeckten Hochflächen.

Die See schien leergefegt und ohne Leben zu sein. Dabei war ich sicher, daß sich auch dort die Norweger von dem ersten Schock des deutschen Überfalls erholt hatten und es zwischen den Schären ebenfalls von Fischerbooten wimmelte. Das Leben ging weiter und forderte sein Recht.

»Absolut friedlich, Herr Kaleu«, sagte der I WO, der meinem Blick gefolgt war. »Wir haben vorhin den Deutschlandsender mit einem zusammenfassenden Bericht über den Verlauf der Besetzung Dänemarks und Norwegens in die Antenne bekommen. Dänemark ist fast kampflos in deutsche Hand gefallen. Der dänische König Christian und die Regierung fungieren unter einem Reichsbevollmächtigten weiter.«

»Fragt sich nur wie lange«, gab ich leise skeptisch zurück. »Und Norwegen?«

Bevor er ebenso leise antwortete, sah er sich vorsorglich nach eventuellen Zuhörern um, als handle es sich um ein streng gehütetes Geheimnis. »Nun ja, da waren die Meldungen dürftiger. Die deutschen Operationen verliefen planmäßig, alle großen Städte seien in deutscher Hand. Die Norweger leisten aber offenbar starken Widerstand, von verlustreichen Kämpfen war die Rede. Dabei blieb offen, auf welche Seite sich das bezog. Um Narvik habe es zwischen britischen und deutschen Zerstörern ein schweres Gefecht gegeben, aus dem die deutschen Zerstörer siegreich hervorgegangen seien. Narvik sei nach wie vor fest in deutscher Hand.«

Aus seinen Worten sprach die gleiche Skepsis, die auch ich seit dem Polenfeldzug solchen offiziellen Meldungen gegenüber empfand. Sie hatten sich später nur zu oft als zu optimistisch erwiesen. Aber das Klappern gehörte nun einmal zum Handwerk, ganz besonders im Kriege, um den Gegner nicht in die Karten gucken zu lassen. Darum machte ich immer ein paar Abstriche. Das galt besonders für die Dänen. Die Dänen waren ein friedliebendes, aber von einem starken Nationalstolz geprägtes Volk. Da stand uns sicher noch einiges bevor.

»Blinkzeichen aus eins-drei-fünf!«

Die Meldung des Ausgucks ersparte mir eine kritische Stellungnahme zu der Nachrichtensendung. Ich fuhr herum. Von Lofotodden, dem Zipfel der letzten großen Lofoteninsel, blitzten die Blinkzeichen eines kräftigen Scheinwerfers durch den Morgendunst. Sein Strahl war nicht direkt auf uns gerichtet, wir bekamen ihn nur von der Seite mit. Der, dem er galt, war nicht zu erkennen, aber er stand westlicher von uns.

»Steht ziemlich hoch über der Küste, Herr Kaleu. Könnte von einem Leuchtturm oder einer Kirchenspitze kommen.«

Ich hatte zwar die Karte nicht so genau im Kopf, konnte deshalb nicht sagen, ob es dort einen Leuchtturm oder eine Kirche gab. Ein Leuchtturm oder Richtfeuer erschien mir jedoch an dieser exponierten Stelle der Lofoten, der Einfahrt in den Westfjord, wahrscheinlicher. Die Morsezeichen erfolgten nicht in dem schnellen Rhythmus eines geübten Funkers, sondern eher laienhaft langsam, jedes exakt von dem vorhergehenden abgesetzt und damit spielend leicht mitlesbar.

»*... submarine longitude* 67° 30'N, *latitude* 12° 07'E ...« las ich mit. »*sailing 188° ... caution german. submarine longitude ...*«

»Verdammt, die meinen ja uns!« entfuhr es mir überrascht. »Das mag vielleicht nicht unsere genaue Position sein, aber selbst annähernd führt der Blinkspruch jeden, der uns auf die Hörner nehmen will, auf unsere Spur!«

»Vielleicht sollten wir umkehren und den Brüdern mit der Acht-acht auf die flinken Finger hauen?« schlug der I WO hoffnungsvoll vor. »Ein paar Schüsse und die kriegen Flügel!«

Das war auch mein erster Gedanke gewesen, der hatte jedoch ganz schnell einer anderen Überlegung Platz gemacht. Das hatte noch Zeit. Draußen auf See gab es jemand, für den der Spruch bestimmt war, den er warnen sollte. Ein britischer Verband, der nach Narvik hinein wollte? Unwahrscheinlich, eher ein Frachter, der uns nicht in die Hände fallen sollte. Das würden wir gleich haben.

»Schauen wir erst einmal, für wen die Warnung bestimmt ist, Herr Bernau. Beide Maschinen stopp! Horchpause! Eine Seekarte auf die Brücke! BÜ, was erzählen die Fische?«

Die Maschinen verstummten. Ich suchte mit dem Glas indessen den Sektor an der Kimm ab, in dem ich den Empfänger vermutete. Nichts, dort lag der Morgendunst noch viel dichter über dem Wasser. Das würde sich erst bei etwas höherem Sonnenstand ändern.

»Schraubengeräusche aus null-vier-fünf! Ein Einzelfahrer, Entfernung etwa zwozehn Seemeilen«, meldete der BÜ. »Deutlich aus den Fischkuttern herauszuhören, wird aber durch irgend etwas abgedeckt.«

Aus dem Turmluk wurde uns die Seekarte auf die Brücke gereicht. Aha, ich hatte den Empfänger also genau in der richtigen Richtung vermutet. Was ihn für uns abdeckte, das war die Insel Mosken oder Værøy. In mir erwachte der Jagdtrieb.

»Ein Einzelfahrer, Herr Bernau.« Ich wies auf die Karte. »Der will vermutlich zwischen Lofotodden und Mosken in den Westfjord. Den werden wir uns mal ein bißchen näher ansehen. Beide Maschinen voll voraus! Ruder zwo Dez Steuerbord, bis wir durch den Moskenesstraumen sind! Dann gehen wir wieder auf unseren alten Kurs. Übernehmen Sie bitte!«

Ich drehte mich nach Lofotodden herum. Der Mann am Scheinwerfer blinkte noch immer seine Warnung. Ich versuchte die Entfernung zu schätzen. Das war schwierig wegen des Dunstes, in dem auch wir schwammen. Trotzdem war ich froh darüber. Sehen konnte er uns dadurch nämlich nicht.

»Der hat noch immer keine Bestägung bekommen, Herr Kaleu.«

»Kein Wunder bei dem Dunst, I WO. Wenn der sich hebt, werden wir eben tauchen.«

Vorsichtig schlichen wir uns an das unbekannte Schiff heran. Inzwischen waren wir sicher, daß es kein Kriegsschiff war, seine rumpenden Schrauben hatten es als Frachter entlarvt. Längst hätten wir seine Masten, wenn nicht gar seine Aufbauten sehen müssen. Aber noch immer hielt ihn der zähe Dunst vor unseren Augen verborgen. Die Abstände zwischen den Horchpausen waren deshalb immer kürzer und kürzer geworden. Die ergaben, daß auch er sich nur ganz vorsichtig vorwärts tastete.

Die Brise wurde stärker, brachte den Dunst in Bewegung. Ich wollte nichts riskieren. »Ab in Tiefe, I WO! Auf Tauchstation! Klar zum Tauchen!« Blitzschnell leerte sich die Brücke. Als letzter knallte ich das Turmluk zu und trieb die Vorreiber vor. »Turmluk ist dicht! Fluuuten! Auf Sehrohrtiefe einpendeln!«

Gurgelnd gewann das Boot Tiefe. Deutlich hörten wir jetzt die Schrauben des Frachters näherkommen. Sie klangen ganz anders, als ich Frachterschrauben in Erinnerung hatte.

Tiefer und von einem seltsamen Bullern begleitet, irgendwie asthmatisch.

»Entfernung etwa tausendzwohundert Meter!« meldete Grauert über die Bordsprechanlage. »Peilt drei-null-acht!«

»Nicht schlecht, läuft uns genau vor den Bug«, sagte ich und trat an den Sehrohrschacht. »Mal sehen, was das für ein seltsamer Vogel ist.«

»Boot pendelt auf Sehrohrtiefe ein.«

Ich fuhr den Spargel aus und klemmte mich hinter das Okular. Treibende Nebelschwaden nahmen mir zunächst die Sicht. Doch dann riß wie in einem Theater der Vorhang auf, der Hauptdarsteller betrat im Sonnenlicht die Bühne. Aber was für einer!

Das war kein Frachter, das war ein schwimmender Schrotthaufen, eine Ansammlung vom Rost zerfressener Stahlplatten, nur noch von meterdicken Farbschichten zusammengehalten. Eine schwarze Rauchfahne nachziehend, schob er sich rumpelnd in meine Optik und bot seinen ausgemergelten Rumpf wie eine abgetakelte Puffmutter einladend feil.

»Grundgütiger Himmel, ein Levantiner mit Kohlefeuerung, der einen Torpedo nicht lohnt, reif für jeden Schiffsfriedhof! Wollen Sie selbst mal sehen, Herr Bernau?«

Ich überließ ihm den Spargel und überdachte unser weiteres Vorgehen. Ein Uraltkolcher, den wir ohne großes Federlesen mit der Artillerie abservieren konnten. Ein paar Schüsse in den Kesselraum unterhalb der Wasserlinie, damit das Wasser in die Feuerlöcher eindringen konnte, und der entstehende Dampf erledigte für uns den Rest, ließ den Kahn mit dem Knall einer Kesselexplosion zu Neptun in die Tiefe fahren.

»Tatsächlich ein Levantiner, Herr Kaleu! Ein Seelenverkäufer, wie man ihn eigentlich nur noch in der Levante antrifft. Wie hat der sich denn hierher verlaufen?« Er trat vom Sehrohr zurück.

Ich hörte nur mit einem halben Ohr hin. Irgend etwas störte mich plötzlich an dem Pott. Ein Levantiner, typisch für die Levante im Mittelmeer, nur noch darauf aus, bei einer Havarie eine möglichst hohe Versicherungssumme für Ladung und Schiff kassieren zu können. Ein solcher Kolcher hier oben? Oberhalb des Polarkreises, wo schon der Schlag der Schwanzflosse eines Grindwales genügte, um die rostigen Platten seiner Außenhaut einzudrücken? Litten Franzosen und Briten schon so unter Schiffsraumnot, daß sie so einen Methusalem der Meere mit einer wertvollen Ladung nach Norwegen schicken mußten? Denn wertvoll war sie, sonst hätte man ihn von Land nicht vor uns zu warnen versucht.

Unwillkürlich schüttelte ich den Kopf. Das war faul, ganz faul! Ich sah noch einmal durch den Spargel. Einen Torpedo lohnte der Pott mit seinen vergammelten 5000 BRT tatsächlich nicht, und harmlos sah er auch aus. Ich wurde das blöde Gefühl nicht los, daß mehr hinter dieser harmlosen Fassade steckte. Oder litt ich noch immer an einem *Flying-Lady*-Syndrom? Sah selbst in so einer lahmen Wasserwanze eine potentielle U-Boot-Falle?

Unsinn, mein Blick glitt noch einmal prüfend über seine von Roststreifen überzogene Breitseite, suchte von vorn bis achtern nach verdächtigen Anzeichen. Unmöglich, in dem für solche Trampdampfer typischen Durcheinander von Ladebäumen, Stengen und Stagen an Deck einen Hinweis auf Bewaffnung auszumachen. Er kroch durch meine Optik, dicke schwarze Rauchringe wie ein Zigarrenraucher ausstoßend, und blinkte. Blinkte nicht langsam und laienhaft, sondern schnell und professionell, wie es auch in der sogenannten Christlichen Seefahrt üblich war.

Ich mußte zu einem Entschluß kommen, sonst ging er mir noch durch die Lappen. »Klar zum Auftauchen! Geschützführer zu mir!« Meine Anweisungen an die beiden waren knapp und klar: »Kein Zögern, wenn irgend etwas auf dem Pott nicht so läuft, wie es laufen soll. Gezielt sofort voll drauf, klar?«

Die Männer nickten.

Ich befahl: »Anblasen!«

Das Boot schwebte nach oben. An der Spitze der Männer enterte ich zum Turmluk auf und griff nach den Vorreibern, wollte keine Sekunde verlieren, sobald der Turm freikam.

»Der Turm kommt frei! Boot ist aufgetaucht!«

Das Turmluk flog auf, mit einem Satz war ich auf der Brücke. Um mich herum besetzten die Männer blitzschnell ihre Stationen. Schußbereit schwenkten unsere Waffen auf den qualmenden Methusalem ein.

»Blinken Sie ihn an, Signalmaat: *Stop at once! Don't use your wireless or you will be gunned! Show your national colours!*«

Der Signalmaat mußte den Spruch zweimal wiederholen, ehe sich drüben auf dem Pott etwas rührte. Er stoppte und blies eine weiße Dampfwolke in den blauen Himmel.

»Das bringt Leben in die Bude, was?« lästerte der I WO, denn drüben rannten Männer über das Deck.

Sie liefen jedoch nicht zu den ausgeschwenkt in den Davits hängenden Rettungsbooten, sondern nach vorn und achtern, machten sich in der Wuling aus Ladebäumen, Stengen und Stagen zu schaffen. Zwei Geschützrohre richteten sich plötzlich auf uns.

»Verflucht! Ahnt' ich's doch, der Kolcher ist bewaffnet! Feuer frei! Laßt die Kerle nicht zum Schuß kommen!«

Von diesem Augenblick an entwickelte diese Begegnung ihre eigene Dynamik. Die Männer dort waren schnell, doch nicht schnell genug. Unsere 8,8cm-Kanone und die 2cm-Feuerspritze schossen sich auf das Achterschiff ein. Die 8,8cm-Granaten krepierten knapp hinter dem Pott auf der Wasseroberfläche, während der Feuerstrahl der Flak nach dem Geschütz griff und die Männer dort mit den detonierenden Geschossen in Deckung zwang. Das verschaffte dem Geschütz auf der Back Luft, um in das Geschehen einzugreifen.

»Acht-acht, Zielwechsel auf das Vorschiff, Mensch!« schrie der I WO. »Die dürfen nicht zum Schuß kommen!«

Zu spät! Noch bevor der Zielwechsel vollzogen war, blitzten auf dem Vorschiff des Frachters in schneller Folge die Abschüsse einer Schnellfeuerkanone auf. Ihre Geschosse lagen zu kurz, tasteten sich durch das aufspritzende Wasser jedoch unaufhaltsam auf unsere Acht-acht zu. Das war das Todesurteil für die Männer auf dem Vorschiff.

Schon der erste Schuß der Acht-acht lag deckend. Das zweite Geschoß schlug auf der Back ein, ohne jedoch zu detonieren. Es brachte den Richtschützen allerdings von seinem Ziel ab. Die Geschosse tanzten jetzt auf unser Heck zu. Ehe er es korrigieren konnte, brachten ihm unsere nächsten schweren Granaten den Tod. Eine von ihnen krepierte genau auf dem Schnellfeuergeschütz, machte Schluß mit dessen Beschuß, der eben noch mit einem heulenden Splitterregen detonierender Projektile über unser Achterschiff hinwegfegte.

Es mochte ein Zufallstreffer gewesen sein, seine Wirkung war jedoch verheerend. Seine Explosion riß das schwere Geschütz aus der Bettung und schleuderte es durch die Luft, daß es über Bord flog. Zugleich mähten die Splitter und der Detonationsdruck die Bedienung nieder.

Aber auch bei uns war die 2cm-Flak verstummt. Ihre Bedienung lag blutend auf der Gräting des Wintergartens, getroffen von den Splittern der letzten auf unserem Achterschiff detonierenden Granaten des von der Acht-acht vernichteten Geschützes. Während sich die Brückenwache um die Verwundeten kümmerte, nahm die Acht-acht blutige Rache. Die Männer auf dem Frachter kamen gar nicht mehr dazu, aus ihrem Geschütz auf dem Heck auch nur einen Schuß abzufeuern. Mit einer fürchterlichen Sprengwirkung schlugen unsere Granaten auf dem Achterschiff ein. Das Geschütz und seine Bedienung wirbelten durch die Luft, Bereitschaftsmunition fing Feuer und explodierte. Flammen züngelten empor, griffen auf die Aufbauten über und fanden in den dicken Farbschichten reiche Nahrung. Das ganze Achterschiff geriet zunehmend in Brand.

»Der Frachter funkt!« schrie der BÜ. »Funkt seinen Standort und ...«

»Zielwechsel auf die Brücke!« brüllte ich gegen den Lärm an. »Holt seine Antennen herunter!«

Der erste Schuß fegte das Peildeck samt Signalmast weg, der zweite traf die Brücke und detonierte mitten im hölzernen Brückenhaus. Dem gewaltigen Druck war das morsche Holz nicht gewachsen, es flog wie ein Kartenhaus nach allen Seiten auseinander. Daß jemand das überlebt haben könnte, bezweifelte ich.

»Feuer einstellen! Feuer einstellen! Transporthängematten auf die Brücke! Bringt die Verwundeten unter Deck!«

Es gab kein Jubelgeschrei bei uns an Bord. Der Anblick unserer verwundeten Kameraden dämpfte jedes Triumphgefühl. Groll über die Unvernunft der Schiffsführung des Frachters quoll zugleich in mir hoch, uns zu so einem ungleichen Kampf zu zwingen, dem einer unserer Torpedos leicht ein noch schnelleres Ende mit noch mehr Toten hätte bereiten können. Trotzdem wollte ich den Stokern und dem Rest der Besatzung Gelegenheit geben, sich in die Beiboote zu retten, bevor wir den Kesselraum unter Beschuß nahmen. Auf dem Frachter rührte sich zunächst nichts. Wenn es dort Überlebende gab, und es mußte sie unter Deck noch geben, dann trauten die offensichtlich der Feuerpause nicht. Fürchteten am Ende gar, es sei ein Trick der »Hunnen«, wie uns die britische Propaganda nannte.

»Wenn die sich nicht beeilen, dann bekommen die aber im wahrsten Sinne des Wortes Feuer unter dem Hintern«, meinte der I WO mit einem Anflug von Spott und deutete auf das brennende Achterdeck. »Nicht mehr lange, dann steht der ganze Pott in Flammen.«

Im Augenblick tangierte mich das noch wenig, ich hatte andere Sorgen. »BÜ, fragen Sie an, wie schwer die Verletzungen sind! Außerdem brauchen wir Ersatz für die 2cm-Flak!«

Obwohl der Himmel wolkenlos war und wir so jede von See anfliegende Maschine rechtzeitig ausmachen konnten, sah das ganz anders aus, wenn sie plötzlich von einer der nahen Inseln aufkreuzte. Allem Anschein nach befanden sich nämlich wohl doch noch nicht alle in deutscher Hand. Unruhig tigerte ich deshalb auf der Brücke hin und her.

Ersatz für die Flak-Bedienung kam nach oben gepoltert, besetzte das Geschütz und ergänzte die Bereitschaftsmunition. Ich wurde ungeduldig.

»Was ist unten los, Schubert? Haben wir schwere Verwundungen dabei?« fuhr ich den BÜ an.

»Ich habe noch keine genauen Angaben, Herr Kaleu. Der Herr Fähnrich und der Stutz sind noch dabei, ihnen die Splitter aus dem Fleisch zu ziehen. Es sind aber wohl keine Schwerverletzten dabei, nur Fleischwunden.«

»Und warum sagen Sie das erst jetzt, Sie Napfsulze?« empörte sich der I WO. »Die Anweisung des Kommandanten war doch wohl eindeutig!«

»Auf dem Frachter winkt jemand mit einem weißen Handtuch aus einem Niedergang, Herr Kaleu!« meldete der Signalmaat aufgeregt. »Der ist nicht allein. Soll ich ihnen Zeichen machen, das Schiff zu verlassen?«

»Versuchen Sie es am besten mit der Klappbuchs, Vogel. *Hurry up! Leave your ship, it's sinking fast!* Vielleicht ist einer dabei, der es lesen kann, wenn Sie es oft genug langsam wiederholen.«

Es war tatsächlich jemand dabei. Noch mehr machte ihnen jedoch vermutlich das Feuer Beine. Immerhin kamen zehn Männer aus den Niedergängen und spurteten über das verqualmte Deck zu den Rettungsbooten. Es wurde auch höchste Zeit. Das Feuer griff bereits auf den Außenbordsanstrich über und fraß sich schnell vorwärts, als das steuerlose Schiff von der Dünung in den Wind gedrückt wurde.

Keiner warf auch nur einen Blick auf die Verwüstungen, die unsere Granaten angerichtet hatten. Hastig fierten sie eines der Boote zu Wasser und ruderten mit schnellen Schlägen weit von dem brennenden Kolcher und in einem noch größeren Bogen auch weit von uns weg. Es waren zumeist Farbige.

»Die haben Schiß, wir murksen sie ab, Herr Kaleu!« spottete der I WO. »U-Bootfahrer haben bei ihnen anscheinend keinen guten Ruf.«

»Sieht ganz danach aus. Bringen wir's hinter uns, Herr Bernau. Feuer frei für die Acht-acht auf die Wasserlinie mitschiffs. Und dann ab durch dir Mitte.«

Das Ende für den Frachter, dessen Namen ich nicht einmal kannte, kam schnell. Die Acht-acht stanzte mit ihren Sprenggranaten große Löcher unterhalb der Wasserlinie in die Außenhaut, durch die sich die See gurgelnd in den Kesselraum ergoß. Kaum hatte sie das lodernde Feuer unter den Kesseln erreicht, verwandelte sich mit einem Schlag das

Seewasser unter gewaltiger Druckentwicklung in heißen Dampf, der einen Ausgang suchte.

Diesem enormen Druck war das Kesselhaus nicht gewachsen. Mit ungeahnter Kraft sprengte der eingezwängte Dampf die gesamte Kesselanlage. Mittschiffs stieg ein mächtiger Dampfpilz mit einem ohrenbetäubenden Knall empor, die Kesselraumabdeckung und alles, was ihm im Wege stand, in die Höhe blasend.

Die Kesselexplosion war so gewaltig, daß die Nieten aus den verrosteten Stahlplatten flogen und die Spanten brachen. Der Methusalem der Meere trat seine letzte Reise an. Vom Gewicht des eindringenden Wassers überwältigt, legte er sich müde auf die Seite und sank, Blasen aufwerfend, wie ein Stein in die Tiefe. Allerlei Holz schwamm auf und kreiste im Sog um die Untergangsstelle, bis auch hier das Meer zur Ruhe kam.

Der I WO sah mich fragend an. »Kurs auf Lofotodden, Herr Kaleu, um den Stoßtrupp an Land zu setzen?«

Ich schüttelte den Kopf. »Das dürfte wenig Sinn haben, Herr Bernau. Wer immer von dort den Pott zu warnen versucht hat, der hat das Geballer mit Sicherheit mitbekommen und ist längst über alle Berge. Sie wissen ja selbst, wie weit Geschützfeuer auf See zu hören ist. Wenn überhaupt, dann heute abend nach Einbruch der Dunkelheit.«

Während wir auf die uns befohlene Position zurückliefen, ging ich mit dem I WO noch einmal die Ereignisse durch.

»Die Verletzungen durch die Granatsplitter sind verhältnismäßig gering, Herr Kaleu. Da war der Schreck über die auf dem Achterdeck explodierenden Geschosse größer. Die Splitterwirkung ist durch die dicke Lederkleidung erheblich gemildert worden, im Grunde genommen sind das alles nur Kratzer. Die Männer sind alle dienstfähig.«

»Und warum sind die dann liegengeblieben?«

Der I WO grinste. »Die hatten schlichtweg die Hosen voll, als sie Blut sahen, und blieben lieber liegen, um nicht noch mehr abzubekommen. Ist doch verständlich – oder?«

»Na, ich weiß nicht. Und die Geschosse selbst? Hat das Achterdeck ernsten Schaden genommen?« vergewisserte ich mich nochmals, denn der Bootsmann hatte keine gravierenden Schäden entdeckt.

»Gott sei Dank nicht! Wir sind absolut tauchklar. Die haben mit diesen verdammten Splittergranaten geschossen, die so günstig aufgeschlagen und explodiert sind, daß ihr Splitterregen hauptsächlich nach achtern weggegangen ist. Eine gemeine, aber für unsere stählerne Außenhaut eher ungefährliche Waffe, da sie keine Durchschlagskraft besitzt. Schrunden und Dellen hat's gegeben, aber keine Durchschläge.«

Ich schob meine Notizen zufrieden zusammen. »Ich ärgere mich jetzt allerdings, daß wir die Besatzung nicht nach dem Namen ihres vergammelten Eimers gefragt haben.«

»Ooch, dem kann ich abhelfen. Als der Pott in den Wind drehte, konnte ich seinen Namen lesen, obwohl der überpönt war. Diese alte Rostlaube trug doch tatsächlich den sinnigen Namen *EGYPTIAN ENTERPRISE* und war in Alexandrien registriert.«

»Im Ernst, Herr Bernau?« Ich pruschte laut los, als er nickte. »*Nomen est omen*! Es gehört tatsächlich ägyptischer Wagemut dazu, mit so einem Seelenverkäufer zur See zu fahren!«

Der I WO lachte mit. »Erstaunlich, daß der nicht durch seine ersten Schüsse gleich aus dem Leim gegangen ist!«

»Wunder über Wunder!« Ich wurde wieder ernst. »Ich begreife noch immer nicht, daß die in Lofotodden annähernd genau unseren Standort und Kurs kannten. Haben Sie dafür eine Erklärung?«

»Ich weiß vom II WO, daß wir in der Nacht eine ganze Reihe von Makrelenfischer in einem gebührenden Abstand passiert haben. Möglicherweise haben die uns trotz unseres dunklen Anstrichs ausgemacht und das weitergegeben. Es scheint hier ein regelrechtes Agentennetz zu geben, von dem wir bisher nur die beiden erwischt haben, die in Svolvær dann dämlicherweise erschossen worden sind, bevor man sie ausquetschen konnte.«

»Die Jagd ist noch nicht zu Ende, I WO. Wenn wir Glück haben, schnappen wir heute abend vielleicht doch noch ein paar von ihnen.«

Die Jagd schien doch schon vorbei zu sein. Lag es an dem ungewöhnlich schönen Wetter, oder hatten sich die Briten, das Edelwild, mit ihrem fehlgeschlagenen Angriff auf Narvik abgefunden und beschränkten sich nur noch darauf, wenigstens draußen auf See den deutschen Nachschub abzufangen? An den beiden folgenden Tagen und Nächten klapperten wir jedenfalls unser Einsatzgebiet zwischen Værøy und Helligvær nach den von der deutschen Funküberwachung gemeldeten britischen Einheiten erfolglos ab.

Sah man einmal von dem deutschen Tanker *Jan Wellem* ab, der uns auf seinem Weg nach Narvik noch am ersten Tag passiert und prompt Alarm ausgelöst hatte, dann herrschte in diesem ehemals stark befahrenen Seegebiet eine geradezu gespenstische Ruhe. Die Schraubengeräusche der norwegischen Trawler und Kutter, die außerhalb unserer Sichtweite von der einen zur anderen Seite des Fjordes pendelten, zählten nicht, das war Kleinvieh.

Aber auch bei den Norwegern hatte sich offenbar die Versenkung der *EGYPTIAN ENTERPRISE* rasend schnell herumgesprochen und die Reeder veranlaßt, ihre Schiffe lieber noch im Hafen zu belassen, um nicht in kriegerische Handlungen verwickelt zu werden. Wir waren darüber nicht böse.

»Mir kann das nach diesem Sauwetter nur recht sein, Herr Kaleu.« Der II WO lehnte sich gegen den Sehrohrblock, reckte das blasse Gesicht in die Polarsonne und landete triumphierend bei seinem Lieblingsthema. »Endlich kann ich mit meinem Schwager mithalten, mehr noch! Der hat ja auf seiner Fahrt bis Spitzbergen nicht ein einziges Mal Wale gesehen!«

Schön, dachte ich, ein besonderes Erlebnis war das schon gewesen, hätte ihr Erscheinen nicht helles Entsetzen ausgelöst. Einer der Wale hatte nämlich plötzlich in Torpedoschußweite die Wasseroberfläche durchbrochen, um Atem zu holen. Dabei hatte der dunkle triefende Rücken wie die Turmoberkante eines U-Bootes ausgesehen, das nach einem Torpedoschuß auf uns vergeblich versuchte, den Trimm wieder richtig in den Griff zu bekommen.

Inzwischen hatten wir uns an sie gewöhnt, zumal ihr Auftauchen stets mit einem Blast verbunden war, dem Ausstoßen der Atemluft, die in der kalten Luft sofort zu einem Dampfstrahl kondensierte. Ein Schauspiel, das die meisten von uns nur aus der Literatur oder aus Filmen kannten, das aber wenigstens etwas Abwechslung in die eintönige Brückenwache brachte.

Nach den friedlichen Nächten begann der übliche Morgenalarm mit einem Schock für uns. Im grauen Dämmerlicht des anbrechenden Tages sichteten wir vor Hellingvær einen tief im Wasser liegenden Kutter. Ohne Positionslichter trug ihn der starke Ebbstrom antriebs- und steuerlos auf uns zu.

»Sieht aus, als sei der Kutter aufgegeben worden, Herr Kaleu.« Der I WO ließ das Glas sinken. »Ich habe jedenfalls niemand an Bord entdecken können.«

»Ja, seltsam«, pflichtete ich ihm bei. »Normalerweise verläßt doch ein Fischer seinen Kahn nur dann, wenn der ihm unter dem Hintern absäuft. Oder sehe ich das falsch, Jensen?«

Jensen, der Krabbenfischer, der ihn zuerst ausgemacht hatte, schüttelte den Kopf. »Nein, Herr Kaleu, ganz richtig. Ich würde meinen Krabbenkutter jedenfalls erst dann verlassen, wenn es gar nicht mehr zu umgehen ist. Der da könnte sich natürlich auch losgerissen haben oder einen Motorschaden haben. Aber er liegt so merkwürdig tief im Wasser, als sei er leck.«

Das war nicht zu übersehen. Noch weniger waren in dem zunehmenden Tageslicht die Einschüsse zu übersehen, je näher er kam. Sie hatten dicke Holzsplitter aus dem Schanzkleid gehackt und kreuz und quer das ehemals verglaste Steuerhaus durchsiebt. Nicht eine Scheibe war heil geblieben.

»Kein Wunder, der Kutter ist mit Maschinenwaffen beschossen worden. Aber warum und von wem?« Ich hatte plötzlich ein ganz saublödes Gefühl im Bauch. War das etwa eines von den Booten, mit denen die *Giese* Soldaten an Land gesetzt hatte? »Der Sache möchte ich auf den Grund gehen. BÜ, Leinenkommando an Deck! Herr Bernau, scheren Sie an den Kutter heran, damit wir ihn längsseits nehmen können.«

Der Smadding kam mit seinen Leuten aus dem achteren Versorgungsluk gekrochen. Es bedurfte keiner vielen Worte. Während das Boot an den treibenden Kutter heranschor, verteilte der Bootsmann nach einem einschätzenden Blick auf die starke Strömung seine Männer mit Bootshaken und Fendern auf dem Vorschiff.

»Leinenkommando Achtung! Boot geht mit Steuerbordseite an den Kutter!« informierte der I WO das Leinenkommando mit der Flüstertüte. »Aufpassen, daß euch der Ebbstrom keinen Streich spielt!«

Eine notwendige Warnung, denn obwohl der I WO vorsorglich alle Fahrt aus dem Boot genommen hatte und die Maschinen rückwärts gehen ließ, um den Anprall abzufangen, hatten die Männer alle Mühe, den Kutter mit den Bootshaken zu halten. Zwei der Männer sprangen hinüber und warfen blitzschnell ein paar Seilbuchten über die Klampen an Deck.

»Kutter ist fest vertäut, Herr Kaleu!« schrie der Smadding von der Back zu uns herauf. »Sieht nicht gut aus! Der Kutter ist vollgelaufen, den trägt nur noch das eigene Holz!«

Der II WO kam aus dem Turmluk gekrochen. Ihn trieb vermutlich die Neugier auf die Brücke, oder er wollte einfach nur ein bißchen frische Luft schnappen. Egal, er kam mir gerade recht.

»Fein, Herr Störmer, übernehmen Sie bitte mal kurzfristig die Wache, bis der I WO und ich festgestellt haben, was es mit diesem Kutter auf sich hat?«

Seine Antwort warteten wir gar nicht erst ab, sondern turnten hinunter an Deck. Warum sollten wir auch? Ihm blieb ja gar keine andere Wahl, als meiner Bitte nachzukommen.

Aus der Nähe sah der Kutter noch erheblich schlimmer aus.

»Du lieber Himmel, I WO, das muß ja eine regelrechte Schlacht um den Kahn gegeben haben! Das Schanzkleid ist nicht von einem MG so zerhackt worden, das sieht eher nach Handgranaten aus!«

Von dem I WO gefolgt, sprang ich hinüber auf das leere Deck und sah mich um. Trotz der Kampfspuren entdeckte ich keine Toten oder Verwundeten. Entweder hatte die Besatzung den Kutter rechtzeitig verlassen können, oder man hatte die Toten kurzerhand über Bord geworfen, um alle Spuren zu verwischen.

»Das reinste Geisterschiff!« entfuhr es dem I WO. »Keine Menschenseele an Deck und unter Deck erst recht nicht.«

Ich nickte, denn deutlich hörte man aus der Fischluke das Wasser im Rhythmus der Schiffsbewegungen hin und her schwappen. Wer immer den Kutter überfallen hatte, der hatte ganze Arbeit geleistet. Das Steuerhaus war nur noch ein einziger Trümmerhaufen.

»Den Kutter können wir abschreiben«, sagte ich und wandte mich zum Gehen, als mich ein leises Wimmern aus dem zusammengeschossenen Ruderhaus stocken ließ. »Was war das? Haben Sie das auch gehört, Herr Bernau?«

Der starrte auf die leeren Fensterrahmen und lauschte. Da war es wieder, dieses leise Wimmern, und es kam tatsächlich aus dem Steuerhaus.

»Da lebt doch noch jemand!«

Ich riß an der durchlöcherten Tür und taumelte gegen das Schanzkleid zurück, weil die Tür plötzlich nachgab. Schief in den Angeln hängend, pendelte sie zurück und gab den Blick in das Innere frei. Ich sah nur ein blutbesudeltes Hosenbein, dicht über dem Knie mit einem durchbluteten Tuchfetzen abgebunden und mit einem Marlspieker, wie ihn die Fischer zum Spleißen von Tauwerk benutzten, zusammengedreht.

Der Mensch, zu dem das Bein gehörte, lag mehr als daß er saß in einer Blutlache, mit dem Rücken an die Säule des zertrümmerten Fluid-Kompasses gelehnt, und stöhnte. Blutverschmiert auch das Gesicht und die langen blonden Haare.

»Mein Gott, eine Frau, Herr Bernau! Eine schwerverletzte Frau! Wir müssen Sie hier rausholen!« Die Frau schlug bei meinen Worten die Augen auf und lächelte matt. Erst in diesem Augenblick wurde mir bewußt, daß ich die Frau kannte.

Ich war entsetzt. »Du lieber Himmel, Fräulein Skoller! Wie kommen denn Sie hierher?«

Eine blöde Frage angesichts ihrer Verletzungen, den I WO elektrisierte sie jedoch.

»Maritt Skoller?«

Er beugte sich zu ihr herunter und strich ihr die verschmierten Haare aus dem Gesicht. Eine fürsorgliche Geste, die mehr als Worte sagte. Es kam mir bei diesem Anblick direkt gemein vor, daß wir ihn mit seiner Begeisterung für Maritt dauernd auf den Arm genommen hatten.

Ich drehte mich von den beiden weg. »Bootsmann, eine Transporthängematte und vier Mann hier herüber. Der Stutz soll alles vorbereiten, um die Frau zu verarzten!«

Der I WO hockte sich vor Maritt Skoller nieder und fragte besorgt: »Nur das Bein oder noch andere Verletzungen?«

»Ich ... weiß nicht«, antwortete sie mit schwacher Stimme. »Sie haben ... mich niedergeschlagen, und als ich ... wieder zu mir kam, lag ich ... in dieser fürchterlichen Blutlache. Mein Kopf ... auch mein Kopf.«

»Nun, wir werden sehen.« Der I WO drückte ihre Hand. Er war ganz der besorgte Samariter. »Es wird alles wieder gut. Unsere beiden Quacksalber werden Sie schon wieder zusammenflicken.«

Der Smadding ließ es sich nicht nehmen, selbst mit seinen Männern zu uns an Bord zu jumpen. Als er die blutbesudelte junge Frau sah, verlor er einen Augenblick die Fassung. »Heiliger Bimbam, wer macht denn so was?«

Er fand seine Fassung jedoch schnell wieder. Vorsichtig hoben er und der I WO die Frau vom Boden auf und trugen sie hinaus auf die ausgebreitete Transporthängematte. Das Bergen von Verwundeten gehörte zu dem Rollenspiel, das an Bord bei jeder sich bietenden Gelegenheit für den Ernstfall geübt wurde, war für die Männer also reine Routine.

Entsprechend schnell wurde Maritt Skoller in die Hängematte verpackt und mit aller Vorsicht hinüber auf U 115 gehievt.

Der I WO verfolgte den Vorgang mit einem regelrechten Hundeblick, unschlüssig, ob er sie unter Deck begleiten sollte oder nicht. Ich zerbrach mir indessen den Kopf, wo wir sie unterbringen konnten. Eine Frau an Bord unter so vielen Männern, das war ein Problem, für das es nur eine Lösung gab.

»Sie gehen am besten mit hinüber und sorgen dafür, daß sie zunächst ins Offizierslogis gebracht wird«, sagte ich. »Auf der Back kann sie vom Fähnrich und dem Stutz besser versorgt werden. Anschließend wird sie in mein Kabuff verlegt. Ich ziehe um.« Der I WO blieb mir die Antwort schuldig, er hatte nur Augen für die junge Frau in der Hängematte. »Hee, I WO, aufgewacht! Haben Sie überhaupt gehört, was ich gesagt habe?«

»Wie ... was?« tauchte er aus der Versenkung auf. »Jawohl, Herr Kaleu!«

Mit einem Satz landete er drüben an Deck. Während er die entsprechenden Befehle gab, trieb mich die Neugier in das zerstörte Steuerhaus zurück. Es gab dort möglicherweise irgendwelche Anhaltspunkte, warum das Mädchen niedergeschlagen und verletzt zurückgelassen worden war. Und noch eins kam hinzu: Ich war mir sicher, daß Maritt nicht allein auf dem Kutter gewesen war, der ihrem Bruder gehörte. Wenn schon keine Besatzung, dann war zumindest er mit ihr zusammen an Bord gewesen. Aber wo war er geblieben?

Ich begann das Steuerhaus zu durchsuchen, in dem alle Navigationsanlagen zertrümmert worden waren. Selbst die Bücherborde hatte man von den Wänden gerissen. Zusammen mit den Seekarten und Borden bildeten die Handbücher in der Ecke, die den Apparaturresten nach als Funkschapp gedient hatte, einen wirren Haufen.

Dort fand ich, was ich suchte. Unter diesem Haufen lag Björn Skoller, von unzähligen Kugeln durchsiebt, in einer riesigen Blutlache, die sich bis an den Kompaßfuß ausgebreitet hatte. Als ich mich hinabbeugte, um seinen Puls zu ertasten, blickte ich in sein völlig zerschlagenes Gesicht. Anders als bei seiner Schwester, steckte in ihm kein Funke Leben mehr. Man hatte ihn regelrecht exekutiert. Ihm war nicht mehr zu helfen. Es hatte keinen Zweck, noch länger das Chaos zu durchstöbern. Wenn überhaupt jemand den Grund für dieses Gemetzel kannte, dann seine Schwester. Ich sah mich noch einmal in dem Chaos um und zuckte plötzlich zusammen.

An der Kompaßsäule, am Kartentisch und neben der Steuersäule entdeckte ich jeweils einen massiven Klumpen jenes knetbaren Sprengstoffs, den wir auch auf dem Trawler der beiden Briten gefunden hatten. Hier steckten allerdings Säurezünder in der Masse, Zünder, deren Zeitvorgabe ich nicht kannte. Sie konnten jeden Augenblick zünden und den Kutter mit mir in die Luft blasen.

Dieser Gedanke machte mir Beine. Mit ein paar Schritten war ich an seinem Schanzkleid und sprang hinüber auf mein Boot.

»Leinen los! Beide Maschinen dreimal AK voraus! Ruder hart Backbord! Leinenkommando unter Deck!«

Die Männer an Bord reagierten sofort. Sie warfen die Leinen los und stießen den Kutter von der Bordwand ab. Befreit von seinen Fesseln, packte ihn der Ebbstrom und trug ihn schnell achteraus. Das Boot nahm Fahrt auf. Zu meiner Erleichterung wuchs der Abstand zwischen uns und dem Kutter mit seinen gefährlichen Sprengladungen zusehends.

Um das Versorgungsluk drängte sich das Leinenkommando, durch das Maritt gerade unter Deck gefiert worden war. Innerlich beruhigt enterte ich zur Brücke auf. Der II WO sah mich fragend an.

»Der Kutter ist mit Sprengladungen gespickt, Herr Störmer! Ich hab' allein drei davon mit Säurezündern in seinem Steuerhaus entdeckt, die jeden Moment hochgehen können. Vermutlich sind aber auch noch an anderen Stellen solche teuflischen Ladungen deponiert.«

»Heißt das, man ...«

»Das heißt es, II WO!« unterbrach ich ihn. »Der Kutter sollte mit den Skollers in die Luft fliegen, um alle Spuren des Massakers zu verwischen. Die Frau haben wir ja noch lebend herausholen können, ihr Bruder jedoch ist tot an Bord geblieben.«

Dem II WO blieb die Luft weg. »Du lieber Himmel, warum das denn?«

»Darüber zerbreche ich mir schon seit geraumer Zeit den Kopf. Verraten kann mir das nur die Maritt Skoller, wenn sie ihre Verletzungen überlebt.« Ich klappte das Turmluk auf. »Gehen Sie bitte auf unseren Aufklärungsstreifen zurück. Ich will mal sehen, was sich dort unten inzwischen getan hat. Wahrschau! Ein Mann von Brücke in Zentrale!«

Am Schott des Offizierslogis stand der I WO und scheuchte die Freiwächter weg, die einen Blick auf die verletzte Frau auf der Back werfen wollten, um die sich der Fähnrich und der Stutz bemühten.

»Warum ziehen Sie nicht einfach den Vorhang vor, Herr Bernau?«

Er sah mich völlig verdattert an. Dann schlug er sich mit der flachen Hand gegen die Stirn und griff nach dem Vorhang. »Natürlich! Warum bin ich Trottel nicht schon längst darauf gekommen?«

»Lassen Sie man, ich mach' das schon«, hielt ich ihn auf und blickte auf die Uhr. »Ich glaube, Sie werden auf der Brücke gebraucht. Noch ist doch nicht Wachwechsel – oder?«

Der Hinweis saß. Er sah sich ertappt und bekam einen knallroten Kopf. »Ich habe heute wohl nicht meinen guten Tag, Herr Kaleu. Mich hat das alles ein bißchen durcheinandergebracht.«

Ich grinste. »Mich auch, I WO. Aber das ist ja jetzt vorüber. Der Fähnrich und der Stutz werden das schon wieder in die Reihe kriegen. Also?«

Dagegen gab es kein Argument. Reichlich bedeppert zog er ab. Ich trat in das Logis und zog den Vorhang hinter mir zu. Ich war schließlich der Kommandant und hatte entsprechende Privilegien.

Unsere beiden Sanis hatten Maritt inzwischen aus der Hängematte geschält. Sie schien bewußtlos zu sein. Jedenfalls rührte sie sich nicht, als der Fähnrich ihren Kopf untersuchte.

Er sah auf, als ich mich räusperte. »Sie hat ein mächtiges Ding abbekommen, Herr Kaleu. Einen Schlag mit einem harten Gegenstand genau hinter das linke Ohr. Hätte ihr Tod sein können, aber sie hat Glück gehabt. Kein Schädelbruch, vermutlich nur eine saftige Gehirnerschütterung und eine deftige Platzwunde. Deshalb ist sie so blutverschmiert. Wir werden einen Teil ihrer Haare abrasieren müssen, um die Wunde zu säubern und zu versorgen.«

»Tun Sie das, Fähnrich.« Ich warf einen Blick auf ihr hübsches Gesicht. Das sah bei weitem nicht mehr so gut aus. Sie mußte viel Blut verloren haben, denn es war totenbleich und wirkte irgendwie eingefallen. »Und ansonsten?«

»Das werden wir erst sehen, wenn wir sie ausgezogen haben.« Er grinste jungenhaft. »Mir flattern schon jetzt die

Hände, wenn ich auch nur daran denke. Aber es muß halt sein.«

»Wat mutt, dat mutt, Fähnrich. Ich bin in meinem Kabuff. Sobald Sie Ihre Untersuchungen abgeschlossen und sie versorgt haben, möchte ich Meldung haben. Wir verlegen sie dann in mein Kabuff, bis wir wissen, wie wir weiter mit ihr verfahren. Klar?«

»Alles klar, Herr Kaleu. Kann der Smadding einen Mann abstellen, der verhindert, daß alle naselang jemand den Vorhang zur Seite zieht, um einen Blick auf die nackte Frau zu werfen?«

Der Fähnrich war der richtige Mann, der dachte an alles. Ich schmunzelte. »Wird geregelt. Aber das ist kein Freibrief für Sie und Ihre flatternden Hände, klar?«

»Jawohl, Herr Kaleu!«

Ich räumte in meinem Kabuff alle wichtigen Papiere zusammen und schloß sie weg. Obwohl Maritt Skoller nach Lage der Dinge sicher gar nicht in der Verfassung war, darin herumzustöbern, war mir das lieber so. Die Frage war ja, ob wir sie überhaupt wieder auf die Beine brachten. Ich hatte sie ganz spontan auf unser Boot bringen lassen, ohne an die Probleme zu denken, vor die uns allein schon ihre Verletzungen stellen konnten. Sie hatte ihr Bein abgebunden, um die Blutungen zu stoppen. War es eine Schlagaderverletzung, waren unsere beiden Sanis dagegen machtlos. Dann brauchte sie umgehend einen Arzt, der sie operierte. Unter normalen Umständen war das gar kein Problem. Wir konnten den nächsten größeren Hafen anlaufen und sie dort einem Arzt übergeben. Der nächste größere Hafen war Bodø, knappe 17 Seemeilen von unserem jetzigen Standort entfernt. Ein Katzensprung für uns, in einer Stunde zu erreichen.

Die Verhältnisse waren jedoch alles andere als normal.

Wir hatten unsere Befehle. Sie erlaubten es uns nicht, unser Einsatzgebiet zu verlassen. Ich würde es trotzdem auf meine Kappe nehmen, denn es war ein Notfall. Aber befand sich denn Bodø überhaupt in deutscher Hand? Eben das wußte ich nicht. Der Wehrmachtsbericht hatte es jedenfalls bisher kein einziges Mal erwähnt. Und damit saß ich wieder einmal in einer Zwickmühle.

Ein gewaltiger Donnerschlag jagte mich aus meinen Grübeleien hoch. Die Alarmklingeln schrillten durch das Boot, riefen die Besatzung auf die Gefechtsstationen. Ich jumpte in die Zentrale und sauste die Leiter zur Brücke empor.

»Was ist los, I WO?«

Er reichte mir das Glas und deutete achteraus. Dort stand ein schwarzer Rauchpilz vor der wolkenlosen Kimm, in seinem oberen Teil schon vom Wind zerfasernd.

»Ist das alles? Dann können Sie den Alarm gleich wieder abblasen. Das ist – oder besser – das war der Kutter der Skollers.« Sein erstauntes Gesicht erinnerte mich daran, daß er ja gar nicht wissen konnte, was ich entdeckt hatte. »Sprengstoff mit Säurezündern, Herr Bernau. Das Steuerhaus war damit präpariert, und wie es aussieht, nicht nur das Steuerhaus.«

In seiner Miene zeichnete sich Unverständnis ab. »Mit Sprengstoff präpariert? Warum das denn? Wollten die Skollers etwa die Versicherung schröpfen?«

»Du meine Güte, nein! Die Skollers nicht, die sollten mit dem Kahn in die Luft fliegen. Der Tod Björn Skollers und die Verletzungen seiner Schwester haben den Mördern nicht genügt. Sie wollten jede Spur vernichten, die zu ihnen führen könnte.«

»Ihr Bruder ist tot? Weiß sie das schon?«

»Natürlich nicht! Und sie soll es auch erst erfahren, wenn sie halbwegs über den Berg ist.«

Der BÜ trat zu uns. »Der Herr Fähnrich bittet Sie, in die Zentrale zu kommen, Herr Kaleu.« Ich glitt die Leiterholme hinunter. Der Fähnrich stand unten neben der Leiter und nahm militärische Haltung an. »Na, Herr Stabsarzt ehrenhalber, wie sieht es aus? Gute Nachrichten?«

»Wie man's nimmt, Herr Kaleu. Die Kopfwunde ist versorgt, bleibt noch die Gehirnerschütterung. Die Dame hat außerdem einen glatten, aber stark blutenden Durchschuß in der Wade, keine Schlagaderverletzung, die Blutung steht. Erstaunlich, daß sie trotz der Gehirnerschütterung so sinnvoll reagiert und das Bein abgebunden hat, als sie das viele Blut sah.«

»Mann, Fähnrich, mir fällt ein Stein vom Herzen! Und sonst?«

»Sie hat auf dem Rücken noch ein paar kleinere Verletzungen, die haben wir gereinigt und verpflastert. Den Durchschuß haben wir gesäubert und tamponiert.« Er zögerte. »Eine schmerzhafte Prozedur, Herr Kaleu, deshalb habe ich ihr eine kleine Beruhigungsspritze verpaßt. Sie schläft jetzt noch, wird aber in Kürze wieder aufwachen. Sie ist sehr schwach durch den Blutverlust. Aber geschlechtsspezifisch regeneriert sich das Blut bei Frauen ja viel schneller als bei uns Männern.«

»Hugh, unser Medizinmann hat gesprochen! Braucht sie unbedingt ärztliche Hilfe?«

»Meiner Meinung nach nicht. Das sind Verletzungen, wie sie auch bei uns an Bord vorkommen können. Die behandeln wir ja auch selbst. Wenn es natürlich Komplikationen gibt ...«

»Gut, dann werden wir sie rüber in mein Kabuff bringen.«

Ich kam erst nach dem Mittagswachwechsel dazu, unserer Patientin einen Besuch abzustatten. Der weiße Kopfverband machte ihr Gesicht noch bleicher. Es schien ihr jedoch nach der Beruhigungsspritze besserzugehen. Sie trank von dem Kujambel, den ihr der Smut' zusammengemixt hatte.

»Danke, Herr Kaleu, daß Sie mich da heruntergeholt haben.« Ihre Stimme klang noch immer schwach, aber klarer. Ein Lächeln flog über ihr Gesicht. »Man hat mir gesagt, daß das hier Ihr Raum und Ihre Koje ist. Und Sie?«

»Ach, ich schlafe inzwischen auf der Wäscheleine und decke mich mit einem Knoten zu«, scherzte ich, um die Stimmung aufzulockern. »Fühlen Sie sich kräftig genug, mir zu sagen, was da passiert ist?«

»Ich denke schon.« Sie trank wieder einen Schluck. »Sie verzeihen, ich habe einen fürchterlichen Durst.«

Ihre Schilderung der Ereignisse unterbrach sie immer wieder, um zu trinken. Demnach waren sie und ihr Bruder nach ihrer Rückkehr aus Svolvær von mehreren Leuten massiv unter Druck gesetzt worden. Man unterstellte ihnen, sie hätten die beiden britischen Agenten an die *Nazis* verraten. Der Beweis sei ja der Kutter, den sich Björn von dem Judaslohn gekauft habe. Das habe sie veranlaßt, Hellnessund zu verlassen und im Fjord vor Misten vor Anker zu gehen, um weiteren Bedrohungen zu entgehen. Das sei ein Fehler gewesen. Im Ort hätten sie die Nachbarn zu Hilfe herbeirufen können, dort draußen aber seien sie dem Überfall mitten in der Nacht wehrlos ausgesetzt gewesen. Sie sei sofort niedergeschlagen worden. Als sie aufgewacht sei, habe sie in ihrem Blut gelegen. An mehr könne sie sich nicht erinnern.

»Sie kannten die Männer?«

»Aber ja, die waren ja mit den beiden zu uns gekommen, die Björn als Kapitän für ihren Trawler angeheuert haben. Ich weiß auch, wo die sich aufhalten.«

»Und wo ist das?« fragte ich gespannt, denn das war ja mein eigentliches Anliegen.

»Die hausen in dem verlassenen alten Leuchtturm von Neesodden. Jedenfalls waren sie dort, als wir das auf dem Trawler bei einem Gespräch der beiden aufschnappten. Wissen Sie, ob Björn von ihnen mitgenommen worden ist?«

Sie hatte also keine Ahnung. Ich umging daher eine direkte Antwort, indem ich nur den Kopf schüttelte. »Was sind das für Leute, Fräulein Skoller? Norweger?«

»Im Ort hielt man sie für norwegische Kommunisten. Björn meinte jedoch, es seien britische Agenten, weil ihr Norwegisch so seltsam klang. Aber er kann sich auch geirrt haben. Wir haben in Norwegen verschiedene Dialekte, die sich stark voneinander unterscheiden.«

»Wie bei uns in Deutschland. Deshalb verstehen wir Norddeutschen auch die Bayern nicht, wenn die in ihrem Dialekt so richtig loslegen.« Ich stand auf. »Der Dienst ruft! Ich muß leider wieder auf die Brücke, Fräulein Skoller. Was wir für Sie tun konnten, haben wir getan. Jetzt müssen Sie sich nur noch gesundschlafen. Bis bald.«

»Der alte verlassene Leuchtturm von Neesodden?« I WO und II WO beugten sich über die Seekarte und suchten. »Mehr hat sie nicht gesagt, Herr Kaleu?«

»Doch, es sind ihrer Meinung nach fünf Männer. Wo dieses Neesodden ist, habe ich nicht gefragt. Wir haben ja Karten, da sollten wir den alten Turm schon finden.«

»Ich hab's!« triumphierte der II WO und wies auf einen Punkt in der Seekarte. »Hier, auf dieser winzigen Insel, die nicht mal einen Namen hat. Oder heißt die Neesodden?«

»Das ist mir scheißegal, wie die heißt! Hauptsache, wir kriegen die Halunken, die die Skollers auf dem Gewissen haben«, ereiferte sich der I WO. Er folgte dem Finger Störmers. »Ach, da ist das! Gar nicht so schlecht, liegt ja geradezu ideal am Wege. Denen möchte ich liebend gerne einen Besuch abstatten.«

Der LI grinste und setzte prompt zu einer spöttischen Bemerkung an, schluckte sie jedoch herunter, als ich ihm auf den Fuß trat. Es war nun wirklich nicht der richtige Zeitpunkt, den I WO mit seinem Faible für Maritt Skoller aufzuziehen.

»Wenn Sie den Stoßtrupp übernehmen wollen, den der Smadding zusammengestellt hat, steht dem meinerseits nichts entgegen, Herr Bernau.« Ich beugte mich über die Karte. »Die Lage ist für ein Stoßtruppunternehmen tatsächlich günstig. Wir setzen Sie mit dem Schlauchboot auf der Rückseite des Turmes ab. Da gibt es offenbar so eine Art Strand. Wie Sie von dortaus vorgehen, ist Ihre Sache. Aber keine Bravourstücke, I WO!«

»Und das heißt?«

»Die Männer sind – wie der Überfall auf die Skollers gezeigt hat – schwer bewaffnet und zu allem entschlossen. Sobald Sie beschossen werden, erwidern Sie zwar den Beschuß, ziehen sich dabei aber mit Ihrem Trupp sofort zurück. Wenn Sie in Sicherheit sind, schießen Sie ’ne grüne Leuchtkugel ab. Dann nehmen wir den Turm mit der Acht-acht und der Feuerspritze unter Feuer. Sie sorgen dann nur noch dafür, daß keiner der Halunken entkommen kann. Klar?«

»*Dead or alive?*«

»Wie es sich ergibt, Herr Bernau. Lebendig ist mir lieber, Tote reden bekanntlich nicht. Aber kein Risiko! Ich möchte keinen unserer Leute verlieren!«

»Alles klar!«

Die Voraussetzungen für unser Stoßtruppunternehmen konnten nicht günstiger sein, denn das Wetter spielte mit. Im Verlauf des Nachmittags zog von Nordwesten eine kompakte dunkle Wolkenwand auf und schluckte nicht nur die Sonne. Die Sicht wurde zunehmend schlechter. Wenig später begann es zu nieseln. Lange vor Mitternacht wurde daraus ein regelrechter Wolkenbruch, damit war es mit den sogenannten hellen Nächten restlos vorbei. Es war stockdunkel und goß in Strömen.

Aber auch die Gezeiten standen gut, als wir das Schlauchboot mit dem Stoßtrupp zu Wasser ließen. Schon nach wenigen Metern verschmolz das Boot lautlos mit der Dunkelheit. Der Flutstrom trug es schnell von uns weg und direkt auf das Strandstück zu, das wir für den Angriff ausgewählt hatten.

»Ruder Backbord zwanzig!« befahl der II WO leise, um das Boot von der auflaufenden Flut in Schußposition bringen zu lassen. Er verfolgte die Kompaßrose. »Recht so! Ruder komm auf! Beide Maschinen Kleine Fahrt achteraus!«

Sacht stemmte sich das Boot gegen den Druck des auflaufenden Wassers. Alles war nach der Gezeitentabelle genau berechnet. Nicht mehr lange, dann erreichte die Flut ihren höchsten Stand, hatten wir Hochflut. Kurz darauf kenterte die Tide, setzte hier draußen schon wieder die Ebbe ein. Das erleichterte dem Stoßtrupp die Rückkehr zum Boot, zumal wir dann Positionslichter setzen konnten.

»Jetzt müßten sie eigentlich schon gelandet sein«, meinte der II WO nach einem Blick auf seine Uhr. Er lehnte sich über das Schanzkleid. »Aufgepaßt, Männer! Sobald die grüne Leuchtkugel aufsteigt, Panzersprenggranaten auf den Turmfuß und im ...«

Er stockte, denn eine Maschinenpistole knatterte los. Sie bekam sofort Antwort von der anderen Seite, auf der wir unsere Männer wußten. Sie waren offenbar auf einen Wachposten gestoßen. Eine weiße Leuchtkugel stieg in den nachtschwarzen Himmel und tauchte die Insel mit dem Turm in ein geisterhaftes Licht. Sofort hämmerte auf der obersten

Turmplattform ein MG los und streute die Umgebung mit seinen Geschoßgarben ab.

»Scheiße, unsere Männer sind zu früh entdeckt worden!« fluchte der II WO. »Hoffentlich ziehen sie sich jetzt zurück!«

»Ziel aufgefaßt!« schrie der Geschützführer der 8,8 cm-Kanone. »Feuer frei auf das MG?«

»Nein!« kam ich dem II WO zuvor, denn ich wollte unsere Männer nicht gefährden. »Feuer frei auf das MG nur für die Flak!«

Hinter uns bellte die Flak los. Schon der erste Feuerstoß lag voll im Ziel. Die Leuchtspurgeschosse erfaßten das ungeschützte MG und fegten es samt seiner Bedienung von der im Splitterhagel aufstäubenden Plattform.

Kaum schwieg unsere Flak, erwachte der Turm zum Leben. In seinen schmalen Fensterschlitzen blitzten Mündungsfeuer aus Maschinenwaffen auf. Handgranaten detonierten am Fuß des Turmes, sollten wohl ein Eindringen in den Turm verhindern.

»Da sind mehr als fünf Männer im Turm, Herr Kaleu!« schrie der II WO. »Die Wachen sind ausgeschaltet. Jetzt sitzen die anderen in der Falle! Verflucht, warum zieht sich der Stoßtrupp nicht zurück?«

Das fragte ich mich auch. Der Angriff auf den Turm war gescheitert. Begriff der I WO das nicht? Durch die dicken Mauern geschützt, konnten die im Turm verborgenen Männer jetzt jeden Angreifer gefahrlos wegputzen. Nur wir konnten das noch verhindern.

Die weiße Leuchtkugel pendelte zur Erde und verlor an Leuchtkraft. Wir aber brauchten das Licht, damit uns die Turmbesatzung nicht entkommen konnte.

»Signalmaat, eine weiße Leuchtkugel in den Himmel über der Insel! Feuer frei für die Flak auf die Fensterschlitze! Macht kurzen Prozeß mit den ...!«

Meine Worte gingen in dem Abschuß der Signalpistole und dem Geballer der Flak unter. Ihr Richtschütze war ein ganz gewitzter Kerl. Er schoß sich nicht auf den einzelnen Fensterschlitz ein, sondern ließ den Feuerstrahl über dem untersten Schlitz hin und her gleiten. Verstummte das Mündungsfeuer, kam der nächste eine Stufe höher dran. Ein sehr erfolgreiches Verfahren, er trieb damit die Männer immer höher den Turm hinauf und machte so eine Flucht unmöglich.

»Grün, Herr Kaleu!« Endlich stieg die Leuchtkugel empor.

»Feuer frei für die Acht-acht!« schrie der II WO. »Voll drauf!«

Während die Flak den oberen Turm beharkte, durchschlugen die 8,8 cm-Granaten die dicken Mauern des Turmfußes und detonierten in seinem Innern. Einmal auf das Ziel richtig eingeschossen, ging die Bedienung zum Schnellfeuer über.

Granate nach Granate zerbarst im unteren Turmteil. Ihre geballte Sprengkraft riß riesige Löcher in die Außenmauern, zertrümmerte systematisch das Mauerwerk und zerstörte das Fundament und damit seine Standfestigkeit. Solchem Beschuß war selbst der massivste Turmfuß nicht gewachsen. Mit einem ersten Wanken unter den Einschlägen kündigte sich das Ende des Turmes an.

Zwei Schüsse noch, dann gab der zerschrotete Turmfuß plötzlich nach. Breite Risse liefen über sein Mauerwerk bis hinauf zur Turmspitze. Er knickte ein. In einer Wolke von Mörtelstaub, zersplitterndem Holz, Möbelresten, berstenden Ziegeln und Jahrzehnte alten Farbanstrichen fiel der Turm in sich zusammen und stürzte, von unserem Jubelgeschrei begleitet, über die Klippe, auf der er einst zum Wohle der Seefahrt errichtet worden war.

»Feuer einstellen! Feuer einstellen!« Ein überflüssiges Kommando, denn der Beschuß war von ganz alleine verstummt. »Bereitschaftsmunition ergänzen! Lassen Sie Positionslaternen setzen, Herr Störmer. Drehen Sie das Boot bitte gegen den Ebbstrom.« Auch das war überflüssig, ein Zeichen für meine nur langsam abklingende innere Erregung, denn der II WO hatte längst gehandelt. »Signalmaat, noch eine weiße Leuchtkugel, damit uns der Stoßtrupp leichter findet.«

Wir lauschten in die Richtung, aus der das Schlauchboot kommen mußte. Warteten auf das Tuckern des Außenbordmotors, der ja nun benutzt werden durfte.

»Teufel!« sagte der II WO. »Die machen es aber spannend! Hoffentlich hat's da keine Scherben gegeben!«

Ich brummte nur, denn mich begann zunehmend ein ungutes Gefühl zu erfassen. Du blöder Hund, schalt ich mich innerlich, warum hast du den Stoßtrupp nicht selbst übernommen! Weiß der Teufel, was der Bernau da in seinem Rachedurst für riskante Schoten abgezogen hat!

Der I WO spannte uns weiter auf die Folter. Mit jeder verstreichenden Minute wurde ich ungeduldiger, wuchsen meine Sorgen. »Verstehen Sie das, Herr Störmer? Der Turm ist weg und mit ihm die Mörder Skollers. Warum kommt der verdammte Stoßtrupp nicht zurück?« Noch immer hütete ich mich, vor der Brückenwache das Kind beim Namen zu nennen, um die Autorität des I WO nicht zu untergraben.

Der II WO verstand mich auch so. »Die werden noch nach irgendwelchem Beweismaterial suchen, Herr Kaleu. Vielleicht haben sie auch Gefangene gemacht?«

Als das Tuckern des Außenborders endlich über den Ebbstrom klang, war ich trotz der nächtlichen Kühle schweißgebadet. Der I WO hatte tatsächlich einen Gefangenen gemacht, wie ich sah, als das Boot längsseits schor. Eng zusammengeschnürt lag dieser auf dem Boden des Bootes. Blitzschnell zählte ich die Männer des Stoßtrupps. Gott sei Dank, keiner fehlte, und verwundet schien auch keiner zu sein.

Noch ehe die Leuchtkugel ihren Geist aufgab, war das Schlauchboot wieder verstaut. Die Männer verschwanden mit dem Gefangenen durch die Vorratsluke unter Deck. Der I WO kam die Fußrasten zum Turm empor.

Er war deutlich in Hochstimmung. Salutierend legte er die Hand an die Mütze. »Melde mich gehorsamst mit dem vollständigen Stoßtrupp an Bord zurück, Herr Kaleu! Keine Verwundeten, dafür ein Gefangener und eine ganze Reihe von Papieren, die möglicherweise wichtig sind.«

Er präsentierte mir eine Ledermappe. Angesichts dieses Erfolges verkniff ich mir jedes kritische Wort. »Danke, Herr Bernau! Keine Überlebenden außer diesem Gefangenen?«

»Wir haben alles abgesucht, auch die Reste unterhalb der Klippe. Dort habe ich übrigens die Tasche, aber keine Überlebenden gefunden.«

Deshalb hatte es also so lange gedauert. Ich war versöhnt. »Gut, Herr Bernau, dann ist für Sie und den Stoßtrupp eine Sonderration ›Besanschot an‹ fällig, ein Bier und ein Glas Rum.«

»Für so eine Belohnung hätte ich den Stoßtrupp natürlich auch gern mitgemacht!« motzte der II WO. »Keine Liebe mehr unter den Menschen!«

Ich klopfte ihm lachend auf die Schulter. »Beim nächsten Mal sind Sie dran, Herr Störmer!«

Trotz seines lauten Protestes sperrten wir den Gefangenen mangels eines anderen Raumes in das Klo, das der Smut' bisher als Vorratsraum für seine Konserven benutzt hatte. Er war ein kleinwüchsiger, dunkelhaariger Mann mit einem durchtrainierten, muskulösen Körper. Ein Schotte, fuhr es mir durch den Kopf, denn so sprach er auch. Er machte gar keinen Hehl daraus, daß er Brite war, und verlangte lautstark, von uns als Kriegsgefangener behandelt zu werden.

»Shut up!« fuhr ich ihm über den Mund. *»This is a very good place for murders!«*

Das ließ ihn verstummen. Er legte die Ohren an und ließ sich schweigend einschließen. Wir hatten ihn vorher gründlich bis auf die nackte Haut gefilzt und ihm alles weggenommen, womit er sich hätte umbringen können. Schließlich wollten wir ihn lebend unserer Abwehr übergeben, damit die seinen Komplizen auf die Spur kam. Ich war überzeugt davon, daß die Männer im Turm nicht allein in Norwegen operiert hatten.

»Wir sollten ihn Maritt Skoller vorführen, Herr Kaleu«, schlug der I WO vor. »Vielleicht ist das einer von denen, die sie überfallen haben?«

Ich deutete auf die Borduhr. »Aber doch nicht mehr heute, Herr Bernau. Das Mädchen kippt uns doch sonst glatt aus den Pantinen, und das wollen Sie doch am wenigsten – oder?«

Er verstand die Anspielung. Mit einem schiefen Lächeln nickte er. »Ist vielleicht auch besser so.«

»Sicher! Verschieben wir also die Gegenüberstellung auf einen günstigeren Zeitpunkt. Auf morgen früh vielleicht, wenn sie halbwegs auf dem Damm ist. Jetzt mache ich mich erst einmal lang. Die Nacht ist bestimmt wieder verdammt kurz.«

Sie war es tatsächlich. Ich hatte mich kaum auf der Backskiste im Offizierslogis ausgestreckt und die Augen geschlossen, da stand auch schon wieder der Zentralemaat auf der Matte. Das heißt, es schien mir nur so, als hätte ich gerade eben die Augen geschlossen, denn als ich auf die Uhr sah, standen die Zeiger auf fünf Uhr.

Ich schwenkte die Beine von der Kiste und schlüpfte in meine Seestiefel. »Was ist los, Mohl?«

»Schraubengeräusche im GHG, Herr Kaleu. Ein größerer Verband mit Kurs Nordnordost, Ziel ist vermutlich der Westfjord.«

»Und das Wetter?«

»Beschissen, Herr Kaleu, hat der Obersteuermann gesagt, als er von der Brücke kam. Der Dauerregen hat zwar aufgehört, aber oben ist alles grau in grau, und es ist unangenehm naßkalt.«

»Gut, Mohl.« Ich griff nach meiner warmen Lederjoppe. »Ich komme, schaue nur noch schnell in das Horcherschapp hinein.«

Am GHG saß der Gefreite Manske und drehte an den Knöpfen. »Ein größerer Verband, Herr Kaleu, kommt in zwo-sieben-null auf. Zerstörer und ein Dickschiff, könnte ein Schwerer Kreuzer oder ein Schlachtschiff sein. Entfernung etwa zwanzig Seemeilen, schnell aufkommend.«

Ich verkniff mir die Frage, wie er so sicher sein konnte, daß ein Dickschiff dabei sei. Wußte ich doch inzwischen auch, daß die Tonhöhe der Schraubengeräusche die Musik machte und jeder auch nur halbwegs erfahrene Horcher die Unterschiede zu identifizieren vermochte.

»Wie schnell kommt er auf, Manske?«

»Etwa zwölf Knoten, grob geschätzt. Das kalte Wasser ...«

»Ich weiß! Bleiben Sie dran.«

Ich jumpte in die Zentrale und trat an den Kartentisch. Der Eintragung von fünf Uhr nach, standen wir ziemlich dicht unter der Küste von Helligvær mit ihren zahlreichen Schären. Das war günstig, denn die würden das ASDIC der

Tommies irritieren, wenn sie wirklich in den Westfjord hinein wollten.

Ja, wenn! Ich kaute nachdenklich auf meiner Unterlippe herum, eine Unsitte, die mir meine Frau bisher vergeblich abzugewöhnen versucht hatte. Sie konnten ebensogut weiter nach Norden wollen, nach Tromsø oder gar Hammerfest. Deshalb prüfte ich den Gegnerkurs, den der Obersteuermann seit der ersten Horchmeldung an unseren Kurs angetragen hatte. Der zielte in seinem Verlauf eindeutig auf den Westfjord.

»Was meinen Sie, Obersteuermann? Westfjord oder weiter nach Norden?« fragte ich trotzdem, um mich zu vergewissern.

»Westfjord, Herr Kaleu. Die werden wieder versuchen, Narvik in ihre Hand zu bekommen. Der Erzhafen ist für uns und auch für sie kriegswichtig, deshalb.«

Ich nickte. »So sehe ich das auch. Na, dann wollen wir mal!«

Ich enterte zur Brücke auf. Es war tatsächlich ein grau in grauer Morgen, naßkalt und alles andere als zu dieser Jahreszeit passend. Die Sicht war denkbar schlecht, sie reichte bestenfalls zehn Seemeilen.

»Morgen, Herr Störmer!« begrüßte ich den II WO. »Scheint so, als bekämen wir Besuch, was?«

Er salutierte. »Morgen, Herr Kaleu! Sieht so aus. Noch stecken die Brüder ja im Dunst, so daß man raten muß. Sichtmeldungen anderer Boote haben wir noch nicht, die halten Funkstille, obwohl das Gegenteil wichtig wäre.«

Er rasselte die Meldung über Kurs und Geschwindigkeit herunter, die üblich war, wenn der Kommandant auf die Brücke kam. Ich hörte nur mit halbem Ohr hin, denn ich versuchte, mit meinem Glas den Dunst zu durchdringen. Enttäuscht ließ ich es sinken und nahm seinen Faden auf.

»Zu leicht einzupeilen, II WO, und dann wären die vorgewarnt. Wollen sie tatsächlich in den Westfjord, laufen sie uns vor die Flinte. Da wäre so eine Vorwarnung gar nicht gut.« Ich blickte nach Helligvær hinüber, das als dunkler Schatten vor der Landmasse schwamm. »Gehen Sie näher unter Land, Herr Störmer. Bei der schlechten Sicht verschmelzen wir dank unserer Farbe mit dem dunklen Hintergrund, und von den Schären bekommt das ASDIC der Tommies so wunderbar konstante Echos, daß sie dahinter wohl kaum ein U-Boot vermuten werden.«

Der Verband kam schneller auf, als wir vermutet hatten. Bald schälten sich zwei Feger aus dem Dunst, die mit schäumender Bugwelle dem Verband als U-Bootsicherung voranliefen. Über ihr Ziel gab es keinen Zweifel mehr. Sie steuerten geradewegs die Ansteuerungstonne vor dem Westfjord an.

Noch sahen sie uns nicht. Wir lösten trotzdem Alarm aus. Während unter Deck die Alarmklingeln schrillten und die Besatzung auf die Gefechtsstationen scheuchten, räumten wir die Brücke und tauchten auf Sehrohrtiefe ab. Ich fuhr den Spargel aus und visierte den Verband an.

»Tatsächlich ein Dickschiff, sieht aus wie ein Schlachtschiff, umgeben von Zerstörern. Mein lieber Mann, das sind mindestens zehn Stück! Wenn die nach Narvik hineingelangen, dann gibt's Kleinholz!«

Ich trat vom Sehrohr zurück. Neben mir stand der I WO, um die Zielansprache zu notieren und an die Torpedorohre weiterzugeben. Seinem Gesicht sah ich an, daß er jetzt liebend gern mit mir tauschen würde. Schließlich war er der Torpedooffizier und war bisher verdammt wenig zum Zuge gekommen. Das gab mir den plötzlichen Entschluß ein.

»Los, Herr Bernau! Unsere letzten beiden Torpedos gehören Ihnen! Nutzen Sie Ihre Chance, schicken Sie das Schlachtschiff zu den Fischen! Das Protokoll kann der II WO führen. Wenn die nicht noch einen Zack machen, laufen die Ihnen genau in der richtigen Entfernung vor die Rohre.«

Ich nahm ihm die Stoppuhr aus der Hand. Das weckte ihn aus seiner Sprachlosigkeit.

»Danke, Herr Kaleu!« Erfreut trat er an den Spargel. »Rohr eins und zwo klar zum Unterwasserschuß! Rohre fluten, Mündungsklappen öffnen!«

Das Grummeln der Schraubengeräusche nahm zu. Plötzlich lief auch der erste ASDIC-Strahl widerlich nachhallend über unsere Außenhaut. Er wanderte jedoch weiter und löste bei den Briten keinerlei Reaktionen aus. Befriedigt rieb ich mir die Hände.

»Meine Rechnung geht auf!« raunte ich dem II WO ins Ohr. »Die Schären tun ihre Pflicht.«

Störmer teilte meinen Optimismus nicht. Er verzog skeptisch das Gesicht und deutete nach außen, wo der Strahl erneut die Außenhaut erfaßte und darauf eintrommelte. Ein zweiter kam hinzu, bald ein dritter und noch ein vierter. Doch sie hielten uns nur einen Moment fest, wanderten weiter. Ein Aufatmen ging durch die Zentrale, denn sie glitten bei ihrer Rückkehr auch nur flüchtig über uns hinweg.

Die Schraubengeräusche wurden zu einem vielstimmigen Chor, von dem sich deutlich die dumpferen des Schlachtschiffes abhoben. Unbeeindruckt von dieser Begleitmusik machte der I WO seine Zielansprache, nannte Entfernung und Geschwindigkeit des Dickschiffes. Gewissenhaft notierte der II WO auch die übrigen Angaben und gab die Werte an den Torpedorechner weiter.

»Rohr eins und zwo ... Achtung!« Ich vergewisserte mich noch schnell, daß die Stoppuhr auch aufgezogen war. »Rohr eins ... los! Rohr zwo ... los!«

»Rohr eins und zwo sind los!«

Die Rückmeldung übertönte das Ticken der Stoppuhr. In einem minimalen Abstand drehten die beiden Zeiger ihre Runden, setzten die verfließende Zeit zu Entfernung und Geschwindigkeit in Relation. Zwölf Knoten gegen die zweiunddreißig unserer Torpedos, da schmolz die Zeit rasend schnell zusammen. Gespannt lauschten wir nach draußen, warteten auf die beiden Detonationen, die jeden Augenblick das Ende des Schlachtschiffes signalisierten.

Zwei kurze metallische Schläge glaubte ich zu hören, die den Lärm der Schrauben kaum übertönten, als die Zeit abgelaufen war. Sonst nichts, auch keine Reaktion bei den Briten. Die steuerten weiter in den Westfjord hinein, hatten die Aufschläge vermutlich gar nicht wahrgenommen. Ungläubig sah ich auf die Uhr, wollte nicht wahrhaben, daß uns jetzt auch die Aufschlagzündung der Torpedos im Stich gelassen hatte.

Als ich aufsah, blickte ich in enttäuschte Gesichter. Am schlimmsten traf es den I WO. Völlig zerknirscht ließ er den Spargel in den Schacht gleiten.

»So eine Chance! Ein Schlachtschiff wie auf dem Präsentierteller! Und ich vergurke beide Torpedos, Herr Kaleu!«

»Haben Sie nicht, Herr Bernau! Die Torpedos haben getroffen, alle beide. Ich habe deutlich ihren Aufschlag gehört. Diesmal hat die Zündung versagt!«

»Das stimmt, Herr Bernau!« bestätigte der II WO. »Es lag nicht an Ihnen. Ich habe die Aufschläge auch gehört! Auch wieder Versager, obwohl die Mixer die Zündung umgestellt hatten.«

»Ehrlich? Kein Trostpflaster?« Das Gesicht des I WO

hellte sich auf, als wir nickten. »Und die Tommies haben das nicht einmal gehört!«

»Seien Sie froh, sonst hätten wir sie jetzt auf dem Hals!« Ich ging zum Kartentisch. »Sobald die Tommies weit genug von uns ab sind, tauchen wir auf, um eine Sichtmeldung abzugeben. Die schießen sonst unsere Zerstörer in Narvik in Grund und Boden. Dann geht's heimwärts, denn was sollen wir jetzt noch hier?«

Wir funkten erst, nachdem wir Bodø passiert hatten. Dann fädelten wir uns in die Route zwischen dem Festland und den Inseln mit den Schären ein, die laut Segelhandbuch von den Postschiffen und Fähren entlang der Küste benutzt wurde. Wir trafen hier zwar auch wieder auf fischende Trawler und Kutter, deren Besatzungen winkten uns jedoch zu. Da wir keine Flagge führten, hielten sie uns offensichtlich für Norweger.

Endlich fand ich auch Zeit, nach unserem Gast zu sehen. Der Fähnrich hatte uns zwar berichtet, daß es dem Mädchen besserginge, sie habe auch kein Fieber. Sie kämpfe jedoch nach wie vor mit Übelkeit und nehme kein festes Essen zu sich. Aber das sei ja bei einer Gehirnerschütterung ganz normal. Der Smutje habe sich darauf eingestellt und zaubere für sie allerlei Süppchen. Der Beschuß des Turmes habe sie allerdings in Angst und Schrecken versetzt. Hier unter Deck höre es sich ja für einen Laien nach dem Untergang der Welt an, wenn die 8,8 cm-Kanone losballere und mit ihren Abschüssen das Boot bis in die Bilge erschüttere.

»Na, dann werden wir sie mal beruhigen.« Der Hundeblick des I WO erinnerte mich daran, daß er nach dem Reinfall mit den Torpedos ein Trostpflaster brauchte. »Nun kommen Sie schon mit, Herr Bernau. Sie können ihr dann selbst berichten, daß Sie einen der Kerle gefangen haben, denen sie ihre Verletzungen zu verdanken hat.«

»Gern, Herr Kaleu«, gab er sich gelassen, obwohl sein Herz wahrscheinlich Luftsprünge vollführte.

Ich war überrascht, als wir mein Kabuff betraten. Der Fähnrich schien doch mehr medizinischen Verstand zu haben, als man es von einem ohne Medizinstudium erwarten konnte. Er hatte den Kopfkeil in meiner Koje unter das Fußende gesteckt, so daß Maritt Skollers Kopf tiefer gelagert war. Ihr schien das gut zu bekommen, denn ihr anziehendes Gesicht hatte wieder Farbe bekommen, und sie machte einen weitaus muntereren Eindruck als am Vortag.

»Guten Tag, Fräulein Skoller. Wir müssen doch mal nach Ihnen sehen. Der Fähnrich sagte uns, es gehe Ihnen besser. Wie fühlen Sie sich denn nun wirklich?«

»Den Umständen entsprechend gut. Ich lebe, und das ist die Hauptsache. Alles andere wird schon wieder ins Lot kommen. Ihr Fähnrich ist wie ein richtiger Arzt um mich bemüht. Aber wie geht es mit mir weiter, Herr Kaleu? Eine Frau auf einem Kriegsschiff? Hier kann ich doch nicht ewig bleiben.«

»Darüber zerbrechen wir uns auch den Kopf. Wir sind auf dem Weg nach Trondheim. Dort können wir Sie in ärztliche Hände geben. Viel länger können wir Sie nämlich tatsächlich nicht an Bord behalten, es sei denn, es gäbe gewichtige Gründe dafür.«

»Und die wären?«

Ich lächelte. »Sehen Sie, genau das ist es, was wir uns nicht so recht vorstellen können, daß es die gibt. Wir müssen uns übrigens bei Ihnen für das Geballer in der vergangenen Nacht entschuldigen. Wir hatten eine Auseinandersetzung mit den Männern in dem alten Leuchtturm.«

Über ihr Gesicht glitt ein Schatten. Ihr Körper verspannte

sich. »Sie hatten eine Auseinandersetzung? Also galt denen Ihr Beschuß?«

»Natürlich! Wir haben sie gefangennehmen wollen. Aber das erzählt Ihnen Herr Bernau am besten selbst, der hat den Stoßtrupp geleitet.«

Einen Augenblick war der I WO so verlegen, wie ich ihn bisher noch nie erlebt hatte. Doch dann sprach er sich frei. Begierig lauschte sie seinen Worten. Als er den Gefangenen erwähnte, zuckte sie zusammen und unterbrach ihn.

»Sie haben einen von diesen Schweinehunden lebend erwischt? Wie sieht er aus?«

»Er ist kleiner als ich, dunkelhaarig und muskulös, so eine Schlägertype. Sagt Ihnen das etwas?«

»Dazu müßte ich ihn sehen, denn es waren mehrere von der Sorte dabei. Eiskalt und brutal. Wo ist er? Ich will ihn sehen!«

»Wir haben ihn in eines unserer Klos gesperrt, weil wir keinen anderen Raum für ihn hatten. Wir sind hier nun einmal sehr beengt«, mischte ich mich ein. »Sie wollen ihn sehen? Ich weiß nicht, ob Sie sich das zumuten sollten.«

»Ich kann mich an vieles, was da an Bord geschah, nicht mehr erinnern. Vielleicht verhilft mir sein Anblick dazu, daß ich mein Gedächtnis wiedererlange. Deshalb will ich ihn sehen!«

In meinem Kopf fiel eine Klappe. Gedächtnisverlust, na klar! Sie war bewußtlos geschlagen worden, da trat so eine Amnesie häufig auf. Vielleicht half ihr die Gegenüberstellung aber tatsächlich, über diese Gedächtnislücke hinwegzukommen?

Trotzdem zögerte ich. »Hat das nicht Zeit, bis Sie wieder halbwegs hergestellt sind?«

»Das kann ich schon verkraften, keine Angst!«

»Na gut, auf Ihre Verantwortung.« Ich drehte mich um.

»Sie können gern hierbleiben, I WO. Ich mach' das schon allein.«

Ich machte es natürlich nicht allein. Bei solchen Agenten konnte man nicht vorsichtig genug sein. Ich holte mir zwei unserer Seeleute, halbe Kleiderschränke, die den Kerl aus dem Klo holten, ihm die Hände auf den Rücken banden und ihn dann in ihre Mitte nahmen.

Ich trat in mein Kabuff und zog den Vorhang zur Seite. »So, da wären wir, Fräulein Skoller.«

Sie sagte zunächst gar nichts, sondern schaute ihn nur stumm an. Aber in ihrem Gesicht arbeitete es, sie suchte den Faden, der ihr die Erinnerung zurückbrachte.

Das war bei ihm ganz anders. Für ihn war das Wiedersehen ein Schock. Er zuckte zusammen und wurde kreidebleich. »*For god's sake*, die Schlampe lebt!«

War es seine Stimme oder allein sein Anblick – sie schrie plötzlich gellend auf. »Der Schotte! Das brutale Schwein, das meinen Bruder zusammengeschlagen hat! Was habt ihr mit ihm gemacht, ihr Verbrecher?« Die Erinnerung überwältigte sie, sie schluchzte herzzerreißend auf und schlug die Hände vor das Gesicht.

Ich gab den beiden Seeleuten einen Wink. »Das reicht! Weg mit ihm! Steckt den Scheißkerl wieder in sein Gewahrsam. Ihr habt gehört, was das für ein Lumpenhund ist. Wenn er Sperenzchen macht, bringt ihn zur Räson!«

Doch der machte keine Sperenzchen, wie ich später erfuhr. Der wußte jetzt, was die Glocke geschlagen hatte, und war froh, daß er unbehelligt in sein Klo zurückkehren durfte.

Maritt Skoller erholte sich verhältnismäßig schnell von ihrem Schock. Ihr hübsches Gesicht bekam einen harten Zug um den Mund.

»Was machen Sie mit ihm, Herr Kaleu? Lassen Sie ihn laufen?«

»Den doch nicht! Den übergeben wir im nächsten Hafen unserer militärischen Abwehr. Die wird ihn ausquetschen, bis ihm das Wasser im A... Entschuldigung! ... bis er alles ausplaudert, was er weiß. Und das wird kein Zuckerschlecken für ihn werden. Dann kommt er vor Gericht.«

»Warum hat der Ihren Bruder eigentlich zusammengeschlagen?« fragte der I WO.

»Weil ...« Sie brach ab und sah ihn flehend an. »Muß ich das sagen?«

»Besser wäre das schon«, sagte ich. Ich ahnte ja nicht, was da kommen würde. »Wir protokollieren Ihre Aussagen und geben sie weiter, damit man ihn belangen kann.«

»Er und ein Kumpan haben versucht, mich zu vergewaltigen. Da ist Björn auf sie losgegangen. Diesem Kerl war Björn nicht gewachsen, der hat ihn brutal zusammengeschlagen. Ich hab' versucht, über Bord zu springen, da hat der andere auf mich geschossen und mich mit dem Pistolenkolben erwischt«, sprudelte es aus ihr heraus. »Da wurde es Nacht um mich.«

»Der Schlag hätte Ihr Tod sein können, und die hielten Sie wohl auch für tot, sonst wäre das für den Kerl nicht so ein furchtbarer Schock gewesen. Der weiß, was ihm jetzt blüht.«

Sie sah den I WO und mich forschend an. »Sie sprechen vom Tod. Sie brauchen mich nicht zu schonen. Sagen Sie mir bitte die Wahrheit. Mein Bruder ist tot, nicht wahr?«

Sie wirkte sehr gefaßt, deshalb nickte ich. »Sie haben ihn erschossen und dann den Kutter mit Sprengstoff präpariert. Sie sollten beide damit in die Luft fliegen. Sie haben wir noch rechtzeitig herunterholen können, ihren toten Bruder nicht. Den Schotten wird das den Kopf kosten. Die anderen haben wir schon vor ihm in die Hölle geschickt.«

»Ich danke Ihnen, daß Sie mich davor bewahrt haben. Bitte, seien Sie mir nicht böse. Ich möchte jetzt gern allein sein, um damit fertig zu werden.«

Wir brauchten für die zweihundertsiebzig Seemeilen nach Trondheim dreiundzwanzig Stunden, obwohl wir nach Einbruch der Dunkelheit die schützende Postroute verließen und mit achtzehn Knoten über die freie See nach Südwesten liefen. Es war nur ein kurzes Vergnügen, denn die See war gar nicht frei. Immer wieder mußten wir in die Tiefe verschwinden, weil wir Schraubengeräusche in das GHG bekamen, die mit Sicherheit deutschen U-Booten gegenüber keine freundschaftlichen Gefühle hegten. Die ganze Home Fleet schien sich vor Norwegen zu versammeln.

Dabei ging der ganze Vorsprung flöten, den wir durch die achtzehn Knoten herausgeholt hatten. Reumütig kehrten wir auf die Postroute zurück und zwängten uns zwischen den Inseln hindurch. Erst vor der Einfahrt nach Trondheim wurde uns bewußt, wie gut wir daran getan hatten. Dort lag ein Verband aus Kreuzern und Zerstörern, die vermutlich längst nach Trondheim vorgedrungen wären, wäre die Einfahrt nicht so eng gewesen.

Wir mogelten uns in die schmale Durchfahrt zwischen Brekstad und Agdenes hinein und liefen prompt einem deutschen Zerstörer in die Fänge. Der war von unserem Erscheinen gar nicht beglückt und alarmierte die deutsche Hafenbehörde. Vor Rissa blinkte uns eine seegängige Barkasse an und forderte uns auf, sofort zu stoppen.

»Teufel noch mal, was ist denn in die gefahren?« fluchte der II WO, als die Barkasse mit hoher Bugwelle auf uns zu kam. »Haben wir den Aussatz oder die Pest?«

Des Rätsels Lösung stieg mit einem Kapitänleutnant über,

es war mein Crewkamerad Bernd Schulte, genannt Blåvands Huk, weil er einst als Seekadett diese dänische Halbinsel in die Südsee verfrachtet hatte. Wir starrten uns einen Augenblick verblüfft an, dann fielen wir uns lachend in die Arme und schlugen uns gegenseitig auf die Schultern.

»Mensch, Arne, du bist das? Weißt du nicht, was hier los ist? Wie bist du denn dort draußen durch die Tommies gekommen, die seit Tagen hier herumlungern und auf Beute lauern?«

»Ach, alles reine Übungssache, Bernd.« Vor den Männern auf der Brücke konnte ich ihn ja schlecht mit seinem Spitznamen anreden. »Und das nehmt ihr hin?«

»Wir müssen, Arne. Unsere Dickschiffe sind weg, und Hermann Meiers Schlipssoldaten haben hier noch keine Stützpunkte. Was willst du hier?«

»Wir haben uns verschossen und sind praktisch wehrlos. Außerdem haben wir einen britischen Gefangenen an Bord, den wir bei der Abwehr abliefern wollen, und eine schwerverletzte Frau, eine wichtige Zeugin.«

»Dann dreh bloß um und sieh zu, daß du Land gewinnst. Hier steht alles noch auf wackligen Beinen. Wenn der Tommy hier landet, müssen wir uns in die Berge zurückziehen. Schwimm ab nach Bergen, da bauen sie schon einen U-Bootstützpunkt auf.«

»Nach Bergen? Nicht schlecht. Und was machst du noch hier?«

»Ich bin der Marineverbindungsoffizier beim örtlichen Befehlshaber.« Er sah mich eindringlich an. »Kratz die Kurve, Arne, hier herrscht ganz dicke Luft!«

»Gut, Bernd, aber wie komme ich hier raus, ohne den Tommies in die Hände zu fallen?«

»Nimm die Postroute zwischen Hitra und Smøla, die ist noch sicher, und bleib auf dieser Route bis Bergen.« Er winkte seine Barkasse heran. »Mast- und Schotbruch, alter Knabe! Beim nächsten Wiedersehen lassen wir uns bis zur Halskrause vollaufen, so Gott will!«

Zwanzig Seemeilen vor Bergen hatten sie uns. Wir sahen sie zu spät, um noch tauchen zu können. Sie kamen im ersten Morgenlicht über die Schären gesprungen, vier altertümlich wirkende Doppeldecker vom Typ Swordfish. Langsame, harmlos aussehende Trägerflugzeuge, doch jedes trug zwei Torpedos unter den Tragflächen. Ich sah schon alle meine Felle wegschwimmen.

Aber sie hatten viel zu sehr auf das Überraschungsmoment vertraut und nicht mit meinen Männern an den feuerbereiten Geschützen gerechnet. Ihnen schlug ein wildes Abwehrfeuer entgegen. Zwei von ihnen zerplatzten in der Luft und verwandelten sich in Feuerbälle, als ihre Torpedos getroffen wurden. Der dritte hatte Mühe, den brennenden Trümmern auszuweichen. Er zog hoch und warf seine gefährliche Fracht aus viel zu großer Höhe ab. Als Oberflächenspringer hüpften sie wie übermütige Delphine an uns vorbei und detonierten irgendwo weitab in den Schären.

Der vierte Swordfish, wohl der Rottenführer, war ein gewitzterer Hund. Er versuchte es im Tiefflug, hatte nur nicht mit unserer Acht-acht gerechnet. Die setzte ihm ein paar wunderschöne Springbrunnen vor seine Kanzel, und die nahmen ihm die Sicht. Er warf seine Torpedos trotzdem, die liefen jedoch beide an unserer Backbordseite vorbei, weil wir uns mit einem Rudermanöver in letzter Sekunde aus der Schlinge zogen.

Aber dann hatte er uns vor seinen Bordwaffen. Aus allen Waffen feuernd, hielt er auf uns zu. Seine ersten Geschoßgarben prasselten auf unsere Außenhaut, fetzten Stücke aus der Gräting und rissen tiefe Schrunden und Riefen in den Stahl.

Wieder waren es die unerschrockenen Männer an der Achtacht, die ihn um den Erfolg brachten. Der Druck ihrer in seiner unmittelbaren Nähe detonierenden Granaten warf seine leichte Maschine aus dem Angriffskurs. Seine Geschosse streiften die Brücke nur noch, strichen über das Schanzkleid hinweg und trafen die Sehrohrköpfe. Splitter flogen uns um die Ohren, Granatsplitter und Teile der völlig zertrümmerten Sehrohroptiken. Dann war er über uns hinweg und zog hoch. Für wenige Sekunden bot er unserer 2cm-Flak seine verwundbare Unterseite. Ein Volltreffer traf seinen Tank und setzte ihn in Brand. Brennender Sprit stäubte über den Rumpf, machte ihn zu einer lodernden Fackel. Sein Ende kam schnell. Brennend schmierte er ab und stürzte in die aufspritzende See.

Für den letzten Briten ein warnendes Beispiel. Er drehte ab und ergriff die Flucht. Doch der Angriff, der für ihn wie ein Mißerfolg ausgesehen haben mochte, war keiner. Sein beherzterer Kamerad hatte den Angriff zwar mit dem Leben bezahlt, doch wir humpelten zerschunden und tauchunfähig in den Marinehafen von Bergen. Tauchunfähig nicht wegen der Schrunden und Riefen, die beseitigte jede Werft in kürzester Zeit. Er hatte uns blindgeschossen, der wichtigsten Sehhilfe für U-Boote, der Sehrohre, beraubt und uns damit zu einem hilflosen Krüppel gemacht.

In Bergen lief alles anders als in Trondheim. Die Kriegsmarine hatte den Hafen offensichtlich schon fest in der Hand, militärische Gründlichkeit regierte das Geschehen. Von der Signalstation blitzte eine Klappbuchs zu uns herüber, forderte unser taktisches Kennzeichen und wies uns einen Liegeplatz im ehemals norwegischen Kriegshafen zu. Ein Hafenschlepper lotste uns in das Hafenbecken und drückte uns an den Kai, an dem schon zwei andere Boote lagen.

»Fast wie in Schlicktown«, brummte der I WO, als die Festmacher hinüberflogen und von hilfreichen Händen über die Poller gestreift wurden. »Und was nun, Herr Kaleu?«

»Ohne Sehrohre sind wir nicht einsatzfähig, können in unserem jetzigen Zustand auch nicht nach Deutschland zurück. Was bleibt also, Herr Bernau? Eine längere Werftliegezeit.«

»Ich glaube nicht, daß die hier schon genügend Ersatzteile herangeschafft haben, zumindest nicht für die Sehrohre«, unkte der II WO.

»Eben, meine Herren. Ich werde mich jetzt bei der Hafenkommandantur melden und dort unsere Situation schildern. Sie, Herr Bernau, werden sich indessen freundlicherweise um Fräulein Skoller kümmern. Sie hat Verwandte hier. Bereiten Sie bitte alles vor, damit wir sie schnellstens von Bord und in ärztliche Obhut geben können. Einer ihrer Cousins ist Arzt im hiesigen Krankenhaus, wie sie mir gesagt hat. Vergessen Sie nicht, sich ihre Adresse geben zu lassen, sie ist eine wichtige Zeugin.«

»Das wird er schon nicht vergessen, Herr Kaleu!« stichelte der II WO und feixte. »Wo die Liebe hinfällt ... und so weiter und so fort!«

»Wer hat, der hat, mein Lieber!« gab Bernau lächelnd zurück. »Nur keinen Neid.«

»Sie, Herr Störmer, nehmen sich unseres Gefangenen an. Den werden wir der Hafenkommandantur übergeben. Die werden ja hier so etwas wie ein Gefängnis oder einen Arrest haben. Dort ist er sicherer als hier an Bord verwahrt.« Ich griff nach der Ledertasche mit den Papieren, die der I WO von Nessodden mitgebracht hatte. »Ach, da ist noch etwas. Der Smadding soll das Schapp von dem Göhle ausraumen und die Sachen zusammenpacken. Die müssen wir den Angehörigen schicken. Ein makabres Vergnügen.«

Unter dem Zwitschern der Bootsmannsmaatenpfeife ging ich von Bord, um den Hafenkapitän aufzusuchen.

Mein Besuch beim Hafenkapitän begann für mich mit einer gewaltigen Überraschung. Jeden anderen hätte ich hier in Bergen erwartet, nur nicht meinen Flottillenchef, Korvettenkapitän Jost von Wittmand. Er saß mit einem Kapitänleutnant, der mir irgendwie bekannt vorkam, im Zimmer des Hafenkapitäns und amüsierte sich köstlich über mein verblüfftes Gesicht.

»Nur rein, mein lieber Thomsen. Sie sollten jetzt mal Ihr Gesicht im Spiegel sehen. Man denkt an nichts Böses, und wen trifft man hier? Ausgerechnet mich, was?«

Ich nahm militärische Haltung an und salutierte. »In der Tat, Herr Kapitän, Sie hätte ich hier als Hafenkapitän am allerwenigsten erwartet.«

Er lachte laut auf. »Irrtum, mein lieber, nix Hafenkapitän! Ich bin hier, um mich über die hiesigen Gegebenheiten zu informieren, weil Bergen unser neuer Stützpunkt wird. Der Hafenkapitän, Herr Sander, sitzt neben mir.« Er stand auf und schüttelte mir die Hand. »Kommen Sie, setzen Sie sich zu uns. Sie kennen Herrn Sander?«

Ich gab auch dem Hafenkapitän die Hand und nahm Platz. Mir fiel plötzlich ein, woher ich ihn kannte. »Vom Sehen, Herr Kapitän. Wir sind zwar Crewkameraden, sind aber als Rekruten, Seekadetten und Fähnriche in unterschiedlichen Gruppen gewesen. Kennen wäre darum zuviel gesagt.«

»Nun, er hat mich informiert, daß Sie hier eingelaufen sind. Was wollen Sie hier in Bergen? Noch ist Ihr Heimathafen doch Schlicktown.«

»Die Umstände haben mich dazu gezwungen.«

»Die Umstände? Berichten Sie!«

Ich gab ihm einen ausführlichen Bericht. Er hörte mir geduldig zu und stellte keine Zwischenfragen. Als ich das Dilemma mit den Torpedos zur Sprache brachte, machte er sich Notizen.

»Sie sind nicht der einzige Kommandant, der solche unerklärlichen Pannen mit diesen Aalen erlebt hat. Sie werden darüber dem BdU persönlich berichten, Herr Thomsen. Ich fliege in zwei Tagen mit einer Kuriermaschine zurück. Bis Oslo kann ich Sie mitnehmen, wenn Sie hier alles rechtzeitig über die Bühne bringen.«

»Ich werde mich darum bemühen, daß Herr Thomsen von dort ohne Verzögerung weiterkommt«, mischte sich Sander ein. »Ab Dänemark läuft der Zugverkehr schon wieder ganz normal.«

»Herr Sander wird sich auch um alles andere kümmern, Herr Thomsen, damit Sie entlastet werden.«

Sander nickte und zückte seinen Füllfederhalter. »Eins können wir gleich regeln. Du gehst mit deinem Boot umgehend an den Arsenalkai und gibst die Munition ab. Anschließend macht ihr wieder an eurem jetzigen Liegeplatz fest und räumt, bis auf die übliche Hafenwache, das Boot. Für die Werftliegezeit, deren Länge ich noch nicht absehen kann, bezieht die Besatzung im Grand Hotel am Torget Quartier, das wir für solche Zwecke requiriert haben. Die Werftgrandis werden sich noch heute bei dir melden. Mit denen kannst du dann alles weitere absprechen.«

»Was machen wir mit unserem Gefangenen?«

»Den Gefangenen laß' ich abholen. Den sperren wir bei uns ein, bis ihn die Abwehr übernimmt. Der ist Zivilist, also kein Kriegsgefangener, der sich auf irgendwelche internationalen Konventionen berufen kann. Außerdem war das Mord, was du berichtet hast. Da werden die mit ihm kurzen Prozeß machen.«

»Und die Zeugin Maritt Skoller? Wir haben ihre Verletzungen zwar versorgt, sie gehört jedoch in ärztliche Hände. Sie hat mir erzählt, sie habe hier Verwandte, unter anderem einen Cousin, der im hiesigen Krankenhaus als Arzt arbeitet. Kannst du dich um sie ebenfalls kümmern?«

»Das muß ich sogar, denn sie ist eine wichtige Zeugin. Wir werden sie in dem Teil des Krankenhauses unterbringen, den wir als Marinelazarett übernommen haben. Dort ist sie sicher. Ich werde sie ebenfalls abholen lassen.«

Wittmand feixte. »Das ist auch besser so. Wenn sie wirklich so hübsch ist, wie Thomsen sagt, gehört die schleunigst von Bord. Am Ende kriegen seine Männer noch 'nen Samenkoller. Wenn sie ihn nicht schon haben.«

Ich lachte. »Keine Sorge, Herr Kapitän. So lange waren wir ja diesmal gar nicht auf See. Außerdem wird schon mein I WO ein wachsames Auge auf die Dame haben.«

»Holla, was heißt denn das? Der I WO? Hat da etwa Amor seine Hand im Spiel?«

»Der hat ihn schon in seinem Visier gehabt, als er ihr zum erstenmal begegnet ist. Ob der Pfeil allerdings auch bei ihr gesessen hat, weiß ich nicht.« Ich schmunzelte. »Noch nicht!«

Der Hafenkapitän schob seine Notizen zusammen und stand auf. »Wenn ich jetzt nicht mehr gebraucht werde, Herr Kapitän, dann möchte ich mich empfehlen, um alles in die Wege zu leiten.«

»Aber ja, leiten Sie nur! Je schneller das alles mit U 115 auf Vordermann kommt, desto besser. Längere Ausfälle können wir uns zur Zeit nicht leisten.«

Als sich die Tür hinter Sander geschlossen hatte, sah von Wittmand auf seine Notizen. »Sie haben einen Mörder an Bord, sagten Sie? Und Sie haben keinen Verdacht?«

Ich schüttelte den Kopf. »Keinen, Herr Kapitän. Wir haben nicht den geringsten Anhaltspunkt, nur daß er den Toten aus tiefstem Herzen gehaßt haben muß.«

»Das ist schlimm. Sie haben einen entsprechenden Bericht aufgesetzt? Gut, Thomsen, dann will ich Sie nicht länger aufhalten. Wir sehen uns ja heute abend in der Offiziersmesse. Ein Casino haben die hier ja nicht. Noch nicht, um bei Ihren Worten zu bleiben.«

Es lief wie am Schnürchen. Während wir alles für die Munitionsabgabe vorbereiteten, erschien ein Maat mit drei bewaffneten Matrosen, um den Schotten abzuholen. Als der Bootsmann ihn an Deck bringen ließ, wehrte er sich und protestierte laut gegen die rauhe Behandlung.

»Ach nee, der Herr möchte mit Glacéhandschuhen angefaßt werden?« sagte der Bootsmaat. »Kann er haben, aber nicht hier. Wie heißt der Kerl überhaupt?«

»Wie er wirklich heißt, wissen wir nicht. Er weigert sich konsequent, uns seinen richtigen Namen zu nennen. Den Papieren nach, die wir bei ihm gefunden haben, heißt er Knud Bogensen.«

»Das macht nichts, Herr Bootsmann. Wir haben da so unsere Methoden, um den Namen herauszukriegen. Der wird bald froh sein, daß er ihn uns nennen darf.« Er gab seinen Leuten einen Wink. »Los, verpaßt ihm Handschellen, und dann ab dafür!«

Die drei gingen alles andere als zart mit Bogensen um. Als er den Mund aufmachte, um gegen die Handschellen zu protestieren, versetzte ihm der eine einen Schlag zwischen die Schulterblätter, daß ihm die Luft wegblieb.

»Immer schön brav, mein Freund!« belehrte der Mann ihn mit grimmiger Miene. »Den Leuten deines Schlages bringen wir ganz schnell anständiges Benehmen bei, klar?« Er gab ihm einen Stoß, daß er hinter einem seiner Bewacher über die

Stelling an Land stolperte und dabei fast in den Fjord gefallen wäre. »Los, schnappt ihn euch, damit er gar nicht erst auf dumme Gedanken kommt!« befahl der Maat seinen Leuten, drehte sich zum Smadding herum und salutierte zackig. »Melde mich mit dem Gefangenen von Bord, Herr Bootsmann!«

Der faßte nur lässig an seine Mütze. »Na, dann bringt ihn man zum Reden!«

Er sah den vieren hinterher, bis die um die nächste Ecke verschwunden waren. Dann kam er zu mir auf die Brücke herauf. »Bitte Herrn Kaleu in einer wichtigen Angelegenheit unter Deck sprechen zu dürfen.«

»Unter Deck?« Ich war alarmiert. »Was ist los, Nummer Eins? Warum so förmlich?«

»Ich bin da bei Göhles Sachen auf etwas gestoßen, was ich Ihnen unbedingt zeigen muß.«

»Doch nicht etwa einen Abschiedsbrief?« fragte ich leise.

»Das genaue Gegenteil, Herr Kaleu. Etwas, womit keiner von uns gerechnet hat.«

»Da bin ich ja gespannt. Gehen wir in das Offizierslogis. Kommen Sie mit, Herr Störmer.«

Im Offizierslogis zog der Smadding den Vorhang vor das Schott und holte ein Bild im Postkartenformat aus seiner Brusttasche. Das Foto zeigte eine bildhübsche junge Frau, die fröhlich in die Linse lächelte. Die handschriftliche Widmung gab Auskunft, von wem das Bild stammte.

Meinem lieben Siegfried zur Erinnerung an unsere schönen Stunden, stand da in akkuraten, fast kindlich wirkenden Schriftzügen. *In unverbrüchlicher Treue und Liebe*

Deine Anneliese Swinemünde 22.02.40

»Ja und, Bootsmann? Wußte gar nicht, daß der Göhle bei Frauen so viel Schlag hat. Was ist daran so besonders?« fragte ich verständnislos. »Solche Fotos haben doch die meisten Männer an ihren Schapptüren!«

»Schon, Herr Kaleu! Aber nicht das gleiche Bild mit der gleichen Widmung, jedoch mit einem anderen Datum.«

»Das gleiche Bild?« wiederholte ich. »Bei wem?«

»Bei dem Matrosenobergefreiten Rahn. Bevor wir aus Schlicktown in See gegangen sind, hab' ich den Rahn am Kragen gehabt. Der hatte sein Schapp nicht in Schuß und mußte seine Wäsche neu stauen. Da habe ich das Bild an seiner Schapptür bewundert, denn das ist ja nun wirklich eine ganz schnuckelige Puppe. Jetzt bin ich auf das gleiche Bild bei dem Göhle gestoßen, und das finde ich ein bißchen merkwürdig.«

»Heißt das, Sie vermuten da einen Zusammenhang mit Göhles Tod?« fragte der II WO verblüfft.

»Das vermute ich nicht nur, Herr Leutnant! Da haben wir doch das Motiv für den Mord! Mich hat eigentlich schon stutzig gemacht, daß der Rahn behauptet hat, er habe den Göhle mit einer Zange an seinem Sicherheitsgurt herumfummeln gesehen. Zu deutsch, der Göhle könnte es selbst gewesen sein, der die Stahlseele durchgekniffen hat, um Selbstmord zu begehen.«

»Mensch, Bootsmann, an Ihnen ist ja ein Kriminalkommissar verlorengegangen! Und Sie irren sich nicht?«

»Ich bin absolut sicher, Herr Kaleu!«

»Na schön, gehen wir der Sache einfach mal auf den Grund.« Ich stand auf. »Lassen Sie Rahn herholen, Bootsmann!«

Rahn ahnte nichts. Er nahm militärische Haltung an und knallte die Hacken zusammen. »Matrosenobergefreiter Rahn meldet sich wie befohlen zur Stelle!«

»Der Bootsmann hat mir berichtet, daß Sie Schwierigkeiten hatten, Ihr Schapp vorschriftsmäßig zu stauen. Ich möchte mir Ihr Wäscheschapp deshalb mal ansehen. Gehen Sie vor!«

Er warf dem Smadding einen vorwurfsvollen Blick zu, ging jedoch widerspruchslos voran ins Vorschiff. Die Freiwächter sprangen von den Backskisten auf und nahmen Haltung an.

Ich winkte ab. »Weitermachen, Männer!«

Rahn blieb vor einem der Fächer stehen und schloß es auf. Verwunderung machte sich auf seinem Gesicht breit, als ich mich weniger für den Schappinhalt als für das Bild an dessen Tür interessierte. Der Smadding hatte richtig gesehen, das Bild stimmte bis auf den Vornamen und das Datum in allen Einzelheiten mit dem des Göhle überein. Als Datum stand dort allerdings: *Swinemünde 09.09.38*.

»Eine hübsche Frau, Rahn. Wer ist das?«

»Meine Verlobte, Herr Kaleu«, kam es wie aus der Pistole geschossen.

»Ihre Verlobte? Hat Ihre Verlobte eine Zwillingsschwester?«

Er ahnte noch immer nichts. »Nein, Herr Kaleu, nur einen jüngeren Bruder. Darf ich erfahren, warum Sie mich nach einer Zwillingsschwester fragen?«

»Das dürfen Sie. Weil es hier an Bord das Bild Ihrer sogenannten Verlobten noch einmal gibt, allerdings mit einem anderen Vornamen und einem anderen Datum. Möchten Sie es sehen?«

Ich holte es aus der Tasche und hielt es neben das Bild an der Tür. Rahn starrte voller Entsetzen auf das zweite Bild. Neugierig reckten die Freiwächter die Hälse, jedes Gespräch war verstummt.

»Sie fragen gar nicht, woher ich es habe, Rahn. Ich will Ihnen sagen, warum. Sie wissen es. Es stammt aus Göhles Schrank und ist der Grund, warum der Göhle sterben mußte! Sie haben die Stahlseele in seinem Sicherheitstampen durchtrennt, damit er über Bord geht. Bootsmann, nehmen

Sie den Matrosenobergefreiten wegen heimtückischen Mordes fest, und sperren Sie ihn in das Klo, bis ihn die Feldgendarmerie abholt.«

Ich hatte keine Ahnung, ob es in Bergen schon Feldgendarmerie gab, aber es machte sich vor den Zuhörern und vor allen Dingen vor Rahn gut. Der Schock war nachhaltig. Alle Sicherheit war von ihm abgefallen.

»Ich ... ich kann ... das ist ... das war alles ganz anders, Herr Kaleu!« stotterte er. »Ich kann das erklären!«

»Das werden Sie vor dem Militärgericht müssen!« Der I WO erschien am Schott und machte mir ein Zeichen. »Führen Sie den Kerl ab, Bootsmann! Wir machen jetzt klar zum Ablegen und gehen an den Arsenalkai.«

Rahn leistete nicht den geringsten Widerstand, als der Bootsmann nach seinem Arm griff, um ihn abzuführen. Göhle war nicht beliebt gewesen, jetzt schlug die Stimmung jedoch um. Der Weg aus dem Vorschiff wurde für Rahn zu einem Spießrutenlaufen. »Schweinehund« war noch das mildeste Schimpfwort, das für ihn fiel.

»Wir müssen Rahn schleunigst an Land schaffen, sonst gehen die ihm bei der ersten Gelegenheit an die Kehle, Herr Kaleu«, raunte mir der II WO zu. »Mord an einem Kameraden, da kennen die kein Pardon.«

»Kameradenmord?« fragte I WO verwundert. »Der Rahn? Wen hat der denn umgebracht?«

»Den Göhle, Herr Bernau«, sagte ich. »Mehr darüber später. Sie haben mir ein Zeichen gemacht. Was gibt es?«

»Auf dem Kai steht ein Krankenwagen. Die möchten Fräulein Skoller abholen und ins Marinelazarett bringen. Geht das in Ordnung?«

»Absolut. Das ist alles mit dem Hafenkapitän so abgesprochen. Warum fragen Sie?«

»Nur so, ich dachte ...«

»Verstehe!« unterbrach ich ihn, denn mir brannte die Zeit unter den Nägeln. »Kommen Sie, meine Herren, verabschieden wir uns von ihr. Und Sie, Herr Bernau, fahren am besten mit ins Marinelazarett. Dann wissen wir, wo sie untergekommen ist und können Sie auch mal besuchen. Wir verlegen indessen an den Arsenalkai.«

Die Abgabe der Munition fraß allein schon eine Menge Zeit, denn die Männer, die das mit Munition vollgestopfte Arsenal von den Norwegern übernommen hatten, waren noch nicht aufeinander eingespielt und auf eine Munitionsannahme überhaupt noch nicht vorbereitet. Noch mehr Zeit ging jedoch bei der Besprechung mit den Werftgrandies drauf.

Die norwegische Marinewerft war zwar von der Kriegsmarine übernommen worden, die Ingenieure und Werftarbeiter waren jedoch Norweger. Die waren zwar willens und in der Lage, die äußeren Schäden des Bootes sofort zu beheben, für die Sehrohroptiken galt das jedoch nicht, weil es dafür in Bergen keine Ersatzteile gab.

»Tut mir leid, Herr Kaleu!« Der deutsche Werftleiter zuckte bedauernd die Schultern. »Wir sind noch im Aufbau und auf spezielle Ersatzteile für U-Boote gar nicht eingestellt. Meinen Sie nicht, Sie sollten lieber als nächsten deutschen Hafen Kiel anlaufen, wo U 115 gebaut worden ist? Solange noch gekämpft wird, läuft hier die Ersatzteilversorgung – wenn überhaupt – nur ganz schleppend an.«

Die Werften in Kiel, das war ein Gedanke, den ich mir schon selbst hatte durch den Kopf gehen lassen. Ohne Sehrohre war daran jedoch gar nicht zu denken. Da wurden wir schnell zu einer leichten Beute für die Tommies, die vor den Ausfahrten aus der Ostsee lauerten.

»Na schön, Herr Werkenthin, ich werde mit meinem

Flottillenchef darüber reden. Vielleicht sieht der einen Ausweg.«

Doch Korvettenkapitän von Wittmand erteilte solchen Plänen knapp und kurz eine Absage. »Nichts da, Herr Thomsen, Ihr Boot geht hier in die Werft. Sie kriegen Ihre Sehrohre auf dem schnellsten Wege, dafür werde ich sorgen. Sie haben den Mörder also doch noch gefaßt? Was führt er denn für Gründe für seine Tat an?«

»Ich habe ihn noch nicht vernehmen können, Herr Kapitän. Der Tag war mit Terminen so vollgestopft, daß es bisher einfach an Zeit dafür fehlte. Sie haben morgen früh meinen Bericht auf dem Tisch.«

»Gut, Herr Thomsen«, er erhob sich, um die Unterredung zu beenden. »Kameradenmord auf Feindfahrt, das kostet ihn den Kopf. Da kann er vorbringen, was er will. Ach, da fällt mir noch etwas ein. Mein Flugzeug geht schon morgen nachmittag. Werden Sie es bis dahin schaffen, alles Ihrem I WO zu übergeben?«

»Ich denke schon, Herr Kapitän.«

Ich hatte nicht die Absicht, für Rahns Vernehmung noch viel Zeit aufzuwenden. Deshalb hatte ich den II WO gebeten, den I WO und den LI inzwischen darüber zu informieren, wie der Smadding ihm auf die Schliche gekommen war. An Bord zurück, ließ ich den Rahn sofort ins Offizierslogis bringen.

»Sie wissen, was wir Ihnen vorwerfen«, sagte ich. »Sie haben gesagt, Sie könnten alles erklären. Nun, dann erklären Sie uns mal, wie Göhle zu dem Bild Ihrer sogenannten Verlobten mit der recht eindeutigen Widmung gekommen ist.«

»Ich weiß nur, was Anneliese mir erzählt hat, Herr Kaleu. Sie hat ihn beim Abschlußball der Tanzschule im Heringsdorfer Kurhaus kennengelernt. Sie haben sich dann in Swinemünde des öfteren getroffen, als ich zu diesem Artillerielehrgang in Neustadt gewesen bin. Und da ist es dann passiert, daß sie sich in ihn verliebt hat und mir ...« Er stockte.

»Und Ihnen den Laufpaß gegeben hat, was?« half der II WO nach. »Und dann?«

»Sie hat die Verlobung gelöst, weil sie ohne ihn nicht mehr leben könne, hat sie gesagt. Außerdem bekomme sie von ihm ein Kind. Das war schon schlimm. Noch schlimmer war, daß der Göhle auf einmal zur Besatzung gehörte und ich ihn von nun an täglich vor Augen hatte, als ich von dem Lehrgang zurückkam. Das hat mich restlos umgehauen, Herr Leutnant.«

»Und da beschlossen Sie, ihn bei der ersten Gelegenheit aus der Welt zu schaffen«, stellte der LI nüchtern fest.

»Nein!« Der Rahn schrie es regelrecht heraus. »Wir haben uns an Land geschlagen, aber der war mir mit seinen unfairen Tricks über. Danach hat er mich bei jeder Gelegenheit angemacht. Da wollte ich ihm einfach nur einen Denkzettel verpassen, das haben ja andere, die mit ihm aneinandergeraten waren, auch gemacht. Daß er dadurch über Bord gegangen ist, habe ich nicht gewollt.«

»Wer's glaubt, wird selig!« versetzte der I WO trocken. »Bei dem Sauwetter und dem Seegang bloß 'nen Denkzettel verpassen! Für wie dumm halten Sie uns eigentlich?«

Rahn schwieg dazu.

»So, das haben Sie nicht gewollt«, wiederholte ich. »Ihr wievieltes Bordkommando ist U 115?«

»Mein drittes, Herr Kaleu.«

»Ihr drittes, Sie haben also Erfahrung mit der Wirkung von Brechern. Und da säbeln Sie den Sicherheitstampen an und glauben, da werde schon nichts passieren? Damit werden Sie vor Gericht nicht durchkommen. Das war kein harmloser Denkzettel, das war ein eiskalt geplanter Mord. Und dafür wird man Sie zur Rechenschaft ziehen. Abführen!«

Ich hatte großspurig behauptet, es bis zum nächsten Nachmittag zu schaffen, meinem I WO und den beiden anderen Offizieren das Boot für die Zeit meiner Abwesenheit zu übergeben. Es wurde dennoch eine üble Hetzerei. Selbst auf dem Weg zum Flugplatz fiel mir immer noch mehr ein, was zu regeln war. Bernau, der mich begleitete, weil er seinerseits noch etwas Persönliches mit mir klären wollte, kam daher erst zu Wort, als der Kapitän bereits in die JU 52 kletterte und sich ungeduldig nach mir umsah.

»Du lieber Himmel, Herr Bernau, da sülze ich Ihnen die ganze Zeit die Ohren mit meinen Problemen voll! Was haben denn Sie auf dem Herzen?«

»Maritt und ich möchten Sie bitten, bei unserer Heirat unser Trauzeuge zu sein.«

Er feixte, weil ich stocksteif stehen blieb und ihn verblüfft anstarrte. Die Motoren brüllten auf, liefen sich warm. Ich mußte mich beeilen.

Trotzdem fragte ich: »Ihr was, bitte? Ihr Trauzeuge? So schnell geht das bei Ihnen beiden?«

Er schrie gegen den Motorlärm an: »Es hat schon beim erstenmal bei mir gefunkt und auch bei Maritt, wie sie mir gestanden hat. Können wir mit Ihnen rechnen?«

»Sie können!« schrie ich zurück und rannte die Gangway empor.

Hinter mir klappte die Tür zu. Die Maschine ruckte an und rollte zur Startbahn, von der gerade zwei ME 109, unser Begleitschutz, abhoben. Ich ließ mich in die Segeltuchsessel fallen.

»Mein Gott, Thomsen, alles ist startklar, und Sie trödeln

da unten noch herum! Was gab's denn da mit Ihrem I WO noch so Wichtiges zu bereden?«

»Er hat mich zu seinem Trauzeugen gemacht, Herr Kapitän. Er will Maritt Skoller heiraten.«

»Die Norwegerin?« fragte er, als habe er nicht richtig gehört. »Ach du meine Güte! Hoffentlich weiß er, was er sich damit einhandelt.«

Ich lachte. »Welcher Verliebte weiß das schon, wenn er heiratet, Herr Kapitän? Dat breete End' kömmt noch, seggt man bi uns!«

Glossar:

Aal	Torpedo
AK	Äußerste (Maschinen-)Kraft
ASDIC	Ortungsgerät (Sonar) deutsche Version: USG, S Gerät
Bach	Meer
Back	1. vorderer Teil des Oberdecks 2. Tisch an Bord, davon abgeleitet: Backskiste = Sitztruhe am Tisch Backen und Banken = Aufruf zum Essen Backschafter = Essenholer aufbacken = auftischen
backsen	beide Schrauben laufen gegeneinander, um auf Gegenkurs zu kommen
BdW	Bootsmaat der Wache
belegen	1. Leine festmachen 2. Befehl oder Meldung widerrufen
Besanschot an!	Schnaps- oder Bierausgabe
Besteck	Schiffsortbestimmung
Bilge	unterster Teil des Schiffsinneren
BdU	Befehlshaber der U-Boote
Bold	Hilfsmittel, um ASDIC-Ortung ir-

	rezuführen = Kalziumhydrit wird ausgestoßen, erzeugt sich schnell ausbreitende Gasblasen, die den Ortungsstrahl reflektieren und ein U-Boot vortäuschen, wo keines mehr ist
Brücke	hier: Turmplattform des U-Bootes
BÜ	Befehlsübermittlung(-sgerät), auch Befehlsübermittler (Posten)
Bucht	Schlaufe im Tau, Seilschlinge
Charly	Spottname für brit. Aufklärer
Crew	1. Mannschaft (engl.) 2. Offiziersjahrgang
Deckoffiziere	Feldwebel, Oberfeldwebel, Fähnriche
Dickschiff	Kreuzer, Schlachtschiff
dwars	querab
Einbaum	Spottname für die kleinen U-Boote
ES	Erkennungssignal
Etmal	in 24 Std. zurückgelegte Strecke, von Mittag zu Mittag gemessen
FdU	Führer der U-Boote (z.B. West = im Westen)
Feger	Sicherung vor/im Geleitzug
Feudel	Scheuerlappen
Feuerlee	dem Beschuß abgekehrte Seite
Freund Hein	der Tod
FT	Funkspruch/Funkgerät
FuMB	Funkmeßbeobachtungsgerät, erkennt RADAR-Ortung
FuMO	Funkmeßortungsgerät = deutsches RADAR

Gatt, Gatjen, Gattchen	Öse, kleines Loch, hier: After
Geisterecho	entsteht durch unterschiedlich dichte Salzwasserschichten, die den Ortungsstrahl (ASDIC) vom Objekt ablenken
GHG	Gruppen-Horch-Gerät
GKdos	Geheime Kommandosache = Geheimhaltungsstufe
Gestapo	Geheime Staatspolizei, jagte sogenannte Verräter, Staatsfeinde etc.
HJ	Hitlerjugend
Hundewache	Wache von 0°° Uhr bis 4°° Uhr
Hundemarke	scherzhaft für Erkennungsmarke
I WO [II WO/III WO]	1.(2./3.) Wachoffizier
Jerry, Jerries, Fritz	brit. Spottname für Deutsche
K an K!	Anruf: Kommandant an Kommandant
Kardeele	Hanf-, Sisalstränge, aus denen Tauwerk zusammengedreht ist
KdF-Schiff	Kraft-durch-Freude-Schiff = Schiff der Deutschen Arbeitsfront (NS-Organisation) für Urlaubsfahrten ihrer Mitglieder
Kimm	Horizont
Kinken	Seilschlinge, auch: gefährliche Lage
Klappbuchs	Signal-/Morselampe
Klempnerladen	Spottname für Orden und Ehrenzeichen
Knoten	hier: Schiffsgeschwindigkeit in Seemeilen
Kolbenringe	goldene Ärmelstreifen = Offiziersrangabzeichen
krängen	Schiff legt sich auf die Seite

Kriegswache	Bereitschaftswache auf den Gefechtsstationen
Läufer	Bote
Legerwall	Land auf der Leeseite eines Seglers, schränkt Manövrierfähigkeit ein
lenzen	1. auspumpen (Lenzpumpe) 2. vor dem Wind lenzen = kreuzen 3. einen Lenz schieben = faulenzen
LI	Leitender Ingenieur, techn. Offizier
LM	Leitender Maschinist, Feldwebelrang = Chief
Löwe	Spitzname für den Befehlshaber der U-Boote Dönitz
Männchen bauen	militärische Haltung annehmen
Mahalla	großer Schiffsverband
Maling	Anstrich
Marketenderware	Sonderzuteilung von Genuß-/Lebensmitteln bei oder nach Fronteinsatz
M-Bock/M-Boot	Minensucher
Meridian	Mittagslinie = Längenkreis vom Nord- zum Südpol, über dem die Sonne um 12 Uhr MOZ ihren höchsten Punkt erreicht (kulminiert), wichtig für die astronomische Standortbestimmung am Tage (= Mittags- oder Meridianbreite), die sich aus dem Höhenwinkel der Sonne (Kulminationspunkt) über dem Horizont und der Uhrzeit (12 Uhr MOZ) errechnen läßt
MGZ (GMT)	Mittlere Greenwich Zeit = auf den

	0° Meridian bezogene Zeit (Greenwich Mean Time), für alle astronomischen Standortbestimmungen maßgebend, da sich die nautischen Tafeln etc. darauf beziehen
MOZ	Mittlere OrtsZeit = auf den jeweiligen Meridian (= Ort) bezogene Zeit
Menage	Bordverpflegung allgemein
Miefrolle	Hängematte
Mittelwächter	Imbiß/Getränk für die Wache ab 0°° Uhr
Morgenmusterung	Antreten der Besatzung zum Befehlsempfang etc.
Muck	hohe Kaffeetasse aus Keramik, »Kaffeepott«
Nummer Eins	Kriegsmarine: Seemännische Nummer Eins = Oberbootsmann, der für den gesamten seemännischen Bereich an Bord verantwortlich ist = Smadding. Royal Navy: Erster Offizier (First Lieutenant – Number One)
Mixer	Mechaniker, z.B. Torpedomixer
Nock	äußerster Teil der Brücke, einer Rah etc.
O Messe	Offiziersmesse
OF-Raum	(Ober-)Feldwebelraum
Päckchen	1. Bordkleidung, z.B. Lederpäckchen 2. Boote liegen Bord an Bord
Papenberg	Anzeige für Schrohrtiefensteuerung
peilen	sichten, messen
Peilung	Kompaßpeilung: Winkel zwischen

	0° (Nord) und dem Objekt, z.B. Boje, Landmarke etc. Schiffspeilung: Winkel zwischen Schiffslängsachse (Bug = 0°) und Objekt
Pfeifen und Lunten aus!	»Zapfenstreich« bei der Marine; oft Zusatz: Geister auf Station!
pönen	anstreichen, bemalen
purren	wecken
Rapport	zur (härteren) Bestrafung dem Kommandanten vorführen
Schapp	kleiner Raum, auch Fach, Schrank
Schlunz	Krankenrevier, Lazarett, Krankenhaus
Smut'	Smutje = Koch
Spargel	Periskop, Sehrohr
Schott	Tür, Tor
Schotten	wasserdichte Abteilungen im Schiff (s.u. Verschlußzustand)
Schwell	Welle ohne Brecher
Spring	vordere/achtere leichte Trosse zum Kai
Stahlseele	Verstärkung in stark belastetem Tauwerk (aus Stahl)
Stelling	auch Gangway, Steg vom Schiff zum Kai
Stoker	Heizer, allgemein: Maschinenpersonal
Stoppelhopser	Spottname für Angehörige der Landstreitkräfte
Tampen	Leine, Seil, Tau
Tanks peilen	Verbrauch feststellen
torfen	schlafen

trimmen	hier: die Gewichtsverteilung im getauchten U-Boot entsprechend ausgleichen, damit es auf ebenen Kiel kommt.
ULD	U-Bootlehrdivision (= U-Bootschule)
USG (S-Gerät)	Unterwassersuchgerät, Sonar = deutsches ASDIC
V-Boot	Verkehrsboot (Motorboot, Barkasse)
verholen	1. Schiff an einen anderen Platz verlegen 2. sich verdrücken
VP-Boot	Vorpostenboot
Verschlußzustand	Schließen der wasserdichten Türen (=Schotten) im Schiff bei Gefahr
Wabos	Wasserbomben
Wache	Besatzung ist in Steuer- und Backbordwache eingeteilt, wechseln alle vier Stunden. Ausnahme: von 12 bis 16 Uhr Wechsel im Zwei-Stunden-Rhythmus
wahrer Standort	astronomisch oder durch Peilung bestimmter, tatsächlicher Standort
gegißter Standort	gekoppelter, nicht genauer Standort
Wahrschau	Warnruf, bedeutet: Achtung, aufgepaßt!
wahrschauen	warnen, aber auch: wecken, melden, herbeirufen
Werftgrandie(s)	Werftarbeiter
Wintergarten	hinterer (offener) Teil des U-Boot-

	turms; dient als Geschützplattform für die Flak
Wooling (Wuling)	Durcheinander (insbes. von Tauwerk)
Zentrale	Kommandoraum des U-Bootes, geschützt durch Kugelschott, letzte Zuflucht bei Havarien etc.
zwo (zwozehn)	zwei (zwölf), um Verwechslungen mit drei (oder elf) auszuschließen.